Ghislaine Ottenheimer

Après avoir travaillé à *L'Express*, Ghislaine Ottenheimer est aujourd'hui directrice de la rédaction à BFM. Elle est par ailleurs l'auteur de plusieurs ouvrages (*Les deux Nicolas*, *La machine Balladur*, *L'impossible victoire sur Chirac*, *Le fiasco*) dont certains ont eu un large public.

Renaud Lecadre

Renaud Lecadre est journaliste à *Libération* et a publié une biographie de Vincent Bolloré (Denoël).

W0418717

LES FRÈRES INVISIBLES

GHISLAINE OTTENHEIMER
ET RENAUD LECADRE

LES FRÈRES INVISIBLES

ALBIN MICHEL

Le Code de la propriété intellectuelle n'autorisant, aux termes de l'article L. 122-5, (2° et 3° a), d'une part, que les « copies ou reproductions strictement réservées à l'usage privé du copiste et non destinées à une utilisation collective » et, d'autre part, que les analyses et les courtes citations dans un but d'exemple et d'illustration, « toute représentation ou reproduction intégrale ou partielle faite sans le consentement de l'auteur ou de ses ayants droit ou ayants cause est illicite » (art. L. 122-4).
Cette représentation ou reproduction, par quelque procédé que ce soit, constituerait donc une contrefaçon sanctionnée par les articles L. 335-2 et suivants du Code de la propriété intellectuelle.

© Éditions Albin Michel S.A., 2001

ISBN 2-266-12411-0

Avant-propos

Le système trois points

Minitel, 36-15 code Électre. À la rubrique maçonnerie, 936 livres sont répertoriés. Une fois éliminés les quelque 46 ouvrages concernant les techniques du bâtiment, il en reste plusieurs centaines consacrés à la franc-maçonnerie. Des bouquins de vulgarisation comme le *Guide pour devenir maçon, Pour comprendre la maçonnerie, De l'origine de la maçonnerie*. Des livres plus techniques, permettant une première approche des us et coutumes de cette société philosophique : *L'Apprenti, Le Compagnon, Le Maître, Le Manuel du Premier surveillant, Le Silence, L'Initiation des femmes, Promenade initiatique*. Des manuels d'érudits, dont les titres sont parfois incompréhensibles : *La Franc-maçonnerie templière, Le Labyrinthe, Le Chantier de maître Hiram, Qabbale et maçonnerie, Fondation du Grand Chapitre*, ou *Les Rituels du duc de Chartres*, destinés à ceux qui souhaitent pénétrer dans le monde très fermé des hauts grades, l'aristocratie maçonnique. Il existe même, pour les curieux, un *Guide du Paris maçonnique* et, pour les paranoïaques, un *B.A.BA de l'antimaçonnisme*.

À ces nombreux livres consacrés à l'histoire, aux rites, à la culture de cette société secrète, s'ajoutent les témoignages de frères anonymes racontant la richesse de leur expérience et quelques autobiographies d'anciens Grands Maîtres. Depuis l'essor de la franc-maçonnerie moderne, au début du XVIIIe siècle, des dizaines de milliers d'ouvrages ont ainsi été publiés dans le monde. De quoi satisfaire la curiosité des initiés comme des profanes. En apparence, seulement. La franc-maçonnerie continue de susciter une curiosité insatiable, d'alimenter les fantasmes les plus variés. Car ce qui attire, intrigue, n'est pas l'antique secret de l'initiation ou les rituels, largement vulgarisés, mais ce secret qui fascine et qui dérange : celui de l'appartenance. Qui en fait partie ? Quelle est la nature des liens entre initiés ? Comment sont-ils organisés ? Quels sont réellement leurs pouvoirs ? Qui tire les ficelles ? Pourquoi tant de mystères ? Comme par provocation, un groupe de frères, anciens correspondants des services secrets, s'est baptisé Les Invisibles. À ces questions, les maçons rétorquent souvent : vie privée. La maçonnerie ne serait qu'un engagement philosophique ? Face à ce mur du silence, l'interrogation se fait alors plus impatiente : dans une société démocratique où les idées circulent sans entraves, où la liberté d'association est garantie par la loi, pourquoi la franc-maçonnerie cultive-t-elle encore le secret aujourd'hui ? La réponse serait-elle inavouable ?

Vouloir percer ce secret-là pourrait relever d'une curiosité malsaine. Après tout, l'aventure intérieure, la quête spirituelle de ceux qui se dénomment « frères » ne regarde qu'eux-mêmes.

La réalité est évidemment bien différente. La question posée relève au contraire d'une élémentaire vigilance républicaine.

Après deux ans d'enquête, il nous est apparu que non seulement des membres éminents de cette société dite philosophique entretiennent des liens étroits avec tous les pouvoirs en place, mais que certains sont mêlés à des réseaux de corruption. Beaucoup de faux-facturiers professionnels, des trésoriers des partis politiques bénéficiant du racket, des porteurs de valise, des blanchisseurs d'argent sale, des promoteurs immobiliers impliqués dans les scandales les plus retentissants, sont francs-maçons. Sous prétexte de « fraternité », des magistrats et des policiers, également maçons, tentent parfois d'étouffer des affaires pour protéger leurs frères, au mépris de tout principe : dossiers classés sans suite, pièces compromettantes égarées, procédures judiciaires traînant opportunément jusqu'à l'heure fatale de la prescription... Et quand des enquêteurs profanes, à l'occasion d'une perquisition, en viennent à saisir des symboles ou des listings maçonniques comme des indices supplémentaires à charge, se pose clairement la question du lien entre franc-maçonnerie et affairisme.

Pourquoi les obédiences n'ont-elles pas lutté efficacement contre ces dérives qui discréditent l'ensemble de la maçonnerie ? Le mal est-il si profond ? Ce sont des frères indignés qui, les premiers, ont tiré la sonnette d'alarme en signalant un certain nombre de scandales dans lesquels étaient impliqués des initiés. « Il ne s'agit que de quelques brebis galeuses qui ont été sanctionnées », ont répondu imperturbablement les différents Grands Maîtres, réputés garants du respect de l'éthique et du règlement en vigueur dans les obédiences. Ainsi, ces maçons indélicats seraient l'exception, qu'une vigilance rigoureuse suffirait à mettre hors d'état de nuire. C'est malheureusement faux. La répétition de ces déclarations de principe, au fur et à mesure de l'apparition des affaires, démontre à elle seule leur inanité. Certaines sanctions internes ont été prises, mais très tardivement, en nombre limité, et sous la pression des médias. Loin de tenir la maçonnerie éloignée des turpitudes profanes, certains responsables maçonniques ont couvert voire impulsé des pratiques en totale contradiction avec les principes qu'ils prétendent défendre. Presque tous ceux qui ont dénoncé les dérives, tenté d'alerter les instances supérieures, d'éminents maçons comme Jean Verdun, Alexandre de Yougoslavie, Pierre Marion, Pierre Bertin ou Thierry Meyssan, mais aussi tant d'autres frères anonymes, ont de surcroît été mis à l'écart. Quand ils n'ont pas préféré claquer la porte.

Au-delà du récit d'une dérive, ce livre a pour objectif de décrire le fonctionnement des réseaux maçonniques, leur utilisation à des fins contestables, d'expliquer pourquoi les dignitaires ont laissé faire. Cette enquête n'a été possible que parce que de très nombreux frères, las de voir une partie non négligeable de cette société initiatique s'égarer dans la voie mafieuse, ont souhaité parler. Pour défendre l'honneur des francs-maçons, en espérant provoquer une prise de conscience et le sursaut nécessaire à un grand nettoyage.

Ils n'ont théoriquement pas le droit de divulguer l'appartenance d'un frère, ni de révéler au profane le fonctionnement interne des loges, sous peine d'exclusion. Car cela revient à dévoiler leurs codes. Mais ils sont de plus en plus nombreux à estimer que le secret et la fraternité, l'alpha et l'oméga de leur engagement, ne doivent plus servir à couvrir des pratiques douteuses. Qu'ils en soient réduits à saisir l'opinion publique et à dévoiler les noms de frères indélicats en dit long sur les blocages internes et les complicités à tous les niveaux.

Encore fallait-il comprendre le fonctionnement des réseaux, le *modus operandi* des affaires, et pénétrer au cœur du « système trois points » pour en connaître les us et coutumes. Ce travail a nécessité d'innombrables recoupements, de longues heures de conversation, en confiance, avec des maçons passionnés et avides de justice. Chaque information sur l'appartenance des uns et des autres a été fournie au compte-gouttes – en ce qui concerne des mauvais compagnons, dont la dénonciation ne pose pas de problème de conscience, des documents écrits circulent largement. Un frère ne donnera pas le nom des siens, mais si on lui soumet une liste, il peut ne pas démentir. S'agissant des pratiques qui auraient cours « sous le maillet » [1], il peut démêler le vrai du faux. Il existe toujours une marge d'erreur, des maçons entretenant eux-mêmes des rumeurs parfois malignes. Nous nous sommes efforcés de la réduire au maximum. En cas de doute, nous avons préféré nous abstenir. Certains frères démentent avec acharnement leur appartenance. Autant que possible, nous l'avons signalé.

1. Voir le lexique en fin d'ouvrage.

Pour comprendre la maçonnerie, il fallait aussi se plonger dans l'histoire, l'organisation et la signification des rites. Lire, tout simplement, des bandes dessinées de Hugo Pratt qui a été initié en 1976 dans la loge vénitienne Hermès de la Grande Loge d'Italie.

Il apparaît alors que les liens invisibles qui unissent ces hommes et femmes formant la « chaîne d'union » sont extrêmement forts. Leurs moyens de reconnaissance très sophistiqués. Les décrire, c'est se livrer à un décodage de la société française. Démonter des processus de décision, des complicités, des protections, des partages de territoire souvent inexplicables pour le profane. C'est révéler un organigramme parallèle et donc mettre à nu une part de leur puissance. D'où la réticence d'autres frères à parler.

Pour protéger ce si utile secret et contester toute tentative de transparence, des maçons invoquent les lois iniques de Vichy et les persécutions nazies. Il est vrai que les régimes totalitaires – sauf en Amérique latine et en Afrique – ont souvent persécuté la franc-maçonnerie, société incontrôlable, foyer protestataire potentiel. Comme disait Nikita Khrouchtchev : « Pourquoi voudriez-vous que je mette une puce dans ma chemise ? » En vérité, les dictatures s'en prennent à toutes les organisations qui leur échappent – Églises, syndicats, associations, partis politiques, universités... Les frères n'ont pas de monopole en la matière. Et aucun crime passé ne saurait servir à couvrir, cinquante ans plus tard, des turpitudes bien réelles. La question du secret d'appartenance, principalement dans la justice et la police, est ouvertement posée dans les loges. Elle l'est d'ores et déjà dans plusieurs pays en Europe, en Italie et en Angleterre. Pour se protéger, certains maçons – avant même la parution de ce livre, donc avant de savoir ce qu'il contenait – menaçaient de saisir la justice. Une obédience fameuse faisait savoir qu'elle attaquerait l'ouvrage. De quoi a-t-elle si peur ?

Contrairement à une idée reçue, la franc-maçonnerie n'est pas en effet un sujet désuet, fleurant bon la IIIe République et ses icônes vieillies. Elle demeure extrêmement vivante. Ministres, députés, PDG, hommes d'affaires, avocats, magistrats, hauts fonctionnaires, chercheurs, ingénieurs, militaires, journalistes, sportifs : les maçons sont très présents dans la plupart des sphères dirigeantes. Leur implication dans la vie économique et politique n'est pas neutre. La maçonnerie n'étant qu'un concentré, un précipité de la société, recrutant dans les couches moyennes et supérieures, elle souffre des mêmes maux. À la puissance dix. L'argent est devenu roi, la défense des places acquises une priorité. Loin de favoriser l'émergence d'idées nouvelles, comme elle sut le faire dans le passé, de forger des caractères, la maçonnerie s'est fossilisée et transformée trop souvent en féodalités conservatrices. Comme dit un authentique Fils de la Lumière, désolé par ce spectacle : « Quand il n'y a plus de laine, ne reste que la trame », c'est-à-dire les combines. Loin de participer au « perfectionnement moral » de l'humanité, une partie de son élite s'est fourvoyée. Certains maçons, littéralement épouvantés par ce naufrage collectif, estiment que « le fonctionnement actuel de la franc-maçonnerie porte atteinte à la démocratie ». Pas moins.

Chapitre premier

Sous le maillet

Un président africain, récemment parvenu au pouvoir, reçoit le patron d'une société de conseil en communication, accompagné d'un collaborateur, à l'hôtel de Crillon, place de la Concorde, à Paris. Après avoir discuté de la mission, il s'enquiert auprès de ses interlocuteurs du montant de leurs honoraires. Fin du rendez-vous. Les deux communicants sont à peine redescendus dans le hall que le chef d'État africain rappelle le collaborateur et, une fois la porte de la suite présidentielle refermée, lui lance tout de go : « Maintenant, parlons sous le maillet. On peut se tutoyer. Franchement, le prix demandé est beaucoup trop élevé. Je n'ai pas tout cet argent. Je viens juste d'arriver au pouvoir. Je suis prêt à vous accorder la moitié, sinon vous n'aurez pas le contrat. » L'homme transmet le message à son patron qui, agacé, souhaite reprendre la discussion avec le chef d'État. Son collaborateur lui explique à grand-peine que c'est inutile. Il confie aujourd'hui : « C'est vrai, si je n'avais pas été maçon, si on ne s'était pas expliqués franchement, nous n'aurions jamais décroché le contrat. Si vous êtes maçon en Afrique, les chefs d'État vous retiennent à l'issue des réunions officielles importantes pour discuter sous le maillet, sans langue de bois. C'est important. Et puis, appartenir à la franc-maçonnerie permet de pouvoir joindre des personnages importants à tout instant, *via* d'autres frères. »

Si l'essentiel de l'engagement philosophique consiste à « polir la pierre » – se perfectionner moralement – et se déroule à l'intérieur des temples, toute une série de règles régissent le fonctionnement des frères dans la vie profane. À l'abri du regard et des oreilles du commun des mortels, sous le maillet donc, les maçons ont mis en place des codes de bonne conduite et tissé de puissants liens de solidarité.

« Quand je suis arrivé à la prison de la Santé, raconte Loïk Le Floch-Prigent, ancien PDG d'Elf, j'ai été, à ma grande surprise, très entouré par tous les maçons détenus, persuadés que j'étais des leurs. Ils m'ont mis au parfum des règles et des usages, m'ont appris à cantiner. »

L'entraide est une des clés du système maçonnique : « Les FF∴ se doivent mutuellement, dans l'honneur, aide et protection fraternelle, même au péril de leur vie. » Créée au début du XVIIIe siècle sous l'absolutisme royal, la franc-maçonnerie, à la fois protégée et surveillée, constamment sujette aux caprices du Prince, s'est dotée dès l'origine d'un code d'assistance mutuelle quasi chevaleresque. En entrant en maçonnerie, un frère doit non seulement s'engager à porter assistance à ses frères, mais être prêt à se sacrifier si la hiérarchie l'exige. Ce sens très prononcé de l'esprit de corps est une survivance de la maçonnerie dite opérative, ce compagnonnage du temps des cathédrales, ordre de bâtisseurs et d'architectes, syndicat professionnel avant l'heure, défenseur des intérêts de la profession face aux donneurs d'ordre : l'Église et la noblesse.

La scène se passe en Haïti, sous la Révolution. Les esclaves se sont soulevés, la capitale, Port-au-Prince, est en flammes. Les derniers colons blancs, qui cherchent désespérément à fuir, sont piégés. Tous les navires évitent la place. Une frégate, non avertie des émeutes en cours, vient quand même jeter l'ancre dans la rade. C'est la ruée. Le capitaine repousse les embarcations bondées avec moult injures... « Victor fit alors un signe bizarre, une sorte de dessin dans l'espace, qui réduisit au silence les imprécations du marin. On leur descendit une échelle de corde et, peu après, ils étaient sur le pont, près de celui qui avait compris le signe, l'abstraite imploration du négociant ruiné. » Dans *Le Siècle des Lumières*, roman dont le héros est un révolutionnaire maçon qui finira commissaire du gouvernement en Guadeloupe sous Robespierre, l'auteur cubain, Alejo Carpentier, décrit à plusieurs reprises cette entraide maçonnique, l'utilisation de ce « signe de détresse », qui va permettre à son héros de se faufiler dans les méandres d'une époque mouvementée.

Cette entraide a souvent été pratiquée, sous tous les régimes, particulièrement sous la IIIe République. La scène la plus célèbre se déroule le 22 juin 1899, en pleine affaire Dreyfus, lors du vote d'investiture à la présidence du Conseil de Waldeck-Rousseau. Dreyfusard et maçon, Henri

Brisson appelle ses frères députés au secours. Il s'agit d'empêcher le retour au pouvoir des partisans de l'ancien président du Conseil, Jules Méline, qui avait interdit aux enseignants maçons de prendre la parole en public pour réclamer la révision du procès du capitaine Dreyfus. Brisson accomplit ce geste qui paraîtrait incroyable de nos jours : le signe de détresse, qui consiste à placer les mains jointes au-dessus de la tête, face vers le ciel. En langage maçonnique, cela veut dire « il pleut sur le temple ». Autrement dit : « danger ». Aussitôt, les députés maçons portent secours à leur frère et assurent l'investiture de Waldeck-Rousseau. Cet épisode est resté dans l'histoire, le régime de Vichy en a fait le symbole de la puissance occulte des francs-maçons. Aujourd'hui, les signes de reconnaissance entre frères sont bien plus discrets.

Un homme d'affaires, haut grade de la GLNF (Grande Loge Nationale de France), témoigne : « Je sais tout de suite qui j'ai en face de moi. En quelques minutes on se reconnaît, on se tutoie. » Comment ? Une poignée de main avec pression du majeur, de l'index et du pouce. Ce signe de reconnaissance archi-connu est d'ailleurs souvent utilisé par des profanes qui s'ingénient à se faire passer pour ce qu'ils ne sont pas... Récemment, un dignitaire de la Grande Loge de France (GLF) rendait visite à Patrick Ollier, conseiller de la présidente du RPR, pour évoquer le cas de Jean-François Probst. Ce dernier, conseiller en communication de Jean Tiberi, a toujours laissé planer une certaine ambiguïté. En toute occasion, il prend plaisir à serrer la main de cette façon si caractéristique, qui vaudra aux maçons d'être surnommés les « frères la gratouille » par François Mitterrand. Or, Probst ne l'est pas. Le dignitaire de la GLF s'en agaçait. Les responsables du RPR aussi.

Bien évidemment, il ne suffit pas d'imprimer une pression des doigts. Le signe est plus subtil : selon les grades (la maçonnerie est aussi hiérarchisée que l'armée, l'Église ou la noblesse), on actionne différemment l'index ou le majeur, en effectuant plusieurs pressions. Quand ils n'ont pas à se cacher, les initiés se font la triple accolade (joue droite, joue gauche, joue droite). Une marque d'amitié fraternelle fréquemment utilisée puisque tout maçon, dès son initiation au premier grade, celui d'apprenti, est autorisé à la pratiquer. Un furtif salut du bras en équerre, sur la gorge, la poitrine ou le ventre selon le grade, permet également de se faire « reconnaître ».

Le « signe d'ordre », distinctif du premier grade, celui d'apprenti, consiste à placer la main droite à plat à la base du cou, les quatre doigts serrés et le pouce à angle droit, puis à déplacer la main de gauche à droite, comme si l'on se tranchait la gorge. On l'appelle aussi « signe guttural ». Il signifie que l'intéressé préférerait avoir la gorge coupée plutôt que de révéler les secrets maçonniques. Mais il existe une interprétation plus « spirituelle » : cela veut dire que l'initié « contrôle le bouillonnement de ses passions et préserve ainsi sa tête de toute exaltation fébrile susceptible de compromettre sa lucidité ». Toujours le double sens.

Au deuxième grade, celui de compagnon, on place la main droite sur le cœur, légèrement arrondie, comme pour le saisir, et, simultanément, on élève l'avant-bras gauche, la main ouverte, paume en avant. Traduction : « Que mon cœur soit arraché si je trahis les secrets... »

Au troisième grade, celui de Maître, on place la main droite, pouce écarté, contre le flanc gauche à hauteur du nombril. Tout est parfaitement décrit dans le moindre ouvrage de vulgarisation. Les signes de reconnaissance des grades supérieurs, en revanche, sont plus protégés et donc moins connus. Selon le grade, il faut désigner la terre avec l'index de la main gauche et le ciel avec l'index de la main droite, ou bien mettre la main droite à plat sur le cœur, le pouce en équerre... Au 33e degré, le plus élevé, il existe plusieurs signes d'ordre. L'un d'entre eux consiste à porter trois fois l'index et le médius de la main droite sur les lèvres.

Dans la vie quotidienne, ces gestes sont pratiqués de manière furtive et discrète. Une longue et chaleureuse poignée de main laissera le temps de faire les signes adéquats. D'ailleurs, il existe une multitude d'attitudes permettant aux frères de se reconnaître. Une certaine façon de se gratter le sommet de la tête, ou entre les sourcils. Un maçon affirme même que si de nombreuses photos d'Édouard Balladur le portraiturent la main sur le front pour se protéger du soleil, regard au loin, ce ne serait pas un hasard. Ce geste aurait une signification très précise : le frère se protège du soleil et du regard du créateur ! Fantasme ou réalité ? On dit que l'ancien Premier ministre a été initié dans sa jeunesse. Invérifiable. Et puis, il est parfois si commode de répandre des rumeurs.

Difficile, toutefois, d'utiliser ces « gestes et attouchements » dans la vie courante, surtout au téléphone. Les maçons utilisent alors des codes verbaux : quelques mots glissés dans la conversation, qui évoquent la symbolique propre aux différents grades. Mosaïque, corridor, échelle, lumière de la lune, le soleil paraît à l'horizon... Ou des phrases usuelles : « Quelle heure est-il ? », « Quel âge avez-vous ? » (une question que des adultes se posent rarement entre eux). Répondre bêtement dix heures, ou cinquante ans, démontre que l'interlocuteur n'est pas un frère. Car la réponse doit correspondre à des formules apprises par cœur, des rituels. Suivant son ancienneté, son importance hiérarchique, l'initié rétorquera : « l'heure prédite », « il n'y a plus d'heure », « le temps est proche », « je ne compte plus », « je suis très vieux ». Après ce premier échange, une fois le contact établi, notre homme d'affaires ou notre haut fonctionnaire sera écouté avec bienveillance par bon nombre de directeurs de cabinet, de Jacques Chirac comme d'Élisabeth Guigou.

Un patron de PME explique sa technique. Pour s'assurer qu'il a bien un frère au bout du fil, il lui lance : « Vous aussi vous travaillez de midi à minuit ? » Allusion à l'ouverture des travaux en loge, qui débutent et se ferment symboliquement à ces heures-là. D'autres demanderont : « Vous travaillez jour et nuit ? » La méthode laissera parfois le profane un peu interloqué, mais se révèle globalement efficace.

À l'entame d'un discours, Guy Drut, ancien champion olympique du 110 m haies, ancien ministre des Sports, ancien député RPR de Seine-et-Marne, membre du CIO (Comité international olympique), s'est souvent épargné la litanie des « Monsieur le président, monsieur le député, messieurs les conseillers généraux... », se contentant d'un lapidaire « Mesdames et messieurs, en vos grades et qualités », formule typiquement maçonne qui permet de recueillir quelques sympathies dans la salle. Un membre du cabinet de Laurent Fabius, candidat à une élection locale : « Je ne fais que des discours en trois points. Il y est question d'humanité et d'éclairer le monde... » Plus généralement, ceux qui ont une longue pratique maçonnique savent, dès le premier coup d'œil, s'ils sont en présence d'un frère : « Ils finissent tous par avoir une manière particulière de s'exprimer, raconte un ancien dignitaire. Je dirais même un physique caractéristique. »

Le goût immodéré des frères pour les messages codés, les mots de passe, rend leur mode de fonctionnement parfois obscur. C'est justement le but recherché. Ils parlent d'une « tenue blanche fermée » pour désigner une réunion strictement réservée aux maçons ; d'une « tenue blanche ouverte » quand un profane est invité à faire une conférence ; d'une « planche » pour un exposé ; d'une « tuile » pour désigner un mot de passe. La promotion à un grade supérieur s'appelle une « augmentation de salaire ». Il existe même un alphabet codé datant du XVIIIe siècle. D'où cette habitude, chez les maçons, d'utiliser des majuscules suivies de trois points : F∴ pour frère, L∴ pour loge. Lors des « agapes », le banquet rituel qui suit la tenue, on ne dit pas un verre mais un « canon ». Pour « sers-moi un peu de vin », on réclame de la « poudre ». L'alcool est qualifié de « poudre sulfureuse ». La bouteille est une « barrique » de poudre, évidemment. Ce vocabulaire militaire, hérité de l'époque napoléonienne, est de moins en moins utilisé dans les banquets, si ce n'est pour le folklore. Et comme les frères descendent des (vrais) maçons, ils appellent l'assiette une « tuile », le sel et le poivre, du « sable » et du « ciment ». Pour la cuiller, la fourchette et le couteau ils utilisent les mots : « truelle, pioche et glaive ».

Entre eux, les maçons se désignent comme les « enfants de la veuve », en référence à la légende d'Hiram. Cet architecte du Temple de Salomon, fils d'une veuve de la tribu de Nephtain, aurait été assassiné par trois mauvais compagnons à qui il avait refusé de confier les « mots, signes et attouchements » de la maîtrise, ne les en jugeant pas dignes. Morale philosophique : la mort est moins redoutable pour l'homme juste et vertueux que la souillure et le mensonge. C'est pourquoi les maçons sont tous frères d'Hiram, du moins en ont-ils la vocation, la prétention. Au cours de l'initiation au 3e grade, Hiram revit dans l'âme du compagnon qui accède à la maîtrise. D'où l'expression « disciples d'Hiram » ou « enfants de la veuve » pour désigner les initiés, et « tronc de la veuve » pour les œuvres de bienfaisance.

Tout est donc extrêmement codifié. Les maçons se réunissent « à couvert », dans un lieu où ils sont protégés du monde profane. Pour prévenir de l'arrivée intempestive d'un profane, un frère dira : « Il pleut. » Et si c'est une sœur : « Il neige. » Une tradition transmise oralement.

Ils sont tous sortis du même moule, imprégnés de la même culture, familiarisés avec le même langage initiatique. Extrait d'un dialogue récité par cœur lors d'une élévation au 33e degré du REAA (Rite Écossais Ancien et Accepté).

– Très illustre inspecteur général, quel âge avez-vous ?

– Trente ans accomplis, très puissant souverain.

– Quel est votre emploi ?

– De combattre pour Dieu et mes droits, et pour infliger la punition aux traîtres.

– Quelle heure est-il ?

– Le mot d'ordre est donné, les gardes sont à leurs portes et nous sommes en parfaite sûreté.

Au sommet de la hiérarchie, le secret est verrouillé.

Les trois points, les deux traits parallèles avec un point, ou encore le trait encadré de deux points, que certains maçons font apparaître dans leur signature, sont un autre signe de reconnaissance assez connu des profanes. Les dignitaires font souvent suivre leur nom de l'énoncé abrégé de leur grade. Albert Durand COE, pour Chevalier d'Orient et de l'Épée, qui correspond au 15e grade (il y en a 33) du REAA. Tout maçon sait immédiatement à quoi ce titre correspond. Car dans cet univers très hiérarchisé, la base n'a guère d'influence. Les simples apprentis et les compagnons n'ont pas le droit de fréquenter d'autre loge que la leur. Ils doivent obéissance à leurs supérieurs, que ce soit leur Vénérable (patron de la loge), leurs parrains ou toute personne plus gradée. Le Maître, une distinction qui peut s'acquérir en trois ans, commence à jouir d'une certaine liberté : il a droit de « naviguer » d'une loge à l'autre, d'assister aux différents travaux qui l'intéressent, et surtout d'étendre son carnet d'adresses. Mais lui aussi est soumis à l'autorité des hauts grades. Or, ces distinctions-là sont octroyées par les dirigeants des obédiences de manière parfaitement autocratique.

« Je suis un fouille-merde, je n'irai jamais plus haut, raconte un frère qui a atteint le grade de Maître. Quand je demande l'autorisation de visiter tel ou tel atelier, on m'en dissuade : ce n'est jamais pour moi, je n'ai pas à m'en mêler. »

Il existe ainsi des ateliers très prisés ou très secrets. Comme la loge Demain au Grand Orient (GO), qui réunissait une bonne dizaine de ministres sous Mitterrand, ou La Lyre à la GLNF, qui se réunit l'après-midi, à une heure où le salarié ordinaire aurait du mal à se libérer : on y retrouve des banquiers, le général Jeannou Lacaze, ancien chef d'état-major des armées reconverti dans le business en Afrique, des dirigeants du groupe Bouygues et des personnages importants, voire sulfureux.

Si un frère, employé à la Sécurité sociale, simple apprenti, tente de joindre le directeur de cabinet d'un ministre en arguant de sa qualité, il a évidemment peu de chance d'arriver à ses fins. De même pour le quidam retournant sa contravention au préfet de police de Paris en apposant trois points à côté de sa signature. Ces choses-là se passent entre gens du même milieu. On ne peut quand même pas pratiquer l'entraide à tous les niveaux, alors qu'il y a 120 000 maçons en France !

Les choses fonctionnent en réseaux, toiles d'araignée au centre desquelles des maçons disposent d'une autorité sur leurs frères et quelques profanes puissants. Avec une règle d'or : le renvoi d'ascenseur. Il est loisible d'en profiter, à condition de rendre des services. D'où le malaise de certains jeunes pleins d'avenir, découvrant l'envers du décor sitôt leur initiation effectuée. Parfois même avant : « Au cours de l'entretien préalable avec l'un de mes parrains, celui-ci m'indique qu'il est interdit de faire des affaires en loge, raconte un frère revenu de tout. Cinq minutes plus tard, il me demandait si je pouvais embaucher la fille d'un de ses amis. » Un dirigeant de TF1, fraîchement initié, a aussitôt été assailli de demandes de places pour assister à un match de foot.

Ces réseaux sont très efficaces car les initiés ont précisément beaucoup d'amis, dans tous les milieux. Ils se voient souvent. Ici, ils fonctionnent avec des fraternelles, là avec des clubs.

On apprend aux initiés à répondre avec bienveillance aux sollicitations. Cela fait partie de la formation, de même que parler en public, structurer un exposé. « Je dois beaucoup à la maçonnerie, raconte Jacqueline Chabridon, journaliste reconvertie dans la communication. J'y ai appris à travailler. » Bill Clinton, ancien président des États-Unis, n'a jamais dit autre chose. L'écoute fait également partie des devoirs du maçon. On ne laisse pas une lettre sans réponse. Cette attitude se retrouve dans leur manière de fonctionner au quotidien : les maçons entretiennent un courrier (sur papier et aujourd'hui sur mail) méticuleusement suivi, félicitant les uns et les autres à la moindre nomination ou décoration, envoyant des condoléances en cas de décès, répondant toujours aux invitations. Une politesse élémentaire, mais aussi une excellente méthode pour cultiver des amitiés qui pourront se révéler utiles. « Un jour, raconte un avocat, je n'arrivais pas à joindre un confrère, Me Jean-Marie Hyest [avocat d'affaires du barreau de Paris, maçon]. De guerre lasse, j'ai demandé à un de mes amis ayant un haut grade de lui téléphoner. Il l'a rappelé dans l'heure. »

Les frères ne s'en cachent pas : cela fait gagner du temps. C'est une sorte de raccourci. Un respectable patron de PME explique ainsi qu'il prospecte avant tout chez les frères. Rien d'illégal : pas de commission, pas de pots-de-vin. « Au lieu de rédiger de nombreux courriers, d'être renvoyé d'un bureau à l'autre, j'ai toujours une réponse rapide d'un frère, positive ou négative. Mais je ne perds pas un temps fou avant d'avoir des nouvelles. » Ce fonctionnement en vase clos aboutit peu à peu à de véritables « chasses gardées ». Un ancien Vénérable, directeur de société, s'en félicite : « Cela nous permet d'avoir un coup d'avance. On est immédiatement mis en confiance. On se dit les choses clairement. Le dossier ne traîne pas dans les tiroirs. » Puis tente de se justifier benoîtement : « Vous savez, on perd beaucoup de temps en loge ; alors, il est normal qu'on se rattrape autrement. »

De fait, l'engagement en maçonnerie exige – en principe – une certaine disponibilité. Assimilation de rituels à apprendre par cœur, réunions bimensuelles, préparations de planches – d'exposés – sur des sujets parfois ardus, comme « Les perspectives symboliques de Jérusalem », « L'ascèse hésychaste », ou sur des thèmes plus politiques : « La Corse », « L'Europe contre la République ? » ou « La mémoire, pourquoi ? »... L'application rigoureuse des rites et l'assiduité en loge ont précisément pour objet d'écarter les frères uniquement motivés par leur carnet d'adresses. Hélas, les rituels sont de moins en moins respectés. Il existe des loges pour VIP où la préparation de planches n'est même plus exigée, porte ouverte à toutes les dérives.

Parmi les techniques fréquemment utilisées pour élargir un réseau, rien de tel que savoir se rendre utile, proposer un service, ou même faire croire qu'on en a rendu un. On pourra ensuite, sans complexe aucun, solliciter un appui, un passe-droit. À ce petit jeu, les frères sont redoutables. Au printemps 1988, au lendemain de la réélection de François Mitterrand, les barons du socialisme s'activent fébrilement pour se répartir les postes, les présidences des sociétés publiques et autres sinécures de la République. Quelques personnalités pressent Loïk Le Floch-Prigent de postuler à la tête de telle ou telle entreprise. Au passage, ces « amis » bien intentionnés lui proposent leur appui. Sauf que le président de la République a déjà confié à l'ancien PDG de Rhône-Poulenc qu'il lui réservait la présidence d'Elf. Alors, Le Floch patiente tranquillement. Un jour, Roland Dumas vient le voir pour lui dire qu'il faut absolument qu'il soit nommé à la tête de la compagnie pétrolière et promet de se faire son avocat auprès de Mitterrand. Le Floch ne dit mot. Il raconte que, quelques mois plus tard, une fois nommé, il a été convoqué par Dumas, ministre des Affaires étrangères. Dans l'antichambre, le tout nouveau président d'Elf se serait retrouvé à son grand étonnement en compagnie de Christine Deviers-Joncour et de son mari. Le Floch avait rencontré le couple quelque temps plus tôt dans un dîner. Dumas aurait alors fait entrer les trois personnages dans son bureau et demandé tout de go à Le Floch de quelle manière « on » pourrait aider « nos » amis : « La présidence de Sanofi, ce ne serait pas possible ? » Interloqué, Le Floch affirme avoir gardé ses distances et expliqué qu'il devait faire le point sur la stratégie de développement de cette filiale... D'après lui, Dumas était furieux. C'est un frère, André Tarallo, patron de l'Afrique au sein du groupe pétrolier, membre de la GLNF, qui embauchera la maîtresse du ministre, sur ordre d'un autre frère, Alfred Sirven, qui dit agir sur ordre d'un troisième frère : Roland Dumas. Ce dernier, membre du GO, a toujours contesté cette version des faits. « Quand je voulais faire aboutir un projet – on parle ici d'investissements en milliards de francs –, je m'efforçais de dégager les lignes directrices, de convaincre mes interlocuteurs, raconte aujourd'hui Le Floch. Tarallo me disait que j'étais naïf, que l'important était de circonvenir les gens. »

Dans bien des affaires, les liens entre initiés permettent de nouer des relations discrètes, de jeter des ponts. Le rôle joué par les frères est difficile à évaluer. Vis-à-vis du monde profane, ils ont tendance à le minimiser, voire le nier. Entre eux, en coulisse, ils en rajoutent, n'hésitent pas à s'en servir et sont persuadés que c'est efficace.

En 1996, le rôle de Jean-Marie Messier, dauphin de la Compagnie générale des Eaux (CGE, qui sera rebaptisée Vivendi) désigné par le PDG Guy Dejouany, est évoqué dans une information judiciaire concernant des détournements de fonds. Le plaignant ? La Fédération nationale de la Mutualité française. Les faits remontent à 1992, du temps où Jean-Marie Messier, ancien conseiller d'Édouard Balladur, associé gérant à la banque d'affaires Lazard, gérait un fonds d'investissements. Réalisant que certains placements hasardeux lui avaient fait perdre plusieurs dizaines de millions de francs, la FNMF se retourne contre son ancien directeur financier puis contre Messier lui-même. Elle porte plainte pour « faux en écriture et tentative d'escroquerie ». Ils sont soupçonnés d'avoir antidaté des documents. La signature d'un contrat a-t-elle été précipitée ? Une enquête judiciaire est ouverte, l'intéressé est convoqué à la brigade financière, la prestigieuse banque Lazard est perquisitionnée.

L'affaire est d'autant plus gênante pour Messier que la FNMF, mutuelle de fonctionnaires, est dirigée par des maçons et que la CGE, dont il s'apprête à prendre les rênes, est également une entreprise où leurs réseaux, le « franginat », sont puissants et pourraient le déstabiliser en interne. Bien que Messier clame son innocence et n'ait jamais été mis en examen, son ascension risque d'être contrariée.

Éric Licoys, son fidèle bras droit de Lazard à Vivendi, contacte alors un de ses amis, maçon au-dessus de tout soupçon, haut grade de la GLF, pour tenter d'arranger le coup à l'amiable. Celui-ci prend langue avec des frères de la FNMF. Finalement, celle-ci retirera sa plainte. Il n'y aura pas de scandale.

Deux ans plus tard, ce même intermédiaire est convoqué à déjeuner par Michel Reyt, fondateur de la Sagès (la pompe à finances du PS), membre du Grand Orient, 33e grade. Le sommet de la hiérarchie maçonne. Le but de ces agapes ? Notre homme tombe des nues. Reyt lui demande de transmettre une demande personnelle à Licoys, qui est devenu entre-temps vice-président du conseil de surveillance de *L'Express*, propriété de Vivendi : « Nous vous serions très reconnaissants si tous les droits de réponse concernant l'article intitulé "Les Vrais Pouvoirs des maçons" étaient publiés *in extenso*. » Et des démentis, il va y en avoir !

Le 2 avril 1998, *L'Express* avait en effet publié une enquête secouant fortement le Landerneau maçonnique. Elle décrivait de nombreux dérapages, citant les noms de frères connus et mis en examen, comme Jacques Crozemarie (l'ARC), Didier Schuller (HLM des Hauts-de-Seine), Jean-Louis Pétriat (GMF), André Tarallo (Elf), Roland Dumas, Jean-Claude Méry... Nombre de patrons mentionnés ont pris leur plume pour s'offusquer et démentir toute appartenance.

Certaines dénégations sont alambiquées. Jean-Pierre Mattei, président du tribunal de commerce de Paris ? « Il est outrageant pour moi de laisser entendre que lorsque je participe au service public de la justice, mes prétendues opinions personnelles pourraient me faire préférer des intérêts particuliers à l'intérêt général. » La GLNF, qui a fermé les yeux sur bien des affaires, lui a pourtant demandé de se mettre en sommeil... Michel Gallot, ex-président de la SDBO, filiale controversée du Crédit lyonnais ? Edmond Alphandéry, président d'EDF ? Ils démentent formellement toute appartenance à la franc-maçonnerie. Comme Jean Syrota, PDG de la Cogema, Jean-Claude Leny, président de Framatome à l'époque de la parution de l'article. Au total, six pages de courrier des lecteurs, qui provoquent en retour une avalanche de lettres, pas toujours anonymes, de frères qui disent s'amuser de ces « démentis » de pure forme.

L'intermédiaire s'exécute et téléphone – mais sans trop d'insistance – à Licoys qui lui répond très courtoisement : « Je sais, j'ai reçu beaucoup de coups de fil. » Et n'en dit mot à Denis Jeambar, le directeur de l'hebdomadaire.

À vrai dire, la question de la publication de ces lettres n'a même pas fait l'objet d'un débat : dans les journaux, le courrier des lecteurs est parfois un sas de sécurité, compromis entre le coup de fil de protestation et la menace de procès. Qu'importe, l'essentiel pour les maçons est d'obtenir des signes tangibles de leur puissance. Il est fort probable en revanche qu'ils se soient concertés pour répondre massivement. « Procédé classique, explique un frère. Dès qu'un article est jugé contraire à nos intérêts ou hostile aux idées que nous défendons, nous recevons en loge des consignes pour écrire au courrier des lecteurs. » Les Fils de la Lumière aiment jouer aux manipulateurs. Aussi, quelques années plus tard, le Grand Maître de la GLNF s'est exclamé devant l'auteur de l'article de *L'Express*[1] : « Vous avez reçu une claque magistrale. Tout a été démenti ! » Une manière de faire comprendre qu'ils avaient eu le dernier mot, que l'honneur était sauf. Mais peu à peu, le voile se déchire : à deux erreurs près, tout était vrai. En maçonnerie, les jeux d'influence ont une double signification.

Les Grands Maîtres, usant d'une parfaite langue de bois, s'efforcent depuis des années de masquer

1. L'un des coauteurs, Ghislaine Ottenheimer.

le côté sombre de leur « chaîne d'union ». Ils aiment à dire que la grande majorité de ceux qui franchissent les portes du temple sont portés par un idéal humaniste, à la recherche d'une voie menant au « perfectionnement moral ». Ils ne nient pas l'existence d'une maçonnerie « alimentaire », de frères entrés en loge dans l'espoir d'y trouver des appuis professionnels, mais ces indélicats seraient le plus souvent repérés lors des enquêtes réalisées avant l'admission de tout postulant. Ce discours n'est pas conforme à la réalité, même si celle-ci est complexe. Les motivations sont évidemment multiples : spirituelles, intellectuelles et sociales. On devient souvent maçon par soif d'absolu. Pour brasser des idées, par goût de l'ésotérisme, pour échapper à la banalité du quotidien, pour rencontrer des gens différents... C'est l'aspect sympathique de la démarche. Un ancien préfet raconte que les tenues auxquelles il participait régulièrement, dans une loge située loin de ses affectations successives, lui avaient permis de conserver un lien humain chaleureux à une époque de sa vie où il souffrait de l'isolement auquel conduit le pouvoir. Un réfugié roumain explique qu'il a trouvé la famille qu'il n'a jamais eue. Un réalisateur de télévision assure qu'il y a appris à animer « la troisième mi-temps », à créer un esprit d'équipe, fort de son expérience des agapes avec des frères de tous horizons et de toutes origines.

Les influences familiales, professionnelles ou locales jouent également un grand rôle. Un polytechnicien a plus de chances d'aller « frapper à la porte du temple » qu'un élève d'HEC, dans la mesure où les réseaux de l'X sont en place depuis fort longtemps. Parmi les fondateurs de l'École polytechnique, on dénombre deux initiés, Monge et Laplace. Sur le fronton de l'ancienne école, rue Descartes, figurent les outils symboliques du travail et de la connaissance ; dans les soubassements, un bas-relief en pierre faïencée représente l'équerre et le compas, le delta et l'acacia. De nombreux ingénieurs des Mines – l'élite de l'élite –, qui occupent des positions de pouvoir dans l'administration et les grandes entreprises publiques ou privées, font partie de cette société secrète. « Personnellement, je suis devenu maçon par tradition familiale, raconte Pierre Marion, polytechnicien, ancien président d'Aérospatiale Inc., des Aéroports de Paris, ancien directeur du SDECE. Mon grand-père maternel avait été un maçon influent à Marseille et, à ce titre, adjoint au maire. Mais il est vrai que parmi les jeunes gens de ma génération, nombreux sont ceux qui se sont fait initier parce qu'ils pensaient que cela pourrait être utile à leur carrière. » Un haut fonctionnaire affirme que, sous la IVe République, un préfet d'un très haut grade, à la retraite, décidait de bien des carrières. Ce pouvoir d'influence n'a pas totalement disparu. Dans certaines dynasties, chez les d'Ormesson, les Peugeot, les Dassault, les Ribes, les Vernes ou les Poniatowski, on se ferait initier de père en fils. Pour perpétuer une tradition chevaleresque, parce que cela procure des entrées non négligeables dans tous les secteurs de la société.

De fait, l'un des objectifs avoués de la maçonnerie consiste à favoriser la promotion de frères d'origine modeste. Une manière comme une autre de contrebalancer, hier l'aristocratie, aujourd'hui l'énarchie et la grande bourgeoisie, d'instaurer une forme de mixité sociale. L'énorme succès de la maçonnerie sous le Premier Empire est ainsi largement dû à ces motivations, disons, profanes.

Sur les 26 maréchaux de Napoléon, pas moins de 18 étaient des frères. Bernadotte, Brune, Jourdan, Kellermann, Masséna, Mortier, Murat, Ney, Oudinot, Poniatowski, Sérurier... Pourquoi un tel engouement ? Besoin de nouveaux repères dans une société déstabilisée par une révolution qui n'en finit pas ? Soif de spiritualité à un moment où l'Église est sur le déclin ? Habileté de la franc-maçonnerie à pénétrer les sphères du pouvoir ? L'historien Alain Pigeard affirme que cet enthousiasme ne répondait pas seulement à ce type d'aspiration. La maçonnerie était également « une assurance contre la mort[1] ». Il estime ainsi qu'en 1804, 24 % des officiers étaient initiés. Le plus gros pourcentage se situait chez les officiers subalternes, ceux qui participent aux combats, donc particulièrement exposés. Or, un signe de reconnaissance sur le champ de bataille pouvait permettre d'avoir la vie sauve, les armées étrangères – notamment anglaises – comptant également un pourcentage élevé de frères. Prisonniers, ils pouvaient également bénéficier, grâce au serment d'assistance, d'un régime de faveur. « La promesse de se porter secours devenait à l'occasion très utile, a témoigné Octave Levavasseur, jeune officier d'artillerie, aide de camp du maréchal Ney. Entre ennemis même, on fraternisait. » Lors

1. *Historia*, nº 48, juillet-août 1997.

d'un combat durant la campagne d'Espagne, un officier anglais aurait interdit de faire feu sur des prisonniers français évadés, l'un d'eux ayant fait le signe de détresse.

En outre, les réunions ponctuées d'agapes apportent un peu de piment dans la morne vie de garnison. Elles ouvrent des perspectives pas toujours spirituelles. Scheltens, officier de la Garde napoléonienne, raconte : « Il était fort avantageux pour les officiers de s'affilier à une loge maçonnique. Cela permettait d'établir des relations agréables avec les notabilités des villes dans lesquelles on était envoyé en garnison. » Le général François Dumonceau évoque ainsi son initiation : « Consulté par un de mes camarades grenadiers, je me fis admettre à une loge maçonnique qui existait à Versailles, dont le prince de Grave se trouvait être le Grand Maître Vénérable. On m'en promettait toutes sortes d'avantages en vue des relations sociales. » Cet engagement entraîne également la protection des supérieurs et favorise l'avancement. La maçonnerie sert alors d'accélérateur, elle facilite des connexions directes entre officiers subalternes et maréchaux. Cette pratique a perduré, dans l'armée bien sûr, mais aussi dans la gendarmerie, les services secrets, la police.

Indestructible, la confrérie a traversé les révolutions, les coups d'État, les régimes, les alternances politiques. Exerçant toujours la même fascination. « Vue de l'extérieur, cette association est une machine à faire rêver, témoigne un homme d'affaires d'un haut grade. Elle entretient volontairement l'ambiguïté d'un secret ancestral inaccessible. Elle pérennise les raisons individuelles de frapper à la porte du temple où, en principe, sont réunis des hommes libres et de bonnes mœurs. Après tout, n'y aurait-il pas, comme dans le tabernacle d'une église, une lumière éternelle menant à des sommets inaccessibles ? Mais hélas, dans bien des cas, c'est plutôt la perspective d'intégrer le saint des saints et de mettre le carnet d'adresses dans sa poche qui fait rêver... » Un autre frère est encore plus sévère. « Les maçons ne sont intéressés que par le pouvoir », affirme un haut dignitaire, un bon connaisseur des affaires qui aspire au retour à une franc-maçonnerie réellement spéculative. « Ils s'efforcent de tisser des toiles dans tous les domaines. C'est la perversité du système. L'ordre maçonnique est un édifice pyramidal. Si cet édifice sert à constituer des réseaux, l'ordre n'existe plus. »

Derrière une façade rigoureuse, altruiste, la maçonnerie a bâti toute une méthodologie destinée à renforcer son pouvoir temporel. Pour « essaimer », au nom de la solidarité, on fait un usage immodéré de la bonne vieille devise : « À qualité égale, je choisis un frère. » À qualité égale ? « Parce que je peux répondre de cette personne », affirment les maçons pour justifier de telles pratiques. Au nom de l'entraide, on se pistonne, on se coopte allégrement. On finit par former une société à part. Toujours au nom des grands principes, bien sûr.

Assistance rime aussi avec bienfaisance. Toutes les obédiences ont leurs bonnes œuvres. À la fin des tenues, on fait circuler le « tronc de la veuve ». Il existe des collectes multiples et variées. Dans chaque loge, le Frère Hospitalier est particulièrement chargé de venir en aide aux frères dans le besoin. Outre des « bureaux de placement », les grandes obédiences ont créé des « bourses du travail ». Un site, www.guigue.org, propose des petites annonces réservées aux initiés. Pour y avoir accès, il faut montrer patte blanche et répondre à un « tuilage », une demande de mot de passe : « Quelle est la couleur de la loge symbolique ? Quel âge avez-vous au premier grade ? Où siègent les AApp en L∴ ? » Allusions, encore, aux rituels.

Le taux de chômage chez les maçons est très faible. Cela s'explique en partie par le fait qu'on y trouve peu d'ouvriers, de non-diplômés, de jeunes, de beurs, de femmes monoparentales... C'est aussi dû à l'efficacité de la solidarité. Aucune statistique exacte n'existe mais « cette charité bien ordonnée commençant par soi-même donne lieu à quelques dérives », dénonce un membre du GO qui cite en exemple une circulaire interne datée de 1998 : « Le Grand Orient ne dispose pas de moyens illimités. Il faut bien, dès lors, déterminer les priorités. La solidarité doit d'abord s'appliquer aux frères de l'obédience. » Cette prise de position officielle, quoique interne, rédigée par la commission nationale de solidarité maçonnique, relativise singulièrement les principes de justice et d'égalité républicaines chers au GO, qui a toujours condamné le communautarisme.

C'est un fait, les maçons donnent aux maçons. « Lors des inondations à Vaison-la-Romaine, les frères sinistrés furent secourus en priorité, raconte un initié. L'entraide est alors très ambiguë. » Imagine-t-on une seule seconde le Secours catholique faisant le tri entre les SDF baptisés et les autres ? le Secours populaire réservant son aide aux seuls adhérents du PCF ?

Un dignitaire de la GLNF soutient que nombre

des dérives observées viennent en partie de cette capacité qu'ils ont à collecter des fonds. « Quand vous êtes sollicité par un frère, vous donnez. De tout temps, les maçons ont ainsi alimenté des œuvres caritatives diverses, mais ce n'est jamais contrôlé... Dans une société où l'argent est roi et la corruption généralisée, la tentation est grande de détourner un peu d'argent à son profit. On commence par de petites sommes et puis... »

Les réseaux d'entraide et les systèmes de cooptation sont d'autant plus efficaces qu'ils sont secrets. Découverts, ils deviendraient tout simplement inopérants. « Quand j'étais secrétaire d'État à la Recherche, raconte François d'Aubert (vice-président de Démocratie libérale), j'étais en situation de nommer énormément de gens dans des comités d'éthique, des conseils d'administration. Je confirmais le plus souvent les personnes que me suggérait mon administration. Des professeurs très distingués... Et puis un jour, un proche collaborateur m'a fait remarquer que je devrais être plus vigilant, la plupart de ceux que je nommais étant maçons. » D'Aubert est alors devenu plus « attentif » à la question et assure que « cela n'a jamais posé aucun problème ». Les « promotions triangles », comme on les appelle, ont dû en subir le contrecoup.

L'étalage au grand jour de ces complicités scandaliserait. Qu'adviendrait-il si protestants, juifs, catholiques ou bouddhistes s'engageaient à toujours choisir, « à qualité égale », un coreligionnaire ! Des affinités existent, rien de plus normal et évident. Mais que de telles règles soient aussi formalisées, systématisées, c'est autre chose. Elles ne peuvent donc perdurer que si elles sont extrêmement discrètes.

En observant de près qui travaille dans l'entourage de tel ou tel PDG, ministre ou directeur maçon, on découvre généralement un nombre significatif de frères : experts-comptables, notaires, avocats, conseillers en communication, banquiers, publicitaires et autres imprimeurs... Peu à peu, des petits groupes très puissants se mettent en place, laissant les profanes désarmés ou tout simplement écartés.

Certaines organisations ont ainsi la réputation d'être aux mains des frères. La « chaîne d'union » pèse lourd. Banquiers plus compréhensifs à l'égard de débiteurs « passés sous le bandeau ». Dirigeants d'agences de publicité faisant fructifier les relations fraternelles à travers des clubs divers et variés. Producteurs audiovisuels favorisant des réalisateurs appartenant à la famille, qui, à leur tour, feront confiance à des cameramen maçons plus égaux que d'autres. Rien d'illégal. Mais la ligne jaune est parfois franchie. Le fonctionnement de nombreux tribunaux de commerce en est l'illustration. « Un frère s'arrangera toujours avec son avocat pour que son affaire soit jugée le jour où l'audience est présidée par un frangin compréhensif », témoigne un membre de la GLF.

Ce favoritisme occulte brouille parfois les cartes. Des dirigeants d'entreprise, méfiants, tentent de freiner ces procédés. « Quand certains de mes collaborateurs maçons me présentent la candidature d'un homme de cinquante ans dont je n'ai jamais entendu parler, et qu'ils insistent pour le recruter, je sais immédiatement à qui j'ai affaire », confie avec malice Marc Tessier, président de France Télévision, soupçonné d'appartenir à la loge Spartacus, dans laquelle on retrouve bon nombre de dirigeants de l'audiovisuel. Mais il affirme n'avoir jamais été initié. Et tout laisse à penser qu'il s'agit en effet d'une rumeur infondée.

Il y a deux ans, des cabinets de chasseurs de tête ont commencé à s'inquiéter d'une présence croissante et encombrante. Deux d'entre eux, le patron de Progress, Jean Losi, tout comme Maurice Rozet, de CPM Research, sont des frères. Certains clients ont dénoncé ces solidarités qui pourraient biaiser les critères de recrutement. « Comme les maçons se cooptent entre eux, c'est toute la crédibilité de notre profession qui risque d'être remise en cause », s'inquiète un chasseur de tête. Les intéressés ne voient pas où est le problème. C'est du moins ce qu'explique Maurice Rozet : « Je soutiens, en tant que franc-maçon, que je ne privilégie pas plus cette appartenance que pourrait le faire un philatéliste pour un autre philatéliste... » L'Aprocerd (l'Association professionnelle des conseils en recherche directe) a quand même demandé à ses adhérents de s'engager à privilégier la compétence sur l'appartenance...

Parfois, les pressions sont très fortes. Un dirigeant du *Figaro* raconte comment, dans les années 80, alors qu'il était responsable d'un gros budget de publicité à TF1 sous la présidence d'Hervé Bourges, il avait été sollicité par de nombreux maçons. Faisant abstraction de ses liens fraternels, il avait finalement confié le budget à un profane. Une vraie entorse aux usages : « Pendant des mois, je n'ai pas osé aller rue Cadet [siège parisien du Grand Orient] de peur de me faire insulter. » Mais combien résistent ?

Alors qu'il était vice-président directeur général de l'Union des annonceurs, Alain Grangé Cabane, énarque, maître des requêtes au Conseil d'État, suppliait au téléphone : « N'écrivez pas que je suis maçon, on croira que j'ai été recruté uniquement en raison de mon appartenance, alors que ce n'est absolument pas le cas. Je ne m'en sers pas. » Sans doute, cet énarque discret, bosseur mais assez obscur, n'avait nul besoin de cet appui pour décrocher le poste. Coïncidence ? Nombre de publicitaires sont pourtant maçons, au premier rang desquels le très influent président de Publicis, Maurice Lévy. Et Grangé Cabane de raconter, tout de même : « La première fois où j'ai rencontré Patrick Le Lay, PDG de TF1, je lui ai dit : "Je crois que nous appartenons à la même famille." Il m'a répondu : "Je le savais." Depuis, nous sommes amis. De la même manière, j'ai noué des liens amicaux avec Jean Miot. » Miot était alors président du conseil de surveillance de la société de gestion du *Figaro* et président du syndicat de la presse parisienne. Quelques années plus tard, Alain Grangé Cabane sera nommé président de la Fédération des industries de parfumerie. Un assez beau job. Il se trouve qu'il a été poussé par un frère, haut responsable chez L'Oréal. Rien de répréhensible, bien sûr. Il n'est pas interdit d'avoir des amis qui pensent à vous dès qu'un poste se libère. Mais comment ne pas sourire de ses farouches dénégations ?

La présence de frères dans une institution, quelle qu'elle soit, en modifie le fonctionnement. Capables de se coaliser contre un profane, en faisant fi des appartenances partisanes, ils sont parfois maîtres du jeu. C'est le cas au Sénat, où l'élection du RPR Christian Poncelet s'est faite grâce à l'appui des « enfants de la veuve ». *Idem* au Conseil économique et social (CES). Les initiés ont tendance à minimiser leurs troupes et les profanes à les surévaluer, mais il semble que plus d'un tiers des membres du CES soient maçons. Notamment tous les présidents qui se sont succédé à la tête de cette vénérable institution : Émile Roche, Léon Jouhaux, Gabriel Ventejol, Jean Mattéoli et aujourd'hui Jacques Dermagne. En feuilletant le *Who's Who*, on s'aperçoit que nombre de maçons, lorsqu'ils ont un accident de carrière, effectuent un petit détour par le Conseil économique et social. La rémunération n'est pas extraordinaire (15 000 francs par mois), mais plus que convenable par rapport à l'assiduité exigée en ce lieu. Elle permet de surcroît d'avoir une carte de visite, un statut social, en attendant des jours meilleurs ou la prochaine alternance politique.

Comme celle de Polytechnique, l'entrée du Conseil économique et social, place d'Iéna, est caractéristique : une sculpture de bronze représente deux personnages se tournant le dos, séparés par deux colonnes tronquées, à l'instar de celles qui ornaient autrefois la porte du Temple de Salomon. Le premier, Horus, tient un globe terrestre dans une main et dans l'autre un sceptre. Le second, l'avant-bras tendu en équerre, symbolise Isis. Les onze panneaux de mosaïque qui ornent la façade sont d'inspiration explicitement maçonnique : la Lune, le Soleil, la Voûte étoilée, la Pyramide, la pierre taillée, la paix, la Chaîne d'union fraternelle, et les trois premiers grades initiatiques, apprenti, compagnon et maître.

En affaires comme en politique, l'information est le nerf de la guerre. Avant d'agir, mieux vaut connaître les antécédents des acteurs, ne rien ignorer de leur passage en cabinet ministériel, être averti des intentions des uns et des autres. Le lien amical entre tel membre d'un conseil d'administration et le président d'une entreprise concurrente sera prétexte à un déjeuner décontracté. Une recommandation auprès du conseiller du ministre facilitera une démarche. Les grands groupes le savent bien.

Ces connexions sont immenses et d'autant plus efficaces qu'elles restent invisibles. C'est toute la force des frères trois points. Pourquoi les entreprises Otis et Roux-Combaluzier, fabricants réputés d'ascenseurs, ont-elles été systématiquement écartées par Jean-Claude Méry, l'organisateur des marchés truqués de la Ville de Paris, du fabuleux marché de l'OPAC pour la gestion d'élévateurs dans les HLM ? Et cela au profit de filiales de la Lyonnaise des Eaux ou de la Générale des Eaux ? Certains maçons n'ont pas le moindre doute : « Tout s'est fait entre frangins. »

Dévoiler l'appartenance des frères, c'est donc pratiquer une dissection de la société. On découvre des liens qu'on ne soupçonnait pas. Des nominations, des parcours prennent alors tout leur sens. Les articles consacrés à Daniel Vaillant, ministre de l'Intérieur qui a succédé à Jean-Pierre Chevènement en septembre 2000, racontent tout de sa vie : son père ouvrier-mécanicien chez Renault, sa mère guichetière à la Sécurité sociale, leur fils inscrit dès 1965 à la Convention des Institutions

Républicaines. Mais personne ne prononce le mot maçon. Serait-ce inconvenant ? Vaillant a pourtant été en grande partie formé, aidé, promu par la franc-maçonnerie. Le frère Paul Quilès l'a fait monter dans la hiérarchie du PS du temps où il était en charge des fédérations.

Des petits gestes de la vie quotidienne prennent toute leur saveur, quand on connaît l'appartenance des uns et des autres. Quand Jérôme Monod, ancien président de la Lyonnaise des Eaux, ancien secrétaire général du RPR, est nommé conseiller auprès de Jacques Chirac en juin 2000, il a perdu depuis longtemps tout lien avec l'appareil RPR et les jeunes élus. Quelques semaines après son arrivée, bien que sollicité de toutes parts, il reçoit immédiatement le jeune maire de Meaux, Jean-François Copé, qu'il trouve « très bien ». Pourquoi lui et si vite ? À n'en pas douter, Copé sait se pousser du coude. Mais Monod est réputé pour être « très proche » des réseaux maçons. Cela expliquerait-il sa diligence ?

En décembre 1990, un aparté courtois entre Pierre Joxe, alors ministre socialiste de l'Intérieur, et Camille Cabana, adjoint RPR à l'urbanisme à la mairie de Paris, à l'issue d'un échange houleux droite-gauche sur les affaires Urba (scandale à gauche) et Cogedim (scandale à droite), revêt une saveur particulière quand on sait que les deux hommes sont maçons – même s'ils appartiennent à deux obédiences rivales – et qu'ils discutent vraisemblablement d'un cessez-le-feu [1]. La même

1. Camille Cabana se défend vigoureusement d'appartenir à cette société philosophique qui, dit-il, « reste pour moi un objet de mystère, assez folklorique et, pour tout dire, un peu comique à mes yeux depuis qu'il n'y a plus de curés à

année, Gérard Monate, dirigeant du bureau d'études du PS par qui le scandale est arrivé, est renvoyé en correctionnelle. Il est lâché par la plupart des dignitaires socialistes, mais reçoit néanmoins – et c'est lui qui le raconte – le soutien sympathique d'hommes de gauche comme de droite. Il cite entre autres le préfet Maurice Grimaud et Jean Poperen. Deux frères.

Pourquoi Guy Névache, collaborateur de l'ancien maire socialiste de Grenoble, Hubert Dubedout, a-t-il rallié en 1989 la candidature du RPR Alain Carignon ? Goût du pouvoir et opportunisme, sans doute. Mais son appartenance à la GLNF, dont était membre Jean-Louis Dutaret, bras droit de Carignon, a facilité le rapprochement. Malheureusement pour lui, Névache a ensuite été entraîné dans les démêlés judiciaires de son nouveau boss.

Comment ne pas s'interroger sur le fonctionnement de Jacques Toubon, maire RPR du XIIIe arrondissement, quand on retrouve plusieurs frères bien introduits au sein du groupe de réflexion qu'il crée à la fin des années 80 : Dominique Bouillon, promoteur immobilier qui a décroché un contrat pour la construction du complexe audiovisuel Grand-Écran place d'Italie, ou Jean-Pierre Doumenc, un condisciple de l'ENA, directeur général adjoint de Spie Construction, qui a lui aussi obtenu quelques lots sur ce chantier dont Toubon avait la maîtrise par le biais d'une société d'économie mixte, la Semapa. Est-

"bouffer" puisqu'ils sont aujourd'hui plus à gauche que les frères ». Avant d'ajouter : « Les tabliers de sapeur des "bouchons" lyonnais sont les seuls tabliers qui me sont familiers. »

ce Toubon qui actionne des réseaux maçons ou un réseau qui se sert de Toubon ? Tout cela n'est-il que coïncidences ? Alors le hasard ne fait pas mal les choses.

L'ancien ministre socialiste Dominique Strauss-Kahn a lui aussi été soutenu par « la famille », entre deux fonctions ministérielles, à l'Industrie (1991-93) puis aux Finances (1997-99). Notamment lors de la création du Cercle de l'industrie, dont il revendique la paternité intellectuelle mais qui a été créé en 1992 par plusieurs patrons, au premier rang desquels on trouvait des frères influents : Jean Syrota, alors PDG de la Cogema. Avec l'aide de Michel Colin, un énarque qui a été membre des différents cabinets Strauss-Kahn : il deviendra délégué général du Cercle de l'industrie. Lui aussi est maçon (et lui aussi fait savoir qu'il « n'en est pas »). D'autres entreprises apportent leur contribution. Elf, fief trois points, fournit une partie du salaire de l'assistante de l'ancien ministre (elle sera mise en examen). La conseillère en communication qui a participé à la création du Cercle est rémunérée par Air France, autre entreprise trois points.

La cotisation annuelle demandée aux patrons pour adhérer à ce lobby chargé de porter à Bruxelles la bonne parole de l'industrie française est de 200 000 francs. Une bonne vingtaine de patrons acceptent. Le Cercle dispose rapidement d'un budget de 4 millions de francs. « C'est très simple, explique le dirigeant d'une grande entreprise publique, en 1992, un certain nombre de patrons se sont mis autour d'une table, se sont demandé comment ils pourraient soutenir Dominique Strauss-Kahn. En retour, ils espéraient quelques services. Syrota a été nommé vice-président du conseil général des Mines, c'est-à-dire patron des ingénieurs d'État chargés notamment de contrôler les installations nucléaires de La Hague. »

Ce n'est pas tout. Après la déroute législative de 1993, Dominique Strauss-Kahn crée, parallèlement au Cercle de l'industrie, un cabinet de conseil, DSK Consultants. La clientèle visée par cette petite structure familiale qui a pour objectif « la réalisation de toutes études, de quelque nature que ce soit » ? « Les entreprises des secteurs de l'énergie, du nucléaire et des télécommunications [1]. » Comme par hasard, des fiefs maçons. DSK Consultants partage les locaux du Cercle de l'industrie, lui-même hébergé gratuitement par un ami : Paul Reucher, patron de la Compagnie pour l'assurance et la location. Son chauffeur est payé par le Cercle. L'ancien ministre ne reçoit aucune rémunération en temps que vice-président du Cercle (c'est Raymond Lévy qui préside). Il est bénévole ! Officiellement, il cloisonne hermétiquement les deux structures. Mais lors de ses déplacements à l'étranger, il est reçu au titre de l'association. Jean Gandois, PDG de Pechiney et membre du Cercle, joue alors au naïf : « Je ne m'étais même pas aperçu qu'il travaillait pour certains d'entre nous. »

Notre dirigeant maçon poursuit son analyse : « Quand DSK Consultants a été créé, le même groupe de patrons a regardé de quelle manière ils pouvaient l'alimenter. L'un proposait un discret

1. Vincent Giret et Véronique Le Billon, *Les Vies cachées de DSK*, Le Seuil, 2000.

contrat avec une filiale étrangère. Un autre la prise en charge d'un employé. Certains, dont EDF, ont proposé des jobs à son entourage familial. » Les mêmes s'étaient fait un devoir de recaser certains membres de son cabinet à l'Industrie : Jean-Yves Naouri à Publicis, Marc Espalieu à EDF, Claude Imauven à Saint-Gobain...

Cela n'a rien à voir avec la maçonnerie, répliquent-ils en chœur. Les affaires fonctionneraient ainsi, voilà tout. Mais les frères ont souvent une longueur d'avance et sont les seuls à pouvoir décrypter ce type de Meccano relationnel. DSK a dû se mettre en congé de la République après ses mises en examen, et les grands manitous ont délaissé ce ministre si prometteur – quoique non initié lui-même – pour circonvenir d'autres puissants. Mais le même principe a été conservé : confier la vice-présidence du Cercle de l'industrie à un politique de l'opposition, pour éviter tout soupçon de trafic d'influence ; ainsi, de retour au pouvoir, il pourra toujours servir. Les successeurs de DSK, Alain Lamassoure puis Jacques Barrot, sont membres de l'UDF. Des frères ? Le premier, oui. Le second ? Il affirme qu'il n'a « jamais souhaité faire partie d'une loge », mais précise qu'il a « toujours entretenu de bonnes relations avec les maçons ».

Début 2000, Jean Glavany, ministre de l'Agriculture, crée un nouveau club intitulé Socialiste aujourd'hui. Celui qui fut pendant sept ans le chef de cabinet de François Mitterrand à l'Élysée, puis député des Hautes-Pyrénées en 1993, a-t-il besoin d'un petit groupe d'experts ? Veut-il allumer un contre-feu face au positionnement très social d'Henri Emmanuelli au sein du PS ? Ou tout simplement se constituer une garde rapprochée ? Quels qu'en soient les motifs, les premiers socialistes à répondre présents sont tous des frères : Raymond Forni, président de l'Assemblée nationale, Jean-Pierre Masseret, ministre des Anciens Combattants, François Rebsamen, délégué aux fédérations du PS, ou Jean-Pierre Bel, sénateur de l'Ariège. Dans son Sud-Ouest, on affirme que Glavany l'est également, mais il dément toute appartenance. Coïncidences encore ? Cet enthousiasme montre que les frères sont toujours prêts à s'engager dans le combat public, mais aussi qu'ils peuvent constituer des forces d'entraînement. Le noyau dur étant constitué de quelques têtes d'affiche, il est plus facile d'agréger ensuite autour frères et profanes.

Certaines grandes faillites ont fait apparaître en pleine lumière le danger de ces relations incestueuses. On comprend un peu mieux l'affaire du Crédit foncier de France, dont la déconfiture est digne du Crédit lyonnais (11 milliards de francs de pertes), quand on sait que son gouverneur, Georges Bonin, inspecteur général des Finances et patron sur le papier de la banque, était sous la coupe de Marcel Gontard, ancien secrétaire général à la retraite, appointé comme conseiller auprès du gouverneur. Gontard était le supérieur de Bonin au Grand Orient.

Et pourquoi *Le Figaro* a-t-il été le dernier journal à évoquer le scandale de l'ARC ? Parce que les journalistes de ce quotidien étaient moins bien informés ? Évidemment non. Mais il faut bien rappeler que Jean Miot, qui fut longtemps le baron du groupe Hersant avant de présider l'AFP, était membre du conseil d'administration de l'ARC, au côté de son frère Crozemarie. Non seulement *Le Figaro* n'a pas fait état des premiers soupçons concernant le fonctionnement de l'association, mais Jean Miot a pris la plume pour défendre son ami. En janvier 1991, il écrit dans *Le Figaro* : « Qui veut la mort de l'ARC ? Qui veut la mort de l'Institut Gustave-Roussy ? Qui veut la mort de la recherche contre le cancer ? On est en droit de se poser ces questions compte tenu de l'acharnement avec lequel l'Inspection générale des affaires sociales (Igas) contrôle l'association pour la recherche sur le cancer. »

Et Miot de se poser en moraliste. En 1997, à la suite de la publication d'un livre sur l'assassinat de Yann Piat mettant en cause, quasi nommément, deux dirigeants de l'UDF, Jean Miot s'était fendu d'une tribune dans *Libération* pour fustiger la presse. « L'éthique et la déontologie, deux choses bien distinctes, méritent aujourd'hui que quelques-uns d'entre nous se réunissent pour réfléchir ensemble. » Cela lui avait valu une réplique cinglante de Jean-Jacques Chiquelin – qui couvrait l'affaire de l'ARC pour *Le Nouvel Observateur* et connaissait bien les dessous du scandale – dans une tribune de *Libération*.

Une petite anecdote illustre le fonctionnement de la « fraternité » au quotidien. Dans un portrait que *Libération* consacre à Jean Miot en janvier 1999, trois personnalités apportent leur témoignage sur le personnage : Roland Dumas, Michel Charasse et André Santini. Le député-maire UDF d'Issy-les-Moulineaux, réputé pour ses vacheries, affirme sans rire : « C'est un humaniste d'une culture totale, exempt de tout calcul ! » Dumas renchérit : « Un ami, un journaliste scrupuleux, un honnête homme, un républicain de bonne qualité. » Quand les frères appliquent les règles de solidarité et d'assistance, ils ne font pas semblant.

Le Figaro a d'ailleurs soutenu Roland Dumas jusqu'à la fin, alors même que des dirigeants socialistes réclamaient sa démission du Conseil constitutionnel. Au point que le président du comité éditorial du journal, Alain Peyrefitte, a été contraint de publier un article appelant Dumas au départ dans... *Le Monde*. « Les liens maçonniques ont joué », affirment les initiés. Yves de Chaisemartin, le patron du *Figaro*, serait « passé sous le bandeau ». La police, lors d'une perquisition chez lui et à son bureau dans le cadre de l'affaire IBSA (filiale du Crédit lyonnais), n'a pourtant trouvé aucun indice : annuaire de loge, tablier, décors maçonniques, rien. « Cela ne prouve rien, rétorque un frère. Certains sont paranos et mettent tout au coffre. Même leurs proches ne sont pas au courant. » Quant à l'intéressé, il ne souhaite pas s'exprimer sur le sujet.

Pour qui connaît un peu la géographie maçonnique, les renvois d'ascenseur relèvent toutefois du secret de Polichinelle. On reconnaît facilement, dans certaines carrières, les passages par les cases « trois points ». Le très discret Pierre Eelsen, PDG d'Air Inter de 1984 à 1990, est ensuite passé à Havas Tourisme, avant de se reconvertir dans l'activité aéroportuaire, fief réputé maçon. Jean-Michel Gaillard, ancien conseiller de Mitterrand, a poursuivi sa carrière à Antenne 2, à la Compagnie générale des Eaux et au Bureau de vérification de la Publicité. L'ancien président d'Air France, le polytechnicien Pierre Giraudet, a débuté au port du Havre, avant de devenir directeur général adjoint des Aéroports de Paris. De 1983 à 1991, il était président de la Fondation de France. Alors que Jean-François Deniau se montrait intéressé, on lui aurait fait savoir qu'il n'avait rigoureusement aucune chance, la fonction appartenant, paraît-il, aux maçons [1]. Mais il faut se méfier du côté « bouc émissaire ». À la Fondation, on a plutôt tendance à dire que Deniau a été écarté parce qu'il était trop gourmand, exigeant voiture, appartement de fonction...

Robert Lion, aujourd'hui associé-gérant de Raspail 21 Consultants, a collectionné les postes dans des fiefs maçons : directeur général de la Caisse des dépôts et consignations, censeur du Crédit national, trésorier de la Fondation de France, administrateur des Wagons-Lits, d'Air France et d'Havas.

Ainsi, ce n'est pas un hasard si, au milieu des années 80, Gilles Ménage, directeur adjoint de cabinet du président de la République, suggère au frère Gérard Colé, conseiller en communication de François Mitterrand, de « prendre attache » avec un responsable d'Air France afin qu'on lui établisse un contrat de chargé de mission. Dans cette compagnie publique, les « emplois de cabinet » – des emplois fictifs réservés au personnel de l'Élysée – ont été très longtemps une tradition maison. Avec, en toile de fond, des affinités maçonnes puissantes. Le premier président de la compagnie Air France en 1948, Max Hymans, était un « enfant de la veuve ». La plupart de ceux qui lui ont succédé – Pierre Giraudet, Jacques

1. *Le Nouvel Observateur* du 1er juin 2000.

Friedmann, Christian Blanc, Jean-Cyril Spinetta –, appartiennent à la famille. Bernard Attali semble avoir été une exception.

Certains CV laissent clairement apparaître ces amitiés particulières. En octobre 1998, le nouveau patron d'EDF, François Roussely, homme de gauche qui a fait l'essentiel de sa carrière dans le sillage de Pierre Joxe avant de devenir directeur du cabinet du ministre de la Défense Alain Richard, engage Patrice Kreis comme directeur de la communication. Kreis a fait toute sa carrière à droite. Cet homme affable et chaleureux, qui n'arbore pas d'autres diplômes que le bac, entamant sa carrière professionnelle comme stagiaire au *Petit Marocain*, a travaillé de 1976 à 1981 pour plusieurs ministres RPR, dont Joël Le Theule. À l'arrivée des socialistes au pouvoir, il est nommé chef du service de presse de l'Aérospatiale, entreprise dirigée par un frère marqué à droite, Henri Martre. Opposés politiquement, Roussely et Kreis appartiennent à la même obédience (ce que ce dernier dément formellement). Serait-ce une explication ? Mais dans l'ombre, l'homme fort, c'est un monsieur très discret de 66 ans, Guy Perrimond, directeur d'un journal confidentiel, *Le Pli*. Cet ancien conseiller de Pierre Joxe est bien sûr un frère.

Promotions, parachutages, emplois de complaisance : mieux vaut « appartenir à la famille ». Elle ne suffit pas à faire carrière, mais peut la conforter. Et même éviter des accidents de parcours. En 1998, un frère, rédacteur en chef à TF1, porte plainte contre *L'Express* pour atteinte à la vie privée : son nom avait été cité parmi les très nombreux maçons de la hiérarchie de la première chaîne de télévision. Il affirme, pour sa défense, qu'il ne doit aucunement son poste à la franc-maçonnerie. Sans doute. Mais l'homme ne fait pas l'unanimité : on raconte dans les couloirs de TF1 que son départ a souvent été évoqué. Le PDG Patrick Le Lay a toujours répliqué : « Je ne peux pas, il fait partie de la famille ! »

Connaître les attaches des uns et des autres permet donc de mieux comprendre les tenants et aboutissants de bien des décisions. Cela permet de reconstituer le puzzle. D'où l'intérêt pour tout dirigeant de s'entourer de quelques frères qui pourront l'aider à décrypter ou à actionner des réseaux. Pour autant, la franc-maçonnerie n'est pas cette grande organisation centralisée parfois décrite dans les caricatures. Elle n'est qu'un des leviers utilisés par les hommes de pouvoir pour étendre leur emprise. Elle n'en est que plus forte.

Chapitre 2

Visite guidée

À la fois protéiforme et hiérarchisée, ordre spirituel et société d'entraide, ambiguë jusque dans ses origines, la maçonnerie paraît parfois insaisissable. La complexité de cette société secrète rend aléatoire toute généralité, suspecte toute remise en cause. Quels que soient les arguments exposés, la discussion bute souvent sur le particulier. « On ne fonctionne pas du tout comme cela, s'indigne le maçon intègre, toujours prompt à défendre sa famille. En tout cas, pas chez nous. » Autrement dit, c'est peut-être le cas à la GLNF, mais pas au GO. À moins que ce ne soit l'inverse. « Dans mon atelier, notre travail initiatique est de très haut niveau », assure l'un, alors qu'un autre rétorquera : « C'est un truc de Pieds-Nickelés. Les débats sont sans aucun intérêt. La seule chose importante, ce sont les agapes, le banquet qui suit les réunions. C'est là que tout se passe. » Certains assurent que la Révolution, la devise « Liberté – Égalité – Fraternité », les congés payés, le droit du travail, les HLM, la contraception et l'avortement sont l'œuvre des maçons. D'autres, pourtant de la même obédience, expliquent que rien n'est plus faux, qu'il s'agit simplement d'accréditer l'idée d'un pouvoir qui n'existe pas !

La maçonnerie est une mosaïque, un labyrinthe où le profane s'égare parfois. Elle est constituée de milliers de loges ou d'ateliers, petites structures locales d'une trentaine de membres qui, sous la responsabilité d'un Vénérable, se réunissent tous les quinze jours ou tous les mois. Au plan national, les loges sont fédérées par des sortes de holdings, les obédiences, parfois appelées Grandes Loges. Plusieurs obédiences sont en concurrence. Elles n'ont pas les mêmes règles, la même philosophie, la même politique de recrutement, mais de nombreux stratagèmes permettent aux frères de tous horizons d'œuvrer en commun.

La variété des loges et la diversité des obédiences renforcent le caractère nébuleux de ces sociétés dites philosophiques. Et favorisent tous les fantasmes. *A contrario*, la méconnaissance de la maçonnerie dont témoigne la grande majorité des profanes permet aux intéressés de se draper dans leur dignité, au nom de grands principes, de règles et d'usages internes, sans risque d'être démentis. Quelques clés sont donc indispensables pour pénétrer au cœur de ce système.

On évoque souvent LA franc-maçonnerie. Mais il existe environ 35 obédiences d'importance relative, toutes différentes et plus ou moins rivales. Le Grand Orient de France (GO), la Grande Loge de France (GLF), la Grande Loge Nationale Française (GLNF) sont les trois principales. Mais il faut compter aussi avec le Droit Humain, la

Grande Loge Féminine de France, la Grande Loge Mixte universelle, la Grande Loge Mixte de France, la Grande Loge Traditionnelle et Symbolique-Opéra, la Grande Loge Indépendante et Souveraine des Rites Unis, l'Ordre Initiatique et Traditionnel de l'Art Royal, Memphis-Misraïm, beaucoup moins médiatisées. Si le GO compte près de 40 000 frères, la Grande Loge Mixte Universelle ne rassemble que quelque 600 membres. D'aucuns affirment d'ailleurs que des hommes de premier plan sont initiés dans certaines structures extrêmement secrètes qui ne comptent que quelques dizaines d'adeptes. Fantasme ou réalité ?

L'histoire de la franc-maçonnerie est traversée par des luttes d'influence, des scissions, des querelles intestines. Elle épouse l'histoire du pouvoir. En France plus qu'ailleurs, car le Grand Orient de France y a provoqué en 1877 le grand schisme maçonnique, en supprimant avec fracas toute référence obligatoire à ce que les initiés appellent le Grand Architecte de l'Univers. Héritage de ce passé mouvementé, il existe donc des obédiences dites régulières, où il est nécessaire de croire en Dieu, où l'on prête serment sur l'un des trois livres sacrés : la Bible, le Coran ou la Torah. Et d'autres, dites libérales, essentiellement laïques. La Grande Loge Nationale Française (GLNF), déiste, est la seule reconnue « régulière » par la Grande Loge Unie d'Angleterre (GLUA), qui revendique le rôle de mère de la franc-maçonnerie mondiale. Les autres, le Grand Orient, la Grande Loge Féminine, Droit Humain, ou la Grande Loge de France, majoritaires dans l'hexagone, n'ont en principe aucun lien formel avec la maçonnerie anglo-saxonne, ce qui les prive de nombreux réseaux internationaux.

Partout dans le monde, les différentes obédiences se livrent à des luttes sans merci pour asseoir leur influence. En Amérique latine, en Afrique, en Europe de l'Est, en Russie, au Japon, aux Philippines... À l'occasion, cette maçonnerie qui se pique d'enjeux planétaires est instrumentalisée par les gouvernements, les services secrets ou les multinationales. Au lendemain de la chute du mur de Berlin, les principales obédiences se sont livrées à une course de vitesse pour réactiver leurs anciens réseaux : il fallait être les premiers à reprendre pied à Budapest, Prague ou Moscou. Depuis une quinzaine d'années, la GLNF tente de récupérer des « parts de marché » sur le continent africain, le GO ayant été longtemps en position dominante.

Ainsi, fin 1999, à peine le général Gueï avait-il orchestré un coup d'État en Côte-d'Ivoire qu'un dignitaire de la GLNF, Jean-François Humbert, était chargé de l'initier. Un jour, le dirigeant d'une société travaillant en Afrique s'est inquiété auprès de François Mitterrand de la puissance des « frères la gratouille », selon son expression féroce. Le chef de l'État lui fit comprendre que la question ne se posait pas : si la France ne maintenait pas des réseaux africains à travers la maçonnerie, les Américains, eux, ne s'en priveraient pas – la CIA n'hésitant pas utiliser des loges comme couverture.

La maçonnerie, diffusée dans le monde entier à travers les marins, les militaires et les commerçants, a d'ailleurs été partie prenante de toutes les conquêtes coloniales. Dans leur bande dessinée, *El*

Gaucho, qui illustre les péripéties d'un tambour de l'armée britannique lors de la tentative d'invasion de l'Argentine, en 1806, Pratt et Manara racontent comment la riche aristocratie locale, membre de la Loge Américaine de Londres, a soutenu l'offensive des officiers de la marine britannique contre les Espagnols. Ils appartiennent à la même loge et ont un objectif commun : renforcer la prospérité du commerce. En revanche, la classe moyenne, affiliée à une loge rivale, d'inspiration française, se bat pour l'indépendance. Un cas d'école schématique, caricatural, mais qui reflète de manière assez juste le partage des rôles entre maçonnerie libérale et maçonnerie régulière.

Chaque obédience, soucieuse de défendre ou d'étendre son propre territoire, affirme son particularisme, mais dans la pratique les similitudes sont plus grandes que les différences. Nombre de frères se sont fait initier dans l'une ou l'autre, au hasard des rencontres, sans en avoir toujours perçu le caractère particulier.

À la GLNF, c'est la règle, on ne discute pas de politique ni de religion en loge. C'est un principe auquel ses membres se disent très attachés, car il serait conforme au véritable esprit maçonnique. Les travaux en atelier sont consacrés à des études philosophiques, religieuses et spirituelles, où la symbolique occupe une place centrale. La qualité du déroulement des cérémonies, l'observance rigoureuse des rituels sont la fierté de ses partisans. Pour le reste, en guise d'engagement social, on y prône les œuvres de bienfaisance, à l'instar des pays anglo-saxons. Dans les faits, cette règle ne concerne que les loges bleues, réservées aux débutants, maçons des trois premiers grades : apprentis, compagnons, maîtres. Dans les hautes sphères, dans les ateliers supérieurs, appelés « chapitres », les frères discutent librement de tout. La Corse a beaucoup de succès depuis que Lionel Jospin a lancé son processus de négociation avec les nationalistes. Ainsi, le parcours du franc-maçon est divisé en deux étapes : travail intérieur, introversion, puis travail dans la cité, extraversion.

Au GO et à la GLF, obédiences dites « irrégulières » car elles ne sont pas reconnues par la Grande Loge Unie d'Angleterre, ou « libérales » car aucune croyance en Dieu n'est exigée, les travaux sont au contraire dès le départ orientés sur les problèmes de société. Le droit du travail, les congés payés, l'impôt sur le revenu, la contraception, l'avortement ou la peine de mort ont été longuement discutés en loge, et ce travail a largement contribué à la diffusion des idées progressistes. Hélas, le souffle s'est tari ces dernières décennies. Hormis la défense de la laïcité, les protestations contre la venue du pape ou la mobilisation contre le Front national, la franc-maçonnerie n'a guère fait émerger d'idées nouvelles, ni participé aux grands débats. Rien ou si peu sur l'illettrisme, l'immigration, la violence à l'école, la bioéthique, la mondialisation... Le nouveau Grand Maître du Grand Orient, Alain Bauer, spécialiste reconnu des problèmes de sécurité urbaine, a bien promis d'apporter un peu de sang neuf. Il a lâché en vrac quelques pistes, dont la promotion de la taxe Tobin sur les mouvements de capitaux. Mais cette initiative sans grande originalité (le GO a plusieurs trains de retard sur cette revendication portée par des organisations plus jeunes, plus irrespectueuses) a fait grincer des dents au siège de l'obédience, rue Cadet, où l'on commence à se demander s'il ne serait pas judicieux que le Grand Orient prenne quelque distance avec la vie politique. De plus en plus de loges se réfugient aujourd'hui dans des études ésotériques et symboliques.

L'hétérogénéité apparaît parfois comme la principale caractéristique de la franc-maçonnerie. Au premier abord, on aurait bien du mal à trouver des points communs entre Patrick Le Lay, PDG de TF1, homme de droite, catholique pratiquant, et Jean-Luc Mélenchon, ministre de Lionel Jospin, animateur de l'aile gauche du PS. Entre le judoka David Douillet et le président de la Cour des comptes Pierre Joxe. Jean d'Ormesson, aristocrate, écrivain, et Manuel Valls, conseiller pour la communication à Matignon, semblent encore plus éloignés l'un de l'autre. Et pourtant ils sont tous frères. Au nom d'un passé commun, de traditions séculaires, ils pratiquent entre eux fraternité et solidarité. L'appartenance à la grande famille, avec ses rites et ses symboles communs, favorise l'écoute, le dialogue et crée des liens qui facilitent les contacts. C'est la raison pour laquelle Michel Rocard, Premier ministre, fit appel à des maçons de toutes obédiences pour négocier les accords de Matignon sur la Nouvelle-Calédonie. Tout comme Pierre Joxe, ministre de l'Intérieur, pour discuter, en 1989-1990, d'un nouveau statut pour la Corse. De nombreux patrons expliquent que des réunions maçonniques informelles leur ont permis de nouer des relations directes, presque confiantes, avec des salariés ou leurs responsables syndicaux. Dans les grandes entreprises, les fraternelles se multiplient. Dirigeants, cadres, employés, de droite, de gauche, du GO, de la GLF ou de la GLNF, se réunissent « à couvert », à l'abri des regards et des oreilles profanes. Malgré les rivalités et les divergences, les frères trouvent plaisir ou intérêt à se retrouver.

En principe, un maçon « régulier » ne doit pourtant pas entrer en contact avec un maçon « libéral ». Un frère du GO n'est pas admis dans un atelier de la GLNF. Dans les faits, les maçons ont tissé un réseau de fraternelles, sortes d'amicales où les maçons de toutes obédiences se retrouvent par affinités politiques, professionnelles, géographiques. Durant des années, les Grands Maîtres ont convenu que ces fraternelles, à l'origine de nombreuses dérives, étaient contraires à l'esprit maçonnique, sans y mettre fin. Ce n'est que très récemment qu'une commission – à laquelle participent les principales obédiences – a décidé de se pencher sur la question, dans le but de délivrer un label éthique à celles qui ne se livrent pas purement et simplement à du trafic d'influence. Grands principes et petits arrangements entre initiés. Quoi qu'il en soit, les différentes branches de la maçonnerie, aussi divisées soient-elles, se retrouvent sur un point, le G, qui signifie, selon l'inspiration, God (Dieu, pour les croyants), Géométrie (pour les athées) ou Grand Architecte de l'Univers (pour les agnostiques).

Tout a commencé par une énigme. Comment découper un cercle en cinq parts égales ? La question turlupinait les bâtisseurs de cathédrales du

Moyen Âge, avant qu'ils ne (re)découvrent l'astuce. Pour dessiner une rosace parfaitement équilibrée, il suffit de partir d'un cercle, d'en tracer un deuxième dont le centre se situe au milieu du rayon du premier, puis un troisième dont le centre est à l'intersection du deuxième et du diamètre du premier, et ainsi de suite.

De cette énigme originelle découle une deuxième. Comment poser un chapeau pointu sur un parallélépipède ? L'entendement de l'époque avait du mal à concevoir cette mutation d'un carré en triangle. Il suffit pourtant de partir d'un cercle, d'en retirer un cinquième selon la précédente formule, puis de joindre les deux bouts. Se forme alors un chapeau pointu – une pyramide – qu'il ne reste plus qu'à déposer sur le parallélépipède pour achever en beauté la flèche d'une cathédrale.

Les maçons du Moyen Âge (terme qui désigne en fait les tailleurs de pierre) s'échangeaient nombre de trucs du même genre, reproductibles avec un compas et une équerre. Aujourd'hui, ils s'empresseraient de les révéler à la terre entière afin d'obtenir un prix Nobel, ou déposer un brevet pour toucher des royalties. À l'époque, on ne les transmettait que de bouche à oreille. Pour imposer une forme de *numerus clausus* – n'est pas maçon qui veut –, mais aussi pour ne pas éveiller la suspicion d'un clergé réfractaire à tout ce qui ressemblait de près ou de loin à de la science. D'autant plus qu'en loge (ces cabanes édifiées sur les chantiers où les bâtisseurs rangeaient leurs outils), certains étudiaient les écritures sans l'aide d'un clerc, pratique formellement réprouvée par l'Église. Nombre de maçons sont en réalité des architectes, des ingénieurs, qui disposent d'un savoir remarquable sur l'art de bâtir et font partie de l'élite intellectuelle. Ainsi est née la maçonnerie dite « opérative », détentrice d'un savoir matériel non dépourvu d'idéal. Entre science et religion, son cœur balance.

La maçonnerie dite « spéculative », principalement préoccupée des choses de l'esprit mais largement inspirée du fonctionnement de la maçonnerie « opérative », émerge aux XVe et XVIe siècles. Il est moins question de construire des cathédrales que de transmettre des légendes plus ou moins ésotériques, dont certaines remontent à l'Antiquité – les bâtisseurs de pyramides auraient découvert en premier la quinquature du cercle. Ce nouveau courant de pensée tente de ne pas sombrer dans la métaphysique pure : la construction du « temple intérieur », autrement dit le travail sur soi de chacun des maçons, doit véritablement améliorer la marche du monde, la construction du « Temple universel ». Le secret est considéré comme la condition première de la liberté, d'où le terme anglais de *free mason*, improprement traduit en franc-maçon. Secrets de fabrication des constructeurs de cathédrales, puis secret des discussions en loge à une époque où la liberté d'expression et de réunion n'existait pas. Et donc secret d'appartenance, qui dégénère parfois en culte du secret. À l'époque, les tailleurs de pierre contribuaient d'ailleurs à la diffusion des idées, car ils côtoyaient non seulement la noblesse et le clergé (leurs commanditaires), mais également les graveurs, imprimeurs, et autres « gens du Livre », passionnés par l'hermétisme. L'alchimie, la kabbale (vision allégorique de l'Ancien Testament), les Rose-Croix, tous ces courants de pensée ont largement contribué à nourrir leur réflexion. Ils aspiraient à l'avènement d'une société harmonieuse dirigée par un cénacle d'initiés, à l'image de celle décrite par Francis Bacon dans *Nova Atlantis*.

Ce n'est qu'au XVIIIe siècle que cette contre-société va s'organiser et prendre sa forme moderne, à l'instigation de protestants anglo-saxons. Publiées en 1723, les « Constitutions d'Anderson », du nom d'un pasteur calviniste écossais, délaissent en partie l'ésotérisme pour imposer de nouveaux canons administratifs : fonctionnement des loges, respect des rituels, obligation de prêter serment sur les Saintes Écritures, solidarité entre les membres... Quitte à éliminer les vieilles références à l'Antiquité ou au Moyen Âge qui, de toute façon, ne lui appartiennent pas, la Grande Loge Unie d'Angleterre s'arroge ainsi le droit de proclamer universellement ce qui est maçonniquement correct. Une suprématie dont les Français ne se sont jamais accommodés.

Pour s'affranchir de la prééminence anglaise, perçue comme purement opportuniste, certains tentent de faire remonter la maçonnerie à des origines beaucoup plus lointaines. Ainsi, Jean Verdun, ancien Grand Maître de la Grande Loge de France (obédience libérale), explique : « À l'origine de la tradition universelle de l'Ordre maçonnique, aussi loin que l'on remonte, on retrouve la géométrie, et rien ne peut se faire sans un recours (...) à la plus grande et peut-être à la seule grande invention de notre civilisation occidentale : la géométrie. C'est d'elle, et par conséquent des Grecs, que tout nous vient, et non pas de la révélation christique. Je veux bien que révélation christique et géométrie pythagoricienne se soient rencontrées, mais précisément chez ces bâtisseurs de cathédrales dont nous sommes les héritiers[1]. »

Le profane, souvent rebuté par la complexité de la chose maçonnique, s'en tient parfois à quelques idées reçues. La plus courante est l'incompatibilité entre maçonnerie et religion. « Lui, maçon ? Mais il est catholique ! » s'esclaffent des non-initiés quand on évoque devant eux des personnalités comme Hervé de Charette ou Renaud Donnedieu de Vabres, tous deux députés UDF. Qu'ils se rassurent : il y a beaucoup de frères chez les libéraux et les démocrates-chrétiens. Mais ils sont très discrets : l'image des « bouffeurs de curés » et autres « profanateurs de crucifix » reste très ancrée dans les esprits. Résurgence d'une époque où curés et maçons se sont mené la vie dure.

« Voici les hommes qui prient Lucifer ; voici les hommes qui insultent le Christ en hébreu ; voici les hommes qui crachent sur le crucifix ; voici les hommes qui, la nuit du jeudi saint, découpent un agneau couronné d'épines, cloué à plat ventre par les pattes, sur la table d'un abominable banquet. » Cette description des francs-maçons, faite par l'écrivain cubain Alejo Carpentier dans *Le Siècle des Lumières*, est très évocatrice d'une image longtemps véhiculée dans les milieux conservateurs. Porteurs d'idées révolutionnaires, forcément impies, les maçons sont alors perçus

1. Jean Verdun, *Carnets d'un Grand Maître*, Éditions du Rocher-Éditions Albatros, 1990.

comme une engeance qui s'infiltre partout, combattant la foi chrétienne et l'autorité de gouvernements légitimes au nom d'une « philanthropie », d'une aspiration au bonheur et à la démocratie qui cacherait simplement une conjuration internationale pour détruire l'ordre établi.

En réalité, il n'existe aucun antagonisme originel entre la maçonnerie et l'Église. Loin de là. Parmi les premiers frères, on recense des savants, des aristocrates, des hommes de loi, mais aussi des ecclésiastiques. Sous l'Ancien Régime, de nombreux prêtres ont été initiés, et d'éminents maçons affirment que certains rois de France (Louis XV, Louis XVI, Louis XVIII, Charles X) l'ont été aussi, ce qui est également rapporté par la revue *Historia*[1].

Rétrospectivement, ce qui rapproche catholiques et maçons semble plus important que ce qui les sépare. Et pourtant... Leur proverbial antagonisme fait irrésistiblement penser à ces disputes de famille, ces fâcheries définitives néanmoins suivies de tentatives de réconciliation.

La guerre fratricide a éclaté quelques années à peine après la création de la maçonnerie moderne. En 1738, le pape Clément XII interdit aux catholiques d'adhérer à « la secte maçonnique ou autres associations qui conspirent contre l'Église ». À l'époque, les francs-maçons n'en sont pourtant pas encore à « bouffer du curé » ni même à fomenter Dieu sait quelle révolution. Simplement, le Vatican redoute qu'un nouveau mouvement ne vienne empiéter sur ses parts de marché. Grâce à leur

1. *Historia* spécial, n° 48, juillet-août 1997 ; Annexes : maçons célèbres.

concept fédérateur du Grand Architecte de l'Univers, les maçons ratissent en effet très large : croyants, agnostiques et athées peuvent s'y retrouver dans une même interrogation sur le sens et la marche du monde. Selon une définition maçonnique de la tolérance religieuse, le Grand Architecte est « pour chacun de nous le Dieu des autres », quels que soient son nom et sa forme. Aux yeux de l'Église « une, sainte, catholique, et apostolique », c'est tout simplement de la concurrence déloyale !

En réalité, la bulle du pape Clément XII, *In Eminenti*, à l'origine de tous les malentendus, était très politique : c'est une déclaration de guerre à la famille de Hanovre, protestante, qui, en 1714, est montée sur le trône britannique. Afin d'asseoir son pouvoir, celle-ci a décidé de fédérer toutes les loges d'Angleterre et d'y accepter les protestants comme les non-croyants. En 1738, cette émancipation est officialisée par une nouvelle édition des « Constitutions d'Anderson ». Le Vatican, qui milite, comme la France, en faveur de la restauration des Stuarts catholiques, riposte aussitôt.

Preuve supplémentaire que l'Église n'est alors pas fondamentalement hostile à la maçonnerie, pour peu qu'elle demeure en son giron : en 1737, les adversaires de la maison de Hanovre, les jacobites, chrétiens, réfugiés en France, fondent une loge concurrente en Avignon, placée sous la protection du pape.

Quelques années plus tard, en 1751, le pape Benoît XIV ajoutera une sanction majeure : l'excommunication, qui ne sera cependant jamais véritablement appliquée. La légende, entretenue par certains frères, rapporte que le nonce apostolique basé à Paris était lui-même un maçon, donc peu empressé d'obéir à la bulle papale ! Il semble surtout que l'excommunication ne visait que les maçons entrés en rébellion contre l'ordre établi, au nom des mêmes « Constitutions d'Anderson » où il est précisé que l'initié doit prêter serment de respecter les « Autorités constituées ». Quoi qu'il en soit, ces condamnations répétées laisseront des traces [1].

Les rapports entre l'Église et la franc-maçonnerie, déjà tendus sous la Révolution, vont véritablement se détériorer avec l'avènement de la IIIe République et l'apparition de Jules Ferry. De 1879 à 1884, ce ministre (maçon) de l'Instruction publique entreprend, avec l'aide d'instituteurs formés à l'École normale supérieure, souvent maçons, surnommés les hussards de la République, de construire un système scolaire laïc, obligatoire et gratuit, dépossédant ainsi l'Église de son monopole de fait. Il s'agit de bâtir la République sur des bases solides, sans se contenter de laïciser le mariage ou les registres d'état civil. Dès 1886, le Grand Orient de France réclame la séparation de l'Église et de l'État. Le pape Léon XIII s'y oppose avec succès. En échange, en 1890, il recommandera aux catholiques français le rallie-

1. En 1982, à l'occasion des obsèques religieuses à Notre-Dame d'Auteuil du Grand Maître de la GLNF, Louis-Auguste Derosière, l'archevêché de Paris publiera un communiqué précisant que « l'excommunication dont fait état le droit canon à l'encontre des francs-maçons ne vise que les membres des associations qui agissent contre l'Église ».

ment au nouveau régime[1]. Mais ce n'est que partie remise.

Les hostilités repartent de plus belle en 1902. Le président du Conseil, Émile Combes (maçon lui aussi), qui a renoncé à une vocation religieuse, engage une lutte farouche contre « le péril clérical ». Il fait adopter une loi interdisant aux congrégations d'enseigner, en prépare une autre instaurant la séparation de l'Église et de l'État, nomme des évêques sans consultation préalable avec Rome. La tension est à son comble. Les relations diplomatiques sont rompues entre la France et le Vatican.

Georges Clemenceau, député radical qui publia dans *L'Aurore* le « J'accuse » d'Émile Zola et fut président du Conseil en 1906, n'est pas maçon. Mais il a témoigné de cette hostilité du Vatican contre la République en général : « L'Église veut précisément le contraire de ce que nous voulons. Il n'y a pas une seule loi que nous ayons votée qui n'ait été formellement condamnée par les papes qui se sont succédé à Rome ! »

Le combat frontal entre catholiques et républicains n'a finalement duré qu'un temps, celui nécessaire à instaurer la séparation de l'Église et de l'État. La franc-maçonnerie y a largement contribué. Après avoir affaibli le monopole spirituel de l'Église catholique, elle l'a boutée hors du pouvoir temporel. Pour Jean Verdun, « rien à redire, c'était du bon travail. Il fallait bien séparer l'Église de l'État et, dans un premier temps,

1. Pour la petite histoire, le cardinal Lavigerie, qui avait prononcé le « toast d'Alger » – signe du ralliement du clergé français à la République – était fils et petit-fils de maçons.

prendre sa place. Les curés ont hurlé, comme tous ceux que l'on déloge, mais une fois le principe admis, l'Église a été ramenée à sa vocation spirituelle ». Et d'ajouter, lucide : « Les francs-maçons en tant que tels n'auraient plus dû se mêler des affaires de la Cité [1]. »

Cette vindicte de l'Église catholique aura une conséquence historique considérable : faire basculer tout un pan de la maçonnerie française dans l'athéisme, puis l'anticléricalisme. Dès 1877, le Grand Orient (alors seule obédience hexagonale) avait supprimé l'obligation de croire en l'immortalité de l'âme et au Grand Architecte de l'Univers. Ce double renoncement lui est toujours reproché aujourd'hui : dépouillé de la figure de l'Architecte, que reste-t-il de l'initiation maçonnique ? Le GO assure que ses membres sont libres de l'invoquer s'ils le souhaitent, mais ils ne sont qu'une petite minorité. La GLF se veut la seule héritière du concept fédérateur. À l'inverse, la GLNF a introduit l'obligation de croire en Dieu (grâce à une interprétation restrictive de la « religion naturelle », inscrite dans les « Constitutions d'Anderson »), mais cette règle est assortie d'une interdiction de parler religion en loge ! Dans les pays anglo-saxons de tradition protestante, au contraire, la greffe s'est effectuée sans heurt : les maçons croient en Dieu sans se poser trop de questions, la maçonnerie apportant une touche d'universalisme à des croyants égarés dans une multitude de chapelles. Au point qu'un évêque catholique allemand a pu écrire un jour : « Maçonnerie-protestantisme, un binôme nullement occasionnel. »

1. Jean Verdun, *Carnets d'un Grand Maître, op. cit.*

En France, les rapports entre l'Église et les maçons sont aujourd'hui normalisés, en dépit des taquineries entre les deux extrêmes de l'échiquier – traditionalistes contre militants laïcs. Des contacts réguliers mais informels ont lieu entre des représentants de l'épiscopat français et des Grands Maîtres ; il existe même une « Lettre aux catholiques amis des maçons ». Le père Riquet, jésuite, fondateur du Secours catholique, fut longtemps l'un de ces *missi dominici*. Une poignée de prêtres se sont fait initier à la GLNF, comme Jean-Claude Desbrosse, dont le faire-part de décès publié en 2000 débutait ainsi : « On nous prie d'annoncer le retour à l'Orient éternel de... » L'abbé Desbrosse avait obtenu le feu vert de son évêque, Mgr Armand Le Bourgeois : « Je ne lui ai pas donné à proprement parler de mission, mais puisque l'occasion se présentait et que je lui faisais confiance, il m'a paru intéressant que l'Église soit présente dans cette loge où l'on retrouve de nombreux croyants [1]. »

Au Vatican même, les rapports restent tendus, toujours plombés par l'Histoire et parfois réanimés par une flèche lancée par l'ennemi, à l'image de cet ancien Grand Maître du GO déclarant : « Nous ne nous contentons pas d'être la République secrète, nous sommes en même temps l'anti-Église. » L'excommunication a officiellement été levée par le concile Vatican II, en 1963, mais le cardinal Ratzinger, sévère gardien de l'orthodoxie de la foi, ne manque pas une occasion pour rappeler que les maçons vivent malgré tout « dans le péché ». Ils demeurent donc privés de

1. *La Croix* du 13 décembre 1999.

communion[1]. Mais la GLNF continue de discuter avec Rome pour mettre fin à cette « mise à l'Index », par l'intermédiaire de Mgr Jean-Charles Thomas, évêque de Versailles.

L'idée d'un complot contre le Vatican demeure malgré tout vivace : régulièrement, les milieux traditionalistes publient des listes de francs-maçons qui auraient réussi à s'infiltrer dans le saint des saints. Le plus drôle est que c'est souvent vrai. Les plus fameux furent Michele Sindona et Roberto Calvi, grands argentiers du Saint-Siège au côté de Mgr Marcinkus : leur intrusion s'est soldée en 1982 par le scandale du Banco Ambrosiano, où l'on ne sait s'il faut davantage accabler les membres de la sinistre loge P2 ou ces évêques qui jouaient sans scrupules aux banquiers offshore.

Un livre à scandales publié en 1999 par des proches de l'Opus Dei revient sur cette « fumée de Satan au Vatican » avec une pointe d'admiration : « La société romaine est sans conteste l'une des plus fermées ; mais la société ecclésiastique est encore plus hermétique. Ce qui n'empêche pas la maçonnerie d'y pénétrer sans mal par la porte de service en faisant montre d'un mimétisme irréprochable[2]. » Toutefois, la vieille garde les attend de pied ferme : « Dans les salles les plus

1. Lorsque le père Riquet et des dirigeants de la GLNF ont demandé la levée de l'excommunication, le cardinal Ratzinger a été chargé de faire une enquête sur les rituels en vigueur. Et il a découvert qu'au 30e degré du Rite Écossais Ancien et Accepté, le frère devait fouler aux pieds la tiare. Affolement de l'évêque qui y a vu une agression caractérisée contre l'autorité pontificale. En réalité, ce geste symbolique tendait à matérialiser le détachement des choses matérielles.

2. Groupe Les Millénaires, *Le Vatican mis à nu*, Robert Laffont, 1999.

secrètes du Vatican, les deux grandes forces, celle de la Lumière et celle des Ténèbres, se livrent à une partie d'échecs. Mais il n'est pas dit que la victoire temporaire de Satan ne puisse faire échec au Christ du vendredi saint sur le Calvaire ! » Savent-ils seulement à Rome que la guerre est finie ?

Autre idée reçue, liée à la force de l'Histoire : la maçonnerie serait l'apanage de la gauche radicale-socialiste. Pourtant, toutes les familles politiques ont tissé des liens avec la franc-maçonnerie, de l'extrême droite à l'extrême gauche. S'il existe des différences politiques entre les obédiences, les frontières sont poreuses. La GLNF est, certes, très marquée à droite, mais on peut y rencontrer des socialistes. Le réalisateur de télévision Serge Moati, qui ne cache pas ses convictions de gauche, a été initié à la GLNF. Tout comme Gérard Peybernès, collecteur de fonds du PS. Le Grand Orient est très majoritairement à gauche mais des frères engagés à droite, en sont membres. Jacques Chirac – dont des maçons de haut grade affirment qu'il a été initié à la Grande Loge Alpina, une obédience suisse très élitiste qui ne coopte que des dirigeants de très haut niveau – y a de nombreux relais. Son grand-père, instituteur corrézien, était lui-même maçon. Ce dont le président de la République ne s'est jamais caché [1]. Mais son père l'était également. On compte, en revanche, peu de frères

1. Dans *Un militant exemplaire au cœur de la chiraquie* (Denoël), Gérard Merle – lui-même maçon – évoque ainsi le grand-père du président de la République : Louis Chirac, directeur de l'école Firmin-Mirbeau de Brive-la-Gaillarde,

communistes, dans la mesure où, dès 1922, le PCF ratifia la décision du IVe congrès de l'Internationale socialiste d'exclure les francs-maçons de ses rangs. Levée en 1945, l'interdiction n'est réellement tombée qu'avec l'effondrement de l'Union soviétique. Le bruit court que le ministre communiste des Transports, Jean-Claude Gayssot, candidat à la mairie de Béziers, a été récemment initié. Lors de la fête légendaire qu'il donne chaque année – on y croise Jean-Luc Lagardère discutant avec Robert Hue ou Roger Hanin –, il a invité pour la première fois le nouveau Grand Maître du GO, Alain Bauer, ce qui a beaucoup fait jaser.

On trouve quelques maçons chez les Verts, mais ils préfèrent ne pas dévoiler cet engagement qui fleure l'arrivisme politique. Noël Mamère, député de Gironde et candidat à l'investiture écologique pour la présidentielle, ne cache pas qu'il a été initié au GO, mais assure qu'il a très vite renoncé par manque d'intérêt pour la recherche symbolique. Les trotskistes, qui pratiquent l'entrisme tous azimuts, de Force ouvrière à la Mnef, ont bien entendu leurs relais au Grand Orient.

Quant à l'extrême droite, en dépit de ses violentes diatribes, elle ne peut dissimuler une certaine fascination pour son ennemi héréditaire. Leur détestation réciproque est tellement affichée et entretenue qu'elle en paraît parfois suspecte. À l'origine, l'extrême droite n'a fait que reprendre à son compte le combat du clergé catholique, avant de diverger. Sa partie intégriste continue de professer un antimaçonnisme de toujours ; sa partie

radical-socialiste franc-maçon et grand pourfendeur de la religion devant l'Éternel.

païenne n'a qu'une obsession : pénétrer les loges. Ce clivage fut caricatural durant la Deuxième Guerre mondiale. Alors que l'hitlérisme n'était pas fondamentalement antimaçonnique (des dignitaires nazis étaient membres de la Société de Thulé, une confrérie paramaçonnique), l'extrême droite française, pétainiste et catholique, a profité de la politique d'éradication des juifs pour y inclure les maçons.

L'ambassadeur du IIIe Reich à Paris, Otto Abetz, avait fréquenté la loge Goethe de la GLF [1]. Parmi les parlementaires qui ont voté les pleins pouvoirs à Pétain, on comptait 96 maçons. En août 1940, le Grand Maître du GO avait tout naturellement pris contact avec le Maréchal [2]. Peine perdue : sitôt le régime de Vichy installé, un décret ordonne la dissolution des obédiences françaises. Subjugué par son garde des Sceaux, Raphaël Alibert, disciple de Maurras, Pétain se laisse emporter par les délires antimaçonniques. Mais la traque contre les frères a aussi des raisons politiques. Ils ne servent pas seulement de boucs émissaires pour expliquer l'effondrement de la France, il y a la question de l'Empire : si les conditions de l'armistice signé avec l'Allemagne sont très dures, en revanche les militaires français conservent l'empire colonial. Or, de nombreux fonctionnaires des colonies appartenant à la franc-maçonnerie sont tentés par l'appel du général de Gaulle. La loi du 13 août 1940 qui dissout les sociétés secrètes sert

1. Jean-André Faucher, *Histoire de la Grande Loge de France*, éd. Albatros, 1981.

2. Ainsi que l'ancien vice-président du Conseil, Camille Chautemps, qui avait participé à la négociation de l'armistice.

ainsi à contrôler et épurer l'administration. Les fonctionnaires maçons doivent se démettre ou se soumettre.

Cette hostilité manifeste du régime de Vichy ne va pourtant pas faire basculer les obédiences dans la Résistance. Pour une raison évidente : il n'est pas simple, quand on est fiché, stigmatisé, d'adhérer à des réseaux clandestins. Certains maçons furent pourtant parmi les plus précoces, à l'image de Jean Moulin, Pierre Brossolette, Jacques Mitterrand, ou Michel Dumesnil de Gramont, Grand Maître de la GLF, qui a immédiatement rejoint Londres. Mais d'autres frères ont collaboré avec Vichy, comme Maurice Papon, secrétaire général de la préfecture de Gironde, René Bousquet, secrétaire général de la police, ou Charles Riandley, Grand Secrétaire de la GLF, qui acceptera de rédiger un mémoire à la demande du service des Associations secrètes et envisagera même de faire renaître une maçonnerie d'État à Vichy... Pierre Laval, qui n'a jamais caché ses amitiés maçonnes, obtint la caution de nombreux initiés. Et en protégea un grand nombre. S'il y a eu de nombreux maçons résistants (un millier ont été déportés pour faits de résistance) on ne peut pour autant parler de maçonnerie résistante, d'autant que, dès 1940, la plupart des loges furent purement et simplement mises en sommeil.

Aujourd'hui encore, l'évocation de la franc-maçonnerie obtient un franc succès dans les meetings de l'extrême droite, même si Jean-Marie Le Pen, pour éviter les risques de procès, ne prononce plus l'expression « judéo-maçonnique ». Préférant évoquer « une secte politico-financière dont la nature est par essence opposée à la nature même de la démocratie[1] ». Parallèlement, toute une frange de militants issus de la nouvelle droite, adeptes du paganisme ou du national-bolchevisme, font commerce de la pénétration des sociétés secrètes, y compris la franc-maçonnerie. Il ne s'agit plus de dénoncer un complot, mais d'y participer activement... Férus d'occultisme, ils naviguent avec aisance dans les milieux troubles de la paramaçonnerie. Dans *L'Événement du jeudi*[2], Serge Faubert a décrit l'activisme de deux extrémistes, Jean-Pierre Giudicelli et Christian Bouchet, animateurs d'un groupe de Thèbes qui prétendait fédérer la crème de l'ésotérisme français. De fil en aiguille, et sous prétexte de magie, ils ont réussi à organiser une réunion dans les locaux mêmes du GO !

L'obédience Memphis-Misraïm est la cible favorite de ces valeureux comploteurs d'extrême droite. Parce qu'elle pratique un rite égyptien très ancien qui lui vaut le respect des grandes obédiences, y compris internationales, mais aussi parce qu'elle est petite (800 membres en France), donc facile à noyauter. Un ancien Grand Maître était membre d'un groupe qui se définit officiellement comme un « mouvement humaniste international » mais dont les membres prêtent serment à genou en singeant la « garde de la Rome impériale », un salut qui en rappelle bien d'autres. L'actuel Grand Maître de Memphis-Misraïm doit exercer une vigilance de tous les instants pour repérer les importuns. L'an dernier, il a encore

1. Communiqué du Front national cité par *France-Soir*, 11 avril 1997.

2. *L'Événement du jeudi* du 4 novembre 1993.

évincé deux proches de la Nouvelle Acropole. Le Grand Maître mondial de Memphis-Misraïm, l'Ivoirien Cheikna Sylla, a répliqué en parachutant son « conseiller privé », ancien soutien d'une liste FN à Lille... La branche française, qui l'avait radié à vie en 1996, a peu apprécié de le voir revenir par l'international. Elle a dû se détacher de la branche mondiale. Le combat continue.

Les trois grandes obédiences (GO, GLF, GLNF) ne sont pas non plus à l'abri de cet entrisme. À la fin des années 70, elles ont vu affluer dans leurs loges des soldats perdus de l'OAS (la branche armée des partisans de l'Algérie française) ou du SAC (le service d'ordre des gaullistes) venus y trouver le moyen de poursuivre leurs coups tordus. Longtemps, ces obédiences n'ont pas eu ou pas voulu prendre conscience du problème. À la GLF, Jean Faucher, qui a été condamné à la Libération, s'est ainsi retrouvé propulsé, en 1977, au rang de Grand Secrétaire. Il avait, il est vrai, réussi à brouiller les pistes de ses amitiés successives, de Jean-Marie Le Pen à François Mitterrand. Faucher a, depuis, créé sa propre obédience, la Grande Loge d'Orient et d'Occident. Au GO, un lepéniste s'était glissé jusqu'au sein du Grand Collège des Rites (la structure en charge des hauts grades maçonniques). Pour sa part, Jacques Tauran, membre du bureau politique du FN, avait fait son trou à la GLNF.

Ce n'est qu'avec l'émergence électorale du Front national que l'évidence du problème a surgi en pleine lumière. Ces frères qui vivaient cachés deviennent soudainement candidats FN aux élections ! L'ampleur du phénomène peut se mesurer au rythme des exclusions prononcées : plusieurs centaines par an. Dans les municipalité tenues par le FN (Vitrolles, Orange, Marignane et Toulon), le GO a été contraint de fermer plusieurs ateliers et de les remplacer par une « loge itinérante » placée sous la tutelle directe de Paris. Parfois, la révélation de la double appartenance tient du règlement de compte interne : l'an dernier, Jean-Marie Le Chevallier, maire FN de Toulon en rupture de lepénisme, a révélé que son adjoint, poursuivi pour harcèlement sexuel, était maçon.

Le GO ne se contente pas d'exclure les frères d'extrême droite, il se veut désormais l'étendard de la lutte contre les thèses du FN. Mais il a fallu attendre 1998 pour que le Conseil de l'Ordre du GO, sous la pression d'une base très remontée, se décide à exclure Jean-Pierre Soisson, qui venait d'être réélu pour la seconde fois président du Conseil régional de Bourgogne grâce aux voix du Front national. Un autre maçon, l'UDF Charles Baur, n'a pas non plus hésité à accepter les voix de dix élus FN pour conserver sa présidence de la région Picardie. Pour certains, le nouveau discours militant anti-FN ne fait que masquer une panne d'idées nouvelles, mais le reproche vaut également pour d'autres.

La GLNF, située plus à droite et très active dans le sud de la France, a longtemps été soupçonnée d'une neutralité bienveillante. En 1998, elle s'est résolue à « retirer les immondices qui auraient pu y pénétrer », selon les termes employés dans le nº 56 de sa revue interne [1]. Ces fortes paroles ne sont pas toujours suivies d'effet. En 2000, Jean-Christian Tarelli, premier adjoint FN à la mairie

1. Cité dans *Faits & Documents* du 15 décembre 1999.

de Marignane, a été initié à la GLNF comme si de rien n'était [1]. Il avait entre-temps adhéré au RPF de Charles Pasqua : ne manquait plus que l'onction maçonnique pour parfaire son recyclage.

Un homme réputé d'extrême droite comme Emmanuel Ratier continue de narguer de loin la franc-maçonnerie. Sa lettre confidentielle, *Faits & Documents*, fourmille d'informations sur la vie et les petits secrets des obédiences, mais aussi des organisations juives. En publiant à intervalles réguliers des documents internes réputés confidentiels, il leur envoie une sorte de clin d'œil : « Vous avez beau chercher à nous exclure, nous aurons toujours des gens dans la place. »

La maçonnerie n'est pas toujours ce que l'on croit ni ce qu'elle prétend être. Son influence sur la vie politique française est, à n'en pas douter, grande, mais la frontière entre ce qu'on lui doit et ce qu'elle s'attribue est ténue. Les frères revendiquent la paternité de nombreuses réformes : l'école publique, le code du travail, la législation sur les enfants naturels, les congés payés, l'impôt sur le revenu, les habitations à loyer modéré, les lois sur la contraception ou l'avortement, le planning familial... De fait, ils se sont largement impliqués dans ces débats. Parfois, ils en ont été les exécutants vigilants. Pour autant, peut-on considérer que sans le professeur Pierre Simon, maçon et militant actif de la libéralisation de la contraception, sans la fraternelle parlementaire qui a soutenu la loi Neuwirth, la pilule n'aurait jamais été autorisée ?

1. *Ibid.*

En revanche, les maçons sont moins enclins à évoquer certaines périodes peu glorieuses. À l'évocation de la Révolution de 1789, ils brandissent les noms de nombreux frères, Necker, Talleyrand, Saint-Just, Joseph Fouché. Mais ni Danton, ni Saint-Just, ni Mirabeau, ni Robespierre n'ont été initiés, malgré une rumeur qui court depuis des siècles. Et les maçons d'aujourd'hui occultent systématiquement le rôle tenu par d'autres frères, non moins nombreux, partisans de l'Ancien Régime voire des émigrés.

La franc-maçonnerie moderne et libérale s'est ainsi forgé des mythes fondateurs, s'appropriant la Révolution, la République, la Commune. Nombre de frères pensent sincèrement que la réhabilitation du capitaine Dreyfus est leur œuvre, alors que le GO n'est entré dans la bataille que quatre ans après le début de l'Affaire. À l'époque, l'obédience, lasse des procès en cosmopolitisme et en pacifisme antimilitariste, affichait au contraire un patriotisme bon teint. L'historien Jean-Robert Ragache, ancien Grand Maître du Grand Orient, a largement contribué à faire la part des choses.

Ainsi, les francs-maçons n'ont pas « fait » la Révolution. Mais ils y ont pris une juste part. « La franc-maçonnerie n'est pas un lieu de création, mais de circulation des idées neuves, estime un ancien dignitaire du Grand Orient. Sa seule et grande force est là : elle réside dans la révélation et la propagation. »

Dans la France prérévolutionnaire, les loges, encore d'implantation récente, sont tenues par des aristocrates qui se contenteraient d'une monarchie constitutionnelle et tempérée. Les premiers Grands Maîtres recensés appartiennent tous à la noblesse : Louis de Pardaillan de Gondrain, duc d'Antin, fils légitime de Mme de Montespan, Louis de Bourbon-Condé, comte de Clermont, abbé commendataire de Saint-Germain-des-Prés, et surtout Philippe d'Orléans, duc de Chartres, futur Philippe Égalité et cousin de Louis XVI. Ces princes du sang permettent à la franc-maçonnerie d'être tolérée par le pouvoir royal.

À la veille de la Révolution, c'est un fait, tout ce qui compte à Versailles, à Paris et en province, est ou a été maçon. Mais déjà à cette époque, les frères ont tendance à se regrouper entre gens du même milieu. Il y a des loges aristocratiques, d'autres sont fréquentées par les négociants, qui ne fraient pas avec la petite bourgeoisie. Les artisans et les petits marchands sont souvent exclus, en dépit des grands principes d'égalité. Parmi les représentants du tiers état, on dénombre surtout des officiers royaux et des négociants. Les pauvres sont écartés, tout comme les comédiens et les juifs, à la différence des protestants qui, au contraire, jouent un rôle majeur.

Bien vite, les divergences politiques vont provoquer l'implosion de l'Ordre et entraîner la fermeture de nombreuses loges. Les frères, happés par le tourbillon des affaires publiques, ont, comme l'écrira en 1792 un vénérable de Toulon, « des choses plus urgentes et plus conséquentes à faire ».

En cette période de confusion absolue, la maçonnerie ne fédère ni n'oppose. C'est le chacun pour soi. Le duc d'Orléans Philippe Égalité, Grand Maître du GO, vote la mort de son cousin Louis XVI avant de renier la franc-maçonnerie et même de prôner sa dissolution ! C'est un autre membre du Grand Orient, le docteur Guillotin, qui a mis au point la fameuse machine à couper les têtes qui dépassent.

Sous la Terreur, la franc-maçonnerie en tant que telle se met prudemment en sommeil. Il ne reste plus qu'un dixième des effectifs. Certes, aucune interdiction générale et formelle n'a été prononcée à son encontre, comme ce sera le cas sous Vichy, mais les jacobins lui sont hostiles, considérant qu'aucune organisation ne doit échapper au contrôle populaire. Des interdictions sont parfois prononcées par des représentants de districts ou de départements particulièrement zélés.

Elle renaît quelques années plus tard, sous l'aile protectrice de Napoléon. L'Empereur s'en sert ouvertement et, sans se gêner, fait nommer son frère Joseph Grand Maître du GO. Napoléon lui-même est considéré comme un « maçon sans tablier », un pied dedans, un pied dehors. Il s'en expliquera : « Aussi longtemps que la maçonnerie n'est que protégée, elle n'est pas à craindre ; telle qu'elle est, elle dépend de moi et moi je ne veux pas dépendre d'elle. » Pour l'historien Jean-André Faucher, « on est tenté de penser que jamais la franc-maçonnerie n'a autant influencé le pouvoir. En fait, c'est le contraire qui se produit. La présence de tant de dignitaires du régime la transforme en institution quasi officielle. Elle apparaît comme un instrument du pouvoir, non comme un pouvoir secret [1] ».

Le Grand Orient prend alors de mauvaises habitudes : sitôt la chute de Napoléon, il fait allé-

1. J.-A. Faucher, *Histoire de la Grande Loge de France, op. cit.*

geance à Louis XVIII comme si de rien n'était. Le pire est à venir. À son tour, Napoléon III l'instrumentalise, mais sans les grands desseins de son glorieux oncle. Selon l'aveu de frères, c'est la période la plus « lamentable » de la maçonnerie française : le maréchal Magnan (artisan du coup d'État de 1851) est parachuté Grand Maître du GO alors qu'il n'est même pas initié et fait donner la police pour mater les obédiences dissidentes. Pour certains francs-maçons, c'en est trop. Bravant les interdits du GO, les plus remontés d'entre eux vont défiler dans la rue, en tablier, auprès des Communards, lors de l'insurrection du 29 avril 1871. C'est une première historique.

Ce jour-là, ils sont 6 000 à s'ébranler, en chantant la *Marseillaise* et des hymnes rituels, pour défiler du Louvre à la Porte Dauphine, en passant par les Champs-Élysées, face aux troupes versaillaises (elles-mêmes placées sous les ordres d'un maçon, le général Montaudon !). Parmi les manifestants, Jean-Baptiste Clément, l'auteur du *Temps des cerises*, et Eugène Pottier, auteur des paroles de l'*Internationale*, qui sera initié quelques années plus tard. La veille du défilé, le Grand Orient fait savoir par voie d'affiche qu'il refusait d'endosser « cette exhibition ». Aujourd'hui, le GO ne manque pourtant pas une occasion de célébrer cet acte de bravoure.

Heureusement pour elle, la franc-maçonnerie saura redorer son blason sous la IIIe République, avec la création d'un enseignement laïc et gratuit, la loi de 1901 sur les associations... En l'absence de toute structure partisane, le GO se comporte alors en quasi-parti politique, figure tutélaire de toutes les coalitions gouvernementales. Dès la proclamation du nouveau régime républicain, nombre de francs-maçons sont appelés au gouvernement, à Paris mais aussi en province, où ils occupent des postes de préfets, assurant l'encadrement de la nouvelle administration, alors que le maillage de la France est encore majoritairement monarchiste ou bonapartiste. Ils occupent les postes. Pour la bonne cause, pour eux-mêmes aussi. Ce mélange des genres perdurera.

L'affaire des fiches va précipiter la chute du « petit père Combes » et faire vaciller le GO. Face à une armée supposée hostile (on y recrute encore une majorité de monarchistes), le général André, ministre (maçon) de la Guerre, demande, en 1901, la coopération du Grand Orient pour obtenir des renseignements sur la conduite des officiers, savoir, notamment, s'ils vont à la messe ! Dévoilée au grand jour, cette affaire provoque la chute du ministère Combes et le départ d'André. Les militants anti-maçons se déchaînent. Mais les effectifs du Grand Orient ne vont cesser de progresser : la République valait bien quelques fiches ! C'est la première grande affaire moderne.

Ces utopistes qui ont les pieds sur terre peuvent se targuer d'une autre grande œuvre que personne ne leur contestera : la création, en 1776, des États-Unis d'Amérique. De George Washington à Franklin D. Roosevelt, plusieurs générations de frères se sont succédé pour bâtir la première démocratie au monde. Nombre de leurs successeurs ont été initiés à l'université, comme Bill Clinton ou Al Gore. La démonstration est faite que les maçons réunis en loges n'ont pas vocation à rester au stade du laboratoire d'idées, mais bien à passer aux travaux pratiques, quitte à concéder quelques entorses à leur idéal maçonnique, l'esclavage des Noirs ou le massacre des Indiens, par exemple.

Instrument de conquête et de maintien au pouvoir ? Tout ne se réduit évidemment pas à cela, quoique les intérêts politiques, la course aux honneurs priment souvent sur le simple respect de règles réputées intangibles, manipulées pour les besoins de la cause. Ainsi en est-il de la question des femmes.

Car la maçonnerie est indéniablement un univers masculin. Certes, cette société de pensée a été inventée par des hommes, à une époque où les femmes n'avaient même pas d'existence juridique : elles « jouissaient » d'un statut de mineures, sous la tutelle de leur père ou de leur mari. La charte initiale est d'ailleurs formelle : pas de femmes. À force de combats, grâce à l'appui de frères progressistes, elles ont pourtant réussi à se faire une petite place, à la marge, dans des loges exclusivement féminines ou dans des loges mixtes. Mais les sœurs ne sont toujours pas les égales des frères. Si quelques loges les accueillent lors de certaines tenues, cette pratique est loin d'être généralisée.

En 1880, au moment où radicaux et républicains achèvent leur conquête du pouvoir, et alors que le Grand Orient – unique obédience de l'époque – opère une révolution majeure en abandonnant toute référence au Grand Architecte de l'Univers, une poignée de maçons veulent aller plus loin encore dans les réformes, exigeant davantage de démocratie. Ils font sécession – une de plus – et créent la Grande Loge Symbolique Écossaise qui se frotte à cet interdit. L'article 3 des « Constitutions d'Anderson » stipule en effet que « les membres d'une loge doivent être des hommes de bien et loyaux, nés libres, d'âge mur, modérés, ni esclaves, ni femmes, ni hommes amoraux et scandaleux, mais de bonne réputation ».

En 1882, des frères d'un atelier du Pecq, les Libres Penseurs, décident donc d'initier une journaliste féministe : Maria Deraismes. C'est le tollé. Quelques mois plus tard, elle est exclue. Trop tard : elle est désormais initiée et continue le combat. En 1893, elle fonde avec un frère la loge mixte du Droit Humain, qui compte aujourd'hui 13 000 membres, dont les deux tiers sont des femmes.

Au XVIIIe siècle, déjà, à la veille de la Révolution, quelques femmes parmi les plus cultivées – en majorité des aristocrates – partageaient la table des maçons après leurs « tenues ». Il existait même des « loges féminines d'adoption », effectuant leurs travaux sous la tutelle de loges masculines. Peu à peu, est élaborée une symbolique qui leur est propre : la pomme de la discorde, un cœur enflammé symbolisant la passion se substituent à la truelle ou au marteau. Discrétion et modestie sont brandies comme valeurs de référence, en lieu et place de loyauté et courage... Mais leur action se cantonne à l'organisation d'œuvres de charité. Ainsi, la loge du Contrat Social est présidée par une amie de Marie-Antoinette, celle de Saint-Jean de la Candeur par la duchesse de Bourbon, sœur du duc de Chartres, lui-même Grand Maître du Grand Orient. Pendant la Révolution, cette franc-maçonnerie féminine, balbutiante et aristocratique, est mise en sommeil. Elle connaît un certain regain d'activité en 1807, sous les auspices de l'impératrice Joséphine, avant de décliner à nouveau.

En 1906, une obédience concurrente du Grand Orient, la GLF, décide de renouer avec la pratique des loges d'adoption. Un peu partout en France, se créent alors des loges féminines, « souchées » (affiliées) sur des ateliers masculins. Les sœurs sont infirmières, institutrices, artistes... Las, en 1935, la GLF tente de renouer avec la loge mère de la maçonnerie, la Grande Loge Unie d'Angleterre, afin de bénéficier d'une reconnaissance internationale. Outre-Manche, on ne veut pas entendre parler des femmes. Qu'à cela ne tienne, la GLF, en gage de bonne volonté, se débarrasse de ses protégées et leur confère une complète autonomie. Ironie de l'histoire, la GLF n'obtiendra pas pour autant la reconnaissance anglaise.

Au lendemain de la guerre, ces sœurs décident de s'organiser au sein de ce qui deviendra en 1952 la Grande Loge Féminine de France. La GLFF est la première obédience féminine du monde. Elle compte aujourd'hui 13 000 membres et travaille sur les mêmes rituels que les hommes. Contrairement au Droit Humain, qui a connu de nombreuses scissions, la GLFF a réussi à rester unie et conserver un équilibre interne en autorisant les deux formes de maçonneries. Il existe deux autres loges mixtes, émanations du Droit Humain : la Grande Loge Mixte Universelle (650 membres) et la Grande Loge Mixte de France (1 200 membres), très proche du Grand Orient. Au total, les sœurs demeurent très minoritaires en maçonnerie : 23 000 sur 120 000.

La franc-maçonnerie féminine est très secrète,

moins connue encore que l'autre. Les noms des initiées apparaissent rarement dans la presse. Sans doute parce qu'elles sont peu nombreuses dans les cercles de pouvoir et surtout parce qu'elles sont moins impliquées dans les scandales. Or, c'est souvent au moment des grands déballages que les langues se délient. Il est vrai qu'elles ont un handicap majeur : il n'existe pas de femmes dans la maçonnerie anglo-saxonne, c'est formellement interdit ! Elles n'ont donc pas accès au précieux réseau international.

On les retrouve dans les mêmes sphères que leurs homologues masculins : dans les organisations humanitaires, à l'Éducation nationale, à la Justice. Joséphine Baker, la danseuse des Folies-Bergère qui avait adopté des enfants de toutes origines, séduite un temps par cet engagement humaniste, se lassa et cessa assez vite de payer ses cotisations. Simone Rozès, qui fut première présidente de la Cour de cassation, fit preuve de plus de constance. Tout comme l'ancienne recteur de l'académie de Tours, devenue secrétaire général adjoint de la présidence de la République du temps de François Mitterrand, Michèle Gendreau-Massaloux. Parmi les femmes promues par Mitterrand dans les différents gouvernements de gauche, on compte nombre de sœurs : Yvette Roudy, Edwige Avice, Michèle André. La sœur de Danielle Mitterrand, Christine Gouze-Renal, productrice de films et épouse de Roger Hanin, a été initiée. Comme Anne-Marie Dupuy, qui fut directeur de cabinet de Georges Pompidou puis maire de Cannes, Margie Sudre, députée RPR de la Réunion, ou Lucette Michaux-Chevry, présidente RPR de la région Guadeloupe et ancienne ministre de la Francophonie sous Jacques Chirac. Peu à peu, elles ont à leur tour investi les lieux de pouvoir. Marylise Lebranchu, la nouvelle garde des Sceaux du gouvernement Jospin, en est une illustration.

La question de la mixité en maçonnerie est aujourd'hui largement discutée au Grand Orient et à la Grande Loge de France. À l'heure où l'égalité entre les sexes s'impose dans tous les secteurs de la vie profane, les frères ont de plus en plus de mal à reléguer les sœurs dans des obédiences annexes. La GLNF, en revanche, plus conservatrice et traditionaliste, repousse l'énoncé même de la question, au nom de valeurs chevaleresques dont elle se prétend héritière.

Les réticences restent très fortes chez les maçons de base. Habitués de ces réunions viriles, qui permettent bien souvent de rompre la monotonie de leur vie conjugale, les frères en appellent à la vertu : « L'amour, la séduction pourraient faire oublier la fraternité », disent-ils. Le rituel exigeant que l'initié dénude son épaule, ils soutiennent que mêler frères et sœurs serait inconvenant. Ou encore que le travail initiatique serait trop intime pour pouvoir être pratiqué dans une instance mixte. Toutes les excuses sont bonnes. Certains se sont même livrés à une exégèse de la symbolique initiatique pour affirmer, le plus sérieusement du monde, l'impossibilité de transposer au féminin un rituel inventé pour les hommes : si l'inconscient collectif mâle peut s'exprimer à travers les trois grades – apprenti, compagnon et maître –, celui des femmes renvoie au passage de la fille à la mère nourricière... Le débat reste ouvert entre les tenants de la continuité d'un ordre ancien et ceux qui balaient ces réticences d'un revers de main : à une époque où l'on nomme des femmes générales d'armée, on pourrait très bien imaginer un rituel différent tout en autorisant, sans l'imposer, la mixité au sein des loges qui le souhaitent.

Chapitre 3

Main basse sur la Côte

Les bons conseils n'ont pas manqué. « N'allez pas croire que toutes les affaires de la Côte d'Azur tiennent à la franc-maçonnerie, vous passeriez à côté du sujet. » Ou encore : « Vous n'allez pas encore parler de Jacques Médecin ou de Michel Mouillot ? C'est du passé ! » Eh bien si ! Certes, l'ancien maire de Nice est mort après un long exil en Uruguay, et une rafale de procès attend en principe l'ancien maire de Cannes qui a déjà passé quinze mois en prison et n'est toujours pas jugé. Mais certains de leurs hommes et de leurs réseaux sont toujours là. Mieux, des frères de la Côte ont pris du galon. L'état-major de la GNLF est aujourd'hui truffé de ces hommes qui, avec Mouillot, ont élevé le quadrillage maçonnique au niveau de l'œuvre d'art. Foin de Grand Architecte de l'Univers, place aux affaires. La franc-maçonnerie n'a peut-être pas fait main basse sur la Côte, mais la Côte a gangrené la maçonnerie.

Le terrain était, il est vrai, fertile. Le clientélisme, vieille coutume locale de l'ancien comté de Nice, à base de services rendus, de petits arrangements en dehors de la loi, si ce n'est hors-la-loi, a façonné le maçonnisme local. Jacques Médecin, maire de Nice de 1966 à 1995, a marié l'un et l'autre. Lui-même a été discrètement initié aux États-Unis. En France, ses deux plus fidèles lieutenants, Jean-Paul Claustres, chef de cabinet, et Jean Oltra, directeur des relations publiques de la mairie, ont d'abord tâté du GO avant de miser sur la GLNF. Si le système Médecin ne se résume pas à la maçonnerie, il a en partie reposé tout de même sur ces deux frères qui ont dirigé une kyrielle d'associations paramunicipales (Radio Baie des Anges, Nice-Opéra, Nice-Communication, comité des fêtes, festival du film italien), ou encore 4 In (pour Institution d'Initiation à l'Informatique Individuelle...), qui ont été mises en cause dans différentes instructions. Un autre frère, Lucien Salles, se voit également confier quelques associations annexes, dont La Grande Parade du Jazz. Leurs revenus dépassaient les 100 000 francs par mois. Dans *J.M., le feuilleton niçois* [1], Bernard Bragard, Frédéric Gilbert et Catherine Sinet évaluent à plus de un milliard de francs les sommes perçues, en dehors de tout contrôle, par ces associations entre 1983 et 1989. Pour ce qui concerne Jacques Médecin, une enquête fiscale découvrira quelques dizaines de millions de francs déposés sur un compte à la Bank of California.

Autre pilier du médecinisme, la Serel, une société d'éclairage urbain qui n'avait rien à refuser au maire de Nice. Au fil du temps, l'un des aspects de ses prestations a été l'établissement de factures

1. Bernard Bragard, Frédéric Gilbert et Catherine Sinet, *J.M., le feuilleton niçois*, La Découverte, 1990.

très étranges. Son PDG, Francis Guillot, est à la GLNF, tout comme ses principaux collaborateurs[1]. Du maçonnisme de circonstance, dira-t-on. Enfin, deux lieutenants de l'ancien caïd niçois Jean-Dominique Fratoni, tenancier du casino Ruhl, étaient également initiés. Cela permet d'entretenir des contacts entre personnalités qui ne sont pas censées se rencontrer.

Un inspecteur des impôts niçois entre dans la combine. Dans son rayon d'action professionnelle – un mini-paradis fiscal à lui tout seul –, il crée une multitude de sociétés fictives. La principale arnaque consiste à établir des fausses factures de matériel sanitaire au détriment du centre hospitalier. Comme on peut s'en douter, c'est un frère de la GLNF.

En 1984, le chef de cabinet de Médecin, Jean-Paul Claustres, décide de voler de ses propres ailes. Il se fait élire maire de Draguignan et crée, à son tour, plusieurs associations soupçonnées d'avoir assuré le paiement de factures personnelles.

À l'origine, bon nombre de ces frères étaient affiliés au Grand Orient, attestant de cet œcuménisme politique qui règne dans les loges. Au milieu des années 80, toutefois, leur présence commence à devenir embarrassante ; on le leur fait comprendre. Ils déménagent aussitôt à la GLNF, sans plus de formalités, pour y créer une loge (n° 475) bien à eux : Le Comté de Nice. On y retrouve une partie de l'équipe municipale.

1. Francis Guillot sera condamné en août 1995 à cinq ans de prison pour avoir versé 4 millions de francs à Jacques Médecin en échange de marchés publics.

C'est un acquis intangible du médecinisme : rien ne se fait sans la franc-maçonnerie, même si la personnalité tonitruante de Jacques Médecin, sa fuite spectaculaire à l'étranger ont contribué à éclipser cette dimension pourtant cruciale des dérives niçoises. Son principal accusateur local, Michel Lacroix, a lui-même été récupéré par la GLNF.

Quand le maire de Nice est à son apogée, Michel Mouillot n'est alors qu'un simple agent commercial chez Ricard. À ce titre, il voyage souvent en Irlande – la maison Ricard a racheté l'un des plus fameux fabricants de whisky, Irish Distillers. Il y croise parfois François Léotard, président du PR (Parti républicain) puis de l'UDF. Un homme d'affaires moyen-oriental basé à Cannes, Mouafak al-Midani, y possède une île privée où son ami François est fréquemment invité pour y effectuer, à n'en pas douter, de bucoliques promenades.

Nommé ministre de la Communication sous la première cohabitation (gouvernement Chirac, 1986-88), Léotard parachute Mouillot à la tête de la régie publicitaire de FR3 : Espace 3. Un poste où l'on voit passer beaucoup d'argent, notamment celui qui circule dans les centrales d'achats d'espaces. Mouillot met en place son système de financement. Selon un rapport du Service central de Prévention de la corruption (SCPC), des sociétés audiovisuelles auraient surfacturé leurs prestations à France Télévision, « reversant les sommes ainsi dégagées à une association contrôlée par M. Mouillot, qui les convertit immédiatement en espèces ». Puis, il lui cherche un fief électoral : ce sera Cannes. Le mentor de Michel

Mouillot n'est pas franc-maçon. Mais, dans son quartier général de Fréjus, dont il est le député-maire, François Léotard s'est entouré de frères, tous à la GLNF : son premier adjoint, Gilbert Lecat, son député suppléant, Georges Ginesta, son dauphin qui lui succédera finalement à la mairie, Élie Brun. Le responsable de la police municipale, Armand da Silva, et Henri Meyer – patron de la Somedif, promoteur du chantier de Port-Fréjus – sont également de la maison. Ce dernier saura se rendre aimable au maire en lui vendant une gentilhommière du XVIIIe entourée d'un parc de 2,7 hectares, en centre ville, à un prix discount (1,2 million de francs). Pour la payer, Léo vendra son appartement parisien aux frères Biancone, des hommes d'affaires varois dont la réputation est controversée [1] – et pas seulement parce qu'ils sont à la GLNF. Le journaliste de *Var Matin*, chargé de couvrir cette actualité, cela tombe bien, est également un frère.

Michel Mouillot a évidemment postulé : il a été initié à Paris au début des années 80. Il a alors jeté son dévolu sur une vieille loge de la GLNF tombée en sommeil, France 7, rebaptisée France 1917. Mouillot y fait aussitôt adhérer des policiers et des préfets : le plus sûr moyen de se faire de nouveaux amis. Une fois mis sur orbite à Cannes, dans l'optique des municipales de 1989, il peaufine son financement. La justice s'y intéresse de près depuis plusieurs années. Son staff de campagne est rémunéré par des emplois fictifs. Les entreprises acceptent de surpayer des pages de publicité dans

1. Roland Biancone a été mis en examen pour abus de biens sociaux.

son *Journal des républicains des Alpes-Maritimes*[1], en espérant être bien traitées par le futur maire. Dans la grande tradition de Jacques Médecin, Michel Mouillot monte toute une série d'associations (pour la promotion du sport, pour la promotion des arts...), dont le principal intérêt est d'alimenter son propre trésor de guerre au lieu des caisses du Parti républicain (aujourd'hui Démocratie libérale). Naturellement, il réfute ces accusations avec vivacité ! Il obtient également le soutien de la Serel, qui fournit le matériel de sa radio locale. Un coup de pouce aussitôt décodé par le microcosme politique local : « Les débuts de Mouillot ont été entièrement avalisés par Médecin. » Sitôt élu en 1989, le nouveau maire de Cannes lance un appel à peine voilé aux vocations : quiconque voudra traiter avec la municipalité devra en passer par les ateliers. C'est la ruée. « J'ai fondé 17 loges, témoigne un ancien de l'équipe Mouillot. On a fait entrer tout le monde, même des opposants... Tous les marchés publics étaient accordés à des maçons, pas un ne leur échappait. Même en Italie, le système n'est pas aussi verrouillé. »

Jean de Mendiguren, directeur de cabinet du nouveau maire, manifeste pourtant quelques scrupules. Il finira Vénérable de la loge Laurent le Magnifique. C'est, d'une certaine façon, un paradoxe puisque cette loge constitue, à ce jour, l'exemple le plus caricatural de dérives affairistes.

1. Pour justifier le tarif de 50 000 à 100 000 francs l'annonce, des factures indiquent sans rire qu'il tire à 150 000 exemplaires. Il suffit de consulter le journal en question pour constater que son tirage – officiel – n'est que de 30 000.

On y retrouve la moitié du staff municipal, des promoteurs immobiliers, des financiers monégasques, des policiers niçois, un doyen des juges d'instruction... Tous réunis pour parler de philosophie et d'ésotérisme, évidemment. Mieux encore que Laurent le Magnifique, la loge Les Templiers du Graal – un étonnant concentré de promoteurs immobiliers, dirigeants d'hôtels ou de casinos, plus tout l'état-major régional de la GLNF, sans oublier le flic et le juge de service – fait jaser dans la région. Il ne s'agit plus là de dérapages regrettables, mais bien d'affairisme institutionnalisé à un haut niveau. « Ce genre de loge ne devrait pas exister », se désole aujourd'hui un frère.

Une fois, une seule, la petite bande semble avoir été saisie d'un scrupule : lorsqu'il s'est agi d'initier le procureur adjoint du tribunal de Grasse (chargé des poursuites judiciaires), Bernard Farret. Par pudeur, il fut enregistré dans une loge voisine du Var, Rudyard Kipling, pour lui éviter d'être directement en contact avec des frères peu recommandables. Cet atelier tenait parfois ses réunions dans un parc zoologique appartenant à Hubert Masquefa, célèbre dans le petit milieu pour avoir remis en personne son tablier à Omar Bongo, le président gabonais. Des frères italiens dans le besoin y trouvaient parfois gîte et couvert. Si le procureur avait su... Il finira par rendre son tablier en expliquant à ses frères qu'il ne peut plus travailler sereinement en tant que magistrat : « Il y a toujours un de nos amis dans mes dossiers ! »

Michel Mouillot se croyait protégé de tous côtés, oubliant la prudence la plus élémentaire. Déambulant dans les rues de Cannes cigare aux lèvres et liasses de billets en main, il ne passe pas inaperçu. Mais son style fait mauvais genre. « S'il n'avait pas usé de moyens si anachroniques, il serait toujours maire », glisse Jean-Pierre Murciano, le juge d'instruction grassois qui a fait tomber Mouillot. Ce dernier n'étant pas maçon, il n'a pas hésité à lui coller une impressionnante série de mises en examen. Incarcéré préventivement de mars 1997 à juin 1998 – un record pour un élu –, Michel Mouillot demeure coriace : il a obtenu le dessaisissement du juge, réussi à faire traîner en longueur ses multiples procédures judiciaires. À ce jour, aucun procès n'ayant encore eu lieu, il est donc toujours présumé in-no-cent. Devant ses juges d'instruction, il répète : « Puisque tout le monde m'aurait donné de l'argent, trouvez donc mes comptes à l'étranger ! » Il y a bien cette petite coquille panaméenne, par laquelle ont transité 200 millions de francs, dont une partie aurait assuré quelques faux frais de l'ancien maire de Cannes, comme ses voyages en Irlande ou aux Bahamas[1]. Mais la fonction même d'une société panaméenne n'est-elle pas de dissimuler son véritable propriétaire ? Aucun document n'a permis jusqu'ici d'établir que l'ancien maire de Cannes était derrière cette société écran. Et Mouillot s'évertue à répéter que « tout cela n'a rien à voir avec la maçonnerie ». Provocateur en diable, il s'affiche aujourd'hui avec le redoutable financier international, Armando Nano, dont le quartier général est basé aux Caraïbes, en chef de projet

1. Elle a versé 509 857,68 F à l'agence Fun Voyage au nom d'un compte-client « M. Clément ». Une instruction judiciaire a établi qu'il s'agit d'un « prête-nom de M. Mouillot ».

immobilier sur l'île du Petit-Moustique ! Dans la même veine, Michel Charasse, un ami de toujours de Michel Mouillot, peste, dans une ahurissante interview accordée à une revue exotique, contre les pays occidentaux cherchant mauvaise querelle à ces pauvres paradis fiscaux : « C'est l'illustration d'une morale curetonne et jésuitique », indique l'ancien ministre du Budget.

Si les Cannois ont politiquement tourné la page, la GLNF n'en a pourtant pas fini avec l'héritage – ce fatras de loges purement alimentaires[1]. Elle semble le digérer avec un aplomb qui ne laisse pas d'étonner. Tel un bras d'honneur à ses détracteurs, la GLNF a même promu quelques-uns des protagonistes de cette brillante épopée cannoise. C'est la phase terminale : plus rien ne se fait, même à Paris, sans les frères de la Côte.

Un homme a joué un rôle primordial : Claude Charbonniaud, actuel Grand Maître de la GLNF. Il a présidé la chambre régionale des comptes en PACA (Provence-Alpes-Côte d'Azur) de 1984 à 1988, avant d'être admis à la retraite. En 1989, après l'annulation des élections municipales de Cannes, c'est à lui que le préfet des Alpes-Maritimes confie le soin d'assurer l'intérim de Michel Mouillot, lequel sera rapidement réélu. Charbonniaud accepte de « céder à la douce pression », mais personne ne relève à l'époque qu'il est également Grand Porte Glaive (ministre de la justice interne) de la GLNF au sein de la province Alpes-

1. Le principal rival de Michel Mouillot au sein de la fédération départementale du PR, Yves Paoli (membre de Laurent le Magnifique et des Templiers du Graal), a lui aussi été mis en examen et écroué pour corruption passive en tant qu'ancien adjoint au maire de Cannes chargé de l'urbanisme.

Méditerranée. Des frères magistrats s'étaient émus de sa passivité face aux dérives cannoises. Cela ne l'a pas empêché, bien au contraire, de parvenir à la Grande Maîtrise nationale. Les détours de cette ascension ont de quoi étonner.

Lorsqu'il était dans le Midi, Charbonniaud était membre fondateur d'une loge basée à Grasse, Les Disciples du Précurseur. Elle compte en son sein un étonnant personnage, Sébastien Roperti, dont la spécialité, selon le témoignage de plusieurs frères de la Côte, est de faire la danse du ventre à certains magistrats locaux. Ce maçon de métier leur proposait ses tuyaux, car il est bien informé. Jean-Claude Renard, doyen des juges d'instruction au tribunal de Nice, membre de l'inévitable loge Laurent le Magnifique, n'a pas détesté sa compagnie. « Je le connais bien, admet le juge Renard, mais il n'était pas du tout chargé d'établir des contacts avec les magistrats. » Par contre, le juge Jean-Pierre Murciano est resté insensible au charme de sa conversation. « Roperti m'a été présenté par Renard, se souvient Murciano. Il m'a aussitôt proposé d'intervenir en ma faveur auprès du procureur général de la cour d'appel. » Malgré ses travaux d'approche, Roperti a échoué. Ce dernier se dit aujourd'hui « très surpris » qu'on lui prête un tel rôle. Prière de s'en tenir à son titre de Grand Directeur des Cérémonies. Claude Charbonniaud, chargé de la justice interne, côtoyait donc celui qui avait des contacts avec la justice profane. Toutefois, il n'a pas emmené Sébastien Roperti dans ses bagages à Paris. Tardive vertu ?

À l'évocation de ces péripéties azuréennes, celui qui est devenu le Grand Maître de la GLNF lève les bras au ciel : « Je voudrais vous faire remarquer que lorsque j'ai assuré l'intérim de Michel Mouillot à Cannes, je présidais une commission qui se contentait de gérer les affaires courantes. » N'aurait-il rien remarqué d'anormal ? N'aurait-il jamais été averti de certaines dérives ou étonné par la prolifération de loges ? « Comment vouliez-vous que je sache, rétorque Charbonniaud. Je ne connais pas forcément l'appartenance des uns et des autres. D'ailleurs, en 1985, quand j'étais président de la chambre régionale des comptes, c'est moi qui ai fait condamner un de nos frères, Jean-Paul Claustres, à Draguignan. » Parce qu'il avait décidé d'installer son propre système ? Hypothèse impensable sans doute.

L'ancien Grand Maître Provincial (GMP) de la Côte d'Azur depuis 1982[1], Jean-Charles Foellner, lui, est devenu Député Grand Maître au niveau national. Autrement dit, n° 2 de la GLNF et n° 1 putatif. Ancien fabricant et distributeur de bières, ses partisans le disent suffisamment riche (il aurait revendu son affaire quelque 100 millions de francs) pour refuser toute compromission. Parfait. Foellner a lui-même été membre de Laurent le Magnifique, cette loge symbole de toutes les dérives. En 1986, ce haut dignitaire local a fondé une autre loge sur mesure, dont il était le Vénérable : Bartholdi, en hommage au père de la statue de la Liberté. À vocation internationale, elle regroupait des Grands Maîtres internationaux, comme le président gabonais Omar Bongo ou des

1. L'ancienne province dite de Provence a, depuis, été scindée en deux : Alpes-Méditerranée (Alpes-Maritimes, Alpes de Haute-Provence et Corse) et la nouvelle Provence (Var et Bouches-du-Rhône).

hauts dignitaires du Grand Orient d'Italie, sur la sellette depuis le scandale de la loge P2. Quelque 200 frères de la Côte s'y donnaient le frisson. Le programme de l'une de ses réunions à New York témoigne du haut niveau de spiritualité de la loge Bartholdi : « Toutes les options sont prévues, visite en hélicoptère, chutes du Niagara, tour en bateau sur la Circle Line... » Sur cinq jours, deux demi-journées sont quand même réservées aux travaux initiatiques.

Un autre membre de Bartholdi, mais surtout pilier de Rudyard Kipling (la loge du procureur adjoint de Grasse), est également de tous les bons coups. Il s'appelle William Gauci. Avec Hubert Masquefa, le patron de zoo qui a initié Omar Bongo, il fonde la loge William Shakespeare, dont le principal objet est d'initier des hauts fonctionnaires étrangers, notamment africains. Ancien militant gaulliste proche du SAC, homme à tout faire de la Générale des Eaux, William Gauci a le profil type du frère de la Côte. Il a collectionné les titres au sein de la structure provinciale de la GLNF : Grand Surintendant, Grand Surveillant, Assistant Grand Maître... En remerciement de ses bons et loyaux services, Gauci vient d'être nommé Grand Maître Provincial à Djibouti dont le consul, représentant de la République française, est également de la GLNF. Pour y prêcher la philosophie, sûrement, mais également pour tenter d'y implanter une branche locale du PMU.

Maison bien tenue par des maçons, le Pari mutuel urbain confie souvent à des frères le soin d'obtenir des licences à l'étranger. À Madagascar, Jean-Charles Martin (Grand Secrétaire Provincial de la GLNF sur la Côte) et Gérard Fallecker (son

Assistant Grand Secrétaire, Vénérable de la loge Saint-Augustin) avaient décroché le marché avant de s'entredéchirer – la solidarité maçonnique n'est plus ce qu'elle était. À Djibouti, la mission hippique de William Gauci semble avoir échoué puisqu'il aurait précipitamment quitté ce micro-État à bord d'un train de marchandises.

Pierre Lacorne, autre membre de la très étonnante loge Laurent le Magnifique, a également largement profité des promotions soigneusement programmées entre la Côte et la capitale. Simple notaire à Antibes, il est devenu le notaire attitré de la GLNF à Paris, notamment lors de l'achat de son nouveau siège dans la capitale. Pour que son statut de maçon soit à la hauteur de l'enjeu, on l'a nommé Grand Maître Provincial de Neuilly-Bineau, une province qui recouvre le département des Hauts-de-Seine, dont le dynamisme immobilier a toujours été cher aux frères de la pierre. Sitôt propulsé dans les sphères nationales de l'obédience, Pierre Lacorne a créé son propre atelier, Spontophoros, dont fut membre Gil Mouillot, fils de Michel, qui avait un temps songé à en faire son successeur à Cannes. Mouillot fils fut contraint de démissionner. Cette loge est également truffée de professionnels de l'immobilier, dont deux experts travaillant pour l'incontournable Générale des Eaux. Lacorne, dont les hobbies sont « aviation, golf, chasse », y trouvera quelques camarades de jeu.

Guy Kornfeld, enfin, est une caricature à lui tout seul. Maçon errant, il illustre à merveille la capacité de la GLNF à recycler les hommes d'affaires les plus audacieux. En 1986, il est radié du GO pour faute « grave », au motif qu'il n'a pas remboursé 180 000 francs à ses frères de la loge Salvador Allende. Quatre ans plus tard, Guy Kornfeld vient humblement frapper à la porte de la GLNF : « À la suite de problèmes financiers et professionnels, j'ai quitté la région parisienne pour la Côte d'Azur (...). Je me sens frustré du monde initiatique. » La loge parisienne qui reçoit cet appel éploré, Hélios, l'envoie promener après enquête sur le personnage et, pour que nul ne l'ignore, transmet son veto à la direction nationale de la GLNF. Guy Kornfeld semble d'autant plus grillé que Jean-Charles Foellner lui-même, son ancien associé dans une maison d'édition et de publicité monégasque (Edimmo), avait pris ses distances lors de sa radiation du GO.

Deux ans plus tard, coucou le revoilà ! Kornfeld a été accepté à la loge... Laurent le Magnifique. Mieux, il est rapidement désigné Grand Surintendant de la province Alpes-Méditerranée. C'est qu'entre-temps, Kornfeld est devenu un rouage du système : sa régie publicitaire monégasque encaisse des factures d'entreprises travaillant pour la mairie de Cannes ; en échange, il publie des portraits élogieux de Michel Mouillot dans sa revue *Monte-Carlo-Côte d'Azur*. Les deux hommes se sont connus quand Mouillot présidait Espace 3. Kornfeld a, depuis, réussi à faire son nid au sein du clan Pastor, une vieille famille de pêcheurs qui, pour avoir un jour sauvé le jeune prince Rainier de la noyade, s'est vu offrir sur un plateau l'immobilier monégasque : gérant 6 000 appartements à Monaco, la famille Pastor pèse aujourd'hui *36 milliards* de francs, contre 11 milliards seulement pour la famille princière. L'un des fils, Jean-Pierre Pastor, maçon, porte en toute simplicité le titre de Premier Grand Surveillant de la province. Dans quelle loge sévit-il ? Laurent le Magnifique, bien sûr.

Guy Kornfeld s'est également acoquiné avec Catherine Pastor (il dirige sa revue *Monte-Carlo-Côte d'Azur*) et surtout Michel, le plus riche des Pastor (ils sont associés dans la régie Edimmo). Enfin, Kornfeld est directeur d'Europa Résidence, l'immeuble quartier général de la famille. Chacun des rejetons Pastor fait des affaires parallèlement à sa fonction de consul (du Japon, du Maroc, du Pérou et même du Rwanda) à Monaco.

Guy Kornfeld a lui aussi reçu son passeport diplomatique : il est très officiellement consul du Bénin en principauté. Yves Trestournel, le Grand Secrétaire de la GLNF dont l'ombre plane sur toutes ces histoires de Côte d'Azur, l'a également aidé à s'y installer. L'opération « Il faut sauver le soldat Kornfeld » ayant réussi, on peut maintenant le rapatrier sur Paris dans le sillage du notaire Pierre Lacorne. Membre fondateur de la loge Spontophoros à Neuilly, il est désigné en un temps record Député Grand Directeur des Cérémonies. À ce titre, il reçoit les Grands Maîtres internationaux de passage à Paris. Toujours plus fort, ce paria du Grand Orient est nommé membre à vie du Souverain Grand Comité, l'organe suprême de la GLNF. C'est la consécration.

Hélas un petit grain de sable s'est glissé dans la mécanique. En mai 2000, Guy Kornfeld est interpellé dans une banque monégasque en possession de 3,6 millions de francs sous forme de bons du Trésor volés une semaine plus tôt lors d'une attaque à main armée en Belgique. Mis en examen, il plaide sa bonne foi : « Vous croyez que j'aurais moi-même déposé ces bons sur le compte de ma société et dans ma propre banque si j'avais pu imaginer qu'ils avaient été volés [1] ? » À l'entendre, il pensait déposer ces bons dans le seul but d'aider un ami à échapper au fisc. Rien de grave, n'est-ce pas ? Cette fois, la maison GLNF a un peu toussé. Le frère Kornfeld a été suspendu de ses hautes fonctions, il a perdu son titre de consul du Bénin et la police monégasque l'a désormais dans sa ligne de mire. Mais il ne faut pas exclure qu'il puisse revenir un jour par le Grand Architecte d'on ne sait quelle fenêtre. À son sujet, le Grand Maître Claude Charbonniaud affirme : « Quand il est venu frapper à notre porte, nous ne pouvions pas savoir. D'ailleurs, dans cette affaire de bons du Trésor, rien n'est prouvé... » La présomption d'innocence est aussi affaire de fraternité.

La province Alpes-Méditerranée fut ensuite tenue par Bernard Merolli. Il y a fait son nid en tant que responsable local de la BGC (Banque générale du commerce). Rachetée par le Banco di Roma, le Grand Maître Provincial s'en est fait écarter en raison de largesses bancaires accordées au club de foot local, l'OGC Nice, mais aussi pour certains prêts personnels contestés. Merolli s'est donc cramponné aux commandes de la filiale provinciale de la GLNF. Marceau Apparicio, pédiatre qualifié localement de « fou sympathique », a dit de lui : « Il tient son maillet comme un phallus », ce qui lui a valu une radiation.

La GLNF n'en continue pas moins d'affirmer qu'elle traque sans relâche les éventuelles brebis

1. *Le Nouvel Observateur* du 29 juin 2000.

galeuses. Dans la province Alpes-Méditerranée, cette tâche relève du nouveau Grand Porte Glaive local, Alain Taddei. Un homme de confiance : membre, bien sûr, de Laurent le Magnifique, ce haut fonctionnaire de la PJ de Nice est indirectement à l'origine de l'incarcération, pendant vingt-huit jours..., de Michel Lacroix, militant anti-corruption, principal opposant à Michel Mouillot à la tête de l'AIDC (Association d'information et de défense de Cannes), qui avait fait annuler une quarantaine de permis de construire litigieux. Il n'y avait strictement rien à reprocher à Lacroix, ce que reconnaîtra la Cour de cassation. Aujourd'hui retraité de la police, Taddei y a encore quelques amis. Cet homme-là est donc tout indiqué pour assurer la justice maçonnique interne. La GLNF l'a choisi à son image. Tant pis pour elle, la suite des événements le prouvera.

Chapitre 4

La multiplication des frères

GLNF : Grande Loge Nationale Française. Ce simple sigle inspire la plupart du temps un long soupir navré de frères, opposants internes et membres d'obédiences concurrentes confondus. Objet de tous les soupçons, ouvertement accusée de dérive affairiste, elle constitue un cas à part. Car la GLNF suscite malgré tout l'envie, en raison de son affiliation à la Grande Loge Unie d'Angleterre (GLUA) et de son fabuleux réseau international : 7 millions de maçons à travers le monde.

Après le schisme de 1887, sous l'égide du Grand Orient, la maçonnerie dite « régulière » avait disparu en France. Elle va renaître grâce à la ténacité d'un membre de la Grande Loge suisse Alpina, Édouard de Ribaucourt. Après avoir essayé, en vain, de pratiquer une maçonnerie traditionnelle au sein du GO, il crée en 1913 la Grande Loge Nationale Indépendante et Régulière pour la France et les Colonies, avec ses amis de La Loge Anglaise de Bordeaux et du Centre des Amis. Appuyé par sa loge suisse d'origine, il obtient la reconnaissance de la GLUA et redonne vie à la maçonnerie traditionnelle où la référence à Dieu est obligatoire. Quand ils évoquent cet épisode de l'histoire de la GLNF, des maçons chrétiens en auraient presque les larmes aux yeux et parlent du « miracle de 1913 ».

Les débuts sont difficiles. Mais un nouveau miracle va lui permettre de décoller au lendemain de la Deuxième Guerre mondiale : l'installation du siège de l'OTAN à Paris. Des milliers de militaires américains, canadiens et britanniques, installés dans toute la France, souhaitant pratiquer la maçonnerie de leur pays, s'affilient en masse dans des loges ouvertes sous la houlette de la GLNF. Miracle de courte durée : en 1965, le niet du général de Gaulle et le départ consécutif de l'OTAN provoquent une véritable hémorragie. Des milliers de frères quittent la France. La GLNF, qu'on appelait à l'époque Loge Bineau (son siège était boulevard Bineau à Neuilly), frise la déshérence. Elle ne compte plus que quelques centaines de frères, dont bon nombre d'étrangers vivant à Paris. Un dirigeant de l'époque raconte : « Les armoires étaient vides. Il ne restait plus qu'une carcasse. » Le Grand Maître d'alors téléphone au duc de Kent, Grand Maître de la Grande Loge Unie d'Angleterre (600 000 membres), avant de prendre la moindre décision. De 1971 à 1980, Louis-Auguste Derosière contribuera malgré tout à redonner un second souffle à la GLNF, en affichant un peu d'indépendance vis-à-vis de la GLUA.

Puis arrive Jean Mons qui, de 1980 à 1989, va engager une véritable politique de développement. « De recrutement », protestent ses adversaires. « Les dérives se sont installées à la GLNF au début des années 80, avec l'arrivée de Jean

Mons », témoigne un dignitaire. D'emblée, cet ancien instituteur corrézien d'origine modeste est contesté par une partie de l'establishment de la GLNF. Diplômé de l'école professionnelle d'Ussel, devenu contrôleur des contributions directes en 1926, Mons s'est bâti une carrière à la force du poignet, mais aussi grâce à quelques appuis maçons. Directeur de cabinet de Léon Blum, chef du Gouvernement provisoire, puis de Paul Ramadier, président du Conseil, il est nommé, en février 1947, résident général de France à Tunis, où il laisse la marque d'un homme plutôt libéral. Il supprime la censure, réorganise le Conseil des ministres en attribuant six sièges sur douze aux Tunisiens. Une carrière plus qu'honorable qui s'arrêtera là : en 1953, Jean Mons est compromis dans le scandale des fuites au profit du vietminh : la France est alors plongée dans la guerre d'Indochine et il apparaît que les rebelles communistes bénéficiaient d'informations confidentielles provenant de l'état-major français. Il est également impliqué dans l'affaire du trafic des piastres. Le retour au pouvoir du général de Gaulle signe la fin de sa carrière politique. Il se retrouve à la Cour des comptes.

Barré de la haute administration, Jean Mons, décrit par ses pairs comme « malin et ambitieux », entreprend alors une carrière purement maçonnique. En 1965, avec quelques centaines de frères, il quitte la Grande Loge de France [1], qui a signé

1. GLF, qui se sigle en interne GLDF, pour Grande Loge de France. Cette obédience, créée en 1894, est d'inspiration déiste, mais le Grand Architecte y est considéré comme un symbole, ce qui autorise toutes les interprétations et permet d'accueillir les athées. C'est la raison pour laquelle la

un accord avec le Grand Orient, pour la GLNF. Soutenu par Jean Baylot, ancien préfet de police de Paris très influent à la GLNF (et à l'époque beau-père de l'actuel Grand Maître Claude Charbonniaud), il monte vite en grade. À la mort du Grand Maître Louis-Auguste Derosière, le tandem Mons-Baylot prend tout naturellement le pouvoir. Avec un homme très discret dans leur sillage : Yves Trestournel, qui vient d'être nommé par Derosière, sur les conseils de Baylot, secrétaire de l'association qui régit l'obédience. Les loges n'ont en effet aucune existence juridique, c'est donc une association, régie par la loi de 1901, qui administre et gère les biens de la GLNF. Ce poste lui confère de fait les responsabilités exécutives.

À l'époque, la GLNF est encore une sorte de club assez sélect où il faut montrer patte blanche (ses effectifs ne dépassent pas 5 000 membres). Haute bourgeoisie de la franc-maçonnerie, elle perpétue dans l'hexagone un usage très strict des rites et des bonnes manières. Les tenues se doivent d'être impeccables. « Il y régnait une ambiance feutrée de club anglais. C'était très vieille France, mais les cas douteux n'auraient pu ni s'introduire ni rester. Ils auraient vite été signalés et éliminés », raconte, un brin nostalgique, un ancien dirigeant, qui, comme tant d'autres, regrette cette époque.

Pour faire bonne figure face au Grand Orient, dont la puissance ne cesse de s'affirmer dans le monde profane, les nouveaux dirigeants s'enga-

Grande Loge Unie d'Angleterre n'a jamais accepté de la reconnaître. Très liée au Grand Orient, la GLF est cependant beaucoup plus discrète et se tient à distance des débats politiques. Elle compte 23 000 membres.

gent alors dans la conquête effrénée, disent leurs adversaires, de nouvelles parts de marché. « Cette politique du nombre n'était pas uniquement motivée par la volonté de rivaliser avec le Grand Orient, il fallait également faire rentrer de l'argent », raconte un maçon en sommeil. « Que souhaitent tous ceux qui critiquent aujourd'hui ? Que nous restions une obédience croupion avec 5 000 membres ? Si nous sommes aujourd'hui plus de 20 000, c'est parce qu'Yves Trestournel a fait un travail phénoménal », s'indigne Pierre Benzaquen, responsable de la communication de Trestournel. Chaque Grand Officier (cadre de l'obédience) reçoit pour consigne de demander à tous les responsables de loges sous sa tutelle de rechercher intensivement des « candidats intéressants ». Comprendre : chefs d'entreprise, cadres dirigeants, professions libérales... Il faut des candidats, mais surtout des candidats solvables et décisionnaires. « Ils se comportent comme des directeurs commerciaux, dénonce un frère. Ils exhortent les loges à développer leur recrutement, à faire de l'argent. Un jour, j'ai entendu un Grand Officier dire en loge : "Vous avez bien un ami qui a envie d'entrer en franc-maçonnerie. Aujourd'hui, nous sommes 18 000 ; si chaque frère fait ainsi, nous serons bientôt 36 000 !" »

« Une loge, pour travailler efficacement, ne doit en principe recevoir qu'un ou deux nouveaux initiés par an, explique un frère indigné. Les instances nationales ont fait porter ce chiffre à quatre ou cinq. » Le principe d'une cooptation réfléchie et pesée a en grande partie disparu. Reste le copinage. « Faux, s'insurge Yves Trestournel. Chaque année, deux ou trois nouveaux entrent dans chaque loge ; mais il y en a également un ou deux qui partent. » Cela ne rassure guère sur la qualité maçonnique des tenues.

Pour attirer toujours plus de monde, la GLNF crée des « loges d'appel », à l'image de la très select loge Demain du Grand Orient, où le rituel est réduit au strict minimum. Ministres et hommes de pouvoir s'y retrouvent entre eux. Il y a ainsi la loge Spartacus pour l'audiovisuel, la loge Bannière Étoilée pour les hommes d'affaires qui cherchent à investir aux États-Unis, la loge Les Chevaliers de Jérusalem pour ceux qui s'intéressent plutôt à Israël, L'Esprit Olympique pour les sportifs, Les Cabires pour apprentis grands manitous des affaires franco-africaines... Dans certaines d'entre elles, le montant de la cotisation peut atteindre 10 000 francs, pour dix tenues (réunions) par an. Le dîner se déroulant toujours dans un grand restaurant parisien, le « triangle » (la cotisation pour les agapes) s'élève à 750 francs par tête. Ces loges fonctionnent comme une sorte de business club, servent de faire-valoir à quelques dignitaires maçonniques qui ont ainsi l'impression d'avoir une influence sur le monde profane. Quant aux *guest stars*, elles sont bien évidemment très flattées et profitent de ce petit sésame auquel donnent accès les titres flamboyants – qui font parfois sourire le profane – de Chevalier Kadosh ou de Prince du Royal Secret...

Non seulement la GLNF recrute à tout va, néglige trop souvent les enquêtes de bonne moralité exigées avant toute admission, mais elle recycle aussi à l'occasion – pas toujours à son insu – les moutons noirs des autres obédiences. « La GLNF n'a jamais fait fonctionner la justice maçonnique interne. En tout cas, je n'ai jamais vu les ordonnances de suspension qui doivent normalement être envoyées à toutes les loges afin que les frères sanctionnés ne puissent se réintroduire dans d'autres loges », accuse un dignitaire. De fait, il est arrivé à plusieurs reprises que cette obédience récupère en son sein des maçons radiés du GO pour « mauvaise moralité ». « En 1992, la GLNF n'a plus exigé la fourniture d'un extrait de casier judiciaire », s'offusque un autre. Explication gênée du Grand Maître actuel, Claude Charbonniaud : « On s'est contentés de déclarations sur l'honneur, mais ensuite on a régularisé. » Précision d'Yves Trestournel : « Que voulez-vous, si les enquêtes de terrain ne signalent rien d'anormal, on ne peut rien y faire ! » Voilà au moins un point sur lequel tout le monde est d'accord : ils n'ont rien fait.

La GLNF prend peu à peu des allures de multinationale prospère. Son nouveau siège parisien, rue Christine-de-Pisan dans le 17e, est à la mesure de ses ambitions. Sols en marbre, parois de verre et d'acier, sièges en velours. Les bruits les plus fous ont couru sur le financement de l'immeuble, sur le rôle de la mairie de Paris et de la Caisse des dépôts et consignations. On évoque des terrains non constructibles appartenant à la SNCF, devenus soudainement constructibles et propriété de la ville... Le parquet de Paris a même diligenté une enquête préliminaire.

Pour la réalisation de ce palace, Yves Trestournel explique tranquillement qu'il a négocié le terrain à bon prix auprès de la mairie de Paris – une ristourne qui n'aurait pas dépassé 15 %. Puis obtenu de la Caisse des dépôts un bail à construction – l'établissement public lui a versé une avance équivalant à 28 années de loyer pour les bureaux adjacents construits dans l'ensemble immobilier. Pour boucler le budget, il a demandé une contribution exceptionnelle de 850 francs à chacun des membres. Cette initiative a provoqué un certain remous dans l'obédience. Des frères, interloqués par le montage financier, ont attribué un sobriquet à la GLNF : le Grand Lobby des Nettoyeurs de Fonds ! Un humour déplacé puisque tout est en règle selon les responsables de l'obédience.

Peu à peu, les cérémonies affichent tout de même un faste de plus en plus pompeux : bijoux, décors, tabliers, drapeaux, broderies chatoyantes... On murmure que certains tabliers, décorés avec autant d'excentricité que les modèles haute couture de Christian Lacroix, coûtent 50 000 francs pièce. Ce goût manifeste pour les apparences a choqué. « Les Grands Tabliers [les dignitaires cooptés] ne sont que des marionnettes qui se pavanent comme des paons. Ces frères cherchent surtout à parader. » Un autre frère ajoute, cruel : « Les personnages douteux sont souvent très à cheval sur le rituel et le décorum. Les gens honnêtes sont en général plus cool là-dessus, dans la mesure où leur vie est en accord avec leurs principes. »

Dénonçant ce goût immodéré pour les signes ostentatoires, les cordons, mais aussi les décorations en général, Jean-Charles Foellner, actuel n° 2 de l'obédience, ironise sur le « comble de cette cordonite, ce mal bien de chez nous qui répand la bêtise et la rancœur » : au siège de la GLNF, un panneau indique que « la maison n'est pas responsable des objets laissés au vestiaire ». Ils se piquent même décors, maillets, épées flamboyantes et autres objets sacralisés[1] !

Peu à peu, le profane prend le pas sur le spirituel. Sont promus dans la hiérarchie des hommes n'ayant pas la réputation d'accorder beaucoup d'importance aux rituels. Claude Charbonniaud, Grand Maître depuis 1992, est lui-même accusé de ne se rendre en loge qu'une ou deux fois par an, préférant à ce travail obscur la pompe des visites aux dirigeants des obédiences du monde entier. On bombarde quelques personnalités en vue à des grades honorifiques sans respecter le cursus traditionnel. Parcours initiatique au rabais. Or, ce long apprentissage, entre cinq et vingt ans, avant d'accéder aux plus hautes distinctions, est destiné non seulement à sélectionner, à former les maçons, mais également à écarter les opportunistes attirés par le seul « carnet d'adresses ». Demeurer silencieux pendant un an, sans être autorisé à participer aux débats, relève d'une pédagogie vécue comme une réelle épreuve par de nombreux frères.

On susurre que certains « titres et décors » s'achètent, comme sous l'Ancien Régime. Mais il ne faut pas dire les choses aussi crûment : des frères aisés effectuent simplement des dons aux œuvres et reçoivent en retour des marques de reconnaissance. C'est tout. Que ne feraient pas certains maçons pour avoir un plus beau tablier que leurs voisins !

1. Déclaration de Jean-Charles Foellner, député Grand Maître de la GLNF à Juan-les-Pins, le 15 décembre 2000.

Quand éclate, en 1993, le premier scandale éclaboussant publiquement la GLNF, l'affaire Schuller, l'obédience est au courant depuis fort longtemps des agissements de ce frère peu recommandable. En interne, certains frères avaient déjà demandé la fermeture de la loge Silence [1], surnommée loge BTP. Mais aucune sanction ne fut prise.

Fin 1995, c'est le grand déballage. D'éminents maçons démissionnent de la GLNF avec fracas, attestant d'un véritable climat de haine et de suspicion. Le déroulement du vote à la Grande Maîtrise par le Souverain Grand Comité (l'équivalent d'un bureau national), le 20 septembre 1995, a mis le feu aux poudres. « Ce jour-là, le Grand Secrétaire Yves Trestournel a disposé des hommes à lui devant les urnes, raconte Pierre Marion, Grand Porte Glaive de l'obédience (en charge de la justice interne). Il a exigé un vote par ordre alphabétique. » Un autre frère confirme la suite des événements : « Les divers bulletins ayant une couleur légèrement différente, cela permettait aux hommes de Trestournel de distinguer les partisans et les adversaires de Charbonniaud. »

Quelques jours plus tard, l'un des n° 3 de l'obédience (car il existe cinq n° 3...), l'Assistant Grand Maître Alexandre de Yougoslavie, exige une explication. En vain. Le 14 octobre 1995, il écrit à Claude Charbonniaud une lettre terrible qui va largement circuler au sein du Souverain Grand Comité, dans laquelle il donne sa démission.

1. Il existe également une loge Silence à la GLF n° 761, fondée en 1957, dont le Vénérable fut Jacques Ourevitch, ancien journaliste à France Télévision.

« J'assiste depuis longtemps, ainsi que beaucoup d'autres frères, à une grave détérioration de la GLNF, écrit-il. Commencée avant votre arrivée à la Grande Maîtrise, elle s'est depuis poursuivie, sinon accélérée. Vous vous êtes en effet déchargé de l'exercice de vos attributions et des fonctions centrales. Un de vos proches collaborateurs s'est saisi du fonctionnement de l'Ordre ; il peuple nos instances de ses créatures, distribue des prébendes et achète les consciences. L'opacité est désormais la règle ; les détournements de procédures sont constants. Il en est résulté que les métaux ont pénétré le temple, favorisant la corruption[1]. De nombreux articles de presse se sont fait l'écho des dérapages de nos FF∴ dont le comportement a jeté le discrédit sur notre obédience. Cette éclosion publique de scandales, reprise dans les conversations en ville, nous porte un très grave préjudice. Il ne s'agit pourtant que de la partie visible de l'iceberg, et jusqu'ici, aucune mesure conservatoire n'a été entreprise. Mes relations privilégiées avec les responsables de la Grande Loge Unie d'Angleterre m'ont soumis à leurs observations critiques et à la sévérité de leur jugement sur l'état de notre Ordre, qu'ils qualifient de *disgraceful*. »

Ancien résistant, Alexandre de Yougoslavie n'est pas n'importe qui. Son cousin, le duc de Kent, Grand Maître de la GLUA, est son parrain en maçonnerie. Comment va réagir la GLNF ? Plutôt que de s'interroger sur son contenu, Claude Charbonniaud demande simplement au Grand

1. Les métaux symbolisent l'argent, la fortune qui doivent être déposés à l'entrée du Temple, symbole de l'égalité entre maçons et de leur dédain pour les questions matérielles.

Porte Glaive, Pierre Marion, de mener une enquête sur la diffusion de cette lettre incendiaire. Car un frère ne peut pas communiquer directement avec les autres membres de l'obédience sans demander l'autorisation au Grand Maître. Silence dans les rangs.

Or Pierre Marion est justement entré en rébellion contre le Grand Maître. Quelques jours avant ce vote, en réunion plénière du Souverain Grand Comité, ce polytechnicien qui a dirigé différentes entreprises nationales avant de devenir directeur général des services secrets grâce à ses (bonnes) relations avec le ministre de la Défense, Charles Hernu, s'était indigné du fonctionnement interne de la GLNF et avait demandé « une enquête sur les activités de Trestournel ». Ce jour-là, Charbonniaud lui coupe immédiatement la parole et se fait applaudir par une salle totalement acquise. Ainsi fonctionne la GLNF. Marion affirme qu'une bande de gros bras est aussitôt venue l'entourer en le menaçant : « On aura ta peau. »

Après le vote du 20 septembre, il fait quand même part à Charbonniaud des « dysfonctionnements » au sein de l'obédience, en particulier de ce qu'il juge être l'irrégularité du scrutin. Le Grand Maître, évoquant Trestournel et Foellner, concède seulement : « Ils sont parfois un peu maladroits. »

Marion refuse donc sèchement la mission que lui confie Charbonniaud. Sans approuver expressément la diffusion généralisée de sa missive, il rappelle qu'Alexandre de Yougoslavie avait espéré une franche explication. Charbonniaud s'y était refusé. « Il relevait directement de vous, lui dira Marion. Vous avez ainsi commis une incroyable faute contre la fraternité et l'autorité. » En désespoir de cause, l'ancien patron de la Sécurité extérieure prend à son tour la plume pour dire au Grand Maître de la GLNF tout ce qu'il a sur le cœur :

« Je vous rappelle qu'en date du 30 septembre 1995, j'attirai votre attention sur les soupçons pesant sur le déroulement du scrutin du 20 septembre. Je décrivais le subterfuge apparemment monté par le TRF Trestournel pour percer le secret du vote, dont il avait pris le contrôle de l'organisation au mépris de la souveraineté du Comité. (...) Votre attitude pendant notre entretien et votre décision de ne pas diligenter d'enquête conduisent à penser que vous avez choisi de couvrir cette manœuvre et peut-être que vous en aviez une connaissance préalable.

« Cette attitude rejoint les refus répétés que vous avez opposés à toutes mes demandes écrites en tant que Grand Porte Glaive, d'ouverture d'enquêtes et de prises de mesures conservatoires vis-à-vis de frères mis en examen par la justice profane et dont la presse avait mentionné explicitement l'appartenance à la GLNF. »

Pierre Marion dénonce une mascarade de démocratie, le non-respect des règles internes, les agissements d'Yves Trestournel et Guy Kornfeld, Grand Directeur des Cérémonies. Claude Charbonniaud n'en a que faire. Il parle de jalousie, voire, dans le cas de Marion, de paranoïa et d'obsession des coups tordus. « Ils étaient hostiles à ma nomination. Ils voulaient prendre le pouvoir, eux, pour leurs combines à eux ! » s'énerve le Grand Maître. Il se sait intouchable : ces multiples protestations ne seront pas relayées par les autres

Grands Officiers. Nombre d'entre eux profitent avantageusement de leur dévouement à Trestournel. Les autres ont d'autres chats à fouetter. Quant à ceux qui tentent d'alerter les instances supérieures, ils restent sans réponse. Ainsi, malgré certaines mises en garde, Philippe Milgrom, mis en cause dans une affaire fiscale à Nantes et qui appartient à la loge Les Neuf Jours Sacrés[1], est nommé Grand Trésorier de la province de Neuilly-Bineau. Tout continue comme si de rien n'était.

Quelques semaines plus tard, le 26 décembre 1995, c'est au tour du n° 2 de l'obédience, Étienne Dailly, ancien vice-président du Sénat, membre du Conseil constitutionnel, de démissionner. Il s'en explique par écrit à Claude Charbonniaud.

« En ma qualité de Député Grand Maître – fonction que tu m'as fait l'honneur de me confier dès ton accession à la Grande Maîtrise et dans laquelle tu m'as reconduit lors de notre tenue de Grande Loge du 2 décembre dernier, écrit-il, je t'ai, au cours de nos entretiens, expliqué la cause du profond malaise qui agite dangereusement notre Ordre. J'ai dû hélas constater que je n'avais réussi à te convaincre ni de l'ampleur de ce malaise, ni de l'inévitable publicité qui lui serait donnée dans la presse, ni du redoutable discrédit qui en résultera pour notre Ordre, pour nous tous, aussi pour toi-même. Non seulement tu n'as pris aucune des mesures que je m'étais permis de te suggérer, mais il est un maintien en fonction et une nomination d'assistant Grand Maître auxquels tu viens de procéder dans ton collège de Grands Officiers qui, compte tenu des circonstances, ne

1. *Le Parisien* du 16 juin 2000.

manqueront pas d'être interprétés comme des provocations et qui démontrent, en tout cas, que tu n'entends rien changer à la situation contre laquelle – après beaucoup de nos frères, je le sais –, je suis venu te mettre en garde. (...) Je ne peux accepter de cautionner plus longtemps un état de fait que je déplore, ainsi que je t'en avais prévenu, je te prie de me considérer, à compter de ce jour, comme démissionnaire. »

L'homme maintenu en fonction, c'est Yves Trestournel. L'homme promu assistant Grand Maître, c'est-à-dire nº 3 *ex aequo*, c'est Jean-Charles Foellner. Encore eux. L'affaire Mouillot vient d'éclater, et leurs noms sont souvent évoqués sur la Côte. Pour Dailly, les choses sont simples : ou bien Charbonniaud n'est pas au courant, et alors il est incapable ; ou bien les faits sont exacts et il les couvre. Il est alors complice. Dailly penche plutôt pour la seconde hypothèse. La concordance des dates est troublante. Mouillot compromis, Foellner, Grand Maître Provincial sur la Côte d'Azur, vend ses affaires et monte à Paris où il est rapidement promu. Dans un entretien privé, quelques mois avant son décès, Étienne Dailly déclarait : « Je ne pouvais pas attendre de plus grands honneurs de la République que ceux qu'elle m'a prodigués. Je ne veux pas prendre le risque de ruiner ma fin de carrière en conservant mes fonctions à la GLNF. Cette obédience va être balayée par les scandales et je ne veux pas être impliqué. »

Pourtant rien ne se passe. Aussi, quelques mois plus tard, en août 1996, Pierre Bertin, haut dignitaire de la GLNF (passé Premier Grand Surveillant, Ancien Grand Secrétaire, Ancien Grand

Tuileur, autant de responsabilités successives qui démontrent qu'il connaît bien la boutique), tire la sonnette d'alarme. Il a relevé tous les noms de frères impliqués dans plusieurs scandales en cours. C'est de la dynamite. Cet ingénieur à la retraite, peu suspect d'avoir profité de la maçonnerie pour faire carrière, écrit à son tour au Grand Maître en attirant son attention sur le mélange des genres et autres pratiques affairistes au sein de la GLNF. Pas de réponse, évidemment. Bertin se décide alors à alerter par écrit ses frères qui, décidément, ne veulent rien comprendre.

« Mes frères,

« Notre Grande Loge Nationale Française est en danger, en passe d'être dépossédée par une multitude d'affaires scandaleuses. Non seulement on nous ment à ce propos, mais de plus, le silence ou le discours imprécis, l'exclusion et la menace ont créé une situation devenue proprement insupportable et inadmissible.

« Ceux qui, exerçant les plus hautes fonctions de notre obédience, participent à de telles déviations, les acceptent, ou même les suscitent, violent les lois et les usages de l'Ordre maçonnique et trahissent notre Constitution. Les mêmes d'ailleurs, dans la plupart des cas, ont tissé des réseaux occultes qui menacent l'équilibre de notre société en bafouant les lois de l'État... »

Est-ce tout ? Non. Ce frère indigné insiste sur les dissensions qui se développent :

« Depuis le trépas, en 1992, de notre Très Respectable Frère André Roux, alors Grand

Maître de notre obédience, la dégradation de la situation s'est amplifiée. Et cela a entraîné la mise en retrait volontaire voire la démission de très nombreux frères, hommes de qualité, pénétrés des principes de l'Ordre, qui n'ont pas supporté que notre ancienne et honorable institution soit ainsi maltraitée et souillée...

« Le Grand Maître en exercice, Claude Charbonniaud, a totalement ignoré ces événements qui, nous semble-t-il, nécessitent quelques explications. (...) Les démissions de nos TRF Étienne Dailly et Alexandre de Yougoslavie n'ont pas été évoquées dans le journal *Actualités GLNF*. Pourquoi ? De quoi a-t-on peur ? Que veut-on cacher ? (...) Quelles sont les véritables raisons de ce silence ? Ce n'est pas par une sorte de mépris qui se voudrait hautain qu'on peut traiter une telle situation : les dirigeants actuels de la Grande Loge Nationale Française seraient-ils complices ? Ou ne saventils pas comment sortir d'un embarras, n'ayant pu, osé ou voulu prendre les mesures qui s'imposaient en temps utile ? »

Suit une liste précise et détaillée d'affaires qui impliqueraient, selon lui, la GLNF : Cogedim (50 millions de francs détournés), carambouille de Carcassonne (72 millions de francs envolés), Canson (trafic de tableaux et captation d'héritage), démêlés Noir-Mouillot-Botton, embrouilles de la tour BP (détournements de fonds, sept morts suspectes), krach municipal à Draguignan (trou de 50 millions), écoutes téléphoniques par la société de sécurité Century (six arrestations), cliniques de Marseille (meurtres en pagaille), affaire Schuller-

Maréchal, Carrefour du Développement (100 millions détournés), scandale de la GMF (500 millions évaporés)... Les deux dernières concernent plutôt le GO, mais une trentaine de frères au total sont cités. L'auteur de ce réquisitoire, Pierre Bertin, propose d'agir vigoureusement pour rétablir l'ordre au sein de l'obédience. Une sanction exemplaire sera prise contre... Pierre Bertin. Il est suspendu ! Quant aux intrigants impliqués dans des scandales, il ne leur arrivera rien. Comme toujours, les dignitaires de la GLNF, forts de leurs cordons et de leurs tabliers brodés, font comme si de rien n'était. Sauf que la lettre de Bertin a fait le tour des journaux. Le porte-parole de la GLNF, Jean-Pierre Pilorge, rétorquera quelques années plus tard, dans un entretien à *L'Express* : « Pierre Bertin est extrêmement manipulable[1]. »

Un préfet, membre de la GLNF, ayant assisté impuissant à la décrépitude de son obédience, constate avec tristesse : « On peut affirmer que “l'autorité maçonnique”, en tant que telle, n'est plus exercée à la GLNF. Elle qui pourtant, soixante-dix ans durant, n'avait connu aucun scandale majeur. Comment cela a-t-il pu arriver ? À partir du moment où, au plus haut niveau de l'appareil, des hommes totalement parjures sont décidés et résolus à utiliser le système, avec l'aura et l'alibi de l'institution, toutes les dérives deviennent possibles. »

Ces propos féroces montrent l'ampleur de la crise de confiance qui traverse la maison. Claude Charbonniaud est-il visé ? On lui reproche en tout cas de gouverner comme un préfet en son chef-

1. *L'Express* du 27 janvier 2000.

lieu, c'est-à-dire de ne rien faire qui puisse lui attirer des ennuis. De fait, il vient de la préfectorale. Avec son allure distinguée, ses costumes tirés à quatre épingles et ses décorations, à la fois courtois et impérieux, Charbonniaud en impose. Tout ce qu'aiment les maçons de cette obédience. Le reste ? Démêler le vrai du faux ? Faire le ménage sur la Côte d'Azur où il fut président de la chambre régionale des comptes, à titre profane, et Grand Porte Glaive en tant qu'initié ? Le Grand Maître assure qu'il n'a jamais rien détecté d'anormal, que tout ce qui est raconté dans les médias ne vise qu'à nuire à la GLNF. Il promet seulement d'intenter des procès à ceux qui diffament l'obédience dont il a la charge. Pourtant, Mouillot, Merolli et tous les autres ne gravitaient-ils pas autour de lui ? À sa décharge, Charbonniaud ne dirigeait pas tout seul.

De petite taille, une allure de notaire de province, un rien cauteleux, le Grand Secrétaire de la GLNF observe avec contentement la collection d'objets du XVIIIe siècle exposée dans l'un des salons du siège parisien de l'obédience : drapeaux, vaisselle, manuscrits, gravures... Devant une vitrine, Yves Trestournel, accusé des pires turpitudes par nombre de ses frères au point d'être surnommé « Triste Sire », raconte tranquillement au visiteur l'origine de petits médaillons en émail : ce sont des « tableaux de loge », des miniatures utilisées par les prisonniers à l'époque des guerres napoléoniennes, où figurent les « décors », les symboles nécessaires à toute réunion maçonnique, fût-ce en prison : colonnes du Temple, mosaïque, volume de la loi sacrée, compas, équerre.

La rue Christine-de-Pisan est son domaine, c'est toute sa vie. Il en est le maître absolu. Avec une fierté non dissimulée, Trestournel fait visiter le temple de verre et acier. Il ne peut s'empêcher de montrer les « cabinets de réflexion » : c'est là que sont enfermés un long moment les postulants, pour écrire leur « testament », avant d'être initiés et introduits dans le temple, les yeux bandés, pour y subir un interrogatoire. Généralement, il s'agit d'une petite pièce sombre, un réduit pas plus grand qu'un placard, une sorte de cachot éclairé par une bougie, avec une tête de mort et cette inscription : « Si la curiosité t'a amené ici, va-t'en. » Ces cabinets-là ont des allures de train fantôme avec leurs néons qui clignotent. On s'attend à tout moment à être frôlé par les cheveux d'une sorcière ou une toile d'araignée. Cela amuse beaucoup l'inamovible Grand Secrétaire de la GLNF. Dans son bureau, il exhibe, goguenard, un diplôme américain qui fait « pouet » quand on l'ouvre, pour bien montrer que la maçonnerie a aussi son côté folklorique, donc sympathique et dérisoire. Rien à voir avec une association de malfaiteurs, n'est-ce pas, encore moins une usine à barbouzes. Et de se présenter comme un frère ordinaire.

« Je suis né à Alger. Mon grand-père était général. J'ai fait mes études à Sainte-Marie de Monceau. Puis j'ai travaillé dans une société de distribution de boissons. Je suis tombé malade. J'ai décidé de me consacrer à la maçonnerie. Dans ma famille on est maçon depuis cinq générations. » Il montre une photo de l'un de ses ancêtres, Louis-Auguste Ormières, qui a fondé en 1870 la première ambulance du Grand Orient. Une histoire ordinaire, en somme.

Secrétaire – c'est-à-dire responsable de l'administration de l'association qui régit la GLNF – depuis 1972, Trestournel est en vérité un homme clé. Mesures disciplinaires, mise à jour du fichier, financement du siège, gestion des œuvres et des cotisations, nominations, promotions, sanctions, règlement des conflits, archives, relations officielles avec les obédiences étrangères, il est maître de tout. Il sait tout. Mais lui affecte la simplicité du bon grand-père dévoué. « Je vis très simplement. J'ai la même femme depuis quarante-trois ans, j'ai deux filles et quatre petits-enfants. » Un de ses adjoints fait son éloge : « La GLNF lui doit énormément. Il travaille douze heures par jour. Sa porte est toujours ouverte pour écouter les frères qui ont des problèmes. Il se rend régulièrement dans les loges, s'intéresse vraiment à la maçonnerie, ce qui n'est pas le cas de tout le monde ici. » Entendez à l'étage des hauts dignitaires.

Cet homme exemplaire traîne pourtant une réputation sulfureuse. Affairisme échevelé dans le Sud-Est, spéculation immobilière sous haute protection aux Caraïbes, investissements en Israël, tournées en Afrique, on le dit de toutes les combines. Pourtant, personne n'a jamais apporté la moindre preuve concrète de ces turpitudes supposées. De lui, Pierre Marion admet : « Il est très fort, il a eu l'habileté de lover une organisation (...)[1] dans une société secrète. Allez l'en déloger... Depuis vingt-huit ans qu'il est à la tête de l'obédience, il tient tout le monde. »

La biographie non écrite d'Yves Trestournel,

1. Suit ici une expression que les lois françaises réprimant la diffamation nous interdisent de reproduire.

qui circule sous le manteau dans les couloirs de la GLNF, semble tout droit sortie d'un polar. Il aurait été pris dans une affaire de baronnage (un terme qui désigne les combines et tricheries dans les cercles de jeux) en Tunisie. Jean Mons, alors résident général de ce protectorat, l'aurait sorti de prison en échange d'une collaboration avec les services de renseignements. Petit problème : entre 1947 et 1950, période durant laquelle Mons était en poste en Tunisie, Trestournel avait moins de 15 ans. « C'est fou, je n'ai jamais été en Tunisie », ajoute l'intéressé. Sur ce point, ses détracteurs ont manqué leur cible.

Selon la légende colportée par ses adversaires, avant de s'incruster à la GLNF, cet homme vivait d'expédients, de petits boulots. On raconte qu'il ne se déplace qu'en voiture blindée, que son immeuble comporte deux sorties. On l'accuse d'avoir phagocyté l'obédience en nommant, à vie, ses affidés au Souverain Grand Comité. D'avoir introduit dans le système des frères au casier judiciaire chargé. De s'être entouré d'hommes de main. Un jour, un policier découvre le numéro de téléphone personnel d'Yves Trestournel dans le portefeuille d'un loustic fiché au grand banditisme. Il s'en ouvre à des amis de la GLNF. Que faire ? Ce n'est pas un crime. La mise en cause du Grand Secrétaire de la GLNF, surnommé « Frère des Ténèbres » dans *Phoebus* (*Le Canard enchaîné* interne de la GLNF), atteint son paroxysme en 1992 au lendemain de la mort du Grand Maître André Roux.

Son prédécesseur, Jean Mons, était très malade : à la fin de son mandat, il n'avait plus qu'une heure de lucidité par jour. Trestournel s'était rendu indispensable, allant régulièrement lui rendre visite à son domicile, rue de Prony. À la mort de Jean Mons, en 1989, un notaire réputé (il est en particulier le notaire de Jacques Chirac), André Roux, lui succède. Celui-ci, assurent les témoins de l'époque, est tout à fait conscient des dérives de l'obédience. Dès 1986, la Grande Loge Unie d'Angleterre avait commencé à se poser des questions sur le fonctionnement de la GLNF, la mauvaise réputation de ses dirigeants. Un frère, membre de la loge Les Trinosophes, avait rédigé une longue note dans laquelle il mettait en cause le Grand Maître Jean Mons. Surtout, il évoquait le cas d'Yves Trestournel, décrit comme un « homme sans spiritualité, sans culture, sans rayonnement, mais fort habile, pour ne pas dire industrieux ». Et présumait l'existence de dérives : « Maintes protestations s'élèveront dans les premières années contre l'établissement de faux bilans, l'existence de compromissions évidentes, mais surtout contre la mainmise de la Maçonnerie régulière d'une équipe *(sic)* dont chaque membre a des objectifs très précis (un actuel Assistant Grand Maître ne serait-il pas trafiquant d'armes international ? Un autre impliqué dans un trafic de drogue ?). La Maçonnerie régulière est devenue une bonne combine... »

Très vite, André Roux se rend compte que beaucoup d'informations ne remontent pas jusqu'à lui. Mais il est tout de même mis au courant d'un certain nombre de dérives sur la Côte d'Azur. Début 1990, il apprend aussi les agissements d'une certaine loge qui vient d'être créée par Didier Schuller, directeur de l'office des HLM des Hauts-de-Seine et de son « trésorier » Jean-Paul

Schimpf[1]. Les deux hommes se sont connus lors de parties de chasse en Alsace. Schimpf, qui avait été membre d'un atelier de la GLF nommé Silence, avant de passer à la GLNF, décide à la fin des années 80 de créer une loge qu'il baptise du même nom, affiliée, cette fois, à la GLNF. Très vite, le Vénérable s'aperçoit que « cela ne tourne pas rond ». Schimpf et Schuller avaient ainsi entrepris de créer une fraternelle de Clichy où étaient censés se réunir les bienfaiteurs fraîchement initiés et les responsables de la mairie. Le Vénérable en question fait interdire cette fraternelle illégale : elle accueillait en son sein de simples compagnons ou apprentis, or, ne sont admis dans les fraternelles que ceux qui ont le grade de Maître.

En novembre 1990, un rapport de l'inspection de la GLNF concernant le fonctionnement de la loge Silence est remis au Grand Maître Provincial de Paris, Claude Vincent, et au Grand Maître André Roux. Le contenu est édifiant. Il est ainsi noté qu'on y trouve une proportion anormale de membres importants du bâtiment et d'hommes d'affaires qui y côtoient les élus locaux. Le rapport est enterré. Cette loge ne sera fermée par Claude Charbonniaud qu'en 1995, après l'arrestation de Schimpf, l'ouverture d'une enquête judiciaire et la perquisition du journal *Le Clichois*. Étienne Dailly, qui possédait un double du rapport

1. Didier Schuller, qui s'est installé à Saint-Martin, est toujours sous le coup d'un mandat d'arrêt international. Jean-Paul Schimpf a fait l'objet d'une arrestation en février 1995, peu après avoir pris livraison d'une enveloppe. (*Libération* du 27 février 1997).

de 1990, aurait fait pression pour que, cette fois, l'obédience prenne des mesures concrètes.

Peu à peu, André Roux est ébranlé. À quelques proches, il annonce sa volonté de modifier l'organigramme et l'appareil administratif de la GLNF. Charbonniaud et Trestournel seraient écartés. Le 22 janvier 1992, quelques jours après avoir confié cette intention à des proches, à l'issue d'un déjeuner au siège de la GLNF, boulevard Bineau à Neuilly, André Roux prend sa voiture pour se rendre rue Christine-de-Pisan sur le chantier du nouveau siège parisien de la GLNF. 300 mètres plus loin, boulevard Gouvion-Saint-Cyr, porte Champerret, il percute une voiture, meurt sur le coup. On conclut à une crise cardiaque. Certains s'étonnent qu'il n'y ait pas eu d'autopsie. De là à accuser Yves Trestournel, il n'y a qu'un pas que certains maçons ont franchi. « C'est incroyable, s'indigne son ami proche, Pierre Benzaquen, le bras droit du Grand Secrétaire. Ou c'est vrai et c'est monstrueux et il faut agir. Mais si c'est faux, comment peut-on colporter de telles rumeurs ? » Le fait est que rien, aujourd'hui, ne permet d'accréditer une telle accusation.

L'affaire, aussi absurde soit-elle, suscite évidemment un certain émoi. Tout devient prétexte à suspicion. Ainsi, un frère nous rafraîchit la mémoire. Combien de maçons impliqués dans des affaires ont disparu de manière curieuse ? Claude Bez, qui succombe quelques jours avant le procès des Girondins de Bordeaux. Marc Delachaux, PDG de la société de gardiennage Century, la quarantaine florissante, mis en examen dans une affaire d'écoutes téléphoniques illégales : il meurt d'une crise cardiaque en plongeant de son bateau.

Son associé, Glenn Souham ? Assassiné devant son domicile. Daniel Voiry, flic ripoux impliqué dans l'affaire de la tour BP, retrouvé une balle dans la peau sur le parking de l'Intermarché de Saint-Thibault-des-Vignes, la veille de son audition par les enquêteurs ? On conclut au suicide. Un autre policier, honnête celui-là, Maurice Santous, enquêtant précisément sur les implications financières de l'affaire Voiry : suicidé dans la Seine, alors qu'il venait de tomber amoureux et d'obtenir une promotion. Et Roger Loebb, mort durant l'été 1996 : suicidé au cyanure. Il venait pourtant de refaire sa vie avec une jeune femme et semblait en pleine forme. Ses ennuis ne viendraient-ils pas de certains de ses frères ? Dans la loge Jérusalem dont il était Vénérable, il côtoyait Flatto Sharon, homme d'affaires maçon ayant défrayé la chronique, ainsi que Louis Sidéri, Grand Trésorier de la GLNF au moment du scandale de la GMF. Loebb, chargé des relations entre l'obédience et l'État d'Israël, se serait-il mêlé de choses qui ne le regardaient pas ? Dès le lendemain de son décès, son domicile aurait été visité par un dignitaire pour récupérer ses archives. Elles sont aujourd'hui en lieu sûr.

René Lucet, notable des organismes de Sécurité sociale suspecté d'avoir participé à un réseau marseillais de fausses factures ? « Suicidé » de deux balles dans la tête, le 4 mars 1982. Robert Boulin, membre du GO, ancien ministre de la Santé, impliqué dans une affaire immobilière, dont le cadavre a été retrouvé le 30 octobre 1979 dans un étang de Rambouillet ? Là encore, l'enquête conclura au suicide. Une semaine avant sa mort, alors que les conditions de l'achat de sa villa à

Ramatuelle venaient d'être évoquées dans l'hebdomadaire *Minute*, l'ancien ministre avait déclaré sur Europe 1, le dimanche 21 octobre : « Que voulez-vous que je réponde ? J'ai l'âme et la conscience tranquilles et j'ai été exemplaire. Peut-être encore plus que vous ne le pensez, parce qu'il y a des choses que je ne peux pas dire ici... »

Joseph Doucé, pasteur homosexuel, suspecté, à tort ou à raison, d'abriter un réseau pédophile à travers sa librairie : découvert mort dans la forêt de Rambouillet le 18 novembre 1990. Le rôle des RG dans sa disparition n'a jamais été totalement éclairci. Et l'éditeur Gérard Lebovici, assassiné en 1984 pour une histoire de vidéos pornos ? Tous deux appartenaient à la famille et ont disparu dans des conditions sordides.

Joseph Fontanet, ministre de l'Emploi puis de l'Éducation sous Georges Pompidou : encore un frère dont la mort, en février 1980, n'a jamais été élucidée. L'histoire abracadabrante commence après la défaite de Jacques Chaban-Delmas, candidat gaulliste à la présidentielle de 1974, éliminé dès le premier tour. En vue du scrutin, un trésor électoral avait été alimenté par divers canaux plus ou moins licites, tenu en lieu sûr dans la région de Lyon par une célèbre famille locale. Contraint de s'effacer devant Giscard, Chaban se retrouve avec ces fonds accumulés – on parle de 4 millions de francs. L'argent aurait, dit-on, servi à financer le lancement d'un quotidien destiné à concurrencer *Le Monde*, bête noire de la droite gaulliste : *J'informe*, qui verra le jour en 1977. Parmi les actionnaires, on cite également les Michelin, la banque Paribas, Me Louis Chaine, notaire à Lyon... L'ambition est grande, puisqu'il est prévu de tirer à 350 000 exemplaires. Les moyens sont relativement importants pour l'époque : 15 millions de francs. C'est un échec retentissant. Au bout de trois mois, le quotidien tombe à 20 000 exemplaires et le passif du journal s'élève à 24 millions. Quelques années plus tard, Joseph Fontanet est retrouvé mort, devant son domicile, une balle de 11,43 mm dans le dos. On parle à l'époque d'une altercation avec un automobiliste.

Le mauvais sort s'est également acharné sur certains protagonistes. Louis Chaine est d'abord frappé, le 14 mai 1976, par la mort de son frère, Jacques Chaine, président du Crédit lyonnais, assassiné par Jean Bilski, un illuminé qui se suicidera ensuite. Quatre ans plus tard, c'est son gendre, Bernard Galle, qui est enlevé. Louis Chaine paiera la rançon, mais le corps ne sera jamais retrouvé...

On n'a jamais élucidé non plus les circonstances de la mort de Michel Baroin dans un accident d'avion, au-dessus du Cameroun, le 3 février 1987. Cet ancien commissaire de police, chargé d'infiltrer le Grand Orient avant d'en devenir le Grand Maître, présidait la GMF, un empire de 56 milliards de francs ambitionnant de devenir le n° 1 de la communication en France. Actionnaire minoritaire de Canal+, il avait déclaré, quarante-huit heures avant sa mort, qu'il se portait candidat à la reprise de TF1. Proche à la fois de Jacques Chirac, un camarade de Sciences-Po qu'il tutoyait, et de François Mitterrand, avec lequel il partageait une passion commune pour le Morvan, Michel Baroin caressait également l'ambition d'être un jour candidat à la présidence de la République.

Le 3 février, il monte dans son avion, un Lear-

Jet, à destination de Libreville (Gabon) où il doit négocier l'achat de 300 000 hectares de forêts de bois précieux. Mais avant, il fait escale à Brazzaville (Congo) pour remplir deux missions confidentielles : convaincre le président congolais Denis Sassou Nguesso de se faire initier au GO et évoquer avec lui la situation militaire au Tchad. Avant de redécoller pour Libreville, Baroin a un entretien téléphonique orageux avec le président gabonais Omar Bongo, franc-maçon également, à propos d'une dette que le Gabon aurait à l'égard de la Stimeg, une société dont la GMF est actionnaire. Baroin décide de ne pas faire escale au Gabon et de se rendre directement à Tamanrasset, en Algérie. L'avion explosera dans le ciel du Cameroun.

Ce jour-là, un haut fonctionnaire français des renseignements généraux (maçon) aurait sablé le champagne. Des francs-maçons ont aussi évoqué la satisfaction du groupe Elf, qui lorgnait également sur la forêt congolaise, riche en sous-sol. Mais une autre hypothèse avancée pour expliquer cet accident concerne l'escale en Algérie. Il a été dit que Michel Baroin devait y récupérer le leader tchadien Goukouni Oueddeï, entré en rébellion contre son protecteur habituel, le Libyen Kadhafi, afin qu'il forme un gouvernement d'union nationale avec Hissène Habré, soutenu par la France. Projet qui n'aurait pas plu à Kadhafi. L'hypothèse n'est pas absurde. C'est également au retour d'un voyage au Tchad que l'avion d'un conseiller de Valéry Giscard d'Estaing, René Journiac, s'est écrasé un jour dans des conditions mystérieuses. Mais Baroin n'était pas seulement un chef d'entreprise maçon. C'était un homme de renseignement. Son cas est vraiment particulier.

D'autres morts de maçons restent suspectes. Celle de Roger-Patrice Pelat, impliqué dans le scandale Pechiney, victime d'une embolie pulmonaire le 7 mars 1989, à l'hôpital américain. Ou le suicide du frère François de Grossouvre. Sans parler de Pierre Bérégovoy, maçon sans tablier, angoissé par des scandales potentiels autrement plus importants que l'histoire du prêt sans intérêt qui lui avait permis d'acheter un appartement. L'arme avec laquelle l'ancien Premier ministre se serait donné la mort le 1er mai 1993 appartenait à son garde du corps des Voyages officiels. Or, s'il est une consigne au sein des VO, c'est bien de ne jamais laisser traîner son arme de service dans la boîte à gants ! L'ombre de la maçonnerie rôde même sur l'assassinat du préfet de Corse Claude Erignac. Aucun maçon ne croit un instant à la version d'une simple vengeance nationaliste. Parmi les dossiers auxquels s'intéressait Erignac, un certain nombre concernaient les fameux réseaux corses, qui se recoupent souvent avec les réseaux maçons. Le préfet n'était pas forcément renseigné par les « services », dont c'est pourtant le devoir, mais par des circuits, disons, particuliers : de bons francs-maçons soucieux de faire le ménage...

Ces informations l'avaient semble-t-il mené sur la piste de la SA Compagnie des îles Lavezzi (Codil), basée sur l'île de Cavallo, au large de Bonifacio. « L'intérêt de Cavallo, ce n'est pas l'immobilier, expliquaient François Santoni et Jean-Michel Rossi (assassiné à l'été 2000) au journaliste Guy Benhamou ; ce que certains Corses et quelques Italiens se disputent, c'est la maîtrise du port et de la piste d'atterrissage pour avions privés. Cavallo est une zone de transit de la drogue qui peut devenir une véritable plaque tournante [1]. » La Codil, qui a largement contribué à « l'impôt révolutionnaire » sans rechigner outre mesure, permet de découvrir des liens entre Lillo Lauricella – un Italien originaire de Palerme –, le nationaliste corse Alain Orsoni, leader du Mouvement pour l'autodétermination (MPA, lié au FLNC-Canal habituel), et l'implantation de proches du même Orsoni à Miami. Alain Laville, auteur de *Un crime politique en Corse* (qui avait déjà écrit un livre remarquable sur l'affaire du juge Michel [2]), a établi l'existence de relations entre autonomistes corses et investisseurs étrangers basés en Floride ou en Italie : « Quand Lillo Lauricella entre en scène à la tête de la Codil, valsent alors des centaines de millions de francs (...). » La mort du préfet n'est pas encore élucidée. Peut-être trouvera-t-on en Yvan Colonna le bras armé, bien qu'il s'en défende depuis sa cavale dans le maquis. Mais qui était le véritable commanditaire ?

On pourrait également évoquer la mort de Pascal Sarda, impliqué dans le scandale de l'Arc, décédé d'un malencontreux accident de voiture. Certains vont jusqu'à s'interroger sur l'évolution « très rapide » du cancer de Jean-Claude Méry.

Fantasmes, paranoïa ? La mort rôde, en tout cas,

1. François Santoni et Jean-Michel Rossi, *Pour solde de tout compte*, Denoël, 2000.

2. Alain Laville, *Un crime politique en Corse*, Le Cherche-Midi, 1999 ; et *Le Juge Michel*, Presses de la Cité, 1982.

comme la peur. C'est l'envers du décor, une face cachée du secret initiatique.

Ce climat malsain a indéniablement existé sous le règne du couple Charbonniaud-Trestournel à la tête de la GLNF. Trestournel a accumulé les rancœurs. Homme de l'ombre, sans charisme, il travaille seul, dans son coin, avec ses hommes. Pierre Marion, dans sa lettre à Claude Charbonniaud, disait à son propos : « Son goût permanent de la manipulation, sa confusion entre mondes profane et maçonnique, constituent une offense à l'éthique de l'Ordre. Il n'hésite pas à contourner l'autorité, dans leurs provinces, des Grands Maîtres Provinciaux, allant jusqu'à intervenir sur des cas personnels qui très souvent relèveraient de la simple discipline ou de la justice maçonnique. Il torpille ou sabote des actions décidées par le Grand Maître lorsqu'elles contrarient ses desseins et ses manœuvres, notamment lorsqu'il s'agit de mesures indispensables au bon fonctionnement de l'obédience. (...) Sa quête de puissance l'a amené au fil du temps à constituer, au sein de l'Ordre, des réseaux personnels qui groupent des frères dont la vertu n'est pas une qualité ordinaire. (...) N'a-t-il pas osé proclamer, à plusieurs reprises, qu'il serait le "vrai patron" de la GLNF, allant même chercher votre successeur en province ? Ne s'est-il pas vanté sans retenue d'être un "marionnettiste" confirmé de Grand Maître ? (...) Des rumeurs persistantes font même état de manipulations financières au détriment de la GLNF. » Un frère fait remarquer, non sans humour, qu'en numérologie Trestournel porte le n° 666. Celui de Satan.

« Insensé ! » Face à ces accusations, le bonhomme lève les yeux au ciel en souriant d'un air matois. La disparition d'André Roux ? Yves Trestournel affirme qu'il sortait d'un rendez-vous galant et pas d'un déjeuner à la GLNF, auquel cas le Grand Maître aurait succombé dans l'épectase ! Un dignitaire de la GLNF réplique : « Trestournel en a fait voir de toutes les couleurs à Roux. Les deux hommes se sont fait la guerre. Roux, qui souffrait d'embonpoint, n'avait pas la résistance physique suffisante pour mener à bien son opération de restructuration interne. Il était probablement surmené. Il a eu un problème au cœur. »

À la mort d'André Roux, le Député Grand Maître (nº 2 de l'obédience) Claude Charbonniaud est désigné Grand Maître à la place du Grand Maître. Avec, toujours à ses côtés, Yves Trestournel qui, à défaut de pouvoir cumuler statutairement les fonctions de secrétaire de la GLNF et de Député Grand Maître, s'est vu honoré du titre de Député Grand Maître d'Honneur. Un accessit de plus. Le duo Charbonniaud-Trestournel a résisté à toutes les attaques. Mais une nouvelle bagarre se profile pour la succession qui aura lieu en décembre 2001. Elle sera sanglante.

Chapitre 5

Des connexions invisibles

Des réseaux ? Du copinage ? Ces mots font hurler le maçon de base pour qui, évidemment, les choses ne sont pas aussi simples. Non sans raison, il s'insurge : « Les diplômés d'HEC, les inspecteurs des Finances ou les ingénieurs des mines se cooptent entre eux... Il existe des groupes de pression beaucoup plus efficaces, les chasseurs, le Cobaty international, qui regroupe des entreprises du bâtiment, l'Opus Dei. » Certes. Mais à quelques différences près. D'abord, il ne faut pas confondre groupe de pression et réseau. Un réseau permet de communiquer et d'échanger des informations, c'est un enchevêtrement de circuits entrecroisés, de taille plus ou moins importante. Alors qu'un groupe de pression est un ensemble relativement homogène, œuvrant dans un intérêt commun. Ce qui ne veut pas dire que les lobbies n'utilisent pas des réseaux...

La maçonnerie n'est donc pas un lobby. Ensuite, excepté l'Opus Dei, les amicales d'anciens élèves ou les groupements professionnels œuvrent au grand jour. Il y a des annuaires, des forums ouverts à tous. Quand des polytechniciens, des HEC, des énarques ou des anciens de l'UNEF se cooptent, les choses sont plus visibles. Tout le monde est en droit de se poser des questions, au sein d'une entreprise ou d'une administration, sur l'opportunité d'une nomination, en toute connaissance de cause. Et personne n'intentera un procès à celui qui aurait souligné les liens qui unissent la personne choisie à telle ou telle filière. Les maçons eux, opèrent dans la plus grande confidentialité et revendiquent un droit au secret, puisqu'ils n'hésitent pas à poursuivre ceux qui dévoilent leur appartenance en invoquant avec aplomb « l'atteinte à la vie privée » ou la diffamation.

Troisième différence, un diplôme est un viatique reconnu dans la vie professionnelle. Pas la franc-maçonnerie. Même si celle-ci ambitionne d'être une école de la seconde chance et si beaucoup de frères reconnaissent qu'elle fut leur seule formation. Bien des « promotions triangles » ont d'ailleurs abouti à des désastres financiers, comme l'ont montré les malversations au sein de la Mnef et d'Ibsa, les faillites de la GMF, du Crédit foncier ou de la BIM, dirigées par des maçons au mieux incompétents et soumis à la pression de hauts grades peu scrupuleux. Enfin, l'importance du système mis en place est sans commune mesure. Il n'existe que 150 inspecteurs des Finances, quelques centaines de polytechniciens. Les maçons sont 120 000 en France, 7 millions dans le monde. Nombre d'entre eux occupent des positions stratégiques, à l'Élysée, à Matignon, à l'Assemblée, au Sénat, dans les Conseils généraux, les cabinets ministériels, la haute administration, les mairies, la police, les tribunaux, la presse, la télévision, les grandes entreprises, les syndicats, les associations, les clubs sportifs... Ils couvrent tous les secteurs de l'activité économique, sociale et politique. La maçonnerie n'est pas un réseau en soi, c'est une sorte de toile, à l'image d'un Internet privé où les maçons naviguent au gré des opportunités, dans l'ombre, en pratiquant la protection mutuelle. Peu à peu, ils ont constitué de véritables places fortes, des fiefs, où, bien souvent, ils imposent leur loi.

Illustration. L'ardoise héritée du Crédit lyonnais – une quarantaine de milliards de francs – ne suffisait pas ? En 1995, le gouvernement Balladur a mis en place un plan de sauvetage qui mérite très peu son nom puisqu'il a surtout contribué à doubler l'addition pour le contribuable. C'est la création du CDR (Consortium de réalisation), une infernale machine à fabriquer des pertes supplémentaires. Après avoir récupéré l'essentiel des actifs non bancaires du Crédit lyonnais (portefeuille immobilier et boursier, participations industrielles diverses et variées), le CDR est chargé de les vendre au mieux mais surtout au plus vite. Le vice du système est apparu très vite : annoncer publiquement que « tout doit disparaître » n'est pas le meilleur moyen d'en tirer un bon prix, d'autant que, séparé du Crédit lyonnais, le CDR ne dispose pas du moyen de pression du banquier sur son débiteur. Rétrospectivement, ce plan de sauvetage apparaît tellement débile que certains financiers s'interrogent : cette gigantesque braderie n'aurait-elle pas été volontairement organisée au profit de quelques-uns ?

Hasard ou préméditation, les rênes du CDR ont en tout cas été largement confiées à des mains sûres. Si Michel Rouger, ancien président du tribunal de commerce de Paris, n'est qu'un « maçon sans tablier », d'autres responsables sont considérés comme appartenant à la famille. L'accumulation de dossiers litigieux démontre que le CDR n'a pas toujours protégé au mieux l'intérêt du contribuable. Un ancien responsable écarté pour avoir refusé d'obéir à une injonction écrite du gouvernement Juppé, qui voulait favoriser un homme d'affaires proche de Jacques Chirac, s'en est ému, sur procès-verbal, devant un juge d'instruction : « Je pense avoir agi dans l'intérêt du Crédit lyonnais et non pas dans l'intérêt de diverses coteries, qu'elles soient d'ordre politique ou autre, notamment maçonnique. » Cette indignation lui coûtera cher.

Un autre responsable du CDR occupe un poste non négligeable dans ces dossiers complexes : Pierre Payan, directeur juridique de CDR-Créances. Il est chargé de recouvrer les créances plus ou moins douteuses héritées du Crédit lyonnais, par voie amiable ou par recours contentieux. La première va plus vite, la seconde semble plus claire mais est en réalité aléatoire. Or Payan a tendance à voir le mal partout. Il transforme ainsi le CDR en une machine à porter plainte (la plupart des actifs industriels ou immobiliers ayant été vendus, cela devient aujourd'hui sa principale activité), pour le plus grand bonheur des avocats de la place. Cela peut parfois se justifier mais ses détracteurs soulignent que ce n'est pas forcément le meilleur moyen de faire rentrer l'argent dans les caisses et suggèrent que Pierre Payan et les services du CDR utilisent l'arme pénale pour régler quelques comptes sur la place de Paris en instrumentalisant la justice française. Pas moins. Soupçonné d'être franc-maçon, Payan rétorque : « Mes convictions religieuses et mon indépendance morale ne me permettent pas d'adhérer à ces courants de pensée, et *a fortiori* d'accepter une intervention quelconque dans ma vie professionnelle ou privée ».

Le cas d'un intermédiaire saoudien, qui lui doit 50 millions de francs, est toutefois éclairant. Dans un premier temps, un cabinet d'avocat recommande par écrit la prudence, car le CDR n'est pas blanc bleu : « Dans le cadre d'un débat judiciaire, le CDR risque de se voir opposer sa propre négligence. Une plainte pour escroquerie n'est pas possible (...). La seule issue consiste en un règlement transactionnel amiable. » Mais le CDR insiste, il veut porter plainte pour punir l'ancien responsable du dossier. Une coïncidence ? Il se trouve qu'il s'agit du cadre qui avait dénoncé les pressions maçonniques. Puisque le client est roi, le cabinet d'avocat se fend un mois plus tard d'une nouvelle lettre qui en dit long sur ses réserves : « En premier lieu, pour éviter de compromettre les démarches actuellement engagées sur le terrain amiable, il serait souhaitable que le CDR-Créances prenne confidentiellement l'attache de la section financière du parquet de Paris afin de solliciter le déclenchement d'une enquête préliminaire, qui offrirait l'avantage de pouvoir provoquer le cas échéant une garde à vue [du Saoudien]. Une telle hypothèse ne peut évidemment qu'être suggérée au parquet de manière implicite. Si elle se matérialisait, elle pourrait être de nature à créer un tel choc psychologique qu'il accepterait alors de négocier sérieusement avec le CDR. » La garde à vue a été obtenue. Bonheur supplémentaire, le dénonciateur des pressions est mis en examen. Mais le Saoudien est moins prêt que jamais à négocier.

La banque, et pas seulement le Crédit lyonnais, est, en vérité, un monde truffé de maçons. D'un côté les banquiers traditionnels, appartenant à la GLNF, réputée aimer les (bonnes) affaires, où se retrouve une partie des *happy few* du business ; de l'autre, les hauts fonctionnaires, plus souvent membres du GO ou de la GLF, qui ont pantouflé dans de prestigieuses maisons au gré des nationalisations-privatisations. Ambroise Roux, ancien élève de Polytechnique, ingénieur des Ponts et Chaussées, qui a fait carrière à la direction de la Compagnie générale d'Électricité (rebaptisée, plus tard, Alcatel) avant de truster les fauteuils d'administrateur et de fonder la très puissante Association française des entreprises privées (AFEP), était en quelque sorte leur parrain, faisant et défaisant les carrières jusqu'à sa mort. Il était lui-même maçon. Comment pourrait-il en être autrement ? Comme le banquier protestant Jean-Marc Vernes, André Lévy-Lang, président de la Compagnie bancaire, ou Pierre Richard, PDG du Crédit local de France (qui dément fermement « en être »).

Une banque comme le Crédit commercial de France (CCF) est, depuis des décennies, présidée par des frères trois points : Jacques Merlin, Claude Jouven, Gabriel Pallez. Et quand le PDG ne l'est pas, on peut être assuré que c'est le cas de son numéro 2. L'actuel directeur général du CCF, l'inspecteur des Finances Charles-Henri Filippi, est un frère. Au sein de la hiérarchie, certains cadres s'émeuvent de quelques promotions triangles, ou, à l'inverse, de la mise à l'écart de profanes. Pourtant il dément publiquement toute appartenance avec la plus grande indignation...

Loin d'être l'apanage de la fonction publique, comme cela a été le cas dans le passé, la maçonnerie recrute donc désormais dans tous les milieux, y compris dans la sphère patronale. Pour un dirigeant d'entreprise, le passage « sous le bandeau » ouvre les portes de tous les lieux de pouvoir, et des contre-pouvoirs. S'assurer de l'avancement d'une subvention ou d'un permis de construire, repérer le député qui sera prêt à déposer un amendement favorable, obtenir une décoration pour un cadre, prévoir l'évolution de la législation... Dans tous ces actes quotidiens, il est toujours bon d'avoir le bras long. Mais l'appartenance à la franc-maçonnerie présente un autre intérêt, beaucoup moins connu : permettre aux patrons de nouer des contacts à tous les niveaux hiérarchiques de l'entreprise, y compris la base, pour mieux s'informer. Efficace ? Ils le disent. Certains affirment ainsi que le patron du *Figaro*, Yves de Chaisemartin, a réussi à nouer des liens privilégiés avec les ouvriers du livre grâce à des connexions maçonnes. Difficile à vérifier bien sûr. S'il y a peu de frères à la CGT, ils sont nombreux, traditionnellement, dans tous les métiers du livre.

Maints dirigeants maçons finissent ainsi par devenir des obsédés du renseignement. Peu avant sa mort, en 1987, l'ancien Grand Maître du Grand Orient, Michel Baroin, patron de la GMF et de la Fnac (sa filiale), y avait engagé Nicolas Crespelle comme directeur financier adjoint. Quelques jours plus tard, Baroin appelle Crespelle pour lui demander d'avoir la gentillesse de prendre dans son équipe le fils d'un de ses amis. Crespelle n'a aucune raison de refuser. Le garçon est plutôt sympathique. Le courant passe. Au bout de quelques jours, il finit par lui expliquer qu'il a été placé là dans le but de le surveiller : régulièrement, il doit faire un rapport sur les personnes qu'il voit, avec qui il déjeune ou téléphone. De tels procédés sont évidemment rarissimes ; en plus d'être maçon, Baroin était il est vrai policier aux Renseignements généraux. Mais ils dénotent un état d'esprit.

Nombre de patrons célèbres ont ainsi, un jour, « frappé à la porte du temple », selon l'expression consacrée. L'aspect philosophique de la démarche y est sans doute pour beaucoup. Mais pas seulement. Christian Blanc, ex-PDG de la RATP et d'Air France, président de Merrill Lynch France et administrateur de Carrefour ? Francis Mer, PDG d'Usinor ? Le fabricant de lunettes Alain Afflelou (qui récuse toute appartenance, menace de procès à l'appui) ? Henri Lachmann, président du groupe Schneider, membre du conseil de surveillance d'Axa et de Paribas ? Daniel Dewavrin, l'ancien patron d'Épéda-Bertrand Faure, aujourd'hui président de la très puissante fédération patronale, l'Union des industries métallurgiques et minières (UIMM) ? Tous des « enfants de la veuve » qui ont su se frayer un chemin jusqu'au sommet du pouvoir. Sans oublier Jean Bergougnoux, ex-président de la SNCF, Pierre Eelsen, président d'honneur d'Air Inter ou Jean-Claude Leny, ancien président de Framatome (qui dément), Jean Syrota, président d'honneur de la Cogema (qui dément lui aussi !). Quant à Bernard Esambert, l'ancien président de la Compagnie financière Edmond de Rothschild, aujourd'hui membre du collège de la Commission des opérations de Bourse (COB), il affirme également qu'il n'appartient à aucune loge.

Dans la plupart des grandes entreprises, privées ou publiques, qu'il s'agisse de la Lyonnaise des Eaux, de Vivendi, Bouygues, du groupe Bolloré, d'Elf, EDF, la SNCF ou encore de la Caisse des dépôts et consignations, la présence de maçons est jugée indispensable. De fait, ne pas avoir accès à ce réseau présenterait un handicap certain. La rapidité et la qualité de l'information sont parfois le nerf de la guerre dans les affaires. Or les maçons sont réputés avoir des contacts dans tous les milieux, être capables, à tout moment, de solliciter l'interlocuteur adéquat. En 1999, un cadre postule à un poste à la direction de la communication d'un grand groupe. L'entretien d'embauche commence à peine que le directeur des relations humaines lui demande tout de go s'il fait bien partie de la franc-maçonnerie. Sans ce viatique, ce n'était même pas la peine de poursuivre.

EDF : 116 000 salariés, la troisième entreprise française par son chiffre d'affaires. Un État dans l'État, avec ses filiales, ses fiefs, ses secrets – nucléaire oblige. Et un mode de fonctionnement très codifié. « EDF a toujours toléré des sureffectifs contre le soutien sans faille de la CGT à la politique nucléaire, explique un dirigeant. Face à la puissance du syndicat, l'encadrement s'est organisé. La maçonnerie a, si l'on ose dire, servi de ciment. D'autant plus que, de Paul Delouvrier [son premier président] à François Roussely [le président actuel] en passant par Marcel Boiteux, Gilles Ménage ou Edmond Alphandéry, tous, à peut-être une exception près, sont maçons. J'ai fini par me faire initier moi-même. Sinon, à un certain niveau de responsabilité, on n'est plus dans le coup. »

Mais ce ciment peut craquer, quand l'enjeu politique vient bousculer des positions acquises. Ainsi, au printemps 1998, la guerre fait rage au sein d'EDF. D'un côté, son président Edmond Alphandéry. Cet universitaire, ancien ministre de l'Économie d'Édouard Balladur, a été parachuté à la tête de ce monument de l'industrie française par Alain Juppé, au lendemain de la victoire de Jacques Chirac, en remerciement de sa neutralité bienveillante lors des derniers mois de la campagne présidentielle. De l'autre Pierre Daurès, ingénieur des Ponts et Chaussées, directeur général depuis 1996, vingt-deux ans de service au sein d'une maison dont il connaît les moindres recoins. Cabales, coups fourrés, le conflit fait l'objet d'un véritable feuilleton dans la presse économique. Certains ministres s'en mêlent. Un témoin raconte : « Il y avait une haine personnelle entre les deux hommes. L'arrivée d'Alphandéry était une insulte pour les baronnies d'EDF », d'autant qu'il a voulu récupérer tous les pouvoirs, en transgressant, selon ses détracteurs, la loi de nationalisation de 1946. « Mais on ne comprend rien à ce qui s'est passé, poursuit ce cadre supérieur, si on néglige le fait qu'Alphandéry, membre de la GLNF, mettait les pieds dans une chasse gardée du GO, auquel appartient Daurès. » Contre ce partage des pouvoirs et des secrets qui vont avec, certains syndicalistes rivaux de la CGT ont décidé de créer une association : l'ADCCP, Association de défense de ceux qui ont le courage de parler. Finalement, en 1998, Lionel Jospin désavouera les deux hommes – qui démentent formellement appartenir à une quelconque obédience – et nommera François Roussely. Daurès sera récupéré par son ami Martin Bouygues, comme directeur délégué. Renvoi d'ascenseur ? Cet ingénieur des Ponts et Chaussées avait en tout cas été à l'origine d'un partenariat entre EDF et Bouygues dans Saur International ; la Cour des comptes vient d'ouvrir une enquête sur ces casquettes successives de Pierre Daurès. Quant à Alphandéry, il a trouvé refuge au Conseil consultatif de la Banque de France.

Pour mener des opérations coups de poing ou riposter en cas de *blitzkrieg* boursier, les hommes d'affaires n'hésitent pas à actionner ces relais extrêmement efficaces. Ainsi, en 1999, victime d'un raid hostile déclenché par Vincent Bolloré, qui l'accuse ouvertement de présenter des comptes inexacts, Martin Bouygues recourt sans vergogne aux ficelles maçonniques pour échapper à ce mauvais feuilleton boursier. Pour couper court aux accusations (les investissements colossaux dans le téléphone mobile n'étaient pas provisionnés à une hauteur suffisante d'après le raider), le président de Bouygues réplique en dégainant l'avis de son expert-comptable, ancien président (maçon) de la Compagnie nationale des commissaires aux comptes assurant au contraire que tout est absolument d'équerre. Les profanes n'y voient que du feu. Plus tard, et discrètement, la Commission des opérations de Bourse – le gendarme boursier – obligea de fait le groupe Bouygues à modifier sa comptabilité. Mais l'important pour le leader du BTP était de repousser l'infâme accusation de faux bilan qui circulait au plus fort de la tourmente.

Les deals trois points sont parfois bien plus sophistiqués et visent des objectifs de longue haleine. « Les fonds de pension sont un projet maçonnique car il y a du business à se faire », affirme un frère de la GLF écœuré par ces assureurs qui profitent des travaux en loge pour faire du lobbying en faveur de la retraite par capitalisation, leur grand credo du moment. Claude Bébéar, qui vient tout juste d'abandonner la présidence de la compagnie Axa (leader mondial de l'assurance), catholique traditionaliste, peu suspect de filiation maçonnique, n'est-il pas venu plancher devant la loge Demain (qui regroupe l'élite politique du GO) sur le thème des fonds de pension [1] ? Après tout, Bébéar chasse bien en Hongrie en compagnie de Roger Flament, membre du GO mis en cause dans l'affaire GMF.

Ce sont pourtant les frères qui ont historiquement milité en faveur de la création d'un régime général de retraite par répartition, réputé solidaire car chaque génération de salariés cotise à un pot commun qui sera réparti une fois la retraite venue, par opposition au système par capitalisation, où les versements sont placés en Bourse avant d'être redistribués. De même, la franc-maçonnerie du début du siècle avait largement participé à l'émer-

1. *Le Monde* du 2 janvier 2000.

gence des mutuelles, également réputées plus solidaires que les compagnies d'assurances privées. Héritières des anciennes sociétés de secours mutuel et du mouvement coopératif et mutualiste, la Mnef, la GMF, les Mutuelles du Mans sont des « nids maçons ».

Comme souvent en maçonnerie, une grande cause cache souvent de petits intérêts. Mais une fois oublié les idéaux, que reste-t-il ? En matière d'assurances, certains francs-maçons estiment que le basculement date du règne de Michel Baroin, à la fois président de la Garantie mutuelle des fonctionnaires (l'une des principales mutuelles françaises) et Grand Maître du Grand Orient. Lancée dans le grand bain des affaires, la GMF s'y est tellement fourvoyée qu'elle n'a dû son salut qu'au rachat par une compagnie d'assurances privée.

L'assurance et la maçonnerie se sont mutuellement perverties. Dans une compagnie comme les AGF, les promotions internes doivent beaucoup au système trois points. Pour sa part, le GAN a souvent envoyé quelques-uns de ses responsables fréquenter des fraternelles d'affaires, comme les clubs des 50 qui regroupe une poignée de décideurs locaux. L'un d'eux, directeur du contentieux sur la Côte d'Azur, a été membre d'une loge à Toulon, spécialisée dans l'initiation de magistrats, avec l'espoir – fou – d'y gagner tous ses procès ! Signe des temps, l'assureur est devenu, au même titre que l'huissier, le policier ou le restaurateur, indispensable au bon fonctionnement d'une loge.

L'expert-comptable est un autre rouage essentiel de la vie des affaires. Sous divers libellés – commissaire aux comptes, commissaire aux apports ou commissaire à la fusion –, il est le gardien de la vérité des chiffres. Sa signature est l'équivalent de l'*imprimatur* du Vatican. Il possède le pouvoir – et aussi le devoir, mais ne rêvons pas trop – de dire si les comptes d'une entreprise sont sincères ou truqués, de vérifier si le rachat d'une société par une autre se fait bien au juste prix. Son avis est requis dans chacune des grandes bagarres boursières, c'est pourquoi il est si important d'avoir un expert-comptable dans sa poche.

C'est une profession libérale, donc réputée indépendante. Mais le comptable est rémunéré par l'entreprise qui fait appel à son expertise. Difficile de mordre une main nourricière. La comptabilité se donne toutes les apparences d'une science exacte (avec des textes de doctrine qui rempliraient des bibliothèques entières). Ses plus nobles représentants admettent toutefois que la pratique du doigt mouillé, au mieux, y prend sa juste place ; au pire, que des intérêts particuliers ont parfois force de loi. Cette zone floue, subtil mélange de droit et de non-droit où il s'agit d'avantage d'arbitrer les élégances que de dire le vrai, convient parfaitement à des francs-maçons (coucou les revoilà)... Ils sont très largement représentés au sein de la profession.

« Je ne suis pas franc-maçon », sourit un célèbre expert-comptable. Il est en effet plus rapide de procéder ainsi. Les tribunaux de commerce, grands pourvoyeurs d'expertises comptables diverses et variées (que ce soit pour des faillites d'entreprises ou des litiges financiers), ne sont pas les derniers à actionner le réseau. Dans chaque tribunal, il existe une « petite liste du président » où sont recensés les experts-comptables les plus sûrs (officiellement, on dit les plus « professionnels »).

À Bobigny, un frère de la GLNF est régulièrement désigné alors qu'il n'a même pas le titre d'expert.

Entre le banquier, l'assureur, l'expert-comptable ou l'huissier de service, une bonne loge se doit aussi d'avoir un restaurateur en son sein. Les agapes qui suivent les tenues n'en seront que meilleures. La maçonnerie alimentaire, aux deux sens du terme, n'est pas une vaine expression. L'histoire en fait foi : la première assemblée de la franc-maçonnerie spéculative se tint le 24 juin 1717 à Londres, à l'auberge L'Oie et le Gril. La première loge française, dite du Louis d'Argent, aurait vu le jour dans une taverne du même nom. Agapes et banquets font partie des rites maçonniques, et, par tradition, un très grand nombre d'aubergistes et de chefs de renom sont maçons : l'ancien propriétaire de l'Archestrate, Alain Senderens, Paul Bocuse, Joël Rebuchon, Georges Blanc à Vonnas, Raymond Oliver du Grand Véfour (où le frère Paul Lombard aime à tenir les agapes de sa loge), Roger Delaveyne, du Camélia, à Bougival...

Les frères, très portés sur la bonne table et les agapes conviviales, ont leurs habitudes dans un certain nombre de cantines où ils se retrouvent en bonne compagnie. Chez Françoise, à La Marée, au Fouquet's, au Périsphère, au Bourdonnais, avenue de La Bourdonnais, tenu par Jacqueline Cohat, ancien chef de cabinet de Joseph Comiti. C'est là que se réunit une association d'anciens parachutistes où se côtoient maçons et maçons sans tabliers.

À Lyon, haut lieu gastronomique et grande cité

maçonne, presque tous les patrons de restaurants, du bouchon aux grandes tables, sont des frères trois points. Gérard Nandron, Christian Bourillot... Et si par hasard, dans un grand hôtel ou un restaurant, un client laisse traîner une revue maçonne, il aura toutes les chances de trouver, glissée dans son addition, la carte de visite personnelle du chef ou du maître d'hôtel.

Le patron d'un grand établissement parisien très prestigieux, dont la cuisine rivalise avec les plus primés, n'a jamais obtenu la reconnaissance des critiques. Il soupire : « Regardez tous les quatre étoiles des guides, ce ne sont que des frangins. Les critiques étant maçons, inutile de vous faire un dessin... » Aigreur ? Jalousie ? Le fait est que propriétaires de restaurants, chefs, mais aussi certains critiques gastronomiques, ont formé au fil des siècles une « chaîne d'union » très solide.

Ils se retrouvent notamment dans l'annuaire gastronomique du GITE (Groupement interprofessionnel du tourisme européen), qui regroupe 1 500 membres œuvrant officiellement au « rapprochement de toutes les personnes s'intéressant au développement du tourisme ». À le consulter, il fait plutôt figure de guide du coup de pouce maçonnique. Bien sûr, on y retrouve en majorité des hôteliers et restaurateurs, qui sauront faire bon accueil aux frères de passage. Mais aussi nombre de détectives privés et experts-comptables, pour des prestations plus ciblées. Et enfin des frères qui se disent, à l'instar de Michel Reyt, « à la disposition des amis ». En toute simplicité.

Pour savoir ce que recouvre exactement cette expression type, un détour par la Côte-d'Ivoire s'impose. Le correspondant local annonce franchement la couleur : « Inspecteur des impôts, à la disposition des amis pour tout renseignement ou problème. » En Suisse, l'annuaire du GITE donne une petite idée de ce que signifie « intéressé » par le tourisme. Entre deux bonnes tablées, les meilleurs banquiers de Genève ou Zurich (dont le gestionnaire de la caisse noire du CDS) offrent leurs services : « Création et domiciliation de sociétés, gestion de fortune, expertise fiscale... » Un honorable correspondant, membre du tribunal d'honneur de l'association suisse des gestionnaires de fortune, se présente sous l'étiquette « le Banquier »... Et toujours à la disposition des frères, pardon, des « amis » de passage. Les responsables du GITE conseillent fortement à ses adhérents de ne pas laisser traîner le guide dans leur voiture. On se demande bien pourquoi.

Fini le temps où le directeur d'école était également actif en mairie et vénérable de sa loge. Oubliée l'époque mythique des hussards de la République. Mais les francs-maçons disposent toujours de solides relais dans le monde et le syndicalisme enseignants. Et particulièrement à la FEN. Certes, ce syndicat n'est plus aussi puissant depuis la scission de la FSU, il n'est pas non plus une simple courroie de transmission du Grand Orient. Mais la FEN et le GO ont longtemps travaillé main dans la main. De l'avis de nombreux spécialistes, c'est l'une des raisons pour lesquelles cette administration se serait fossilisée. L'Éducation nationale « est devenue un milieu très corporatiste, incontrôlable, totalement entre les mains des syndicats et des maçons, regrette l'ancien vice-président du Conseil économique et social, Jean-Louis Mandinaud, membre éminent de la GLF. Chacun défend ses intérêts particuliers ». Christian Forrestier, membre du GO, qui dirige aujourd'hui le cabinet du F∴ Jack Lang au ministère de l'Éducation nationale, illustre à lui tout seul cette puissance « indélogeable ». Sous François Bayrou, ministre de 1993 à 1997, on disait de cet inspecteur général de l'Éducation nationale, occupant alors la fonction de directeur des collèges et des lycées, qu'il était le véritable ministre. Bayrou n'avait pas osé se séparer de Forrestier, de peur de se mettre à dos une bonne partie du corps enseignant. Claude Allègre l'écartera finalement, au motif qu'il était « fabiusien » ! Il est revenu par la fenêtre grâce à Lang, mais soutient mordicus que la maçonnerie n'a aucune influence au sein de l'Éducation nationale !

Ce courant de pensée, qui s'est illustré durant la IIIe République par son combat contre la puissance de l'Église, irradie toute la galaxie laïque. Il est l'inspirateur de la Ligue française de l'enseignement et de l'éducation permanente, créée par le frère Jean Macé, qui milite en faveur de l'école laïque et de la démocratisation de l'enseignement. Il est aussi actif dans toutes les « autorités morales » et les organisations de protection des droits de l'homme et du citoyen : la Commission nationale des droits de l'homme, le Mrap, la Licra, Amnesty International, SOS Racisme, le Comité consultatif d'éthique du Pr Jean Bernard, le Planning familial.

Pour des raisons et des engagements similaires, de nombreux frères s'investissent également dans les organisations humanitaires et notamment à la

Croix-Rouge. Son fondateur, Henry Dunant, en était. Avec le temps, cette ONG implantée sur tous les lieux de conflit de la planète a d'ailleurs servi de couverture à de nombreux agents de renseignements. La plupart des responsables de la Croix-Rouge sont des frères. Et si l'actuel président français, le Pr Marc Gentilini, n'en est pas, il est considéré dans le milieu comme un maçon sans tablier, proche de leurs préoccupations. Il se rend fréquemment à des tenues blanches fermées.

Les maçons invités, à l'issue de chaque tenue, à « répandre dans l'univers les vérités qu'ils ont acquises en loge », sont également très actifs dans les associations de parents d'élèves, de visiteurs de prisons, de colocataires. Très attachés au respect des libertés individuelles et allergiques aux fiches, ce sont également eux qui ont initié la CNIL et en tiennent les rênes.

Leur emprise dans ces secteurs est assez connue. Ils y ont mené des combats historiques et continuent d'y exercer, notamment au GO, une vigilance de façon assez transparente. Francis Terquem, avocat spécialisé dans les causes antiracistes, ou Thierry Meyssan, animateur du réseau Voltaire, ne font pas mystère de leur appartenance au GO.

La puissance maçonne dans le monde des médias – presse et publicité – est moins explicite. Et pourtant, dans l'audiovisuel public et privé, on assiste en permanence à des renvois d'ascenseur ou à des « promotions triangles ».

Patrick Le Lay n'a jamais caché son appartenance à la GLNF. Mieux, il l'a toujours affichée.

La vocation de cet ancien ingénieur du groupe Bouygues est pourtant tardive. Elle date de sa nomination à la tête de TF1 en 1987. À peine initié, il a même réussi l'exploit d'être propulsé TRF (Très Respectable Frère), le plus haut grade administratif – équivalent de maréchal dans l'armée –, un honneur que le maçon ordinaire mettra au bas mot une quinzaine d'années à acquérir. Normalement, on est d'abord apprenti, puis compagnon, Maître, Vénérable, Officier Provincial, Très Vénérable Frère, Respectable Frère... Rares sont les maçons qui bénéficient du titre de TRF : le Grand Maître, le député Grand Maître, le Grand Orateur, les Grands Maîtres Provinciaux. On raconte également – « sous le maillet » – qu'il a été élevé au 33e degré, le plus haut grade maçonnique. Pour justifier une ascension si rapide, les dirigeants de la GLNF ont prétexté que, dans la mesure où Le Lay avait accepté d'être nommé au conseil d'administration de l'obédience, il fallait qu'il soit investi de la plus haute distinction. Le Grand Secrétaire de la GLNF fait l'étonné : « Le Lay 33e degré ? Non... » Avant d'ajouter : « Ah oui ! Je vois d'où cela vient. Il a été fait 32e degré aux États-Unis, pas en France. » Quelle différence dans la vie de tous les jours ?

En fait, entre l'obédience et le patron de TF1, le deal était simple. La GLNF pouvait se servir de Le Lay comme « produit d'appel » pour susciter des vocations : la présence du patron du plus puissant média de France a de quoi attirer tous les petits poissons de la production audiovisuelle et de la pub. Pour sa part, Patrick Le Lay, promu au plus haut grade maçonnique, devenait de fait le supérieur de la plupart des cadres de la maison et des autorités de tutelle de l'audiovisuel.

Dès son arrivée à la direction de TF1, ne disposant d'aucune autorité légitime dans ce métier nouveau pour lui, il s'est appuyé sur une hiérarchie parallèle. Guillaume de Vergès et Francis Willaume, directeurs adjoints, sont membres de la même obédience que lui, mais avec un grade inférieur. Tout comme Xavier Couture, directeur de l'antenne, Robert Namias, directeur de l'information, Jean-Claude Narcy et Charles Villeneuve, directeurs des opérations spéciales. En 1991, Patrick Le Lay engage Didier Sapaut comme secrétaire général de la présidence, puis comme directeur du développement et de la diversification. Cet énarque passé par FR3 et la Sofirad a l'immense avantage d'être membre du GO, jusque-là sous-représenté dans la hiérarchie de TF1. Or, de nombreuses professions audiovisuelles (producteurs, réalisateurs, cameramen...) sont membres de l'obédience de la rue Cadet. Résultat de l'opération quadrillage : par moments, pris au milieu de cet écheveau, Étienne Mougeotte et PPDA, profanes, voient passer les coups sans comprendre d'où ils viennent.

Cette infiltration du monde des médias est très ancienne. Elle remonte à l'époque où l'ORTF et la régie publicitaire Havas étaient dirigées par des hauts fonctionnaires. Wladimir d'Ormesson, président de l'ORTF de 1964 à 1968, Christian Chavanon, directeur général de la RTF de 1958 à 1960 puis PDG d'Havas de 1960 à 1973, étaient maçons. Le célèbre producteur de *Télédimanche*, Raymond Marcillac, aussi, comme la plupart des grandes figures de la télé noir et blanc. Aujourd'hui encore, le monde de la production audiovisuelle est devenu l'un de leurs fiefs. « Difficile d'avoir des commandes si on n'est pas frangin », se plaint un réalisateur indépendant. Chaînes de télévision, petites et grosses maisons de production : c'est un monde où ils sont très puissants.

Le but n'est pas, ici, de faire la liste exhaustive des frères trois points du PAF (paysage audiovisuel français). Ce serait fastidieux et... impossible. Mais le fait est que beaucoup de carrières épousent souvent le cours des amitiés maçonniques. Il suffira de citer ceux dont l'appartenance est connue, pour montrer que le phénomène est loin d'être anodin. François-Henri de Virieu, qui joua si longtemps les puissances invitantes pour hommes politiques, producteur animateur de la célèbre émission *L'Heure de vérité*. L'inénarrable Jean-Claude Bourret, ancien présentateur sur TF1, toujours président de l'association de défense de La Cinq. Jean Lanzi, grand reporter à la RTF dans les années 60, puis présentateur et producteur, qui traîne comme une casserole ses entretiens avec Laurent Fabius au coin du feu. Il est aujourd'hui membre du Conseil économique et social. L'ancien directeur des programmes de FR3, Jean-Pierre Cottet, aujourd'hui patron de La Cinquième.

Pascal Josèphe, qui a commencé sa carrière à la communication de la ville de Lille (fief maçon), est ensuite devenu directeur de la production de TF1, entre 1985 et 1987 sous la présidence d'Hervé Bourges, puis vice-président directeur général de Carat TV Développement, un groupe dirigé par les frères Gross (aux deux sens du terme). Gérard Eymery, diplômé de l'École nationale supérieure de télécommunications, a débuté à l'ORTF, avant de devenir directeur commercial de TDF, directeur général de Télé Monte-Carlo, conseiller à la Sofirad. En 1988, il fait un petit tour au cabinet de Paul Quilès. Rien d'anormal. Ce décodage permet simplement de repérer qui est qui.

Bon nombre de directeurs régionaux de France 3 sont aussi des frères trois points. Sur France 3-Côte d'Azur, Michel Honorat, journaliste spécialisé dans les affaires cannoises et niçoises, s'est trouvé placardisé. Prenant sa défense, le SNJ n'a pas hésité à mettre en cause des accointances douteuses : des élus locaux, maçons, s'étaient plaints auprès de la direction. Une liste de moutons noirs à éliminer au plus vite a été retrouvée.

L'AFP est également une pépinière. Lieu de pouvoir, étroitement surveillée par les gouvernants, elle a des antennes sur tout le territoire, et c'est en région que sont recrutés les jeunes talents. Jean Miot, qui en fut président de 1996 à 1999 ? Son appartenance n'est un mystère pour personne. Ni celle du fils de Pierre Boussel-Lambert (le fondateur du PCI, un groupuscule trotskiste), François, qui y était journaliste, mais plus occupé par ses fonctions de permanent du syndicat FO. Patrick Kessel, était aussi journaliste à l'AFP avant de devenir Grand Maître du GO. Le commentateur de foot Charles Biétry y a fait une bonne partie de sa carrière. Et quand il a commencé à avoir des problèmes à Canal+, tout le PAF maçon s'est agité pour lui trouver un point de chute, avec parfois une insistance qui fit jaser dans les rédactions.

La SFP (Société française de production), du temps de sa splendeur, était un bastion similaire. Son ancien président, Michel Bassi, avait largement constitué son staff au sein de sa propre loge de la GLNF : le directeur général et un chargé de mission en étaient. La SFP périclitant, Bassi avait envisagé de récupérer la présidence de l'AFP. Miot était prêt à lui laisser la place, par courtoisie entre frères. Mais un troisième larron, pardon, maçon, aurait tranché sèchement depuis l'Élysée en faveur du deuxième : Maurice Ulrich, conseiller depuis toujours de Jacques Chirac. Bassi s'est alors replié sur la direction de la communication de la mairie de Paris. Jean Tiberi a fini par évincer Michel Bassi, persuadé d'avoir trop longtemps hébergé en son sein un poisson-pilote de Chirac. Dans chaque organe de presse, il y a un ou deux maçons. La famille est toujours informée.

Dans la pub, c'est encore plus flagrant. Beaucoup de dirigeants sont maçons. Les frères Gross, mais aussi Pierre Dauzier, l'ancien patron d'Havas, Roland Pozzo di Borgo, ancien président d'Havas Conseil Relations publiques, directeur général de l'Agence de communication internationale, Jean-Claude Boulet, PDG de l'agence BDDP (Boulet-Dru-Dupuy-Petit) ou Bernard Brochand, PDG de DDB International (qui dément). L'agence Siquier Courcelles et associés a été rachetée par Publicis, et Pierre Siquier y est devenu conseil avant de rejoindre DDB. Mais

Pierre Siquier affirme ne pas être maçon et menace de procès ceux qui écriraient le contraire... quoi qu'il en soit, à un certain niveau, c'est un milieu très fermé, difficile à pénétrer.

De la pub au sport spectacle, il n'y a qu'un pas. Les deux mondes étaient faits pour s'entendre : ils se sont très vite rejoints. Dirigeants de clubs de foot (Claude Bez puis Alain Afflelou à Bordeaux, Bernard Brochand au PSG...)[1], dirigeants de fédérations, membres du CIO (Guy Drut ou Jean-Claude Killy) font bon ménage avec les sponsors. L'ancien recordman du monde du 110 mètres haies en 1975 raconte : « Je suis entré en franc-maçonnerie après ma médaille. J'avais mal vécu ma baisse de notoriété. Les qualités de discrétion et de patience des francs-maçons m'ont aidé à retrouver mon équilibre. Aujourd'hui, je ne pratique quasiment plus. Mais je reste franc-maçon, par esprit de reconnaissance et de fidélité[2]. » En tout cas, il a réussi à gravir tous les échelons politiques. 1975 : chargé de mission au cabinet de Chirac à l'Hôtel de Ville. 1985 : adjoint au maire de Paris. 1988 : député RPR de Seine-et-Marne. 1995 : ministre de la Jeunesse et des Sports dans le gouvernement d'Alain Juppé. 1996 : membre du Comité international olympique. Mais la GLNF vient de réclamer sa démission : mis en examen pour « recel d'abus de confiance » dans le cadre de l'enquête sur le marché des lycées d'Île-de-France, Drut aurait bénéficié d'un emploi fictif, ce qu'il nie[3]. Une demande qui a toute chance d'être

1. Ces deux derniers, rappelons-le, niant toute appartenance.

2. *Le Figaro Magazine* du samedi 24 octobre 1998.

3. *Le Monde* du 2 janvier 2000.

exaucée puisque, de son propre aveu, l'ancien ministre a déclaré qu'il ne fréquentait plus sa loge.

Du sport au marketing, il n'y a qu'un pas. Jean-Claude Darmon, qui a commencé dans la promotion à Nantes, a peu à peu monté un groupe de sponsoring sportif devenu incontournable dans le foot et, depuis peu, dans le rugby. Secondé par un autre frère, Jean-Louis Dutaret, ancien collaborateur d'Alain Carignon, Darmon est de ceux qui auront le plus contribué à la naissance du sport business. Son dernier combat : s'affranchir, aux côtés des grands clubs européens dont la plupart ne rêvent que de cotation en Bourse, de la tutelle des instances fédérales (l'UEFA) pour organiser toujours plus de matchs à la télé, avec toujours plus d'argent à la clé. Dans leur idéal de compétition européenne, ces grands clubs seraient qualifiés d'office, car la Bourse ne supporte pas la glorieuse incertitude du sport.

Les maçons recrutent également parmi les sportifs de haut niveau. Dans les sports de combat, dont la philosophie et le code d'honneur sont proches de ceux de la maçonnerie traditionnelle. Les judokas Angelo Parisi, Thierry Rey, David Douillet en font partie et ne s'en cachent guère (le triple médaillé olympique a même eu droit à sa photo dans le magazine de la GLNF). *Idem* dans le rugby, qui est une fraternelle en soi. Serge Blanco, Daniel Dubroca, Abedelatif Benazzi ont été initiés. Dans les autres sports, c'est plus secret. Les sportifs viennent chercher en maçonnerie une ouverture sur le monde. Mais aussi trouver quelques appuis, sitôt leur carrière sportive terminée (la Générale des Eaux regorge d'anciens sportifs), ou encore quelques appuis pour monter une affaire.

Par goût de la fête, du banquet, mais aussi pour améliorer leur carnet d'adresses, les frères sont friands de clubs en tout genre. Le plus célèbre et le plus sélect d'entre eux, le Siècle, a été créé par Georges Bérard-Quelin, un maçon célèbre, qui eut cette idée géniale d'ouvrir ce cercle à des profanes et même aux femmes. Comme dans n'importe quelle société initiatique, tout est très hiérarchisé, organisé. Il y a des chefs de table, chargés de diriger le débat. Comme en loge, tout le monde doit avoir le droit de prendre la parole. Pas question de laisser à l'un ou l'autre des convives le monopole de la conversation. On y trouve l'establishment de la société française : banquiers, ministres ou anciens ministres, hauts fonctionnaires, journalistes... PPDA, un des rares à TF1 à ne pas être « de la famille », est membre du Siècle. Une structure similaire a été créée pour les femmes, le club Femmes Forum.

Dans un registre à peine différent, le club des Cent regroupe des influents épris de gastronomie. Il existe des clubs ou des cercles politiques, professionnels, ou tout simplement amicaux. Pour prendre du bon temps. Édouard Gourtevoy, membre du Conseil de l'Ordre du Grand Orient et de la célèbre loge Schoelcher, ancien président des jeunes de la gauche européenne, ancien membre des cabinets d'Alain Poher et Jacques Pelletier (de droite, mais maçons), avait ainsi créé l'Association de promotion communale internationale, l'APCI. Sous couvert de formation, elle organisait des voyages et laissa derrière elle un lourd déficit.

Les 120 000 maçons de France constituent donc un moteur de recherche extrêmement puissant. Il suffit d'observer la liste des noms qui composent les loges les plus influentes pour le comprendre. Mais pour avoir accès aux 7 millions de frères au-delà de l'hexagone, dans le vaste monde, il faut appartenir à la GLNF. La maçonnerie libérale, elle, ne totalise que 800 000 membres. On recherche un avocat à Prague ? un banquier à Cuba ? un promoteur immobilier à Chicago ? un laboratoire pharmaceutique en Suède ? un intermédiaire à Moscou ? un ministre à Libreville ? Pas de problème. « Quel que soit le pays, tu trouves un point de chute, explique un homme d'affaires maçon. L'obédience nous fournit ce qu'on appelle des "garants d'amitié". Dans l'annuaire de la GLNF, tu trouves les coordonnées de ces "garants d'amitié" dans tous les pays. Si tu as besoin de renseignements ou d'appuis avant de te rendre quelque part, tu envoies un petit mot. Dans le pays en question, tu es invité dans une loge et tout de suite tu te constitues un réseau. Cela marche formidablement. »

Voilà comment des hommes comme Pierre Falcone, impliqué dans la fameuse affaire de vente d'armes à l'Angola, se constituent des réseaux internationaux sans difficulté, grâce à des frères recommandés par la GLNF en fonction de leurs besoins. Et voilà pourquoi on nommera plus volontiers un frère qu'un profane au ministère du Commerce extérieur. Pourquoi de nombreux agents des services de renseignements extérieurs sont membres de la GLNF, ceux de la sécurité intérieure du Grand Orient et de la GLF ? Pourquoi les partis de droite comme de gauche ont longtemps confié (maintenant ils se méfient) le poste de trésorier à des maçons ? Parce que personne ne navigue avec autant d'aisance qu'eux entre les milieux politiques et le monde des affaires.

Chapitre 6

Le nœud mitterrandien

Promotions triangles, entraide maçonnique, ces solidarités entrecroisées qui s'exercent « à couvert » ont toujours suscité une certaine jalousie, voire de l'animosité. Elles étaient toutefois tolérées. D'autant que tout un chacun peut finalement, s'il s'en donne la peine, s'offrir les services de ces réseaux dont l'efficacité a été prouvée. Aujourd'hui, c'est autre chose. Chaque jour, le nom de frères mis en cause dans des affaires apparaît à la une des journaux : Jean-Claude Méry, Alfred Sirven, Gérard Peybernès, Gilbert Sananès, Pierre Falcone... C'est la consternation. Comment un tel venin a-t-il pu se répandre ?

Longtemps, les deux principales obédiences, le GO et la GLNF, se sont renvoyé la responsabilité de cette fâcheuse situation. Il est vrai qu'elles sont le plus souvent montrées du doigt, parce que plus médiatisées, plus politisées, parce que des opposants internes acceptent de parler. En fait, toutes sont concernées. Y compris la Grande Loge de France. Plus discrète, politiquement et philosophiquement à mi-chemin entre les deux grandes familles – c'est peut-être pourquoi on y trouve tant de policiers et de militaires –, la GLF, elle aussi, n'est pas épargnée par les dérives. Loin de là, comme en témoigne une planche sans complaisance de l'un de ses membres. « La corruption est devenue une sorte de face cachée et inavouable de la République. Dès lors, comment s'étonner que la FM∴, qui a naguère si fortement porté les valeurs républicaines, ait vu proliférer en son sein nombre d'affairistes véreux, de corrupteurs ou de prévaricateurs. (...) Sans remonter très loin dans l'histoire, souvenez-vous de l'affaire des fausses factures du PS. Le nœud du système se trouvait, chacun le sait, dans une loge de banlieue[1]. À grands coups de liasses de billets, certains dirigeants de cette loge avaient acquis des pouvoirs "occultes" que la morale républicaine ne saurait cautionner. Le paroxysme a été atteint lorsqu'un haut responsable de cette L∴ a demandé et obtenu la nomination d'un procureur (d'ailleurs proche de Pasqua) au Mans pour y contrôler le petit juge[2] qui causait tant de dégâts au PS. »

Témoignage d'une époque révolue ? Ce n'est pas l'avis de ce maçon lucide : « Aujourd'hui, le même scénario se poursuit sous nos yeux. Avec toutefois quelques changements dans le casting, à savoir que l'on voit un peu plus de F∴ de la GL ou de membres de la GLNF surpris la main dans le pot de confiture. Osons l'admettre : l'affaire des fausses factures du RPR met en cause beaucoup de FF∴ Poullain, Chaisaz, Schuller. Henri Montaldo,

1. Il s'agit de la loge Schoelcher, à laquelle appartenait Michel Reyt.

2. Thierry Jean-Pierre, aujourd'hui trésorier de Démocratie libérale.

surnommé le parrain de Seine-Saint-Denis au RPR, et le commissaire qui aurait dû l'arrêter, se retrouvaient il y a quelques mois encore dans la même L.·.[1], alors même qu'officiellement Montaldo était en fuite à l'étranger. (...) On pourrait égrener les noms. Celui du fournisseur exclusif de l'Office des HLM des Hauts-de-Seine, un frère du GO ; celui qui collectionnait les marchés de Paris, de la GL cette fois. Ou celui qui a organisé la fuite de Schuller, du GO. Bref, quand un nouveau personnage louche tombe dans une affaire, c'est souvent un FM.·. »

Pour mieux convaincre ses frères qui préfèrent encore tout ignorer, il donne quelques détails sur ce qui aurait dû attirer l'attention de tous : « Cinq jours après sa sortie de prison, où Poullain[2] retrouve-t-il ses bons amis ? Au Club écossais, au bar de la GL rue de Puteaux[3]. (...) Pour ces gens-là, la FM.·. n'est rien d'autre qu'un club d'affairistes qui ont, à travers cet engagement, adopté un code de bonne conduite. » Décortiquant avec férocité les faiblesses humaines et les mécanismes de la corruption, notre homme poursuit : « [Elle] met en rapport un intermédiaire qui réclame de l'argent à un chef d'entreprise ou un cadre pour lui faire obtenir un marché. En clair, c'est du racket. Si le patron veut rester en règle avec sa

1. Il s'agit de la loge La Vallée des Rois Silencieux de la GLNF.

2. Francis Poullain, entrepreneur d'Alfortville proche du RPR, signait des « contrats d'assistance » avec Jean-Claude Méry pour être en mesure de « travailler » avec les Offices HLM de Paris. Il a été mis en détention provisoire en 1994 par le juge Halphen et reste mis en examen.

3. Siège de la GLF à Paris.

conscience, il refuse. S'il accepte, il le fait souvent au départ de mauvaise grâce. Alors, on crée des lieux de rencontre et des codes : la chasse dans des châteaux somptueux, l'alcool, les femmes faciles. On se coopte en franc-maçonnerie. Et du coup on devient frère, l'un des rouages de la machine, l'un des maillons d'une chaîne. Mais pour ces gens, l'accolade c'est le baiser mafieux. Et ils pensent que tous les FM∴ sont à leur image. » L'un d'eux, précise ce maçon indigné, « n'a ainsi jamais compris que je refuse de lui témoigner ma solidarité à laquelle il avait droit puisque j'avais, disait-il, "prêté le même serment que lui" ».

Parfois, la réalité dépasse la fiction. Dans son roman, *Relation publique*, Christine Deviers-Joncour évoquait des lieux de partouze avec des miroirs sans tain permettant de prendre des photos... Des maçons ont évoqué, devant nous, ces méthodes dignes des pires séries noires, utilisées par certains frères pour compromettre leurs honorables associés.

Pour en finir avec ces pratiques et mettre les instances dirigeantes au pied du mur, des frères ont créé un site Internet, Hiram [1], dans le but « d'informer d'autres francs-maçons intègres qui n'imaginent pas un instant que des frères puissent avoir détourné à ce point les "outils" maçonniques pour leur profit personnel ». Son initiateur, Alain Perrochon, exclu de la GLF pour avoir mis en cause Philippe Massoni, préfet de police de Paris, frère du 33e degré, ne veut pourtant pas désespérer

1. www.chez.com/hiram, où l'on retrouve notamment la planche sur la corruption précédemment évoquée.

de la maçonnerie : « Les réseaux de corruption pourraient très bien prospérer au sein d'une association de pêche ou un club de pétanque. Mais il se trouve que la maçonnerie, son goût du secret leur conviennent parfaitement. »

De fait, la corruption s'est installée à grand échelle. Elle est le stade ultime de la perversion du système trois points. On passe de la simple entraide aux promotions triangles, puis des réseaux à l'économie parallèle ; parfois jusqu'au système mafieux. Racket, menaces, extorsions de fonds, blanchiment d'argent, compromission de juges et d'experts.

Pourquoi une société philosophique en est-elle arrivée à tolérer en son sein des hommes comme Jean-Claude Méry, Michel Mouillot ou Henri Montaldo ? « Ce sont les forces d'argent, et non pas le pouvoir politique comme on le dit souvent, qui ont investi la franc-maçonnerie, répond Claude Coowar, membre de la GLF expulsé pour avoir dénoncé un frère ripoux. La vieille solidarité maçonnique ne posait pas tant de problèmes : on se cotisait pour donner 5 000 francs par mois à un frère au chômage, on essayait de le pistonner pour retrouver un travail. Il n'y avait là ni corruption ni concussion. Désormais, les magouilleurs se servent de la maçonnerie pour faciliter les contacts ; les frères susceptibles de donner un coup de main sont des magistrats, des préfets, des chefs d'entreprises. »

De fait, la dégradation des mœurs au sein de la maçonnerie française a des causes multiples. Elle a épousé fidèlement l'évolution de la société. Au siècle dernier, la grande majorité des initiés était issue de la fonction publique et de la sphère politique ; aujourd'hui, elle draine de plus en plus de cadres et patrons du privé. Le contexte des vingt dernières années a largement favorisé le développement des affaires : décentralisation, mondialisation, déréglementation. L'argent circule toujours plus vite, avec toujours moins de contrôles. De plus, la France a connu cinq alternances et trois cohabitations. Les idées se sont affadies, les politiques sont épuisés. L'argent a pris le dessus. La maçonnerie a fait mieux que suivre le mouvement, elle l'a accentué. Nombre de Fils de la Lumière y ont perdu leur âme, oubliant une règle essentielle : « Médite dans le Temple, agis sur le forum, mais ne prends pas le Temple pour un forum. »

Tout cela est vrai, mais, au départ, ce sont bien les politiques qui ont introduit le ver dans le fruit, pour satisfaire des besoins grandissants. Affiches, sondages, meetings, marketing politique, depuis 1974 l'âpreté des campagnes électorales nécessite des moyens grandissants. Les élus se sont servis de réseaux maçons et quelques frères peu scrupuleux en ont profité pour installer leurs propres systèmes.

Nous sommes en 1969. Au lendemain du départ du général de Gaulle, François Mitterrand, qui n'est alors que président de la petite FGDS (Fédération de la gauche démocrate et socialiste), croit plus que jamais en ses chances. Pour gagner, il doit trouver de l'argent, beaucoup d'argent. Il va faire appel aux frères qui déjà, en 1958, au début de sa traversée du désert, ont formé sa garde rapprochée et l'ont aidé à fédérer les socialistes.

Après sa défaite aux législatives et l'affaire de

l'attentat de l'Observatoire, Mitterrand est totalement isolé, on le dit fini. C'est mal le connaître. Lui qui prophétisait, en 1954, que « les notions de droite et de gauche ont perdu beaucoup de leur sens, cette vieille division est emportée par le vent de l'histoire », décide de reconstruire une alternative résolument de gauche, seule voie possible, à ses yeux, pour conquérir le pouvoir. Il s'attelle patiemment à reconstituer des réseaux. Avec l'aide de quelques jeunes maçons ambitieux, il « rassemble ce qui est épars », selon la terminologie maçonnique. D'obscurs petits clubs maçonniques, orphelins depuis l'avènement de la Ve République. La Ligue pour le combat républicain, à laquelle appartiennent Louis Mermaz et François de Grossouvre. Le Club des Jacobins, fondé par Charles Hernu, dont les dirigeants appartiennent en grande majorité au GO, notamment Guy Penne, son secrétaire général [1]. Le Club des Montagnards, fondé par Jean-André Faucher, condamné à mort par contumace à la Libération, qui sera décoré de la Légion d'honneur pour services rendus lors des missions de paix en Nouvelle-Calédonie. Inlassablement, Mitterrand séduit, fédère. En 1964, ses efforts sont couronnés d'un premier succès avec la création de la

1. Dans *Les Francs-Maçons des années Mitterrand*, Grasset, 1994, Patrice Burnat et Christian de Villeneuve ont refait l'enquête sur l'attitude de Charles Hernu durant l'Occupation. Selon eux, ce dernier n'a pas eu le passé de résistant dépeint par certains de ses biographes. D'après des témoins, il aurait participé au ministère vichyssois de l'Information. Et c'est un maçon, ami de son père, maçon également, Maurice Berla, secrétaire du comité d'épuration de Lyon, qui lui aurait permis d'être épargné à la Libération.

Convention des institutions républicaines (CIR), qui servira de ciment pour constituer le futur Parti socialiste. La Fédération de la gauche démocrate et socialiste (FGDS), créée en 1965, qui regroupe la SFIO, les radicaux et un certain nombre de clubs et dont Mitterrand deviendra président, est truffée de maçons. Au sein du comité exécutif, on ne comptait pas moins de 13 frères !

Rien ne disposait cet ancien élève des frères maristes, dont la famille était proche de l'Action française, à s'allier à des maçons. D'ailleurs, au lendemain de la guerre, alors qu'il avait été invité à plancher devant un atelier de la GLF, L'Abbé Grégoire, Jean Pierre-Bloch, alors président de la Licra, l'en avait fait sortir *manu militari*, scandalisé qu'un homme décoré de la francisque sous Vichy puisse se présenter devant une loge. Mitterrand n'a pas oublié l'affront. Il n'en est pas un, mais il connaît l'importance de ces réseaux. Il les a beaucoup fréquentés, que ce soit en 1947, au ministère des Anciens Combattants, ou en 1950, au ministère de la France d'Outre-mer. Il va les mobiliser contre la toute-puissance gaulliste. Peu à peu, avec Roland Dumas, André Labarrère, André Laignel, Georges Lemoine, Yvette Roudy, Pierre Joxe, Étienne Dailly, Joseph Franceschi, Roger Fajardie, Gérard Jaquet, le futur président commence à disposer d'une véritable force de frappe politique qui va lui permettre de prendre le pouvoir à la SFIO (l'ancêtre du PS).

Deux autres frères se chargent justement, en coulisse, d'écarter le patron de la SFIO Guy Mollet : l'ancien ministre Gérard Jaquet, et Roger Fajardie, président de la fraternelle Paul-Ramadier, qui regroupe les élus socialistes. En 1969, au congrès d'Issy-les-Moulineaux, ils mènent campagne contre lui au profit d'un profane, Alain Savary. Apprenant cela, Guy Mollet démissionne aussitôt du GO et adresse une lettre furibarde à son Grand Maître, Paul Anxionnaz, dans laquelle il dénie aux politiques le droit de se servir de la franc-maçonnerie dans le parti socialiste et du parti socialiste dans la franc-maçonnerie. « La maçonnerie, écrit-il, peut être un complément intéressant à la formation d'un homme politique, mais elle doit rester une affaire privée. Le parti n'a pas à intervenir. »

Deux ans plus tard, au congrès d'Épinay de 1971, c'est l'étape ultime : la prise du pouvoir au sein du nouveau Parti socialiste, grâce au ralliement du Ceres, la tendance animée par les amis de Jean-Pierre Chevènement. Selon Gilles Martinet, ancien secrétaire national du PS, auteur d'*Une certaine idée de la gauche*, la rédaction des deux motions qui ont finalement fusionné et pris de court le pauvre Alain Savary avait été préparée dans les locaux du Grand Orient, rue Cadet, par Roger Fajardie, membre du comité directeur de la SFIO, et bientôt membre du Conseil de l'Ordre du GO [1].

Parallèlement, se pose la question du financement. Fort de l'expérience de sa première campagne présidentielle, en 1965 contre de Gaulle, Mitterrand a compris qu'il ne battrait pas un candidat de droite sans un solide trésor de guerre.

1. Patrice Burnat et Christian de Villeneuve, *Les Francs-Maçons des années Mitterrand, op. cit.*

Compte tenu de son alliance avec le Parti communiste et de son programme de nationalisations, il ne peut guère compter sur le soutien spontané des entreprises. Encore une fois, il va se servir des frères.

Gérard Monate (membre du GO), l'homme qui a collecté les fonds des entreprises en faveur du PS, raconte[1] : « C'est en 1972, après le congrès d'Épinay, et à la demande du premier secrétaire, François Mitterrand, que Pierre Mauroy, Daniel Pastre et Guy Marty [lui aussi membre du GO] ont mis sur pied le premier bureau d'études Urba-Conseil pour doter les municipalités socialistes d'un appareil technico-administratif répondant à l'attente des entreprises en quête de marchés et d'équipement des collectivités locales. » Ensuite, il a fallu trouver des hommes pour faire tourner la boutique. « À ma retraite de la Fasp [principal syndicat de la police dont il fut longtemps le dirigeant], en avril 1976, Marty m'a recruté comme délégué régional, poursuit Monate. Après le raz de marée municipal de 1977, j'ai été contacté par les entrepreneurs friands de marchés publics. Pour les mettre en rapport avec de nouveaux élus qu'ils ne connaissaient pas et les tuyauter sur le montage de leurs dossiers. Une prestation rémunérée selon les pratiques commerciales en vigueur. L'argent des commissions remontait ensuite au siège central du groupe, sorte de creuset où le trésorier et la commission de contrôle du parti veillaient à le répartir pour combler des besoins malheureusement ignorés par la loi. » Par la suite, Gérard Monate prendra, à la demande d'André Laignel,

1. *L'Événement du jeudi* du 14 juin 1990.

trésorier du PS, la présidence des deux sociétés d'études qui collectent des fonds pour le parti socialiste : Urba-Technic (pour la construction) et Gracco (pour les fournitures). Comme le dit lui-même Monate : « On passe du bricolage à l'organisation. »

Pour faire le sale boulot, on fait appel à des frères qui travaillent dans le BTP, fournissent des fausses factures, font le lien entre les municipalités et le Parti socialiste. Urba est en effet largement contrôlé par des membres du GO : Monate, Marty, Grossouvre en sont actionnaires. En amont, tous ceux qui se sont succédé au poste de trésorier du PS sont également maçons : Charles-Émile Loo, Pierre Joxe, André Laignel, Henri Emmanuelli.

Guy Marty était lui-même très proche de François Mitterrand. Il est entré dans la carrière comme chef de cabinet adjoint du frère Paul Ramadier, ministre des Affaires économiques en 1957, avant de faire son nid à EDF, au Conseil économique et social, puis à Matignon, auprès de Pierre Mauroy, en 1981.

Urba, organisme centralisé, est par définition destiné à financer le courant majoritaire du PS. Très vite, dès 1973, un autre bureau d'études est créé pour financer les courants minoritaires, notamment les rocardiens, réfractaires à l'idée de partager leur cagnotte avec la direction nationale du parti : la Société auxiliaire générale d'études et de services (Sagès). Son fondateur ? Un membre éminent du Grand Orient, Michel Reyt, propulsé par Harris Puisais, autre maçon, ancien directeur de cabinet de Mendès France, membre du comité directeur du PS de 1971 à 1974, et proche de Pierre Bérégovoy.

Reyt pratique le lobbying maçonnique à grande échelle. Grâce au soutien obligeant d'un ancien secrétaire général du Grand Orient, Maurice Pannequier, il constitue une véritable banque de données où figurent tous les initiés qui pourraient lui servir un jour. À ses côtés, sa fille, Evelyne Reyt, est par ailleurs directrice de la publication de *Vu de gauche*, le périodique proche de Jean Poperen, autre maçon, dont le courant minoritaire cherche lui aussi son autonomie. Les clients de la Sagès ? Clermont-Ferrand, Nantes, Montpellier, Dunkerque, Strasbourg. Conflans-Sainte-Honorine, Elbeuf, Saint-Brieuc, Massy, Évry, Lorient...

Reyt a peut-être chassé sur les terres rocardiennes, mais il sait faire preuve d'ouverture d'esprit. Jean-Luc Mélenchon, un des leaders de la gauche socialiste, profitera également de la générosité de la Sagès, tout comme Guy Penne. Ce très proche collaborateur de François Mitterrand à l'Élysée, en charge des affaires africaines, est l'un des fondateurs de la loge Victor Schoelcher, basé à L'Haÿ-les-Roses pour plus de discrétion. Atelier du GO auquel appartenaient Yves Chalier, Christian Nucci, le commissaire Delebois (les principaux protagonistes de l'affaire du Carrefour du Développement) et, bien sûr, Michel Reyt.

Tout en profitant à fond de leur appui et de leur goût du secret, François Mitterrand, friand de double jeu et expert en manipulation, a toujours joué les vierges effarouchées. En 1992, lorsque éclatera publiquement l'affaire Sagès, *Le Monde* rapportera les propos très durs du chef de l'État contre « ce petit groupe maçonnique ». Propos *off*, évidemment. Le GO répliquera par un communiqué outragé, de pure forme. L'affaire n'ira pas plus loin.

En 1979, l'élection de Roger Leray au poste de Grand Maître du GO officialise un peu plus les liens entre l'obédience et le parti. Cet ingénieur à la retraite, ancien ouvrier tourneur devenu directeur de société, est en effet un socialiste militant. Leray est aussi un ami personnel de François Mitterrand, à qui il rend régulièrement visite rue de Bièvre. Dans de nombreuses loges, on lui reproche souvent d'avoir fait du Grand Orient une succursale du PS, délaissant la démarche initiatique à propos de laquelle il lui arrivait parfois d'ironiser. En 1981, Roger Leray appelle logiquement à voter Mitterrand, rompant avec la « neutralité » de ses prédécesseurs, Michel Baroin et Jean-Pierre Prouteau, plus proches de la droite.

Sitôt arrivé au pouvoir, en 1981, le nouveau président sait se montrer reconnaissant. Il confie aux frères une quinzaine de ministères (contre trois sous Giscard et un sous de Gaulle), alors que les maçons ne représentent que 0,2 % de la population. Le 21 mai, il inaugure son premier mandat présidentiel par une visite au Panthéon, sur les tombes de Jean Jaurès, fédérateur du socialisme français, Jean Moulin, héros de la Résistance, et Victor Schoelcher, libérateur des esclaves de la Martinique. Les deux derniers sont maçons. La petite histoire dit que le choix du troisième homme aurait posé problème, les deux premiers s'étant imposés d'eux-même. Finalement, Jean-Claude Colliard, l'organisateur de cette cérémonie, maçon lui aussi, aurait tranché en faveur de Schoelcher, figure revendiquée par la maçonnerie qui a donné son nom à la loge de Michel Reyt.

Le choix du Panthéon n'est pas non plus un hasard. Ce grand monument dédié au siècle des Lumières a été commandé par un maçon, Louis XV, construit par un architecte maçon, Germain Soufflot, et béni par un prêtre maçon, l'abbé Pingre. Lors de la pose de la première pierre, le chanoine de Sainte-Geneviève, premier surveillant des provinces du Grand Orient entre 1776 et 1778, Vénérable de la loge des Cœurs Simples de l'Étoile Polaire à l'Orient de Paris, avait composé ce poème en l'honneur du roi :

Lorsque le sceptre en main Louis dicte des
[lois,
En son maître un Français bénit un tendre
[père,
Si pour fonder un temple il prend en main
[l'équerre
En son frère un maçon voit le plus grand
[des rois[1].

Agrégé de droit, aujourd'hui membre du Conseil constitutionnel, Jean-Claude Colliard fait partie des sabras de François Mitterrand. Membre de l'état-major de la campagne présidentielle, il deviendra son directeur de cabinet à l'Élysée. Son nom est apparu dans les fameux cahiers Delcroix (du nom de Joseph Delcroix, un des dirigeants d'Urba) sur lesquels étaient scrupuleusement notés rendez-vous et versements. Colliard, qui s'en

1. Raphaël Aurillac, *Le Guide du Paris maçonnique*, Éditions Dervy.

défend vigoureusement, semblait parfaitement au courant du financement du PS par Urba. Monate affirmait s'être rendu à plusieurs reprises à l'Élysée pour le voir. Mais il n'a jamais été inquiété. Ni lui ni Guy Marty. Gérard Monate, initié sur le tard, paiera pour tout le monde.

En 1986, on ne dénombre pas moins de 10 000 socialistes francs-maçons et une centaine de députés. Le Grand Orient, c'est 40 000 membres, 40 % des effectifs de la franc-maçonnerie française. Des hommes politiques de premier plan sont régulièrement invités à plancher rue Cadet dans des tenues blanches fermées. Pour attirer des personnalités en leur épargnant la fréquentation de loges besogneuses, Leray et Fajardie ont créé la loge Demain dont feront partie Pierre Joxe, Roland Dumas, Olivier Stirn, Philippe Dechartre, Alain Devaquet, plus quelques non-politiques comme Christian Forrestier, un des piliers de l'Éducation nationale, Jean Lanzi, ancien journaliste, et Max Théret, le fondateur de la Fnac. Cette loge initiera entre autres Jean-Pierre Soisson, Roger Bambuck, ancien ministre des Sports, Jean-Michel Baylet, ancien ministre du Tourisme, sénateur du Tarn-et-Garonne, patron de *La Dépêche du Midi* et président du Parti radical de gauche, ou encore Alain Vivien, ancien secrétaire d'État aux Affaires étrangères, député de Seine-et-Marne et auteur d'un retentissant rapport sur les sectes. Cet atelier très élitiste se réunit à déjeuner rue Cadet. Le rituel est réduit au minimum – ces personnages importants n'ont pas de temps à perdre avant de passer à table. « Soisson préparait ses planches au dernier moment, sur le chemin, dans la voiture », raconte un membre de la loge Demain.

François Mitterrand, tout en affichant ses distances envers la famille, restera pourtant fidèle, sa vie durant, à ses vieilles amitiés maçonnes : René Bousquet (compagnon vichyste), Roger-Patrice Pelat (compagnon affairiste), Roger Hanin (beau-frère), Michel Vauzelle (porte-parole), François de Grossouvre et Guy Penne (chargé des affaires africaines), Jean-Claude Colliard et Gilles Ménage (directeurs de cabinet à l'Élysée), Gérard Colé (conseiller en communication), Charles Salzmann (en charge des sondages et autres affaires particulières), Christian Prouteau (en charge de la sécurité, appellation élégante couvrant de multiples missions). Une fidélité qui n'est pas sans arrière-pensée. À différentes reprises, le président de la République va d'ailleurs se servir du GO comme d'un relais pour porter le fer contre la droite.

Pour être réélu en 1988, François Mitterrand doit élargir son électorat au-delà du PS. Le Grand Orient est plus que jamais un levier idéal pour faire émerger des thèmes susceptibles de rassembler la gauche et diviser la droite : la lutte contre le Front national, l'intégration, le vote des immigrés... L'opération est menée de main de (grand) maître. En 1984 est créée l'association SOS Racisme. Roger Leray, le complice du sérail, et Roger Fajardie, le comploteur d'Épinay, font partie des premiers parrains.

Comme prévu, le combat contre le Front national, cheval de bataille du GO, va empoisonner la droite sous la première cohabitation. En 1986, le frère André Rossinot, ministre (UDF radical) chargé des Relations avec le Parlement au sein du gouvernement Chirac, membre de la fameuse loge Schoelcher, est chargé de porter le fer contre Le Pen, provoquant le malaise au sein de la majorité gouvernementale, taraudée par la tentation de nouer des alliances avec le Front national.

Jean Verdun, Grand Maître de la GLF, qui avait pourtant sèchement repoussé les avances de Charles Pasqua, est accusé de faire le lit du FN lorsqu'il refuse de prendre publiquement position sur la question. Il s'en est défendu, dans ses Mémoires, *Carnets d'un Grand Maître* : « Notre Constitution nous interdit tout débat politique. Me faire tomber sur cette affaire pouvait sans doute à l'époque intéresser ceux qui pensaient en toute sincérité que le premier devoir d'un franc-maçon était de conserver François Mitterrand à l'Élysée. Tout ce qui pouvait gêner Chirac servait donc la bonne cause. » La droite mettra quinze ans à se débarrasser de ce poison.

Même osmose entre Mitterrand et le Grand Orient à propos de l'immigration. En 1987, au lendemain du débat lancé par le garde des Sceaux Albin Chalandon sur le code de la nationalité, à une époque où la droite tente ouvertement de draguer l'électorat frontiste, SOS Racisme, qui a bénéficié du double parrainage Mitterrand-GO, mobilise et sert de fer de lance. L'association présidée par Harlem Désir refuse que la question de l'immigration se résume à l'alternative suivante : assimilation ou rejet. Comme le GO, SOS Racisme considère que les étrangers ont des droits qui leur sont propres, et milite activement en faveur du droit de vote des immigrés, quand d'autres préfèrent l'acquisition de la nationalité.

En mai 1987, un an avant la présidentielle, le Grand Orient organise à Paris un rassemblement maçonnique international avec la participation de 30 pays. Une démonstration de force pour cette obédience qui n'est pas reconnue par la maçonnerie dite régulière, d'inspiration anglo-saxonne. D'ailleurs, les obédiences étrangères n'ont pas été invitées en tant que telles, mais priées de transmettre cette invitation à leurs adhérents. Une réception est organisée à l'Élysée, le Grand Maître Roger Leray pavoise : « C'est la première fois que la République française reconnaîtra la franc-maçonnerie. » Du moins aussi ouvertement.

Réélu, Mitterrand sait se montrer reconnaissant. En 1988, Chirac défait à la présidentielle, les maçons reviennent en force au gouvernement. À ceux qui ont déjà participé aux gouvernements du premier septennat, s'ajoutent André Laignel, Jean Poperen, Olivier Stirn, François Doubin, Jacques Mellick, André Méric, Roger Bambuck, Michel Durafour, Michèle André ou l'inévitable Jean-Michel Baylet. Ils détiennent un tiers des portefeuilles. Leur emprise sur le pouvoir semble évidente.

Les apparences, pourtant, peuvent être trompeuses. Si des maçons ont droit aux prébendes et aux honneurs, la maçonnerie n'est pas pour autant gagnante. L'épisode de l'école privée en est l'illustration. En 1981, au lendemain de l'élection de leur champion, nombre de membres du GO, à commencer par son nouveau Grand Maître, Paul

Gourdot, réclament une initiative en faveur de l'école laïque et le rationnement des subventions au privé. Alain Savary, ministre de l'Éducation nationale, qui n'est pas maçon, est rapidement invité à une tenue blanche rue Cadet. Le « grand service public de l'enseignement » figure parmi les 110 propositions du candidat Mitterrand : Savary est chargé de le mettre en œuvre mais Gourdot lui reproche ses « atermoiements ». Il exige l'abrogation immédiate des lois Debré et Guermeur, qui sont à l'origine de l'enseignement dit conventionné, c'est-à-dire privé et malgré tout financé en grande partie par l'État : c'est peut-être pourquoi l'enseignement privé est deux fois plus important en France qu'en Grande-Bretagne.

Un grand nombre de maçons partent fleur au fusil contre l'enseignement confessionnel. André Laignel en tête, qui fourbit des amendements pour durcir le projet gouvernemental. Mais les partisans du privé réussissent à mobiliser les troupes catholiques. Mitterrand est contraint de retirer le projet. Le modéré Savary doit démissionner, payant pour ceux qui l'ont poussé à s'avancer plus loin sur ce terrain.

Quelques années plus tard, aux assises de la laïcité en 1990, Pierre Bergé, directeur de l'Opéra-Bastille, ami des maçons, invité par le Grand Orient à de nombreuses tenues blanches fermées, dénonce à nouveau les subventions aux écoles religieuses. Nouvel échec.

La maçonnerie n'est jamais aussi puissante que lorsqu'elle représente une véritable force intellectuelle. En cédant à la fascination du pouvoir temporel, l'élite initiée s'est embourgeoisée, la dimension spirituelle s'est considérablement dégradée. « À force de s'éloigner de son idéal et de ses buts fondamentaux, la franc-maçonnerie a découragé les esprits les plus brillants, s'insurge un ancien membre du Conseil de l'Ordre du GO. Pire, certains, ingénieurs, académiciens ou professeurs de médecine, n'y sont plus que pour s'assurer la complicité d'autres frères et obtenir places ou honneurs. » Dès 1981, Roger Leray lui-même s'en inquiétait. Il avait alors écrit à tous les Vénérables de loges, s'étonnant d'apprendre que de nombreux maçons adressaient des lettres de sollicitation à leurs frères de l'Élysée ou de Matignon. Vingt ans plus tard, les frères n'en sont plus à déplorer cette simple maçonnerie alimentaire. Le mal est bien plus profond. Avec la politique, le goût du pouvoir et du paraître a envahi les ateliers. Avec les financements occultes, l'appât du gain s'est installé.

Il faut être juste, François Mitterrand n'a pas été le seul à se servir de ce lobby. Après Urba et Sagès, ce sont les affaires de la mairie de Paris, des HLM des Hauts-de-Seine ou des lycées d'Île-de-France qui vont défrayer, à droite, la chronique judiciaire. Encore une fois, les frères trois points seront en première ligne. Les obédiences vont de Charybde en Scylla.

Chapitre 7

Dans l'ombre de l'État

« Que voulez-vous que je vous dise sur la maçonnerie, je n'y connais pas grand-chose. J'en ai côtoyé quelques-uns, forcément, mais je ne pense pas que cela joue un rôle... » Avec sa bonhomie habituelle, Maurice Ulrich, l'un des plus proches conseillers de Jacques Chirac à l'Élysée, élude la question avec un incroyable aplomb. Pourtant, ce conseiller d'État, qui fut président d'Antenne 2 de 1978 à 1981 où on le surnommait « Ulpauvre », fait bien partie de la famille. Il connaît tous ses secrets. Il a été successivement directeur de l'Information à la mairie de Paris (1985-1986), directeur de cabinet de Jacques Chirac à Matignon (1986-1988), conseiller du maire de Paris (1988-1995), sénateur de la capitale (depuis 1993), conseiller auprès du président de la République (depuis 1995). À l'Hôtel de Ville, comme au RPR ou à l'Élysée, la maçonnerie tient une place importante. Quasi historique.

« En 1977, sur 29 adjoints à la mairie de Paris, une bonne vingtaine étaient maçons », affirme un ancien conseiller de la capitale, citant entre autres

Manuel Diaz, Yves Galland, Lucien Finel, Paul Violet, Jean de Préaumont, Jacqueline Nebout. Même Jean Tiberi aurait été initié sans toutefois persister dans sa quête philosophique... D'autres viendront renforcer leurs rangs au fil des élections, de Didier Bariani à Alain Devaquet (conseiller à l'Élysée), en passant par Jean-Pierre Pierre-Bloch.

Dès cette époque, la fraternelle de l'Hôtel de Ville regroupait 500 employés [1] ! Rien que de très normal, soulignent les initiés : depuis le XIXe siècle, la ville de Paris est administrée directement par un préfet – les préfectures sont des bastions maçonniques – de peur que le bon peuple ne se rebelle contre le pouvoir en place. Au lendemain de l'élection de Jacques Chirac, premier maire de Paris de l'ère moderne, le frère Maurice Doublet, ancien préfet de Paris puis de la région parisienne, devient tout naturellement son directeur de cabinet. Le moins qu'on puisse dire, c'est que Chirac n'a pas pratiqué l'ostracisme à leur égard. De ses anciens directeurs de cabinet, Rémy Chardon ou Robert Pandraud, à Jean-Eudes Rabut, chef de cabinet de 1986 à 1995, il était cerné de frères trois points.

Si les liens entre François Mitterrand et ses frères ont été largement racontés, en revanche, les liens entre compagnons du RPR et le Grand Architecte de l'Univers sont beaucoup plus discrets. À droite, on n'aime pas afficher cet engagement trop connoté, mal vu des catholiques et fleurant trop la IVe République. Il semble pourtant que leur influence n'est pas négligeable, comme en témoi-

1. *L'Express* du 4 juillet 1986.

gne un cadre du mouvement gaulliste : « Vous souvenez-vous des assises du RPR en juillet 1997 à Vincennes ? Nicolas Sarkozy avait été copieusement sifflé par les militants. Par contre, en janvier 1998, à la Porte de Versailles, il a été ovationné. Nous avions fait passer le message. La franc-maçonnerie est quelque chose de très important au niveau de l'encadrement dans les fédérations RPR. » Un autre frère, très introduit dans les hautes sphères politiques, raconte : « Chirac ? C'est un pur produit de Dassault [maçon]. Cet homme génial a tissé des relais un peu partout dans l'État. » Ils ont toujours une façon à eux de voir le monde, dont ils se plaisent à croire qu'ils tirent les ficelles.

Le CA 25, Cercle des Amis du 25 mars, par référence à l'élection de Chirac à la mairie de Paris en 1977, a été créé en 1982, en réaction aux prises de position du Grand Maître du GO d'alors, Paul Gourdot, contre l'école privée. L'instigateur de cette riposte organisée ? Un membre du GO, Michel Sy, chercheur au CNRS, ancien député UNR, ancien responsable de la fraternelle des hauts fonctionnaires. Au départ, ce cercle ne comptait qu'une trentaine d'adhérents ; en 1988, ils étaient plus de mille. Michel Sy l'a raconté sans pudeur dans *Le Nouvel Observateur* : « Le CA 25 sert à préparer la présidentielle pour Chirac [1]. » Ce lobby travaille en association avec l'Amicale du 18 Juin, composée de maçons à la fois UDF et RPR, et le Cercle de Paris, longtemps présidé par l'ex-maire RPR du 13e arrondissement, Claude Avisse, qui a laissé sa place à Jacques Toubon.

1. *Le Nouvel Observateur* du 30 janvier 1987.

À l'Élysée, Chirac a conservé de nombreuses connexions. Outre Maurice Ulrich, Alain Devaquet (qui assume son appartenance mais refuse d'en parler) et Bertrand Landrieu, son directeur de cabinet, font également partie de la famille. Bernard Pons, président du club des Amis de Jacques Chirac, s'il n'a pas passé le « tablier de cochon », est à tout le moins un « maçon sans tablier ». Au RPR même, les relais ne manquent pas. Le père de Michèle Alliot-Marie, Bernard Marie, était initié. Son compagnon Patrick Ollier le serait également. Il dément. Toujours est-il qu'Ollier, député des Hautes-Alpes et maire de La Salle-les-Alpes, a été choisi par Jacques Baumel, frère trois points, pour lui succéder à la mairie de Rueil-Malmaison, dans les Hauts-de-Seine, au grand dam du conseiller en communication Thierry Saussez, maire adjoint de cette ville depuis 1983, qui espérait pouvoir hériter de ce fief. Saussez, lui, n'en fait pas partie. « À qualité égale », on choisit un frère, non ? Serait-ce l'explication ?

Durant sa campagne pour la présidence du RPR, la députée des Pyrénées-Atlantiques s'était d'ailleurs appuyée sur deux hommes : Jean-François Probst (sans en être, il fait parfois croire qu'il l'est, preuve que ce n'est pas sans importance...) et François Blanchard (il ne cache pas son appartenance à la GLNF).

Un temps, le RPR, parti populaire, a tenté de s'appuyer sur le Grand Orient (sous Michel Baroin). Mais peu à peu, les chiraquiens ont délaissé cette obédience très majoritairement à gauche. En 1995, l'éphémère Grand Maître du GO, Patrick Kessel, avait été suspecté d'être une nouvelle taupe œuvrant au sein de l'obédience en faveur de l'élection de Chirac – cela lui avait valu d'être traité de « chiraco-trotskiste ». Il a échoué. Michel Sy est donc passé à la GLNF et Me Francis Szpiner, l'un des avocats du RPR et du président de la République, à la GLF.

De nombreux initiés font remonter les dérives politiques aux années Mitterrand. Certes, il y a eu le Carrefour du Développement, Urba, Sagès, Pechiney. Certes, en se servant des frères, mais sans servir leur idéal, il a contribué plus qu'aucun autre à leur perversion. À la vérité, les mêmes causes produisant toujours les mêmes effets, la droite va se comporter exactement de la même manière dans les années 80 et 90. La GLNF et la GLF, qui se gaussaient des déboires du GO, vont à leur tour subir les affres des procédures judiciaires à répétition. À tout seigneur tout déshonneur, c'est le RPR et Jacques Chirac en personne qui sont mis en cause à travers les affaires de la marie de Paris et du Conseil régional d'Île-de-France. Mais le mouvement gaulliste n'est pas le seul parti de droite à subir les foudres de la justice. Le PR, le CDS vont également devoir s'expliquer. Et là encore, le noyau dur est constitué d'hommes de l'ombre, discrets, obéissants.

Au centre du trucage des marchés des HLM de Paris ? Le frère-promoteur-homme d'affaires, Jean-Claude Méry, membre de la GLF puis de la GLNF (et trésorier de la très érudite loge Villard de Honnecourt), du comité central du RPR, dirigeant d'une bonne quinzaine de sociétés immobilières et de bureaux d'études. En septembre 1994, il est mis en examen par le juge Halphen. Sommé de s'expliquer sur l'encaissement de 19 millions de francs, entre 1991 et 1992, sur la foi de factures considérées comme douteuses par le magistrat, il fait état, sur procès-verbal, de « relations maçonnes ». Une première. Mort en juillet 1999, Méry a laissé, en guise de testament, un enregistrement qui a ébranlé la planète politique à l'automne 2000 et relancé une enquête judiciaire qui piétinait. Il y détaille avec précision le système d'ententes avec les entrepreneurs et le mode de répartition des commissions entre les différents partis. Il affirme même que Jacques Chirac l'avait chaudement félicité alors qu'il apportait une mallette de billets dans le bureau de Michel Roussin, laissant entendre par là que le chef du RPR de l'époque était bien l'instigateur de ce racket. « Abracadabrantesque [1] », répliquera le chef de l'État. Avant d'affirmer, la main sur le cœur, qu'il n'est pas « un homme d'argent » et que « la France n'est pas un pays corrompu [2] ». Roussin, personnage central, a toujours tout nié. Pourtant, Méry était connu comme le loup blanc à l'Hôtel de Ville, même s'il devait y emprunter un escalier dérobé. Un témoin de l'époque s'en amuse encore : « Comme il était plutôt enrobé et l'escalier très étroit, je me disais qu'il finirait un jour coincé. »

Quelques mois avant Jean-Claude Méry, Francis Poullain, entrepreneur d'Alfortville proche du RPR, avait été mis en examen et incarcéré par le juge Halphen. Membre successif de différentes

1. FR3 le 21 septembre 2000.
2. TF1 le 15 décembre 2000.

obédiences, il affirme que c'est grâce à Méry qu'il a réussi à « travailler » avec l'OPAC, l'Office des HLM de Paris. Mais seulement après avoir passé une « convention d'assistance commerciale ». Poullain, ancien policier qui fut garde du corps d'André Malraux, avait eu l'idée de monter une société de réhabilitation de logements au lendemain du vote de la loi Malraux, en 1962, encourageant la rénovation de logements situés dans des quartiers historiques. Plus tard, il deviendra l'un des partenaires réguliers de l'Office des HLM des Hauts-de-Seine, dont le président était Patrick Balkany, et le directeur Didier Schuller. Deux frères encore ! Plein de bonne volonté, Poullain achète des pleines pages de publicité dans le journal électoral de Schuller, *Le Clichois*, au tarif colossal de 100 800 francs la page. Ce pasquaïen sans complexe envisageait de faire son nid à Clichy.

En s'intéressant au bureau d'études de Francis Poullain, les enquêteurs sont tombés sur la Seatib, dirigée par Jean-Pierre Soiseau. Qui est ce colonel à la retraite ? Un ami personnel du président ivoirien Félix Houphouët-Boigny et de son successeur Henri Konan Bédié. La Seatib avait établi son siège social en Côte-d'Ivoire. Lorsqu'il commencera à intéresser la justice française, Soiseau lancera (en vain) un appel au secours à Michel Roussin, ainsi qu'à Philippe Massoni, préfet de police de Paris et membre de la GLF.

Dans ce dossier à tiroirs, on retrouve d'ailleurs d'innombrables « enfants de la veuve ». Jacky Chaisaz, patron d'un bureau d'études en affaires avec Poullain ? Encore la GLNF. Jean-Pierre Combot et Bernard Colombet, respectivement

PDG et ancien directeur général de Dragage, filiale du groupe Bouygues, tous deux mis en examen et suspectés d'avoir émis des fausses factures d'« assistance commerciale » par l'intermédiaire du bureau d'études de Soiseau ? Maçons. Henri Montaldo, le faux-facturier finalement incarcéré après trois ans de cavale à l'étranger ? *Idem*. Fondateur d'officines de sécurité privée en région parisienne, il est soupçonné d'avoir servi de « taxi » : l'argent qui transitait par ses sociétés aboutissait sur le compte d'une société baptisée Galmic Limited.

L'enquête sur la rénovation des lycées d'Île-de-France, démarrée en 1997, est l'occasion d'une nouvelle plongée dans la fosse du financement occulte des partis. Et en premier lieu du RPR qui détenait, à l'époque des faits, la présidence du Conseil régional. Les juges Armand Riberolles et Marc Brisset-Foucault ont mis en évidence un vaste système d'ententes illicites entre les principaux groupes du BTP et évalué à 28 milliards de francs le montant des budgets attribués irrégulièrement. Entre 2 et 3 % de cette somme, soit quelque 560 millions de francs, auraient alimenté les caisses du RPR, mais aussi du PR, du PS et même du PC. Des magistrats parlent du « casse du siècle ». Au total, l'absence de mise en concurrence, les surfacturations et les détournements en tout genre auraient coûté 2,5 milliards aux contribuables franciliens [1], car, au-delà du financement occulte, il y a les intermédiaires qui se servent au passage. On ne sait plus qui tient qui.

Le nom d'un homme revient en permanence à

1. *Le Monde* du 24 janvier 2001.

travers son bureau d'études Patrimoine Ingénierie. Gilbert Sananès, dit le Grec, centralisait 80 % des marchés de rénovation ou de construction de lycées en les attribuant à quelques entreprises triées sur le volet. On vous le donne en mille : il est maçon. Selon certains des protagonistes, l'argent était ensuite distribué entre différents partis, sous la houlette de Michel Roussin en personne, décrit comme la clé de voûte du système. Celui-ci conteste bien sûr formellement cette version des faits. Au nom du PS, c'est Gérard Peybernès qui, selon les mêmes sources, tendait la sébile. Chose étonnante, bien que socialiste, il était membre de la GLNF ; c'est peut-être pourquoi l'obédience s'est fait un plaisir d'ouvrir une procédure disciplinaire contre lui. Pour le PR, c'est un revenant des affaires qui aurait récupéré les fonds : Jean-Pierre Thomas, aujourd'hui banquier chez Lazard, fatalement membre de la GLNF, mais peut être plus pour longtemps.

Quant au Parti républicain (aujourd'hui Démocratie libérale), il n'est pas en reste. Rarement un parti politique aura accumulé autant de déboires judiciaires sans jamais être condamné définitivement : à ce jour, la plupart des procédures judiciaires le concernant sommeillent dans les couloirs du palais de justice de Paris. Les premiers fidèles de François Léotard, Gérard Longuet et Jean-Pierre Thomas, particulièrement chargés du financement, sont des initiés.

Leur banquier, Alain Cellier, spécialiste en financements exotiques à travers le monde, également. Lassés par des procédures judiciaires et des mises en examen à n'en plus finir, ils ont fini par passer la main à un nouveau tandem, Renaud Donnedieu de Vabres et Serge Hauchart : deux frères, fatalement poursuivis à leur tour. Leur banquier à eux, Guy Genesseaux, président du Fondo Sociale di Cooperazione Europea, petite banque franco-italienne (c'est tout ce que le PR avait trouvé pour faire valser les millions), affiche le même CV : frère en examen. Cette dernière affaire, pour laquelle Léotard est personnellement poursuivi pour blanchiment depuis juillet 1999, a signé la fin de sa carrière politique. Mais la justice française enquête toujours : l'affaire du Fondo risquant de mener les juges sur la piste de la mafia italienne, des barbouzes françaises en Afrique, elle semble aujourd'hui enlisée. C'est pourquoi l'ex-PR peut dormir tranquille. Il est le seul grand parti politique français, le seul, dont des dirigeants n'ont jamais été renvoyés en correctionnelle [1].

Fin 1990, déjà, un scandale immobilier avait fait trembler la planète RPR-PR. Michel Mauer, alors PDG de la Cogedim, filiale de Paribas, fleuron de la promotion immobilière en France, est mis en examen dans le cadre d'une affaire qui implique tous les grands noms du BTP : la Screg Île-de-France, filiale de Bouygues, la SAE, Fougerolle... Les mêmes parfois que dans l'affaire des lycées d'Île-de-France. 500 millions de factures sont jugées suspectes, 67 personnes sont inculpées.

Michel Mauer est mis en détention provisoire. Panique, car déjà circule le nom de deux élus qui auraient bénéficié des largesses de la Cogedim. Deux frères à nouveau : Patrick Balkany, député-

1. Seul Gérard Longuet a été une fois jugé pour une affaire privée, celle de sa villa. Il a été relaxé.

maire RPR de Levallois-Perret, membre de la GLF, aurait eu un rabais notable sur un appartement de 512 m^2. On cite aussi le nom d'un adjoint RPR au maire de Paris de l'époque, Jacques Chirac.

Comme souvent, tout a commencé par une enquête du fisc. Bercy s'intéresse à trois sociétés de travaux publics (CDC, Sertrap et TDRP) dont le patron est un certain Joseph Choukroun. Ce grand-père à l'allure tranquille, qui fut le comptable des frères Zemour, dont la réputation n'est plus à faire, s'est reconverti dans le bâtiment. En trois ans, il aurait été à l'origine de 50 millions de francs de fausses factures.

Choukroun, qui apparaîtra au fil de l'enquête comme le fédérateur de nombreuses officines de fausses factures, est membre de la GLNF. Il a toujours refusé de donner les noms des destinataires des fonds. Ces dizaines de millions de francs ne servaient pas seulement à alimenter les caisses de certains partis, mais également des trésoreries occultes permettant de régler les distractions des cadres et des clients, de payer des suppléments de salaires non déclarés, d'acheter la compréhension d'élus, de certains fonctionnaires municipaux...

Michel Mauer a également été mis en examen dans l'affaire du « Téléport », une étude rédigée par Gérard Longuet qui reproduisait, sans prendre beaucoup de recul, une note réalisée par le ministère des PTT dont il avait été le ministre. C'est la Cogedim qui avait versé 1,1 million de francs à Avenir 55, la société de Longuet, pour prix de ce « travail inédit »... L'affaire est toujours à l'instruction. Quant à Michel Mauer, malgré ses réseaux maçons, il dément avec force être de la famille.

Ce tour d'horizon à droite serait incomplet sans un détour par le CDS (aujourd'hui fondu dans l'UDF). Les principaux responsables démocrates-chrétiens – Pierre Méhaignerie, Jacques Barrot et Bernard Bosson – ont été poursuivis en 1999 tout simplement parce que leur parti disposait d'un compte en Suisse alimenté par des grandes surfaces, permettant de régler en liquide quelques menues dépenses courantes. Ces Pieds-Nickelés du financement politique se sont fait bêtement pincer parce que le CDS a continué à utiliser cette caisse noire quelques semaines après l'instauration d'une nouvelle législation. Ces bonnes âmes catholiques avaient confié le fonctionnement du compte à des maçons : François Froment-Meurice, trésorier officieux du CDS, et Henri-Albert Jacques, financier suisse. Les premiers pouvaient parader en donnant des leçons de morale ; les seconds, fidèles exécutants, ont assumé. Ainsi va la répartition des rôles, caricaturale au moment de leur procès. Tous ont finalement été absous, par la magie d'une amnistie effaçant leur condamnation à peine prononcée. Miracle des hommes ou du Grand Architecte ?

Les politiques ne peuvent s'en empêcher : la maçonnerie les fascine. Sous la Ve République, tous les prétendants à la présidentielle l'ont courtisée, plus ou moins ouvertement. Sauf peut-être de Gaulle qui ne s'y intéressait que vaguement, même si, arrivant à Alger en 1943, l'une de ses premières décisions fut de réintégrer les maçons révoqués par Vichy. On lui prête cette phrase célèbre : « La maçonnerie n'a pas assez d'importance pour qu'on s'en occupe, mais suffisamment pour qu'on s'y intéresse. »

Au début des années 70, à l'instar de François Mitterrand, Valéry Giscard d'Estaing s'était appuyé sur quelques petits clubs pour prendre langue avec une famille de pensée qui incarnait à merveille ce centre qu'il cherchait désespérément à rassembler : le Club des Amitiés radicales, Présence socialiste, le Club des Montagnards. L'initiative a porté ses fruits puisque, lors de la présidentielle de 1974, VGE obtient la neutralité du Grand Orient dont le Grand Maître, Jean-Pierre Prouteau, sera récompensé par un portefeuille de secrétaire d'État à la Petite et Moyenne Industrie. Certes, deux anciens Grands Maîtres du GO, Fred Zeller et Jacques Mitterrand, appellent publiquement à voter en faveur de la gauche, mais uniquement à titre personnel.

Une fois élu, Giscard s'efforce de séduire les frères d'Hiram. Ses partisans ont formé une fraternelle : le Cercle de la rue de Poitiers. Celle-ci ne comptait qu'une vingtaine de membres à sa création en 1978, puis 500 à la veille de la présidentielle de 1981. Les radicaux, eux, se retrouvent à la fraternelle Léon Bourgeois.

Parmi les grandes idées que la maçonnerie peut se targuer d'avoir fait triompher durant cette période, la libéralisation de l'avortement et de la contraception. Le docteur Pierre Simon, Grand Maître de la GLF, inspirateur et concepteur de la loi sur l'IVG défendue en 1974 par Simone Veil, se fera un plaisir de l'entretenir. Le GO, lui, se flatte d'avoir apporté les voix de gauche nécessaires à l'adoption parlementaire de la réforme, la droite conservatrice s'y étant opposée. En revanche, Giscard s'opposera à une proposition de loi supprimant toute discrimination contre les homosexuels, déposée en 1978 par le sénateur (maçon) Henri Caillavet. Point trop n'en faut. En 1981, Caillavet appellera les homosexuels à voter Mitterrand.

VGE n'a pas ménagé ses efforts : il a même failli passer « sous le bandeau ». L'idée a germé dans l'esprit de l'un de ses conseillers, chargé notamment du financement de ses campagnes (cela ne s'invente pas), le frère Victor Chapot. Lors d'une partie de pêche dans l'Yonne, ce dernier confie à son ami Michel Baroin, futur Grand Maître du GO, son intention de faire initier Giscard à la GLF. VGE étant très « à cheval » sur les questions protocolaires, Chapot explique qu'il envisage une procédure d'exception pour l'initier, à l'Élysée et non dans un temple, comme cela fut fait pour Frédéric II de Prusse au château de Potsdam. En toute simplicité. Il précise, bien entendu, que Giscard sera promu d'office au 33e degré, comme certains rois de France. L'affaire est ébruitée. *Le Canard enchaîné* s'empare de cette trop belle histoire et fait capoter le projet.

Préparant sa propre campagne en 1988, Raymond Barre avait également constitué une sorte d'association relais, République et démocratie, présidée par Paul Estienne, président de la jeune chambre économique française, juge au tribunal de commerce de Lyon, qui revendiquait 2 000 membres.

En 1993, un nombre significatif de maçons entouraient aussi Édouard Balladur : Gérard Longuet, son ministre de l'Industrie ; Antoine Pouillieute, rapidement exilé pour des raisons de rivalités internes chez Michel Roussin avant de devenir directeur de l'Agence de développement, une officine d'État qui s'occupe de financements en Afrique, un fromage (maçon). Un autre frère, Jean-Pierre Labro, ancien directeur de la communication chez Elf, a été parachuté au sein de l'équipe de campagne. D'après de rares témoignages, Jean-Claude Trichet, ancien directeur de cabinet de Balladur promu gouverneur de la Banque de France, aurait été initié du temps où il était élève à l'École nationale des Mines de Nancy. Mais dès qu'il s'agit d'un personnage de cette importance, les langues ne se délient pas facilement.

Quel que soit le droit d'inventaire qu'il prétend appliquer à l'héritage mitterrandien, Lionel Jospin n'a pas rompu avec cette tentation. Maçonnerie et socialisme continuent de faire bon ménage. On estime à 10 000 le nombre de frères membres du PS. La plupart sont au GO ou à la GLF. La célèbre fraternelle Paul Ramadier fonctionne toujours, même si, après les mésaventures des années Mitterrand, les maçons sont devenus assez méfiants à l'égard de toute tentative de manipulation politique.

Le nouveau Grand Maître du GO, Alain Bauer, est lié depuis de nombreuses années à Manuel Valls, conseiller de Jospin pour la communication ; ils appartiennent à la même loge, L'Infini Maçonnique. Quant à Stéphane Fouks, publicitaire à Euro-RSCG, il s'est occupé de sa campagne présidentielle en 1995. Tous les trois se sont connus du temps de l'Unef et de la Mnef. Bauer n'appellera sans doute pas à voter socialiste, ce type de ficelle n'étant plus très efficace, mais il veillera certainement à ce que le GO ne fasse pas de vagues. À Matignon, le conseiller pour les affaires intérieures et l'outre-mer, Alain Christnacht, particulièrement en charge des affaires corses, et le chef de cabinet, Henry Pradeaux, sont également maçons.

En cette période agitée par les retombées des affaires de financements politiques occultes, deux initiés occupent deux ministères clés : Daniel Vaillant à l'Intérieur et Marylise Lebranchu à la Justice. Au sein du gouvernement Jospin, il y a également Jean-Pierre Masseret aux Anciens Combattants, Charles Josselin à la Coopération, Christian Pierret à l'Industrie, Jack Lang à l'Éducation nationale. S'il ne fréquente plus sa loge depuis longtemps, ce dernier a bien été initié. Une proportion de frères statistiquement normale. François Huwart, éphémère ministre du Commerce extérieur, l'était. D'autres noms sont parfois cités, mais sans certitude. Alain Richard, ministre de la Défense, perçu comme maçon, assure ne pas avoir été initié mais reconnaît être proche de ces réseaux, comme nombre de rocardiens.

Pourquoi tant d'engouement ? L'appui des frères n'est pas forcément déterminant, comme l'a prouvé l'élection de Georges Pompidou, en 1969, face au président du Sénat Alain Poher ; il ne faut pas se tromper. La maçonnerie n'est pas un pouvoir. Elle n'a pas la capacité de faire basculer une élection. Mais elle demeure un instrument unique, un relais indispensable. C'est la raison pour laquelle tous les palais de la République, tous les cabinets ministériels, disposent d'un ou plusieurs frères en place. Infiltration ou instrumentalisation des maçons ? Les deux, mais il arrive que les politiques soient débordés. Ainsi, en octobre 1995, après un démarrage difficile au ministère de l'Environnement, Corinne Lepage profite d'un remaniement ministériel pour changer de directeur de cabinet. Le n° 2 de l'équipe Juppé à Matignon, Patrick Stefanini, lui suggère un certain Dov Zerah, qui a notamment dirigé le cabinet de Michel Roussin en 1993. Lors d'une première rencontre, Zerah présente ses états de service à Lepage : ENA, direction du Trésor, Caisse française de développement... Il précise qu'il est aussi très actif à la Licra. Tout est en ordre. La ministre raconte qu'elle n'apprendra que bien plus tard qu'il est maçon. Or, elle est en conflit larvé avec le patron de la Cogema, Jean Syrota. Ce frère, qui dément vigoureusement toute appartenance, affirme par ailleurs régulièrement que l'influence prêtée à ces réseaux maçons relève du poisson d'avril. Syrota a été nommé vice-président du conseil général des Mines par Dominique Strauss-Kahn : une nomination pour le moins ambiguë, dans la mesure où les ingénieurs des mines ont pour mission – entre autres – de surveiller l'usine de retraitement de La Hague dont Syrota est le président...

Pour Corinne Lepage, c'est une évidence : Jean Syrota doit démissionner du conseil des Mines. Mais la ministre de l'Environnement sait que la partie n'est pas gagnée. Le lobby nucléaire est puissant, notamment dans sa composante maçonnique (le président de la fraternelle parlementaire et député socialiste du Nord, Christian Bataille, est l'auteur d'un rapport et d'une loi sur le nucléaire ; Claude Mandil est directeur général de l'énergie au ministère de l'Industrie ; André-Claude Lacoste est directeur de la sûreté des installations nucléaires...). Corinne Lepage, qui subodore des fuites au sein de son propre cabinet, n'a guère apprécié de découvrir, *a posteriori*, l'appartenance du directeur de cabinet qu'on lui avait mis dans les pattes. À l'évocation de ce pataquès, Dov Zerah commence par nier son appartenance, avant de l'admettre, tout en refusant de dire à quelle obédience il appartient. Puis jure qu'il n'a jamais diffusé la moindre information confidentielle, dénonce un procès d'intention. Fort bien. Mais un peu plus de transparence ne ferait de mal à personne. Dov Zerah ne voit aucun inconvénient à évoquer son engagement à la Licra : mais appartenir à la franc-maçonnerie serait strictement du domaine de la vie privée ?

Morale de l'histoire : Syrota sera finalement contraint de démissionner du conseil général des Mines, puis sera remplacé à la tête de la Cogema par Anne Lauvergeon. Toutefois, il continue d'exercer son magistère à la présidence de la Commission de régulation de l'électricité (CRE), où l'une de ses principales tâches consiste à tempérer l'ouverture du marché réclamée par

Bruxelles, ce qui n'est pas pour déplaire à ses frères d'EDF.

Tout ce petit monde maçonnico-politico-administratif se retrouve fréquemment dans des fraternelles, ces clubs où les frères se regroupent par affinités politiques, géographiques ou professionnelles, quelle que soit leur obédience. C'est le cœur du système. Une façon de détourner l'interdiction de se fréquenter entre membres du GO ou de la GLF d'une part, de la GLNF d'autre part. Il existe des fraternelles du bâtiment, de l'assurance, de la banque, de la police, de la justice, de la mairie de Paris, de la restauration, de la poste, des attachés parlementaires, des HLM, des AGF... Provocation ? L'une d'entre elles s'appelle tout simplement Cash, pour Cercle amical d'études sanitaires et hospitalières [1]. Elle regroupe des personnels hospitaliers, des directeurs d'hôpitaux... Outre le piston à l'embauche, cette fraternelle publie un bulletin mensuel où des fabricants de matériel peuvent faire l'éloge de leurs produits.

Le concept est rigoureusement contraire à l'esprit de la franc-maçonnerie : en principe, celle-ci cherche à fédérer – « réunir ce qui est épars » – des personnes d'horizons différents, débattant entre elles pour le bien commun. Ces fraternelles sont à la source de bien des dérives. Qu'importe, les Grands Maîtres ont toujours fermé les yeux. Quelques timides remontrances pour la forme, mais jamais un frère n'a été radié pour appartenance à une fraternelle : les effectifs des obé-

1. *Le Nouvel Observateur* du 1er juin 2000.

diences ne s'en remettraient pas. Elles se défendent en affirmant qu'elles n'ont aucune arme juridique pour les interdire. Ce serait une atteinte à la liberté d'association pour laquelle les maçons se sont tant battus ! Tout juste sont-ils en train de réfléchir à un label éthique pour les plus visibles d'entre elles.

La plus célèbre et sans doute l'une des premières est la fraternelle des parlementaires, actuellement présidée par le député PS du Nord, Christian Bataille. Le sénateur socialiste du Nord, Guy Allouche, doit lui succéder. Autrefois, droite et gauche s'échangeaient la présidence tournante, mais la droite maçonnique est aujourd'hui tellement discrète qu'on serait bien en peine de trouver un candidat RPR ou UDF prêt à l'assumer publiquement. Si la fraternelle parlementaire – à laquelle sont également conviés les membres du Conseil économique et social, les fonctionnaires de l'Assemblée, du Sénat et de différents ministères – a pu jouer un rôle au cours de certains scrutins célèbres comme la loi Veil, ou lors de la première cohabitation, elle sert surtout, comme n'importe quel club, à rencontrer du monde, s'informer, placer des pions. « On y fait le tour des postes à pourvoir, raconte un parlementaire. On recase un frère à la Cour des comptes, un autre dans un cabinet. »

Les hauts fonctionnaires de tout bord, eux, se retrouvent au Dîner Amical, une fois par mois, rue Cadet, pour discuter d'un sujet touchant à l'État. On y fait aussi passer des messages. L'une des fraternelles de l'armée, le Groupement Amical de la Défense Nationale (GADN), est, par contre, extrêmement secrète. Qui en fait partie ? Que s'y passe-t-il ? Mystère. Sa légitimité historique – éviter que droite et gauche ne s'écharpent au sein même de l'armée du pays – n'a plus beaucoup de fondement de nos jours.

Cette capacité qu'ont les frères à dépasser les clivages partisans, à écouter l'autre, explique que les politiques s'en soient servis – pour de meilleures causes, cette fois – en différentes occasions. « La maçonnerie est coexistence, ouverture », selon l'expression d'un ancien Grand Maître. Elle a ainsi joué un rôle non négligeable en 1986, quand il s'agissait d'inventer la première cohabitation entre deux camps habitués à s'affronter. Non seulement des frères ont facilité les relations entre les deux pôles de l'exécutif, mais, dès 1985, le Grand Orient avait préparé le terrain lors de tenues blanches (assemblée de plusieurs loges) ou de colloques. On y voyait, débattant côte à côte, l'économiste communiste Philippe Herzog, la néo-gaulliste Marie-France Garaud, le RPR Jacques Toubon, le socialiste Lionel Jospin... Aujourd'hui, cela paraît normal. À l'époque, ce n'était pas monnaie courante. En 1985 toujours, un ancien journaliste de l'AFP devenu membre de la Haute Autorité de l'audiovisuel, Marc Paillet, maçon, publie un livre, *Le Grand Inventaire : socialisme ou libéralisme*[1], qu'un éditorialiste du *Point* de l'époque, Jacques Duquesne, qualifie de « véritable manuel de la cohabitation ». Les frères aiment se persuader qu'ils ont été les initiateurs voire les précurseurs de la cohabitation. Là encore, ils ont apporté leur contribution, mais ils ne sont

1. Marc Paillet, *Le Grand Inventaire : socialisme ou libéralisme*, Denoël, 1985.

pas les seuls. Dès septembre 1983, Édouard Balladur avait publié dans *Le Monde* un article intitulé « Les deux tentations », qui fera référence sur ce sujet.

Mais l'exemple le plus souvent évoqué est celui de la Nouvelle-Calédonie. En juillet 1983, peu avant que n'éclate la première crise sur le Caillou, le secrétaire d'État aux Dom-Tom, Georges Lemoine, membre du Grand Orient, réunit tous les futurs protagonistes à Nainville-les-Roches, dans l'Essonne. Autour de la table, se retrouvent Jacques Lafleur, député RPR de Nouméa, chef de file des Caldoches, membre du GO (mais qui finira à la GLF), et Jean-Marie Tjibaou, leader indépendantiste, membre de la GLF, accompagné d'Eloi Machoro, chef de guerre canaque. En dépit de cinq jours de discussions intensives, ils n'arrivent pas à prévenir le pire.

En octobre 1984, Georges Lemoine se rend directement en Nouvelle-Calédonie, accompagné d'un dignitaire de la GLF, pour tenter de mettre un terme à la guerre civile. Il existe en effet à Nouméa deux loges affiliées à la GLF où se côtoient Caldoches et Canaques, mais aussi Vietnamiens et Wallisiens, alors que le GO n'en compte qu'une. La mission échoue à nouveau. L'affrontement ne trouvera une issue qu'en juin 1988, après le tragique épisode de la grotte d'Ouvéa où dix-neuf indépendantistes et deux gendarmes ont été tués après un assaut ordonné par le gouvernement Chirac. Entre-temps, les maçons ont encore une fois œuvré à la réconciliation, par l'intermédiaire du Grand Maître du Grand Orient,

Roger Leray. Avec succès cette fois. Le maître d'œuvre est un préfet rocardien membre du GO, Christian Blanc. Signe d'œcuménisme, il est alors accompagné d'un prêtre et d'un pasteur, mais aussi d'un ancien directeur général de la gendarmerie.

D'ailleurs, compte tenu de l'importance de la maçonnerie dans les anciennes colonies, le portefeuille des Dom-Tom (ou de la Francophonie) est généralement confié à un frère. Ce fut le cas d'Olivier Stirn, Henri Emmanuelli, Georges Lemoine, Margie Sudre, Lucette Michaux-Chevry. Les parlementaires élus par les Français de l'étranger sont bien souvent « passés sous le bandeau », à l'instar de Charles de Cuttoli, sénateur RPR, de Jean-Pierre Cantegrit, sénateur centriste, ou Paulette Brisepierre, sénatrice RPR. *Idem* pour les ministres de la Coopération. Pratiquement tous ceux qui sont passés par la fonction sont des frères : Christian Nucci, Jacques Godfrain, Charles Josselin. Sauf Jean-Pierre Cot, dont la nomination en 1981 fut perçue comme une provocation émanant de François Mitterrand.

Dans *Les Écuries de la Ve*[1], où il évoque les liens entre argent et politique, Thierry Wolton raconte comment Omar Bongo, inamovible président du Gabon, Grand Maître de la Grande Loge locale, « grand ami de la France », est devenu un personnage incontournable de la vie politique française. Aucun ministre de la Coopération ne pourrait être nommé sans son accord.

1. Thierry Wolton, *Les Écuries de la Ve*, Grasset, 1989.

L'influence de la maçonnerie en Afrique est considérable. Non seulement dans la sphère politique et affairiste, mais également dans le domaine humanitaire : Albert Schweitzer était pasteur, théologien, musicien, missionnaire, médecin et maçon. Aujourd'hui, la plupart des chefs d'État en Afrique francophone sont initiés, principalement à la GLNF, seule obédience reconnue internationalement : Idriss Déby au Tchad, Blaise Campaore au Burkina Faso, Omar Bongo au Gabon, Denis Sassou Nguesso au Congo, Paul Biya au Cameroun... Le nom d'origine de la GLNF est d'ailleurs tout un programme : la Grande Loge Indépendante et Régulière pour la France et les Colonies !

Cette présence parfois omnipotente s'explique par l'histoire. Afin de mettre un peu d'ordre dans l'imbroglio des ethnies colonisées, l'administration préfectorale a largement contribué à l'émergence de loges en Afrique, aux Antilles et dans le Pacifique. Sous les IIIe et IVe Républiques, 28 francs-maçons se sont succédé au ministère des Colonies et de l'Outre-mer. Et les membres du Grand Orient furent les premiers artisans de l'indépendance. Les frères ont constitué un vivier pour former de nouvelles élites locales. La décolonisation et l'avènement de la Ve République n'ont rien changé à l'affaire, bien au contraire. On n'a encore rien trouvé de mieux que la franc-maçonnerie pour synthétiser diplomatie, barbouzerie et business, toujours imbriqués en matière de relations franco-africaines. En 1983, les Soviétiques, par l'intermédiaire de l'agence Tass, accusaient les services secrets français de se servir de « liens de solidarité maçonnique » en Afrique. Il est vrai qu'ils ont toujours considéré que cet engagement constituait un courant de résistance au communisme.

La maçonnerie est devenue un instrument de puissance pour des dirigeants africains qui ont parfois hérité de pays sans frontières ni institutions légitimes. Mieux encore que la tribu, elle permet de quadriller un territoire. À défaut de légitimité, la maçonnerie apporte un semblant de cohérence aux hiérarchies parallèles. Surtout, elle maintient le lien avec l'ancienne puissance coloniale. Et c'est pourquoi il doit être caché.

Cela n'a pas traîné. Six mois après son coup d'État militaire en Côte-d'Ivoire, en décembre 1999, le général Robert Gueï était initié. Il n'a pas eu à chercher bien loin : le Grand Maître de la Grande Loge ivoirienne (affiliée à la GLNF et à la Grande Loge Unie d'Angleterre) n'est autre que son directeur adjoint de cabinet, Ballo Yacouba. Cette éminence avait été disgraciée sous la présidence d'Henri Konan Bédié à la suite de déboires financiers au sein d'une compagnie d'assurances locale, la Protection ivoirienne. On ne lui reprochait pas tant son imagination financière, péché véniel, que de ne pas s'être soucié des intérêts du chef de l'État. Ballo Yacouba est revenu au pouvoir dans les valises du général Gueï, tombeur de Konan Bédié, en lui assurant que ses relations lui permettraient d'obtenir rapidement la reconnaissance de la communauté internationale. « En franc-maçonnerie, dit-il, Bill Clinton est plus petit que moi. » De fait, le président américain a bien été initié dans sa jeunesse à la loge Jacques de Molay. À l'instar de la plupart des étudiants américains, qui effectuent un petit tour à la loge du campus comme ils fumeraient leur premier joint. L'esbroufe de Yacouba a fonctionné un temps, mais le général Gueï n'a pas décroché le moindre rendez-vous à l'étranger. Son directeur adjoint de cabinet aurait pu tenter de trouver autre chose, il n'en a pas eu le temps. Faute d'avoir pu truquer efficacement les élections, le général Gueï a dû laisser la place en octobre 2000 à l'éternel opposant socialiste, Laurent Gbagbo, membre de longue date du GO. À Paris, Lionel Jospin n'était pas fâché. Au contraire de Jacques Chirac.

Au Congo, Denis Sassou Nguesso vient d'être intronisé Grand Maître de la Grande Loge de Brazzaville. Jusqu'à présent, il n'était que simple maçon, mais un président africain se doit d'être seul maître en sa maison. À cette condition, il acceptera plus volontiers d'être affilié au réseau international de la Grande Loge Unie d'Angleterre et de la Grande Loge Nationale Française. « Promotion normale, diagnostique un frère africain. Sassou n'est pas un franc-maçon comme les autres : c'est un dictateur. » Son intronisation s'est faite en présence d'une délégation française de la GLNF qui pour rien au monde n'aurait manqué cet événement. Comme pour Gueï, elle dépêchera ses hauts spécialistes de l'Afrique et du BTP : Jean-François Humbert et Pierre Boireau, anciens dirigeants de chez Bouygues, l'amiral Jeannou Lacaze, ancien chef d'état-major. Tous trois membres de la très secrète loge La Lyre, non numérotée dans l'annuaire de la GLNF de peur que des frères encore ingénus ne puissent en connaître la composition...

Sur Internet, des frères se sont émus de l'adoubement d'un tel « bourreau ». Remous internes en vue. Quelques-uns ont même osé signer une pétition. C'est qu'ils ne veulent rien comprendre à la géopolitique maçonne : initier un dictateur africain ne suffit pas, il s'agit de lui accorder le grade maçonnique dû à son rang. Sans quoi le dictateur ira se faire voir ailleurs. Chez les Américains, par exemple, dont les loges distribuent à tout va les hauts grades.

Tout de même, certains en ont soupé du Congo-Brazzaville. En 1998, une sanglante guerre civile avait opposé Pascal Lissouba, l'homme fort du régime congolais, et Denis Sassou Nguesso, son prédécesseur, soucieux de revenir aux affaires. Duel fratricide : le premier est du GO, le second de la GLNF[1]. « Alors que les cadavres emplissaient les rues de Brazzaville, tout le monde se réunissait au Gabon voisin comme si de rien n'était, se souvient un membre de la GLNF spécialiste de l'Afrique. C'est surréaliste. » Un autre s'indigne : « Se réunir sous couvert de liens maçonniques alors qu'on s'entretue, ce n'est pas admissible. »

À Paris, les Grands Maîtres du GO et de la GLNF tentent quand même d'arrêter le massacre. En vain. D'autres frères, membres de l'état-major d'Elf, auraient fait capoter cette tentative de rapprochement : le groupe pétrolier, principal intermédiaire des financements occultes entre la France et l'Afrique, avait misé sur Sassou Nguesso. Qui l'emportera finalement. Le GO en sera réduit à publier

1. L'ancien Premier ministre Bernard Kolelas, qui tente de rester actif sur la scène politique, est passé du GO à la GLNF.

un communiqué vengeur : « Les frontières de l'inacceptable ont été franchies au Congo-Brazzaville. »

Quand le roi du Maroc Hassan II envisage, du temps de sa splendeur, d'être initié, à qui s'adresse-t-il ? À la GLNF, *via* Raymond Sasia, un policier au service du groupe Bouygues [1]. Tous les groupes français implantés en Afrique (Elf, Total, Bouygues, Dumez, Fougerolle, Bolloré...) utilisent cette carte de visite pour entretenir leur petit commerce. « Quand on est franc-maçon en Afrique, les portes vous sont ouvertes car il n'y a pas de loi, souligne un frère africain. Toute la puissance de la maçonnerie vient de là. » Au point d'alimenter les fantasmes. Ainsi, Michel Roussin, qui passe pour l'un des plus influents personnages de la « Françafric », n'est apparemment pas franc-maçon. Il en possède pourtant bien des symptômes, si l'on peut dire (officier de gendarmerie, préfet, n° 2 de la DGSE, ancien chargé de mission auprès du président de la Compagnie générale des Eaux, directeur de cabinet du maire de Paris, président de SAE international, président du comité Afrique-Caraïbes-Pacifique au Medef...). Tout le monde croit qu'il l'est, et Michel Roussin dit qu'il laisse dire. « C'est comme si », sourit un membre de la GLNF. « À son niveau, il n'en a pas besoin », précise un autre.

Les liens entretenus avec l'Afrique *via* la maçonnerie ont rarement été reluisants. Le dossier Elf, instruit par les juges Éva Joly et Laurence Vichniev-

1. *Le Canard enchaîné* du 19 mai 1993.

sky, n'en finit pas de mettre à nu les relations tissées entre les partis politiques français, la compagnie pétrolière et l'Afrique. Initialement, cette multinationale d'un genre très spécial n'alimentait, en coulisse, que les réseaux gaullistes. Puis, au fil des majorités, les giscardiens, les mitterrandiens, les chiraquiens, les pasquaïens ont branché leurs bretelles de détournement. La corruption a fini par gangrener le continent noir. C'est par exemple le n° 2 de la Grande Loge du Gabon et président du Sénat, qui se retrouve salarié fictif d'une filiale suisse d'Elf. « La France a tout appris à l'Afrique », tient à souligner un habitué.

Parmi les multiples protagonistes mis en cause dans l'affaire Elf, directement ou indirectement, on aurait bien du mal à dénicher un profane. L'ex-PDG Loïk Le Floch-Prigent, peut-être... : « La maçonnerie n'explique pas tout, mais révèle des comportements, souligne un frère qui a côtoyé quelques-uns d'entre eux en atelier. Dans le cas de l'affaire Elf, cela fait quand même beaucoup de coïncidences. Beaucoup trop. » La traque longtemps infructueuse du frère Alfred Sirven, l'ex-directeur délégué auprès du président, ou le vol, dans les locaux mêmes de la brigade financière, de documents risquant de compromettre le frère André Tarallo, chargé de l'Afrique au sein du groupe pétrolier, génèrent un certain malaise. Sans compter André Guelfi, dit Dédé la Sardine, l'intermédiaire chargé de faire transiter les commissions sur des comptes en Suisse... Maçon, bien sûr.

Au fil des révélations, on découvre en pointillé des associations entre personnes qui n'ont, *a priori*, aucune raison de se croiser. Ainsi, en 1992, Édith Cresson (dont le mentor, Abel Farnoux, est maçon mais s'en défend) aurait perçu, selon la déposition de Jean-Claude Vauchez, ancien administrateur délégué d'Elf Aquitaine International, quelque 3 millions de francs de rémunérations de la part de cette filiale suisse. L'ancien Premier ministre a toujours soutenu que cet argent correspondait à un vrai travail. Plusieurs factures ont, en tout cas, été émises par Sirven, mentionnant diverses études « relatives à l'implantation d'Elf dans l'ex-Allemagne de l'Est ». Où est déposé l'argent ? À la banque Rothschild, dont l'un des dirigeants de l'époque, le frère Bernard Esambert (un ancien du cabinet de Georges Pompidou), siégeait au conseil d'administration de la Sisi (Schneider Industries Services International), société fondée par Édith Cresson et le groupe Schneider. Petites affaires entre amis.

L'un des volets les plus ténébreux de l'affaire Elf concerne les commissions versées lors de la vente de frégates à Taiwan. Le groupe pétrolier avait proposé ses services à Thomson pour débloquer le dossier. Taipei parle de 5 milliards de francs de commissions, du jamais vu. Là encore, on retrouve la trace de frères. Jean-Marie Le Guen, député socialiste de Paris, s'est rendu à Taiwan en septembre 1990, mais assure n'être jamais intervenu sur le dossier des frégates. Il était accompagné de Jean-Christophe Cambadelis, Julien Dray et Patrick Sève, députés socialistes de Paris, de l'Essonne et du Val-de-Marne (Sève est maire de L'Haÿ-les-Roses, la loge de Reyt). Ils sont également maçons... Le Guen affirme, quand on l'interroge sur la maçonnerie, qu'elle ne compte plus de nos jours. Pourtant, dans une note rédigée par Pierre Joxe à l'attention de François

Mitterrand, celui qui était alors ministre de la Défense écrivait : « Roland Dumas a informé les Chinois de notre intention de vendre les équipements et les licences nécessaires à la construction de frégates, hors armement. Avec la mission qu'a effectuée Le Guen à Taiwan, les choses sont donc bien établies, sur le principe, au plan politique[1]. » Et c'est là que réapparaît Édith Cresson : Premier ministre, elle donne son feu vert au contrat quinze jours après son arrivée à Matignon en mai 1991[2]. Et qui est le président de France-Taiwan, association qui a également joué les bons offices ? Le mari d'Édith, Jacques Cresson.

D'Elf à l'Élysée, qui fait le lien ? Sur le désormais fameux agenda téléphonique d'Alfred Sirven, apparaît un nom très peu connu : Patrick Maugein, frère corrézien dont la proximité avec Jacques Chirac devient de plus en plus encombrante. Trader spécialiste des matières premières, cet homme d'affaires sait jongler avec les barils de pétrole, les stocks d'or et autres minerais. Il fut longtemps l'un des envoyés spéciaux de la France auprès d'Omar Bongo, avant que le président gabonais ne le renvoie faire ailleurs ses « barters » (une forme sophistiquée de troc qui possède la particularité de toujours se conclure par des versements vers des pays fiscalement tempérés). Patrick Maugein aurait été de ceux qui ont assisté, un jour,

1. *Libération* du 24 juin 2000.

2. À la même époque, Édith Cresson, sur les conseils d'Abel Farnoux, voulait confier à Jean Syrota un pôle de technologies de pointe. En 1997, Dov Zerah, directeur de cabinet de Corinne Lepage, a été recasé à Bruxelles comme directeur de cabinet d'Édith. Parler de promotions triangles relèverait du procès en sorcellerie...

à des remises de mallettes à la mairie de Paris. Difficile d'en dire plus car, si l'on en croit aujourd'hui l'Élysée, Maugein n'existerait quasiment pas. Il est lui aussi membre de la très élitiste loge suisse Alpina.

En Afrique, il y a le pétrole, bien sûr, mais aussi le minerai. Ainsi, le Gabon produit et traite sur place de l'uranium extrait dans la région de Mounana (sud-est du pays) à raison de quelque 850 tonnes par an. Il est exporté notamment vers la France, le principal acheteur étant la Cogema, la compagnie générale des matières nucléaires, un fief maçon. Certains détournements ont été accompagnés de projets pharaoniques, tel le déplacement de la capitale du Nigeria à Abuja, à 800 kilomètres de Lagos. Dollars et béton.

Avant même que n'éclate, en novembre 2000, la retentissante affaire Falcone – le trafic d'armes à destination de l'Angola –, une précédente vente de matériel sensible, portant sur des appareils perfectionnés d'interception de communication, avait défrayé la chronique. Et toujours à destination de l'Angola. Les trois principaux protagonistes ? Le général Mouton, vice-président de la société Communications et systèmes (CS, ex-Compagnie des signaux, qui, pour travailler dans le secteur de la Défense, est truffée d'anciens membres des services spéciaux), Raymond Nart, un ancien de la DST qui avait supervisé l'opération *Farewell* (la manipulation d'une taupe au sein du KGB), devenu responsable des affaires sensibles dans la même compagnie ; et Pierre Falcone en personne. Tous de la famille ! Et toujours les mêmes accusations :

absence d'autorisation préalable de l'autorité compétente et versements de commissions. La vente litigieuse a été mise au jour parce qu'un des responsables évincés a envoyé une lettre de dénonciation détaillée[1].

Quelques mois plus tard, en novembre 2000, lors d'une perquisition chez Alain Guilloux, avocat fiscaliste de Pierre Falcone, le juge Courroye tombe sur un marché plus vaste : la vente de matériel russe à l'Angola pour un total de 500 millions de francs, donnant lieu à des commissions dont certaines, avant d'atterrir en Suisse, ont eu le malheur de transiter par la France – d'où l'enquête judiciaire. Jean-Christophe Mitterrand, bénéficiaire d'un virement de 13 millions de francs outre-Léman, n'est pas maçon. Ouf ! Mais les frères trois points ne sont pas loin. « Papamadi », en charge de la cellule africaine de l'Élysée sous la présidence de François Mitterrand, avait pour homme de confiance le frère Jeanny Lorgeoux, ancien député socialiste du Loir-et-Cher reconverti dans le lobbying africain, ami de Guy Penne, frère et ancien conseiller du père à l'Élysée. Début janvier 2001, *Le Monde* révèle qu'un autre contrat d'armement de 72 millions avait été conclu entre le Cameroun et la société de Pierre Falcone. C'en est trop. Les Africains commencent à protester. Lors du 21e sommet franco-africain à Yaoundé, le président Omar Bongo explique, dans un entretien à *Paris Match*, que « la France n'a jamais été blanche comme neige ». Il s'indigne : « C'est l'Angola qui a été volé. Les fusils sont russes. Les intermédiaires sont français et ils ont piqué de l'argent à l'Angola. »

1. *L'Express* du 25 avril 2000.

Tout est donc pourri ? Non, car Charles Pasqua, dont l'influence en Afrique est proverbiale, s'est lancé dans l'humanitaire. Le président du Conseil général des Hauts-de-Seine consacre 1 % du budget départemental au développement sur le continent noir, via la SEM Coopération 92. Le cœur sur la main et le carnet de chèques dans la poche, il écrivait en juillet 1992 ces quelques lignes à un diplomate congolais très spécial : « J'ai bien reçu votre courrier par lequel vous me faites part de votre souci à l'égard de votre pays. » Et de mettre illico « monsieur l'ambassadeur » en relation avec Coopération 92. Le personnage en question n'était autre que Michel Pacary, maçon bien de chez nous, faux-facturier très prisé des collectivités locales RPR. Après un séjour en prison, il est mort avant d'avoir délivré tous ses secrets. Pacary avait par ailleurs monté une association, Congo Renaissance, susceptible de recueillir directement des fonds auprès de Coopération 92, afin de promouvoir « des échanges humanitaires, culturels, scientifiques, sportifs et économiques ». Au conseil d'administration, on retrouvait la sœur Lucette Michaux-Chevry, présidente de la région Guadeloupe, familière des mises en examen, un inspecteur des impôts qui avait effectué le premier contrôle fiscal de Michel Pacary, des maires RPR de la banlieue parisienne, deux anciens ministres congolais et enfin, ça peut toujours servir, le procureur et la directrice de l'administration pénitentiaire de Brazzaville... Gageons que ces pasquaïens de choc ont su développer des échanges « sportifs et économiques », comme l'indique l'objet social de l'association.

Chapitre 8

Des villes sous influence

Et pourquoi pas une loge à Andorre ? Effectivement, pourquoi pas ? Après tout, la principauté offre bien des avantages : outre son commerce hors taxe, très pratique pour équiper la maison à moindre coût, c'est un carrefour économique entre la France, l'Espagne et même l'Amérique latine, cette terre d'aventure, continent des cartels. Certes, on voit mal l'intérêt philosophique d'y monter un nouvel atelier. Mais la GLNF n'allait pas se gêner pour si peu.

Ce 23 avril 1994, la Grande Loge Provinciale d'Occitanie, dont la compétence territoriale s'étend de Toulouse à Perpignan, inaugure donc en grande pompe (on dit « consacrer ») la respectable loge La Triada, sise à « l'Orient de Andorra-la-Vella ». Le Grand Maître provincial a prévenu ses ouailles : tout le monde est « instamment convoqué » à la cérémonie, interdiction d'avoir des états d'âme. Elle se déroule dans les salons de l'hôtel Paris-Londres, « spécialement aménagés » en « loge occasionnelle » : on n'allait quand même pas construire un temple, alors qu'une simple boîte postale à Andorre convient parfaitement aux besoins de la cause. Le Vénérable de La Triada n'en sera pas moins installé « dans la chaire du roi Salomon », car on ne badine pas avec le Rite Écossais Ancien et Accepté : pour les novices, le Grand Directeur des Cérémonies organise une répétition une heure avant, « présence impérative », est-il précisé. Un rituel pour du beurre, en quelque sorte, juste pour s'échauffer. Après la cérémonie, un « Banquet en l'Honneur des Dames » a lieu au restaurant de l'hôtel. Tiens, les épouses sont invitées aux agapes... Pour peu toutefois qu'elles disposent d'une « robe de cocktail » !

Ce véridique programme des réjouissances pourrait prêter à sourire, mais le capitaine de police, basé à Perpignan, qui a rédigé l'an dernier un rapport intitulé « Les Pyrénées-Orientales dans une dérive mafieuse », n'a pas du tout envie de plaisanter. Il y recense les petites et grandes affaires qui émaillent la vie du département depuis une dizaine d'années. Petits et grands enterrements judiciaires aussi, d'où l'amertume de notre policier qui conclut ainsi : « Tous les dossiers mentionnés dans ce rapport ont un point commun, l'intervention de la franc-maçonnerie à tous les niveaux. Aucune obédience n'est épargnée, et les membres ripoux n'hésitent pas à s'associer dans des associations de fait telles que les Gants Blancs, qui opère dans l'immobilier, ou La Constance Catalane, qui réunit fonctionnaires et notoriétés du Roussillon. Certains ont créé une loge en Espagne, surnommée loge Peseta, et en Andorre, la loge Paradis. Ces individus peu scrupuleux n'hésitent pas à fréquenter des œuvres caritatives ou religieuses, comme la confrérie de

Sanch. Ils s'inscrivent dans toute association qui pourrait leur procurer un avantage. Ces principes ressemblent à ceux de la mafia italienne. »

Le policier conclut par l'évocation d'un homme d'affaires bien connu du tribunal de commerce de Perpignan et d'ailleurs : « Ce monsieur a de nombreuses aides au niveau de la franc-maçonnerie. Il est actif au sein d'un système de blanchiment d'argent provenant d'un très important trafic de drogue. Le département est en train de s'installer dans un système mafieux. L'organisation d'un service et la nomination de magistrats spécialisés semblent indispensables avant que la situation ne devienne catastrophique. Un malfaiteur récemment interpellé à Perpignan parlait des Pyrénées-Orientales comme d'une "petite Corse". Triste constatation. »

Son vœu – la création d'un pôle financier spécialisé dans la lutte contre le blanchiment – n'a pas été exaucé. La seule initiative prise par la hiérarchie a été de déclarer le rapporteur « inapte » à la fonction de policier. Paranoïa ? La vie peut en tout cas tranquillement continuer dans les Pyrénées-Orientales.

Quelques célébrités départementales ont quand même été condamnées. Comme Paul Alduy, ancien sénateur-maire CDS de Perpignan qui a laissé la place à son fils Jean-Paul, ou Jacques Farran, ancien député UDF (maçon) et président de la chambre de commerce et d'industrie. Ce dernier, poursuivi pour ingérence en 1991, profitait, avec ses amis, d'un château à Corbières financé par la chambre de commerce. Et, pour son argent de poche, il détournait les recettes des parcmètres de l'aéroport de Perpignan, gérés eux aussi par la chambre de commerce. La grande classe. Il a certes été condamné mais a fait appel.

Alain Ferrand, ancien maire (apparenté RPR) de Barcarès, a été condamné à un an de prison ferme pour prise illégale d'intérêt. Il a bien sûr introduit un recours. Ce membre de la GLNF, patron de casino dans le civil, a pourtant failli passer à travers les gouttes. Un homme d'affaires en relation avec lui avait d'ailleurs été interpellé en possession de documents laissant supposer qu'une dizaine de millions de francs, en provenance de Colombie, auraient atterri dans les caisses du casino via Djibouti et le Luxembourg. Trompeuses apparences ? Cet aspect de l'affaire a en tout cas été classé « grâce à l'intervention d'un frère », assure le policier de Perpignan. Quand il était maire, une somme fort importante provenant d'une société d'économie mixte de Barcarès avait également été placée dans une petite banque italienne, le Conservateur, dont la maison mère avait été mêlée au scandale du Banco Ambrosiano et de la loge P2. « Durant l'enquête, raconte le policier paranoïaque, des frères fonctionnaires du fisc ont récupéré les témoins entendus par la police pour connaître les motifs reprochés à leur frère. »

Dans sa loge Saint Paul 329, ce joyeux casinotier peut croiser d'autres personnages hauts en couleur. Jadis exclu de la maçonnerie, l'un d'eux a pu trouver refuge au sein de la bienveillante GLNF. Il est également membre fondateur de cette très vénérable loge d'Andorre, dont on a vu qu'elle fut inaugurée avec le faste requis. Son nom a été évoqué dans ce qui aurait pu devenir le plus gros scandale immobilier de la région, Perpignan Habitat. Cette société anonyme avait pour vocation d'acheter puis de rénover de vieilles maisons dans le quartier Saint-Jacques. En parallèle, une association du même nom, dirigée par les mêmes personnes, percevait des subventions publiques à la rénovation. Interloqués, des habitants ont suspecté une quelconque malice financière et affirment avoir déposé plusieurs plaintes. Curieusement, le parquet n'en a pas trace. Mais Perpignan est une si grande ville... Quelques avocats, notaires, mandataires judiciaires, commissaires-priseurs et autres banquiers auraient pu avoir à s'expliquer si la plainte avait abouti.

C'est tout un microcosme, un peu à l'image de la loge La Constance Catalane, toujours de la GLNF, qui mériterait d'être rebaptisée Crème Catalane, qui prospère. On y recense en effet tous les ingrédients qui font les bons réseaux : un fonctionnaire de l'équipement (très utile pour les permis de construire), des promoteurs (beaucoup), des banquiers (encore plus), tous les corps de métier du bâtiment. Et puis aussi, puisqu'il faut bien donner l'apparence d'une large ouverture, un boucher et un commerçant en pompes funèbres. Enfin, touche culturelle, plusieurs musiciens et artistes peintres, parce qu'il n'y a pas que le béton dans la vie. On allait oublier : deux gendarmes, ça peut toujours servir.

Le GO est tout aussi présent à Perpignan. Une de ses brillantes recrues était à la tête de quatorze concessions automobiles sur tout le sud de la France, de Nice à Perpignan. Rien que du bon matériel : Ford, Lancia, Jaguar, Volvo. Conseiller prudhommal, il possédait également des SCI immobilières sur Perpignan qui lui causaient bien du souci : une enquête préliminaire diligentée par la police entendait démonter un système contestable sous forme de curieux stages de formation mais avec des subventions bien réelles. Il est bien évidemment présumé innocent. D'ailleurs, l'enquête a tourné court. Pour mettre toutes les chances de son côté, l'intéressé fait cependant un geste supplémentaire : il adhère illico au GO, se fait initier en quatrième vitesse en l'absence du responsable local ! La stratégie est la bonne : « L'enquête a établi qu'il y a eu des fuites au sein de la police, à l'aide de frères », soutient le policier paranoïaque.

À l'issue d'une carrière professionnelle bien remplie, ce frère astucieux a pu s'acheter un hôtel sur l'île antillaise de Saint-Martin, petit paradis fiscal niché au sein de la bienveillante République française. Il y est associé avec Jean Rede, maire RPR de Banyuls de 1983 à 1995, ancien vice-président du Conseil général des Pyrénées-Atlantiques. Un homme important, donc, membre de la loge Saint Jean 232 (à ne pas confondre avec Saint Paul 329) de la très présente GLNF. Si rien ne peut lui être reproché judiciairement, Jean Rede est une caricature de maçon. Bombance : son restaurant, le Catalan, accueille des banquets municipaux financés par le contribuable local. Bétonnite aiguë : Banyuls multiplie les projets immobiliers, en dépit des risques d'inondation, au risque de martyriser le paysage. Ainsi va la vie locale. Le maire de Banyuls a été renvoyé dans sa loge aux élections municipales de 1995, mais ne désespère pas de revenir en scène avec l'aide, qui sait, du Grand Architecte.

En remontant le bassin méditerranéen d'ouest en est, la route des initiés passe par Nîmes.

L'étape vaut le coup d'œil. Depuis des années, une opération mains propres n'en finit pas d'accabler les dignitaires locaux du Grand Orient et accessoirement du Parti socialiste. La malédiction s'abat tout particulièrement sur le Conseil général du Gard. Claude Pradille, ancien sénateur-maire (PS) de Sauve, n° 2 du département et surtout président de l'office des HLM, cette superbe machine à distribuer les prébendes, est assurément un homme débonnaire, comme il convient dans le Midi, toujours prêt à rendre service.

Son système était d'autant plus au point que ses proches étaient membres de deux loges nîmoises du GO, Écho 1 et Écho 2 (pour Écho de l'Orient de Nîmes), dont Claude Pradille avait hérité de son père, haut dignitaire maçon. Une forme inédite de « vénéralat » héréditaire. Écho 1 est confié donc à son frère Pierre Pradille ; Écho 2 à son beau-frère Max Blondin, patron d'une société informatique travaillant pour l'office départemental des HLM. Rien de mal à travailler en famille, sauf qu'un jour l'office HLM passe à son frère beau-frère une commande de un million de francs sans que le matériel informatique ne soit jamais livré. Un promoteur membre de la loge finit par faire partie de la famille ou presque : il invite les Pradille à chasser le buffle en Afrique et l'office HLM lui passe des marchés. Rien de répréhensible, juste les gestes de l'amitié... Gilbert Baumet, lui, a longtemps été l'*alter ego* de Claude Pradille. Tout aussi méridional, c'est-à-dire sympathique et convivial, le maire de Pont-Saint-Esprit est politiquement volage : du PS au RPR en passant par Bernard Tapie, il a tâté un peu de tout, mais toujours fidèle à la présidence du Conseil général du

Gard, qu'il a occupée de 1979 à 1994. Sitôt sa première élection, Pradille le fait initier à Écho 1. Baumet raconte une de ses premières soirées en loge : « Après la tenue, j'explique que je rentre dîner avec ma femme. On me répond : "Pas du tout du tout ! Il faut rester aux agapes, c'est très très important !" » Et de préciser : « C'est à table qu'on s'échange services et combines. Et c'est vraiment demandé directement, sans aucune précaution oratoire. » Gilbert Baumet espacera ses visites. Aujourd'hui, il va répétant : « Écho 1 et Écho 2, c'est la loge P2 ! » L'humour méridional sans doute.

Car entre-temps, il y a eu la grosse fâcherie. En 1993, Baumet décide de retirer à Pradille, alors sur la sellette, la présidence de l'office des HLM. Furieux, le second décide de signifier au premier qui est le véritable maître de la boutique. En quelques semaines, Pradille organise un putsch et débarque Baumet de la présidence départementale pour y mettre à la place Alain Journet, socialiste et lui aussi franc-maçon estampillé Écho.

Dans un premier temps, la justice profane n'a pas cherché à faire le tri. Mise en examen pour tout le monde, avec perquisition au siège nîmois du GO, rue du Cirque. Un dignitaire tente bien de jouer les vierges outragées : « Depuis les jours sombres de l'Occupation, jamais un temple maçonnique n'avait fait l'objet d'une descente de police [1]. » En fait, c'est un frère scandalisé par la cuisine locale du GO nîmois qui avait donné à la police la liste des membres de Écho 1 et Écho 2.

1. Dans *L'Événement du jeudi*, qui a révélé l'affaire en avril 1994.

Mais le scandale fait vaciller le Grand Orient : Pradille et son beau-frère font un séjour en prison[1] ; à peine nommé, le nouveau président du Conseil général est brièvement mis en examen[2]. On reprochera aussi à Gilbert Baumet quelques largesses d'esprit, comme la distribution de chèques à ses administrés dans le besoin... Ou encore d'avoir multiplié les emplois publics comme d'aucuns multiplient les pains[3].

La direction nationale du GO a suspendu ces frères nîmois, annoncé la fermeture des loges Écho 1 et Écho 2. Et juré qu'on ne l'y reprendrait plus. « Après l'affaire Pradille, explique un haut dignitaire, on a cru pouvoir mettre un terme, non pas à tout le merdier, mais du moins à certains comportements claniques. Malheureusement, il n'en est rien. On voit tout simplement réapparaître les Pradille... » En 1999, sitôt purgée leur peine de trois ans de prison, Claude et son beau-frère demandent leur réintégration dans Écho 1 et Écho 2 car, en dépit des promesses de nettoyage, elles sont toujours en activité. Un conseil de famille du GO se tient à Aix-en-Provence. Max Blondin plaide sa cause pendant deux heures. Recalé. Arrive Claude Pradille, dont le cas est réglé en deux minutes : bienvenue à la maison ! Au nom du père, qui aurait tant apporté à la maçonnerie, le fils n'en est plus indigne.

1. Le Sénat se fera un peu tirer l'oreille avant de lever l'immunité parlementaire de... Pradille.

2. Alain Journet obtiendra un non-lieu cinq mois plus tard : il avait signé des certificats soupçonnés d'être des faux pour couvrir d'anciennes opérations de Claude Pradille, mais les juges n'y ont pas vu d'intention délictueuse délibérée.

3. Gilbert Baumet vient tout juste de passer en procès.

Aussitôt, c'est une levée de boucliers dans la région, tant Pradille est la caricature de ce que la grande majorité des francs-maçons ne veulent plus voir. Un peu piteux, le Conseil de l'Ordre du GO devra demander à Claude Pradille d'avoir l'obligeance de démissionner deux mois après avoir été réintégré ! Pour justifier son retournement, le Conseil fera semblant de découvrir que Pradille est encore sous le coup d'une autre mise en examen : avec son frère Pierre, Claude avait fait racheter le restaurant nîmois qu'ils exploitent en commun, La Louve, par le comité départemental du tourisme, dont c'est bien évidemment la vocation.

Cette péripétie en rappelle une autre. Il y a deux ans, un financier occulte du Parti communiste dans la région Languedoc-Roussillon se pique d'aller frapper à la porte du temple. Il se présente comme agent immobilier de l'Hérault et réussit à se faire initier dans une loge du Gard voisin, La Bienfaisance, l'une des rares à s'être opposée à Écho 1 et 2. « Une initiation par inadvertance, un véritable cas d'école », souligne un ancien du GO. L'an dernier, ces frères naïfs découvrent le pot aux roses. Que fait l'homme du PC ? Il déménage aussitôt à Écho 1, où on l'accueille à bras ouverts. « Je suppose que la manœuvre était prévue depuis le départ, glisse le même ancien. Rien n'a changé. La même mécanique perdure car le système franc-maçon est devenu tributaire de l'économie et des groupes de pression. »

De fait, la vie continue au Conseil général du Gard, avec une nouvelle affaire judiciaire en cours. La Cour des comptes puis la gendarmerie locale ont mis en cause des entrepreneurs conseillers généraux, utilisant leur double casquette d'élus locaux et de patrons dans le bâtiment pour contourner le code des marchés publics. Le lièvre soulevé n'est pas gigantesque, mais illustre parfaitement ces petits arrangements avec la loi : pour construire la nouvelle route d'entrée dans le village du Vigan, dont Alain Journet a longtemps été le maire, les travaux d'investissement auraient été transformés en simples travaux d'entretien qui peuvent être commandés sans appel d'offres. La répétition du phénomène a déjà conduit à la mise en examen du premier vice-président du Conseil général et des deux « entrepreneurs conseillers généraux ». Alain Journet se fait tout petit, même s'il pronostique que « cette affaire va se dégonfler. » Prenant les devants, même si la justice ne l'a pas inquiété, il a démissionné de la présidence au nom de la lutte contre le cumul des mandats, lui qui avait précisément tout cumulé. Alain Journet ne veut pas y voir une nouvelle affaire. Lui-même a quitté le GO en 1995. « La justice maçonne m'avait suspendu en me mettant dans le même sac que Pradille et Baumet. J'ai obtenu que ma démission, de mon propre chef, soit acceptée par le GO, car je ne suis pas entré en maçonnerie pour vivre ça. J'avais dénoncé le système dès 1985. » Journet a quand même continué à fréquenter la loge Écho pendant dix ans. Aujourd'hui, il se dit plus déçu par les hommes que par la structure.

À Salon-de-Provence, le sénateur maire CDS Jean Francou avait lui aussi ses petites habitudes : il se faisait remettre, en toute simplicité, des espèces provenant du bureau d'aide économique de la ville. En 1975 : 3 000 francs. En 1980 :

600 000 francs. En 1987 : un million. Il croquait avec tant d'appétit que le pot aux roses fut découvert. Au total, 4 millions de francs de fonds communaux ont été détournés. Le frère Francou a été condamné à une peine de prison avec sursis. Mais le sud de la France n'a pas le monopole de ces petits arrangements avec la morale. À croire même que les élus maçons s'en sont fait une spécialité. Le maire RPR du Vésinet, Alain Jonemann, recevait sur un compte à Jersey des sommes versées par une entreprise du bâtiment. De simples honoraires de conseil, jure-t-il. La justice tranchera.

L'Oise n'est pas réputée terre maçonne, mais c'est le domaine du frère Jean-François Mancel, président RPR du Conseil général de l'Oise. Toujours les mêmes mœurs. L'édile départemental tirait généreusement sur la carte de crédit du Conseil général. Tout y passait : couches pour le petit, produits d'entretien, biscuits pour le quatre heures, crème à bronzer... Ces faux frais étaient imputés au budget relations publiques. De fait, Mancel a beaucoup de relations : en juillet 1998, le parquet de Beauvais a classé l'affaire à la seule condition qu'il rembourse 400 000 francs, somme correspondant aux diverses dépenses « alimentaires et de petit entretien à caractère personnel et familial » indûment réglées par le Conseil général entre 1986 et 1996. Il se trouve que le directeur des affaires criminelles et des grâces (Jacques Toubon est alors garde des Sceaux) a téléphoné à plusieurs reprises au procureur local pour suivre les péripéties de l'affaire. Mancel, qui a occupé de 1995 à 1997 les fonctions de secrétaire général du RPR, présenté à l'époque dans *Le Figaro Maga-*

zine comme un militant modèle (première affiche collée à l'âge de dix ans), était entouré de sollicitudes. La décision de classement sans suite a provoqué la colère des élus socialistes qui l'ont qualifiée de « purement discrétionnaire ».

Le frère Mancel a fini par être « démissionné » de la GLNF. Puis exclu du RPR par Philippe Séguin, pour s'être fait réélire avec des voix du FN. Depuis, Mancel, qui a rejoint La Droite de Charles Millon, collectionne les mises en examen et les condamnations. En juillet 1998, la chambre des comptes de Picardie le déclarait « comptable de fait » pour le versement injustifié de 3,3 millions de francs à son ami et frère Michel Pacary, célèbre faux-facturier du RPR, sous couvert de renégociation d'un prêt bancaire. En septembre 2000, Jean-François Mancel est condamné à six mois de prison, deux ans de privation des droits civiques et 200 000 francs d'amende avec sursis pour avoir confié l'essentiel des budgets de communication du département à une agence dont il était actionnaire. Il a fait appel.

Quelques années plus tôt, en 1989, un ami et associé, membre de la GLNF, entrepreneur en bâtiment, avait été contraint de démissionner de la présidence de la chambre de commerce et d'industrie de l'Oise. La chambre régionale des comptes venait de découvrir qu'une partie des travaux du nouvel hôtel consulaire avait été attribuée à sa société. Hôtel dont le coût s'est finalement révélé 43 % plus cher que l'estimation initiale. Cette affaire-là a été curieusement étouffée. Le cabinet de François Doubin, ministre chargé du Commerce et de l'Artisanat, radical de gauche et maçon lui-même, a voulu éviter un nouveau scandale. Le préfet de l'Oise de l'époque, Philippe Massoni, maçon, a été chargé de négocier sa démission de la CCI et de clore l'affaire en douceur. L'entrepreneur touchera même une indemnité de « licenciement » de 1,7 million de francs ! Belle négociation entre frères.

Dans l'Est, le maire RPR de Toul, Jacques Gossot, eut le privilège d'être le premier élu à goûter de la prison. Tout avait commencé par un banal contrôle fiscal. En novembre 1986, le fisc découvre que André Gusaï, entrepreneur d'origine sarde, a obtenu un marché de 94 millions de francs pour sept chantiers destinés au groupe d'hypermarchés Cora. Cela fait beaucoup pour une société qui n'emploie qu'une quinzaine de personnes. En fait, Gusaï est le pivot d'une gigantesque arnaque permettant de dégager de l'argent noir à travers des fausses factures. Le liquide est destiné à acheter les élus locaux et les membres de la commission départementale d'urbanisme commercial, chargée d'autoriser les implantations de grandes surfaces. Gossot, qui a touché un million de francs, a été dénoncé par son « ami » Gusaï, cheville ouvrière du système. Ce dernier est membre du GO, tout comme les trois quarts de la commission, qui fréquentaient la loge de Lunéville, à 20 km de Nancy. Gossot, dénoncé par Gusaï, était, lui, membre de la GLNF. On peut faire des affaires locales entre obédiences, puis se balancer au premier pépin venu.

Aucune région n'est épargnée. Le maire de L'Alpe-d'Huez, Jean-Guy Cupillard, vice-président du Conseil général de l'Isère et trésorier du

RPR local, contraint de s'expliquer devant la justice sur le détournement de près de 10 millions de francs ? Un frère évidemment. Ce dossier, annexe à l'affaire Carignon, a longtemps traîné dans les cartons des juges. La mutation d'office de l'ancien procureur général de Grenoble, en 1997, a, de fait, provoqué le réveil de ce dossier. Condamné en appel à deux ans de prison, dont un avec sursis, Cupillard s'est pourvu en cassation, ce qui lui a permis de se présenter malgré tout aux municipales de 2001.

Certaines villes ont ainsi la réputation d'être sous la coupe du Grand Architecte. Nice, Cannes, Nîmes, Montpellier, Bordeaux, Béziers, Le Puy, Lyon, Nancy, Toulouse... L'ancien juge Alain Marsaud, frère pantouflant aujourd'hui chez Vivendi, raconte qu'à Limoges, sa ville natale, « celui qui refuse de se faire initier est suspect ». À Clermont-Ferrand, c'est bien simple : la quasi-totalité de la vie politique locale se résume à un jeu entre loges locales, à droite comme à gauche. Lille fait également partie de ces villes sous influence. Mais une affaire récente apporte à la capitale du Nord une petite touche méridionale qu'on ne lui soupçonnait pas.

Roger Dupré, entrepreneur en bâtiment, gérant de boîtes de nuit, a tissé un surprenant réseau de relations en tout genre, au sein d'une fraternelle locale. Avant d'être finalement incarcéré en 1999 et de collectionner depuis les mises en examen, Roger la Banane – son surnom en hommage à son exubérance capillaire – était copain avec tout le monde. Et notamment avec Benoît Wargniez, longtemps doyen des juges d'instruction à Lille avant d'être promu à la cour d'appel de Douai, à qui l'ami Roger aurait, selon certains éléments du dossier, signé des chèques (200 000 francs au total) pour boucler ses fins de mois en échange d'informations sur les procédures en cours : il sera finalement brièvement incarcéré et suspendu de la magistrature. Bernard Flottin, secrétaire général de la mairie de Lille ? Un autre camarade qui a reçu 100 000 francs en liquide pour soutenir un projet immobilier des amis de Roger : mis en détention provisoire, il a plaidé que l'enveloppe n'était pas pour lui, mais destinée à un élu socialiste, avant de se rétracter. Alain Gravelines, agent des impôts, soupçonné de distribuer les indulgences fiscales aux amis dans le tourment ? Mis en examen. Lucien Aimé-Blanc, ex-patron du SRPJ de Lille : ce grand policier à l'ancienne, qui avait poursuivi Mesrine dans les années 70, a toujours jugé qu'un bon flic devait fréquenter les voyous, ce qui lui a valu d'être critiqué. Ce bon vieux Lucien n'est pas poursuivi, tout comme son successeur à la police judiciaire lilloise, Claude Brillault, bien que plusieurs témoins aient dénoncé leur interventionnisme en faveur de la bande à Roger la Banane. On peut se demander si l'affaire n'a pas été en partie verrouillée : deux femmes gênantes, deux policières, Sibylle Chaisières et Paule-Hélène Girard, l'une en charge de l'enquête, l'autre sur le point de mettre en cause son directeur à la PJ, ont été promptement mutées.

Un procureur adjoint du parquet de Lille, initié comme les autres, a lui aussi été mis en cause pour ses connivences avec le réseau de Roger la Banane. Mais comme la planète lilloise tourne décidément à l'envers, c'est l'un de ses collègues, Alain Lallement, qui a été muté : en pleine audience du tribunal correctionnel, ce dernier avait dénoncé un « système organisé de malversations qui gangrène, et je pèse mes mots, un certain immobilier lillois, où le truand côtoie le fonctionnaire, l'entrepreneur, le policier, voire le magistrat ». Précisant sa pensée, Lallement indiquait que le directeur du SRPJ, Claude Brillault, était intervenu en faveur d'un copain de Roger la Banane, Gaetano Schiliro, poursuivi pour fraude fiscale. Et d'assener : « Il y a des policiers intègres qui veulent faire passer à table les truands ; il y en a d'autres qui passent à table avec les truands. » Ce magistrat courageux paiera cher sa dénonciation de la république « bananière ».

En effet, en dépit de ses apparences folkloriques, l'affaire Roger la Banane n'est pas drôle du tout. Elle démontre l'état de délabrement des principales institutions françaises, police, justice et politique confondues. Et surtout l'absence d'anticorps. L'Inspection générale de la Police nationale (IGPN, la police des polices), chargée par le ministère de l'Intérieur de faire la lumière sur les drôles de mœurs du SRPJ de Lille, s'en est prise à... Sibylle Chaisières, la seule à relever l'honneur de la police dans cette affaire. Quant au ministère de la Justice, il n'a assuré que le service minimum en suspendant Benoît Wargniez. En revanche, le parquet de Lille, du moins sa frange prête à en découdre avec les réseaux occultes, est décimé : outre Alain Lallement, Samuel Laine, substitut du procureur, a été déchargé du dossier au motif que sa compagne travaillait à la mairie de Lille. Déontologie à géométrie variable : les accointances maçonniques ne seraient pas répréhensibles ; par contre, une petite copine... Tout dépendrait donc des intérêts bien compris du club ?

La vie locale à l'aune de la maçonnerie peut se décliner à l'infini. Avec des situations plus ou moins dangereuses pour la démocratie. L'emprise géographique – sur une ville, un département – s'est imposée peu à peu. Après la prolifération des fraternelles professionnelles, qui se regroupent par métier, les fraternelles locales ont fait leur apparition au milieu des années 80. On les appelle souvent clubs des 50, ces 50 décideurs locaux réputés tenir une ville, quelle que soit leur obédience. Parfois, ces cercles jugent plus prudent de ne pas se donner de nom, tant l'estampille est devenue péjorative. « C'est parfait pour le business, souligne un membre du club des 50 de Paris. Il n'y a jamais de tenues, simplement des repas d'affaires. C'est leur seul objet social. On y discute sans vergogne. » Autre avantage et non des moindres, la possibilité de s'inviter dans chacun des clubs montés en province et à l'étranger : Altitude 50 à Marseille, Azur 50 à Nice, Catalang 50 à Montpellier, Occitanie 50 à Toulouse, Vaucluse 50 à Avignon, Lugdunum 50 à Lyon, Pictavia 50 à Poitiers, Limousin 50 à Limoges, Val de Loire 50 à Tours, Arverne 50 à Aurillac, Maine 50 au Mans... Pour les voyages d'affaires à l'étranger, une halte s'impose à Barcelone (Mare Nostrum 50), New York (New York 50), ou au club transfrontalier Bruxelles-Lille 50, celui de Roger la Banane.

Une Fédération nationale et internationale des

clubs 50 (FNICC) chapeaute le tout. « Là, c'est le top en matière de business », souligne notre membre parisien. « Les clubs 50 ont été initialement montés à Paris, pour des rencontres informelles et interobédientielles, nuance un membre de province. Puis ils ont essaimé. Dans ces différents clubs, il y a forcément des gens cités dans des affaires, mais ils n'ont pas été créés pour cela. »

À la différence des fraternelles professionnelles, dont les directions nationales des trois grandes obédiences disent officiellement pis que pendre, ces fraternelles locales ont été impulsées d'en haut. Le premier club des 50 a été fondé à Paris par Eugène Chambon, pilier de la GLNF et proche du groupe Bouygues, en compagnie de Bernard Martin, très actif dans le transport en Afrique. Parmi ses premiers membres, Pierre Marion, et feu Étienne Dailly, ancien n° 2 de la GLNF. Chambon assure encore la présidence d'honneur de la FNICC, mais l'homme qui tient véritablement la boutique est le Marseillais André Stern.

L'actuel Grand Maître de la GLNF, Claude Charbonniaud, avait créé son club des 50 à Nice, lorsqu'il y présidait la chambre régionale des comptes, en compagnie de Jean Berthier, Vénérable de la redoutable loge Laurent le Magnifique. Jean-Claude Bousquet, actuel Grand Maître de la GLF, est membre du club des 50 de Montpellier. Jésuite en diable, il s'en est justifié l'an dernier dans une circulaire interne :

« Il faut attirer l'attention de nos frères sur le fonctionnement des fraternelles. Non pas pour remettre en cause des groupements dont la plupart sont irréprochables. Mais pour mettre en garde leurs membres contre la présence, parfois constatée, d'anciens maçons démissionnaires ou radiés, ou même de frères qui se désintéressent manifestement de leur loge et réservent leur présence à la fraternelle, montrant ainsi la véritable nature de leur démarche. »

Il n'empêche, la présence d'un Grand Maître dans une fraternelle scandalise plus d'un maçon.

Dans le civil, Jean-Claude Bousquet est un respectable professeur à la faculté de droit de Montpellier. Il reste que son club des 50 est au cœur du système héraultais. Jacques Molénat, correspondant de *L'Événement du jeudi*, a donné un résumé de ce « banquet des puissants » : un banquier, un notaire, un avocat d'affaires, un assureur, un magistrat, un inspecteur de police, un ancien bâtonnier, un ex-responsable régional d'Urba recasé à la Générale des Eaux, un député RPR, un membre du Conseil économique, le directeur de cabinet du maire PS de la ville, le directeur de cabinet du maire PR de Béziers, un chirurgien, le PDG d'une entreprise de transports aériens, le président du club de football, le président du tribunal de commerce, le président de la chambre de commerce, le président de la caisse régionale d'assurance maladie, et ainsi de suite[1].

Patrick Renucci, influent président de la caisse régionale des caisses d'Épargne et simple maçon parisien, peine à convaincre qu'il n'en est pas, surtout depuis qu'il a été mis en examen. Mais ses ennemis le laissent croire ; c'est dire si l'appartenance est devenue parfois infamante. En revanche,

1. « Montpellier sous la coupe des francs-maçons ? », *L'Événement du jeudi*, 18 janvier 1996.

Robert Fromont (GO), président jusqu'à l'an dernier du tribunal de commerce, en est la figure la plus controversée. Signe des temps, il arrive même qu'on s'engueule à son propos lors des agapes du club 50. Car Fromont en a trop fait : le tribunal de commerce de Montpellier est devenu l'un des plus controversés de France. Les entreprises en difficulté font une cure d'amaigrissement, mais les administrateurs judiciaires s'engraissent comme des cochons. Quant au procureur général, qui n'est pas maçon, il ne fait pas grand-chose pour contrarier la famille, poursuivant, au contraire, des foudres de la loi tous ceux qui oseraient dénoncer les dysfonctionnements du tribunal. Pourtant, Fromont a finalement dû passer la main. Mais c'est un autre maçon qui a pris sa succession à la présidence du tribunal de commerce. Des frères naïfs ont cru que les choses allaient enfin changer, qu'ils y étaient peut-être pour quelque chose. Las : le nouveau président fait face à une fronde de juges consulaires partisans de l'ancien régime. Sous la pression, il finira bien par baisser les bras, démissionner, rendre aux (faux) frères ce qui leur appartient. Qu'en pense Jean-Claude Bousquet, Grand Maître de la GLF et membre de Catalang 50 ? Il affirme que c'est pour lui « le moyen de faire la morale de l'intérieur ». Toujours de belles paroles.

Chapitre 9

Détournements de justice

Petite cause, grands effets. Au printemps 1993, le président du tribunal de Fort-de-France, Maxime Guibert, s'extirpe de sa voiture, nu comme un ver et en galante compagnie. Ils étaient poursuivis par un mari jaloux. L'histoire fait grand bruit en Martinique. La presse s'en fait l'écho et le juge Guibert est évincé de la magistrature en raison de « comportements d'ordre privé dont le retentissement porte atteinte à l'image du magistrat et de l'institution judiciaire ». En réalité, on lui reproche surtout d'avoir accepté de trancher un litige concernant un restaurant, le Lady Créole, entre le propriétaire, Bruno Blanchard (le mari jaloux), et la gérante (sa femme, réputée sur place très proche du juge). Les deux hommes sont francs-maçons, mais la solidarité s'arrête aux affaires sentimentales.

En août 1999, Maxime Guibert a pris sa plus belle plume pour écrire à Élisabeth Guigou. Ayant purgé ses cinq années de disgrâce, il envisage de s'inscrire comme avocat en Martinique. Mais la garde des Sceaux s'y oppose, au motif que la profession est interdite à toute personne condamnée pour atteinte à la probité. Alors, l'ex-magistrat vide son sac. « Si la justice est malade en France, elle l'est encore plus outre-mer et en Martinique en particulier, où elle est tout juste tolérée alors qu'elle est inféodée à certains groupes de pression dont le plus influent est, sans conteste, ici, la franc-maçonnerie. » Bien que membre de la famille, Guibert se dit victime d'un complot pour avoir tenté de mettre « fin à ces pratiques ». Un juge local lui aurait répondu : « Vous savez, monsieur le président, s'il y en a un, entre vous et nous, qui doit partir, ce sera vous. »

Puis Guibert en vient au vif du sujet : « L'ensemble de cette affaire a été montée de toutes pièces par les services de votre ministère. » Il vise en particulier Yves Charpenel, directeur des affaires criminelles et des grâces, l'un des plus hauts postes de la Chancellerie. Charpenel était procureur général de Fort-de-France à l'époque des faits. Il aurait classé toutes les plaintes de Guibert contre Blanchard. L'ancien juge prétend que son rival aurait été protégé par le parquet. Affabulation ? Les preuves, en tout cas, manquent pour l'instant.

Sur un procès-verbal de gendarmerie, Blanchard a indiqué un jour : « Mes avocats étudient la stratégie à suivre dans cette affaire en concertation avec le parquet et avec le ministère de la Justice. » Ce dernier, « défavorablement connu des services de police », selon l'expression consacrée, semble avoir aujourd'hui perdu ses soutiens. Dès lors, lui aussi se met à proférer des menaces. À un huissier venu l'expulser de son domicile en novembre 2000, il rétorque sur procès-verbal :

« Je vais déposer plainte contre le premier président de la cour d'appel de Fort-de-France et contre les magistrats martiniquais qui font partie d'une bande de voyous francs-maçons. Je vous avertis qu'il y aura du grabuge si vous m'expulsez. » Parole d'expert ?

La Chancellerie n'a aucune envie de se mêler d'une querelle entre deux ennemis héréditaires, guère plus fiables l'un que l'autre. Elle préfère glisser sur sa connotation maçonnique, et pour cause. Sous Élisabeth Guigou, les initiés tenaient plusieurs postes clés de la hiérarchie. Prière, donc, de s'en tenir à la dimension pittoresque de l'affaire.

L'ex-magistrat Guibert n'est, à l'évidence, pas un saint. Il admet avoir parfois fait preuve de partialité, d'où une brève incarcération : en poste depuis onze ans au tribunal de Fort-de-France, il connaissait forcément un peu tout le monde. Mais l'ex-juge trouve fort de café qu'on lui reproche et à lui seul un manque « d'apparence d'impartialité », ce nouveau précepte juridique imposé par la Cour européenne des droits de l'homme qui embarrasse les juges en général, les juges maçons en particulier.

Oublions les tropiques et leur folklore local. À Paris, de très respectables avocats commencent à trépigner sous leur robe. « Ça devient insupportable. » « Ils vont trop loin. » Ces avocats profanes en ont pourtant vu d'autres : plaintes enterrées, procédures bafouées, jugements abscons... Professionnels du droit, ils savent les méandres de la Justice. Mais certains de leurs clients sont écœurés : l'accès à la justice leur est tout simplement barré. Faute d'explication plus rationnelle, on met souvent les déviances judiciaires sur le dos de la maçonnerie. Elle a le dos large : les sous-effectifs, l'absence de moyens, l'encombrement général des tribunaux par des plaintes de plus en plus fréquentes et pas toujours justifiées expliquent à eux seuls le fait que 80 % d'entre elles soient classées sans suite. Néanmoins, le malaise est de plus en plus perceptible. Et certaines questions qui fâchent ouvertement posées.

La barre est en effet placée très haut. En vertu de l'article 6 alinéa 1 de la Convention européenne des droits de l'homme, toute personne a droit à ce que sa cause soit entendue par un tribunal impartial. C'est bien le moins qu'on puisse attendre de la Justice. La Cour européenne des droits de l'homme, qui fait de plus en plus office d'ultime recours quand toutes les procédures judiciaires ont été épuisées en France, a donc peu à peu affiné la définition de l'impartialité : selon sa jurisprudence [1], elle doit être objective et « apparente » aux yeux du justiciable, afin que celui-ci ne soit pas tenté de mettre en doute l'intégrité d'un tribunal. Les juges doivent non seulement être impartiaux en leur for intérieur, mais inspirer une confiance absolue aux justiciables.

Beaucoup de magistrats et d'avocats sont francs-maçons. Ils dépassent de très loin la proportion de frères dans le reste de la société. Par profession et par vocation, les juristes sont généralement en quête de sens (la vérité, sa relativité), sensibles aux symboles (le glaive et la balance), très respectueux des rites (le code de procédure, le bon déroulement d'une audience). Cela ne vous

1. Arrêts du 1er octobre 1982 et du 26 octobre 1984.

rappelle pas quelque chose ? La franc-maçonnerie semble toute désignée pour accueillir leurs états d'âme et stimuler leur réflexion. La première chambre de la Cour de cassation, le plus haut lieu de la justice française, est elle-même ornée de symboles maçonniques.

Mais une fois entré en loge, le magistrat va devoir prêter le serment « d'observer consciencieusement les principes de l'Ordre maçonnique », de n'en jamais dévoiler les « mystères et secrets » sous peine d'un « châtiment qui ne saurait être moindre que d'avoir la gorge tranchée, la langue arrachée par la racine et le corps enseveli dans le sable du rivage à la limite des basses mers, là où le flot monte et redescend régulièrement deux fois en vingt-quatre heures ». En « apparence », selon la terminologie de la Cour européenne, le magistrat qui prête un tel serment pourrait n'être pas tout à fait impartial lorsqu'il troque le tablier pour la robe.

En loge, il fait également une autre promesse : s'engager à ne pas encombrer inutilement les tribunaux de la République quand un litige peut être réglé en interne *via* la justice maçonnique. C'est écrit dans le chapitre VI des « Constitutions d'Anderson » : « N'ayez jamais recours à un procès en justice, sinon quand l'affaire ne peut être traitée autrement, et écoutez patiemment les conseils du Maître et des compagnons lorsqu'ils veulent vous éviter de comparaître en justice avec des profanes ou vous inciter à mettre un terme rapide à toutes procédures, ceci afin que vous puissiez vous occuper des affaires de la Maçonnerie avec plus d'alacrité et de succès ; mais en ce qui concerne les frères en procès, le Maître et les frères doivent offrir bénévolement leur médiation, à laquelle les frères en opposition doivent se soumettre avec gratitude. » L'article 40 du code pénal fait pourtant obligation aux dépositaires d'une autorité publique, à commencer par les magistrats, de dénoncer tout fait délictueux dont ils auraient connaissance.

Le code pénal cesserait-il de s'appliquer là où commence la solidarité maçonnique ? L'article premier des mêmes « Constitutions d'Anderson » donne de quoi frémir : « Le franc-maçon est obligé par sa tenue d'obéir à la Loi Morale (...). La Loi est la manifestation visible, tangible, intelligible du Grand Architecte. » Évoquer ces règles, sorties de leur contexte, a le don d'énerver les maçons, qui relèvent que parmi les premiers devoirs rappelés en loge figure surtout : « Obéir aux lois de son pays ». La liste impressionnante des frères poursuivis devant les tribunaux de la République semble démontrer que la justice « profane » n'est pas entravée par des interventions occultes. Pourtant, trop de dysfonctionnements portant la marque de la franc-maçonnerie laissent une impression de malaise. Le terme de République bananière est parfois prononcé – et pas seulement sous les cocotiers.

Les tribunaux de commerce – du moins nombre d'entre eux – constituent la caricature d'une justice dévoyée. Chargés des litiges financiers et des faillites, ils sont composés de magistrats élus parmi les commerçants et chefs d'entreprise. Une sorte de justice privée, initialement réputée pour son bon sens et sa rapidité, puis pour ses petits et gros arrangements sous la table. L'ancien inspecteur de police Antoine Gaudino[1] puis le député socialiste Arnaud Montebourg[2] ont parfaitement décrit cette corruption endémique au sein de beaucoup de tribunaux de commerce : des dépôts de bilan sont provoqués artificiellement dans le seul but d'évincer un dirigeant et de refiler l'entreprise à un copain ; quand la faillite est inévitable, les meilleurs morceaux sont débités et bradés entre amis. Entre-temps, certains administrateurs judiciaires (chargés de gérer les entreprises en difficulté le temps que le tribunal statue sur leur sort) et quelques mandataires liquidateurs (chargés de répartir les actifs restants une fois signé l'arrêt de mort) auront ponctionné l'entreprise – pourtant mal en point – par des honoraires exorbitants, au détriment des salariés et des créanciers. Ni Gaudino ni Montebourg n'ont relevé que nombre des dérives consulaires sont souvent imputables à des francs-maçons agissant en bandes organisées (juges, administrateurs, experts, avocats, repreneurs d'affaires...). Sans doute, par souci de ne pas opérer d'amalgames abusifs. Arnaud Montebourg a d'ailleurs été invité à une tenue blanche au GO pour parler de la corruption en France. Preuve que ce sujet commence à être pris au sérieux. Le nouveau Grand Maître Alain Bauer l'a convié à un déjeuner pour lui faire part de sa volonté de « faire le ménage ». Le député de Saône-et-Loire, tout à fait conscient de l'importance du rôle joué par les réseaux maçons, s'est contenté, dit-il, de prendre

1. Auteur, notamment, de *La Mafia des tribunaux de commerce*, Albin Michel, 1998.

2. Rapport de la commission d'enquête parlementaire sur les tribunaux de commerce : *Une justice en faillite ?*, 1999.

acte de cette déclaration d'intention. Leurs enquêtes ont malgré tout créé un séisme : les frères indirectement mis à l'index se sont reconnus. « Les tribunaux de commerce fonctionnent exactement comme la justice maçonnique, souligne un Vénérable de la GLNF, mais je me demande encore qui a contaminé l'autre. » Dans les deux cas, on singe la justice républicaine, on en rajoute dans l'apparat pour mieux faire passer l'arbitraire.

« Comme en maçonnerie, le tutoiement est de rigueur. Comme en maçonnerie, l'habit et le décorum tiennent une place importante dans la vie communautaire. Comme en maçonnerie toujours, les agapes prises en commun au "cercle des magistrats" relèvent d'un cérémonial hautement codifié... Comme en maçonnerie surtout, les tribunaux de commerce font des affaires », écrit un maçon rebelle, auteur d'un petit journal intitulé *Le Monde en quatre*, dont le numéro de juin 1998 avait pour thème : « Les tribunaux de commerce, terre d'élection de francs-maçons. »

Compte tenu du mode de désignation des juges consulaires, qui relève davantage de la cooptation que de la véritable élection, des maçons ont trouvé là le moyen de faire prospérer leurs réseaux. « Les élections se passent un peu à la soviétique, raconte un avocat d'affaires. On n'a aucune chance si l'on n'est pas présenté par la chambre de commerce, où ils sont très actifs aussi. Dans cette atmosphère propice aux conflits d'intérêts, le lien maçonnique renforce les possibilités de tractations et d'arrangements occultes... Le mode d'emploi est simple. Un chef d'entreprise doit disposer dans son équipe d'un initié qui contactera le président du tribunal ou l'un de ses adjoints. Celui-ci lui conseillera un avocat qui pourra être rémunéré au-delà des barèmes en vigueur, une partie de la différence allant on ne sait où... Grâce à ce système, le juge est bien choisi, l'expert aussi, l'administrateur judiciaire encore plus. »

« Enfreindre le droit pour sauver l'activité économique d'une entreprise est parfois justifié, nuance un avocat membre de la GLNF qui connaît bien le microcosme consulaire. Mais à partir du moment où cette dérive devient occulte, scandaleuse, il faut arrêter tout de suite. »

Le tribunal de commerce de Paris est un haut lieu de la maçonnerie consulaire. Une chasse gardée. Un juge profane s'en amuse par cette boutade : « On doit être deux non-maçons. » Ses anciens présidents, Michel Rouger et Jean-Pierre Mattei, suscitent la curiosité et les fantasmes. Le premier, dont tout le monde est persuadé qu'il est maçon, avait confié une part de ses fonctions à un vice-président initié. Le second est un membre éminent de la GLNF[1].

La règle du jeu est parfois très simple, illustrée par la curieuse expérience de cet avocat profane. « Un de mes clients assigne une entreprise pour obtenir un dédommagement. La veille de l'audience, je vais le voir dans son bureau pour faire le point sur le dossier. Il était en train d'écrire une lettre à son Vénérable de loge et me lance : “Ne vous fatiguez pas à plaider, déplacez-vous seule-

1. Jean-Pierre Mattei, marchand de biens dans le civil, est membre de L'Alliance Sacrée, une loge de la GLNF où l'on retrouve le gratin des affaires : Patrick Le Lay, PDG de TF1, Eugène Chambon, fondateur des clubs 50, Guy Loudmer, commissaire-priseur, et l'incontournable Yves Trestournel.

ment à l'audience par courtoisie." Le lendemain, le tribunal de commerce lui accorde 500 000 francs alors que je n'en espérais que 200 000... » Pratiques exceptionnelles ? Il faut l'espérer.

Un autre travail d'approche consiste à déposer avant l'audience des conclusions écrites dont la signature de l'avocat comporte les trois points de rigueur. Une façon d'avertir les juges : « Ho hé ! Je suis maçon ! » Dans la mesure où même les profanes commencent à connaître l'astuce, le succès n'est pas toujours garanti. « Bien sûr que j'ai parfois fait jouer des relations maçonniques, admet un avocat qui en est. Simplement, ne focalisons pas là-dessus. Il existe toutes sortes de réseaux susceptibles d'être mis en branle par les uns ou par les autres. Je connais beaucoup de cas de corruption de juges qui n'ont rien à voir avec la franc-maçonnerie. » Faut-il en être pour autant rassuré ?

« Les tribunaux de commerce sont trop gangrenés, il faudrait les rayer de la carte du jour au lendemain », assène un membre du GO, ancien collaborateur d'un repreneur d'entreprises en faillite qui s'était entouré de francs-maçons pour obtenir ses entrées dans le microcosme consulaire. Il se souvient des tarifs en vigueur – le prix des hommes – ce qui tend effectivement à prouver que la maçonnerie n'explique pas tout : avant d'être initié, un corrompu est d'abord une fripouille. Qui corrompt à son tour la maçonnerie : la plupart des scandales qui ont secoué l'institution consulaire ces dernières années ont mis en cause des frères, de Toulon à Montpellier en passant par Fort-de-France, Créteil, Nanterre, Aurillac, Boulogne-sur-Mer, Rennes, Draguignan, Bobigny.

Le cas de Bobigny mérite qu'on s'y arrête. Troisième tribunal de commerce français par l'importance des affaires traitées, avec une concentration de maçons qui rivalise avec la capitale, il eut le triste privilège d'être décapité en une seule affaire : la reprise d'une entreprise de chauffage, Zell, par le juge consulaire chargé de son suivi, avec la bénédiction du président du tribunal et de l'administrateur judiciaire, tous membres de la GLNF. Mis en examen en 1991, les juges quittent rapidement Bobigny. Mais l'administrateur, Dominique Schmidt, s'incruste : pas question de lâcher ses juteux dossiers. Sa peine de deux ans de prison avec sursis, doublée d'une interdiction d'exercer, est pourtant confirmée en appel. Me Schmidt campe toujours fermement à Bobigny. Arrive enfin l'arrêt de la Cour de cassation, qui, statuant en dernier ressort, devrait lui signifier son congé. C'est ce qu'elle fait, sauf en ce qui concerne son interdiction d'exercer. Ce jour-là, Me Schmidt sable le champagne au tribunal de commerce de Bobigny : il est définitivement condamné pour malversation, mais reste quand même administrateur judiciaire. Un membre de la Cour de cassation avait senti le coup venir un an plus tôt : « Quand il avait été mis en examen, il m'est revenu qu'il ne lui arriverait rien, car il était franc-maçon [1]. » Me Schmidt n'est pas encore sorti d'affaire, puisque la commission de discipline de sa profession (composée paritairement de hauts

1. Témoignage de Maurice Lafortune devant la commission d'enquête parlementaire sur les tribunaux de commerce.

fonctionnaires et d'administrateurs judiciaires) peut encore décider de le radier, compte tenu de sa condamnation pénale. Mais elle décide de le suspendre... à titre temporaire. Deuxième tournée de champagne. Dans un ultime sursaut d'orgueil, le parquet obtiendra de la cour d'appel qu'elle prononce finalement sa radiation. Près de dix ans après les faits, Me Schmidt est enfin invité à quitter le tribunal de commerce de Bobigny. Mais que d'efforts pour en arriver là !

Ce type de protection à peine déguisée conduit à douter de l'ensemble de la chaîne juridictionnelle. Si les tribunaux de commerce n'inspirent depuis longtemps que soupirs navrés, la justice ordinaire n'a pas l'habitude qu'on la mette en cause. Elle devra s'y habituer.

Éric de Montgolfier a commencé sa carrière de magistrat comme procureur à Chambéry. On lui propose très vite d'entrer en maçonnerie. (Son ancêtre lointain, inventeur de la montgolfière, Joseph de Montgolfier, était un initié.) Il décline poliment mais sans rancune : « Les maçons ne faisaient pas obstacle aux procédures judiciaires. » Il est ensuite nommé procureur à Valenciennes, où il traitera notamment la très médiatique affaire VA-OM. « Là, les francs-maçons sont un peu plus présents au palais. Certains s'égaraient dans des réunions nocturnes et secrètes où l'on évoquait les dossiers en cours. » Le procureur tente de freiner certains comportements. Discrètement, comme auprès de ce policier qui traînait un peu trop souvent à ses yeux dans les couloirs du tribunal : « Compte tenu de sa médiocrité en matière financière, je l'ai réduit à des tâches purement policières. Il est revenu fréquenter le palais dès mon départ. »

Nommé procureur à Nice début 1999, Éric de Montgolfier achève de se déniaiser sur les questions maçonniques. Il est tombé en plein dans le mille. Le doyen des juges d'instruction du TGI de Nice, Jean-Paul Renard, a longtemps été membre de la loge Laurent le Magnifique. En tant que doyen, il fonctionne comme une gare de triage qui nomme les juges chargés d'instruire les plaintes. Si l'enterrement d'une affaire risque d'être trop voyant, il est toujours possible de désigner le bon juge d'instruction, celui qui saura s'endormir consciencieusement sur son dossier. La cour d'appel d'Aix-en-Provence (qui couvre les tribunaux de Nice, Marseille, Toulon, Grasse, Draguignan, Digne et Tarascon) a longtemps été présidée par un autre frère, Jean-Claude Mistral : elle est chargée de confirmer, le cas échéant d'annuler, toutes les procédures.

Au tribunal de Nice, une chape de plomb semblait justement recouvrir toute une série d'affaires sensibles, mettant en cause bon nombre d'élus locaux. Tous ne sont pas francs-maçons, mais le maire de Saint-Jean-Cap-Ferrat, René Vestri, membre de la GLNF, a battu une sorte de record : pas moins de neuf plaintes contre lui sont restées sans suite. Christian Estrosi, député RPR et membre de la GLNF, a bénéficié d'un concours estival de circonstances : le juge chargé de l'affaire étant indisponible, le doyen Renard a prononcé un non-lieu.

Tout cela s'ajoute à quelques autres dysfonctionnements : des dossiers sont perdus dans les locaux mêmes du tribunal, d'autres deviennent prescrits parce qu'un juge n'a pas jugé utile d'effectuer le moindre acte d'instruction pendant huit ans. Parfois, l'enterrement se doit d'être plus subtil, comme dans cette présumée affaire de pédophilie dans laquelle était évoqué, à tort ou à raison, le nom de plusieurs hauts magistrats niçois. Le juge Renard a lui-même instruit. Il prononcera un non-lieu pour des raisons techniques sans que les enfants soient entendus. Quand les parents portent plainte avec constitution de partie civile, on ouvre un deuxième dossier, aux mains d'un juge maçon, mais ils ne pourront jamais savoir ce qui s'est passé dans le premier. S'ils cherchent à savoir où en est l'enquête, on leur répond : « Autorité de la chose jugée ! » En effet, la plainte des parents ne peut prospérer puisque la première instruction, constituant le volet principal, a été classée dans leur dos sans qu'ils puissent réagir.

La franc-maçonnerie du palais plane sur toutes ces affaires enterrées. En 1994, un entrepreneur niçois, Jean Icart, porte plainte contre la Générale de chauffe, filiale du groupe Vivendi – dont l'état-major est truffé de francs-maçons. Le juge semble l'encourager dans sa démarche : « L'affaire est grave, je vais l'instruire moi-même. » Un an plus tard, l'instruction n'a pas avancé d'un poil, le juge en est toujours à demander à Jean Icart de justifier sa plainte. Le dirigeant local de la Générale de chauffe peut alors se présenter aux élections municipales de juin 1995 sans risque de voir sa campagne entachée par une casserole. Le plaignant aura plus de chance en frappant à la porte de Jean-Pierre Murciano : l'an dernier, ce juge d'instruction de Grasse, en lutte contre les réseaux maçonniques, a mis en examen la Générale de chauffe et le cabinet Arthur Andersen en tant que personnes morales. Fin heureuse de l'histoire ? Pas du tout : entre-temps, le juge Renard s'est mis à instruire une autre plainte déposée entre ses mains, cette fois par la Générale des Eaux, pour tentative d'escroquerie : Jean Icart se retrouve témoin assisté ! La Générale en profite pour demander l'annulation de la procédure conduite par Murciano au motif que le tribunal de Nice s'était déjà saisi de l'affaire...

Jean-Paul Renard s'est défendu de toute connivence : « La fraternité maçonnique ne consiste pas à être complice. Je n'ai rien à me reprocher[1]. » Maladroitement, il met en avant sa démission de la GLNF. Non seulement il s'emmêle dans les dates (1997 au lieu de 1999), mais il l'explique par le dépaysement à Nice d'une affaire concernant Michel Mouillot. Une déclaration ambiguë : son appartenance à la GLNF l'empêchait donc bien d'instruire à charge contre un maçon de la Côte. Dans la loge Laurent le Magnifique, il fréquentait la quasi-totalité de la mairie de Cannes ; aux Templiers du Graal, il croisait les principaux promoteurs de la Côte ; à Garibaldi, sa dernière loge[2], il fraternisait avec le président de la chambre de commerce et un membre de la mairie de Nice. Cela fait beaucoup de frères actifs en affaires. « On me reproche sans arrêt mon ancienne appartenance, explique Jean-Paul Renard. Mais franchement, si j'avais dû subir des interférences ou des pressions, je ne serais jamais entré en maçonnerie. C'était clair au départ, on m'a foutu la paix. J'ai même poursuivi des francs-maçons. »

1. Dans un entretien à *Nice-Matin* du 16 octobre 1999.
2. Selon *Le Monde* du 4 décembre 1999.

Dans le microcosme niçois, tout le monde a sa petite anecdote sur le fonctionnement de la justice locale. Un entrepreneur attaque au civil un banquier monégasque et obtient en référé 4 millions de francs de dommages et intérêts. C'est une belle somme, mais, s'agissant d'un jugement en référé (une procédure d'urgence), elle doit être confirmée par un jugement au fond. En attendant, l'entrepreneur soupçonne le banquier monégasque d'organiser son insolvabilité. Il porte plainte au pénal ; le tribunal de Nice classe sans suite. Par contre, le doyen des juges accepte d'instruire une plainte du banquier monégasque pour « escroquerie au jugement », au motif que l'entrepreneur chercherait à lui soutirer 4 millions !

« Que faire ? s'interroge Éric de Montgolfier. Il n'y a généralement pas de preuve d'une malhonnêteté. Le problème, c'est quand on tombe sur une procédure curieuse avec un magistrat franc-maçon. Là, la tentation est forte... On cherche une explication, on trouve celle-là. Est-ce suffisant ? C'est une des explications. Il y a aussi l'incompétence. Des esprits malins disent que c'est une méthode. »

À l'arrivée du nouveau procureur de Nice, des avocats excédés par ces manquements répétés aux principes élémentaires de la justice lui préparent un cadeau de bienvenue : une liste de 43 affaires enterrées. Mais le paquet transite par le bâtonnier des avocats, qui, de son propre chef, en retire la moitié... « Je n'ai pas vocation à réveiller les morts », répond Montgolfier : la plupart de ces affaires ont été enterrées avec professionnalisme, après confirmation de la cour d'appel d'Aix-en-Provence. À défaut, et après s'être fait tuyauter par quelques maçons repentants, le procureur a pris son élan, et a interpellé la presse. Dans un retentissant entretien au *Nouvel Observateur* il déclare : « C'est la première fois dans ma carrière que je vois à l'œuvre, dans l'institution judiciaire et dans la cité, des phénomènes de réseau d'une telle ampleur. » Ciel, des réseaux ! Lesquels ? « Certains réseaux francs-maçons (...). Ce n'est pas la maçonnerie que je condamne, mais son usage par certains, ce que l'on appelle la maçonnerie d'affaires. » Cette interview est suivie par de multiples interventions dans la presse et à la télévision où le procureur de Nice confirme son propos : il y a bien un problème de franc-maçonnerie dans la justice française.

Pour s'être frotté médiatiquement à Bernard Tapie, Éric de Montgolfier sait par expérience qu'il va déclencher une tornade. Certaines réactions sont à côté de la plaque, comme celle de Michel Barat, ancien Grand Maître de la GLF, qui s'indigne mécaniquement : « C'est la première fois, en période républicaine, qu'on entend cela. Il faut veiller à ne pas renouer avec le complot judéo-maçonnique[1]. » Le conseil de l'Ordre des avocats de Nice (dont une vingtaine sont membres de la GLNF), qui n'est pourtant pas directement visé, croit utile de monter au créneau : « La dénonciation de réseaux, et plus précisément de réseaux francs-maçons, association qui exerce son activité dans un cadre légal, constitue une mise en cause qui, par sa généralité, n'apparaît pas compatible avec la fonction de son auteur dans un État de droit. » Les juges du TGI de Nice se réunissent

1. *Le Parisien* du 27 octobre 1999.

en assemblée générale, en appellent au ministère de la Justice. Élisabeth Guigou, dont le mari est franc-maçon, parviendra à calmer le jeu, sans toutefois prendre parti. Aujourd'hui, Montgolfier ne regrette rien : « La franc-maçonnerie a pénétré la justice d'une telle manière... Quand les méthodes classiques ne produisent rien, on est le dos au mur. J'ai choisi de dire les choses. »

Le Grand Maître de la GLNF, Claude Charbonniaud, s'est fendu d'une petite visite de courtoisie au procureur de Nice. Un maçon local s'en amuse : « En se rendant chez Montgolfier, sur qui des frères avaient dit pis que pendre, Charbonniaud s'est ridiculisé. » Le n° 2 de la GLNF, Jean-Charles Foellner, dans un discours devant ses frères de la Côte, le 15 décembre 2000, a remis les pendules à l'heure : « Lorsqu'un procureur déclare que des dossiers disparaissent et que des réseaux maçonniques y étaient peut-être pour quelque chose, ce fut un tollé. On aimerait que nos imprécateurs nous disent quand, en quelle déclaration, ce magistrat a outrepassé ses droits (...). Pendant ces gargarismes, nous gagnions du temps. Pour mieux sauter. »

Entre-temps, Jean-Pierre Murciano a pris le relais. Timide, l'élocution laborieuse, le juge d'instruction de Grasse n'est pas du genre à partir en croisade. Mais il en a soupé. Tombeur de Michel Mouillot, plusieurs fois mis en examen mais toujours pas jugé, pourfendeur de la Générale des Eaux, mise en cause dans la plupart des marchés truqués sur la Côte d'Azur, Murciano a peu à peu été dessaisi de la plupart de ses dossiers. Parfois par maladresse (il lui arrive de se mêler de ce qui ne le regarde pas, de fréquenter les casinos et autres lieux interlopes pour y collecter des informations, alors que c'est normalement le rôle de la police, mais il n'a confiance qu'en lui), parfois par de curieux règlements de comptes.

Le dessaisissement d'un juge d'instruction est prononcé par une cour d'appel. On a vu qu'à celle d'Aix-en-Provence, de hauts postes sont tenus par des maçons. Son président, le frère Jean-Claude Mistral, ne pense pas que du bien de Jean-Pierre Murciano : « Ses qualités professionnelles sont difficiles à cerner. Dans les affaires qui l'intéressent, il s'active au grand jour et prend des libertés avec la procédure qui ont conduit à le dessaisir à plusieurs reprises. Les errements constatés, commis de façon volontaire, ne permettent pas de lui accorder la confiance qu'on serait en droit d'attendre d'un magistrat qui doit avant tout être loyal, impartial et respectueux du droit. M. Murciano devrait faire un gros effort pour arriver à un travail plus régulier et plus assidu dans le respect de l'éthique judiciaire. » Cette charge terrible a été consignée dans le dossier d'avancement du juge Murciano. La magistrature est un univers très policier, mais aussi très policé : il est peu fréquent que des mots aussi durs soient prononcés. Ils en deviennent suspects. Dans le cas présent, ils accablent l'un des rares juges d'instruction de la Côte d'Azur qui tente de faire son travail : traquer les délinquants, en particulier les délinquants en col blanc, sans s'embarrasser de leur appartenance maçonnique ou autre.

Aussi, à la dernière offensive menée contre lui, Jean-Pierre Murciano pique un coup de sang. Il s'agit d'une procédure disciplinaire, devant le Conseil supérieur de la magistrature (CSM), pour

« manquement à l'honneur et à la discrétion ». On lui reproche cette fois d'avoir donné à Bernard Tapie, en décembre 1997, une information recueillie à l'issue de l'interrogatoire de l'un des dirigeants du Crédit lyonnais. Murciano enquêtait alors sur les curieuses faveurs accordées par la banque à un promoteur immobilier. Mis en examen et à bout d'arguments, le banquier, Michel Gallot (maçon), raconte au juge que le Crédit lyonnais n'a pas toujours fait de mauvaises affaires puisqu'il a réussi à entourlouper Tapie, mais que c'est un « secret de banque ». Cela ne regarde pas l'enquête du juge Murciano, qui concerne un projet immobilier à Cannes. Il rédige toutefois une attestation à Bernard Tapie en l'autorisant à la produire en justice dans le cadre de ses démêlés avec le Crédit Lyonnais.

Ce coup de pouce incongru fait grand bruit. Le promoteur en tire prétexte pour obtenir le dessaisissement (un de plus !) de Jean-Pierre Murciano. Ce dernier justifie son geste « au nom du principe général de vérité, qui s'impose aux magistrats et aux simples citoyens ». L'affaire aurait dû en rester là. D'ailleurs, le ministère de la Justice ne voit pas matière à poursuite disciplinaire. Un an plus tard, par un revirement inexpliqué, la Chancellerie estime au contraire que Murciano mérite d'être traduit devant le CSM.

Le 22 mars 2000, devant le Conseil supérieur de la magistrature réuni en instance disciplinaire, Jean-Pierre Murciano est mûr pour le grand déballage. Il se sent encouragé par les déclarations d'Éric de Montgolfier, qui viendra témoigner en sa faveur. Son avocat, Me Patrick Rizzo, sonne la première charge : « M. Murciano estime qu'il est victime d'un complot. Depuis des années, certaines associations philosophiques ou maçonniques, notamment la GLNF, n'ont cessé de porter atteinte à son indépendance pour l'empêcher de faire son travail. Il a subi des pressions, souvent le fruit d'interventions occultes liées à l'appartenance maçonnique. La question est importante, elle porte sur l'influence que peuvent avoir des organisations secrètes sur le fonctionnement de la Justice. » Encore un obsédé du complot maçonnique ? L'avocat de Murciano s'adresse directement aux membres du CSM, la plus haute institution judiciaire française :

– D'ailleurs, l'un d'entre vous, dont je ne citerai pas le nom...

– Il faudrait le nommer.

– Jean-Claude Girousse, actuel premier président de la cour d'appel de Lyon. C'est un ami personnel de Jean-Claude Mistral qui a joué un rôle fondamental dans les dessaisissements de M. Murciano. Tous deux ont fréquenté la même loge cannoise jusqu'à une période relativement récente. Nous demandons la récusation de M. Girousse. Il ne peut pas juger aujourd'hui, comme membre du CSM, sans porter atteinte à la Convention européenne des droits de l'homme qui garantit un procès impartial.

Le CSM fera comme si de rien n'était. Jean-Claude Girousse siégera sans état d'âme, Jean-Pierre Murciano écopera de la plus petite sanction possible (un avertissement) sans que le verdict du CSM ne fasse la moindre allusion à sa demande de récusation. Elle a pourtant été faite solennellement et en public. La question de l'incompatibilité entre le serment de juge et le serment maçonnique est-elle si gênante ? Il est vrai que Guy Canivet, président de l'instance disciplinaire du CSM, serait lui-même franc-maçon. Ce jour-là, il n'a pas fait personnellement l'objet d'une demande de récusation, car la défense de Murciano ne souhaitait pas s'en prendre à la maçonnerie en général, mais à seulement à certaines loges du Sud-Est. Dans cette région, les magistrats battent tous les records de longévité – jusqu'à vingt ans en fonctions, ce qui pose de sérieux problèmes de promiscuité avec les notables locaux. L'appareil judiciaire a aussitôt fait corps. L'association des premiers présidents de cour d'appel a rédigé une motion de solidarité en faveur du frère Jean-Claude Girousse. Leur texte, adopté à l'occasion de leur réunion annuelle – organisée en Guadeloupe –, renverse singulièrement les rôles : ces hauts magistrats « s'inquiètent du développement des tentatives de déstabilisation des juges dans la vie quotidienne des juridictions et au CSM. Ces attaques s'inscrivent dans des stratégies menées pour différer ou empêcher l'examen des affaires par le biais de requêtes en récusation ou de plaintes pénales sans fondement ». On croit rêver : Murciano inventerait des complots maçonniques dans le seul but d'enterrer ses propres dossiers... Alors qu'il en est précisément la victime ! La tartuferie est parfois sans limites. L'affaire passera inaperçue dans les médias.

Dans sa bonne ville de Lyon, une anecdote circule : le président Girousse aurait décrété la solidarité obligatoire ; il aurait convoqué par écrit tous les magistrats dans la bibliothèque du tribunal : « J'attacherai du prix à la présence de chacun. » Puis fait circuler une pétition de soutien à sa personne un peu particulière : elle est tenue secrète, de peur que des mauvais esprits ne dénoncent la manœuvre ; les signataires, triés sur le volet, devaient se rendre dans le petit bureau du secrétaire général de la cour d'appel. « C'est navrant », se désole un magistrat lyonnais.

À Toulon, Me Christine Ravaz aimerait en finir avec sa réputation d'avocate des « causes perdues ». Non pas que ses clients soient indéfendables, mais parce qu'elle fait face à un véritable mur judiciaire. Son bâtonnier, franc-maçon, veille à faire régner l'ordre en multipliant les poursuites disciplinaires à son égard : « Toutes les semaines, je reçois une lettre du barreau, j'ai intérêt à me tenir à carreau », sourit Me Ravaz. Aucune d'entre elles n'a jamais abouti, et pour cause. Des multiples dossiers défendus malgré tout par l'avocate, retenons seulement celui-ci : Michelle P., à la recherche depuis huit ans de ses enfants, soustraits par son ancien mari, ancien colonel de l'armée de l'air et maçon. Une quinzaine de plaintes déposées par son ex-épouse pour coups et blessures, certificats médicaux à l'appui, sont classées ou aboutissent à un non-lieu, « eu égard à sa qualité d'officier ». La cour d'appel d'Aix-en-Provence entérine le tout. Le 17 octobre 2000, le militaire maçon est tout de même renvoyé en correctionnelle, mais seulement pour « non-présentation d'enfants ». À la barre, il donne une ancienne adresse ; puis, après que Me Ravaz eut brandi un certificat d'huissier prouvant qu'il n'y habite plus, refuse de donner la nouvelle. L'avocate insiste, le procureur lui coupe la parole et on passe à autre chose. Du jamais vu : un prévenu refuse de donner son adresse et, accessoirement, celle des enfants, et le tribunal laisse faire. La suite est cousue de fil blanc : bien qu'ayant reconnu les faits (il n'a jamais remis les enfants au point rencontre), il est relaxé. Le pire est à venir : à l'issue de l'audience, l'avocat de son ex-mari frappe Michelle P. au visage ; elle saigne au menton. Légitimement, la femme réplique par une claque. Chacun porte plainte contre l'autre. Devinette : laquelle des deux plaintes va prospérer ? Premier indice, des policiers se déplacent aussitôt au domicile de Michelle P. et, pendant trois jours, interrogent ses voisins en indiquant qu'elle est recherchée... D'aucuns baisseraient les bras. Pas Me Ravaz, qui avoue seulement en perdre, outre son latin, « toutes ses notions de droit pénal ».

Tout de même, des magistrats commencent enfin à se poser des questions. « Dans le cadre du débat sur l'impartialité du juge, il est difficile de faire l'impasse sur la franc-maçonnerie, concède Valéry Turcey[1], président de l'Union syndicale des magistrats [USM, syndicat majoritaire et modéré]. Mais, très vite, on porte atteinte aux libertés publiques, à la liberté de croyance. » De fait, le débat est sur un terrain glissant : si un magistrat devait sans cesse se voir reprocher sa conduite ou ses opinions personnelles, la machine judiciaire serait rapidement bloquée. Qui pourrait alors juger d'un divorce ? Ni un homme ni une femme, tous deux soupçonnés de privilégier le représentant de leur sexe. La maçonnerie se distingue toutefois des autres types d'engagement par son culte du secret. Non pas le secret initiatique, mais le secret d'appartenance. « On doit se poser

1. *Libération* du 14 octobre 1999.

des questions et notamment celle du secret, admet Anne Crenier, secrétaire générale du Syndicat de la magistrature [de gauche, le SM a beaucoup soutenu Jean-Pierre Murciano]. Il était autrefois justifié pour des raisons politiques évidentes, en raison de persécutions. Le danger serait qu'il serve commodément à abriter des réseaux. » Le SM est lui-même partagé, entre ses adhérents maçons, magistrats intègres scandalisés par les dérives de certains frères mais qui considèrent que leur propre engagement maçonnique ne les empêche pas de juger en toute impartialité, et certains de ses adhérents profanes, qui estiment sérieux le problème posé de la compatibilité entre les différents serments, celui du magistrat et celui du frère. Certains d'entre eux évoquent ainsi le poids des initiés au plus haut niveau de la Chancellerie. Christian Vigouroux, directeur de cabinet d'Élisabeth Guigou, alors garde des Sceaux ? Il est de la famille. Tout comme Jean-Louis Nadal, ancien directeur de l'inspection judiciaire, qui vient d'être nommé procureur général près la cour d'appel de Paris. Un poste décisif.

Égal à lui-même, Éric de Montgolfier va beaucoup plus loin : « Nous devons aux justiciables de ne pas appartenir à des associations occultes. La justice est un exercice de lumière, on ne peut pas admettre des interpénétrations. La justification du secret n'existe plus, il est trop facile de se réfugier derrière les difficultés rencontrées dans l'histoire : je ne peux accepter l'idée d'une franc-maçonnerie réduite aux catacombes. » Dans la sphère politique, seul Arnaud Montebourg s'est finalement résolu à évoquer publiquement la question[1] : « Entrer dans la magistrature, c'est comme entrer par cooptation dans un cercle fermé dont le code d'entrée serait secret et ritualisé. Fonctionnement occulte dont les clefs sont tenues par des initiés inaccessibles. La franc-maçonnerie ou le Rotary Club fonctionnent de la même façon. Faudrait-il pour autant leur confier une partie de la République ? » Qu'en termes choisis ces choses-là sont dites.

L'effet Montgolfier est passé par là. À Nice, la juge d'instruction Anne Vella, en charge d'une enquête sur le meurtre d'une ancienne actionnaire du casino Le Palais de la Méditerranée impliquant des maçons (un avocat, de retour après un exil à l'étranger, soupçonné d'avoir tué son ancienne maîtresse pour des histoires de gros sous), a effectué son *coming out* – expression réservée habituellement aux homosexuels – en révélant publiquement son appartenance à la maçonnerie. Et affirmé fièrement que cela n'entravera en rien son enquête.

Les avocats, largement partie prenante au système, n'en sont même pas là. Cette profession bat pourtant tous les records en matière d'engagement maçonnique. Souvent pour le meilleur, parfois pour le pire. Combien de clients, lâchés la veille d'une audience ou non prévenus de sa date, ont eu un jour le sentiment que leur avocat défendait une autre cause cachée ?

À titre privé, sous le sceau de la confidence, de

1. Arnaud Montebourg, *La Machine à trahir*, Denoël, 2000.

nombreux frères avocats évoquent la question sans tabou. Ils racontent leurs petites astuces de plaidoiries – prononcer l'expression typiquement maçonnique « force et vigueur », le bras plié en équerre – pour emporter la décision d'un tribunal. Mais l'Ordre des avocats, leur instance représentative ? Silence radio. On prétend que la plupart des bâtonniers successifs, à Paris mais aussi en province, sont francs-maçons. Parfois, ils osent prendre position : mais c'est pour condamner les propos de Montgolfier ou contester la réforme des tribunaux de commerce. Désespérant.

L'une des vedettes du barreau de Paris – il se reconnaîtra – a été un jour initié à la GLNF. Comme de coutume, on lui a bandé les yeux pendant le rituel d'introduction. À son issue, recouvrant la vue et découvrant le parterre qui l'entourait, l'avocat n'a pu réprimer ce cri du cœur : « Ce n'est pas une loge, c'est une rafle ! » La plupart de ses nouveaux frères étaient mis en examen dans des affaires financières. Pour autant, le célèbre avocat n'a pas désespéré de la maçonnerie. Il en est l'un des représentants les plus émérites. Les clients affluent, son cabinet ne s'en porte que mieux.

Des frères avocats, magistrats, commissaires-priseurs, experts et administrateurs judiciaires se réunissent deux fois par mois au Sybarite, un restaurant grec rue du Dragon, à Paris, pour les « dîners du palais », lieu des agapes de la fraternelle du même nom. « Il y a des gens honnêtes, et d'autres qui viennent uniquement pour traiter des dossiers particuliers », résume un convive. Le même cérémonial a lieu en province, parfois spécialement organisé pour des frères de passage.

« C'est du tourisme maçonnique, raconte un avocat parisien. Cela permet de prendre de l'avance sur certains dossiers. On s'échange le nom d'un frère magistrat. Parfois même, mais c'est rare, le montant de l'enveloppe. » D'autres cercles informels, non maçonniques, comme le Palais Chasseur ou le Palais Catholique, se réunissent également en petit comité. Mais les vrais agents d'influence n'ont pas besoin de participer à ce type de rencontre fraternelle : ils sont eux-mêmes l'influence incarnée.

Marylise Lebranchu, nouvelle garde des Sceaux, résume l'ambivalence d'une justice sinon sous tutelle, du moins sous haute sollicitude maçonnique. Sa fulgurante promotion ministérielle tient essentiellement à ses mérites personnels : travailleuse sans être laborieuse, elle a su conserver sa spontanéité humaine – un miracle en politique. Il se trouve qu'elle en est, et cela fait sens : de la qualité des individus engagés en maçonnerie pour les uns, d'un noyautage déplacé pour les autres.

Chapitre 10

Guerres fratricides

L'affaire est d'une simplicité biblique – pardon, maçonnique. Le frère Christian D. accuse un autre frère, Jean E., de diverses malversations financières. Il découvre au passage que ce frère indélicat avait autrefois été condamné pour viol[1]. Christian D. s'en émeut auprès du Vénérable Maître de sa loge, mais alerte également le parquet, c'est-à-dire la justice profane. L'autre s'insurge et attaque Christian D. en diffamation, devant la justice maçonnique cette fois. Comment va trancher le Vénérable ? Contre le maçon indigne de l'être ou contre le maçon qui a brisé la loi du silence ? La réponse est cousue de fil blanc : le bavard sera suspendu. Il est une règle qu'il vaut mieux ne pas transgresser : en cas de litige entre maçons, il est très mal vu de faire appel aux tribunaux de la République sans avoir auparavant informé la hiérarchie maçonne et essayé de régler le différend en interne. « C'est contraire aux lois

1. Les faits sont aujourd'hui amnistiés, c'est pourquoi les noms des protagonistes n'apparaissent pas.

et usages, affirme très sérieusement un frère. Cela fait partie du serment que nous avons prêté. »

L'affaire se déroule en 1994 dans l'île de la Réunion, au sein d'un atelier de la GLF, La Réunion Fraternelle, qui, pour l'occasion, mérite très peu son nom. Le monde y est très petit, et pas seulement à cause du contexte insulaire. Au sein de la franc-maçonnerie locale, on trouve des avocats, des policiers, des magistrats. Entre justice profane et justice maçonne, leur cœur balance un peu. Ancien légionnaire, Jean E. est responsable d'une filiale de la Lyonnaise des Eaux, qui fera l'objet de poursuites judiciaires. Christian D., son adjoint, témoin de bien vilaines choses, cherche à révéler l'affaire. En l'espace de trois mois, elle va lui exploser à la figure[1].

Le 18 avril 1994, Christian D. dîne chez un frère commissaire principal de police. Il y croise un membre des RG, également maçon, qui, coïncidence, enquête lui aussi sur Jean E. Mais uniquement à titre professionnel, ignorant jusque-là qu'il s'agissait d'un frère. Christian D. lui raconte ce qu'il sait des curieuses sociétés de Jean E., explique qu'il préfère se confier discrètement à un frère policier plutôt que d'alerter directement le parquet, car il redoute des représailles. En retour, l'homme des RG lui narre les vieilles condamnations de l'ancien légionnaire.

Le 12 mai, la pièce rebondit : Christian D. présente ce frère policier au Vénérable Arthur G. Le flic lui confirme que Jean E. a commis « des faits

1. L'ensemble des documents écrits relatant sa procédure d'exclusion sont disponibles sur Internet : www.chez.-com/hiram. Un site dédié aux dérives maçonniques créé par des maçons.

délictueux contraires à l'honneur ». Le Vénérable décide d'ouvrir une procédure interne après que l'intéressé lui eut indiqué qu'il s'agissait de vieilles « bêtises », et que son casier judiciaire était vierge.

Le 27 mai, Christian D. revoit le frère des RG. Il sent venir le coup de l'arroseur arrosé, redoute d'être à son tour poursuivi en interne pour diffamation. Alors, il « délivre » le policier du devoir de fraternité maçonnique en l'autorisant à remettre au procureur (un profane) ses documents compromettants. Pour ce qui est de la justice maçonnique, le frère des RG passe un coup de fil au siège parisien de la GLF, afin que la direction de l'obédience soit au courant de ce qui se trame. Elle l'est déjà : on lui répond que le casier judiciaire de Jean E. est vide.

Le 17 juin, Christian D. prend rendez-vous avec un journaliste. Un frère évidemment. Il lui remet une copie des documents, avant de faire de même auprès du procureur. Il a franchi le pas de la dénonciation ouverte. Le *Journal de la Réunion* publiera un article sur les malversations financières de Jean E., à la grande fureur du Vénérable de La Réunion Fraternelle. Le frère journaliste, Jacques T., a également pris le soin de se faire confirmer par le procureur l'ancienne condamnation pour viol, cela peut intéresser la justice maçonnique. Bien sûr, elle ne figure plus au casier judiciaire pour cause d'amnistie. Mais il n'est pas interdit d'en parler en loge...

Le 1er juillet a lieu le procès maçonnique – on appelle cela un Comité de Conciliation et de Décision (CCD) – de Christian D.... pour diffamation. Jean E. n'est pas là pour porter le fer, il vient d'être envoyé en prison... Le compte rendu indique pudiquement qu'il est « aux mains de la justice ». Un témoin à charge, frère banquier, raconte combien l'article publié dans la presse a fait du tort à son employeur, une banque honorable. L'acte d'accusation rédigé par le « ministère public » (terme singé sur la justice républicaine) requiert la radiation : non seulement le frère aurait « bafoué tous nos principes », mais l'impact médiatique de ses révélations placerait La Réunion Fraternelle « en danger de mort ». Le Vénérable insiste sur le fait que le casier judiciaire du frère mis en cause est vide, qu'il s'en est assuré auprès d'un ami magistrat, car lui aussi a ses entrées dans la justice profane. L'accusé a beau produire une attestation écrite selon laquelle un frère avocat a au contraire vérifié que ledit casier était bien garni, rien n'y fait. Il est suspendu deux ans pour « violation du serment maçonnique ». Pis, « la loi du secret n'a pas été respectée auprès des frères qui n'ont pas qualité pour ». Autrement dit, l'indiscret est coupable de s'être épanché auprès de certains membres de sa loge au lieu d'en référer uniquement au grand chef suprême. Crime de lèse-majesté.

L'incident n'est pas clos, loin de là. L'un des trois juges du tribunal maçonnique, Marc H., trouve la ficelle un peu grosse. Il démissionne avec fracas au motif que le Vénérable a oublié, dans les attendus du jugement, de mentionner que le frère journaliste Jacques T. avait, au cours du procès, confirmé les propos du procureur de la République : Jean E. a effectivement été condamné pour viol et récidive. Dans la lettre de démission, Marc H. déverse son exaspération contre cette « justice de Tonton Macoute » : « Vous êtes des imposteurs, car ce n'est pas avec vos méthodes de truanderie judiciaire qu'on a l'effronterie de déclarer vouloir améliorer l'humanité. » Le style est emberlificoté, mais un autre démissionnaire dira la même chose plus froidement.

Un autre juge maconnique, entre-temps, a décidé de quitter la GLF en général, car la direction nationale de l'obédience a confirmé la sentence en appel : « Il me semble impossible de rester membre d'une obédience dont la justice interne puisse retenir à l'encontre d'un frère des motifs de condamnation en totale contradiction avec les lois élémentaires de la République. Je souhaite très sincèrement que ceci n'arrive jamais à la connaissance de la justice profane. En outre, que penser d'une obédience qui, dans le même temps, pousse le cynisme jusqu'à choisir pour thèmes à l'étude des loges : les Droits de l'homme, comment concevoir leur défense, quelle est leur place dans la démarche initiatique. Aujourd'hui, les devoirs traditionnels du franc-maçon (fuir le vice et pratiquer la vertu, préférer avant toute chose la justice et la vérité) semblent être bafoués au plus haut niveau de l'Ordre. Chaque frère, en son âme et conscience, doit en tirer les conséquences. Pour ma part, ceci me semble dépasser le tolérable, bien qu'en principe la tolérance n'ait point à souffrir de limites. »

Le Vénérable saura se montrer à la hauteur de la situation. Il refuse ces deux démissions et ouvre une procédure de... radiation. En juin 1995, il expulse les deux réfractaires. Au nom, bien sûr, de « manquements graves au serment maçonnique ». Et à la gloire du Grand Architecte de l'Univers, qui n'en demande pas tant !

L'ensemble de cette parodie de justice maçonnique est arrivé aux oreilles de la justice profane. « Ça met en cause l'obédience », s'exclame alors le juge d'instruction Jean-Michel Pretre. Pas pour longtemps, puisqu'il sera rapidement promu sous-préfet. L'affaire est enterrée, le frère Jean E. peut continuer à parader. Christian D. est abattu : « J'ai consacré vingt-deux ans de ma vie à une imposture. J'y croyais, pourtant. »

Généralement, quand des frères en viennent à saisir les tribunaux profanes, c'est que les choses vont très très mal. L'affaire est ancienne, mais c'est l'un des premiers litiges maçonniques internes porté devant les tribunaux de la République. En octobre 1987, donc, trois hauts dignitaires de la GLNF, Marcel Cerbu, Jacques Berrier et Jean Wallet, s'en prennent au Grand Maître de l'époque, Jean Mons, estimant que ses « errements » autocratiques relèvent de la « forfaiture et de l'abus de pouvoir », pas moins. Ils demandent au Souverain Grand Comité, l'organe exécutif, de le démettre de ses fonctions. Dans toute autre obédience, une procédure interne aurait été mise en branle, ne serait-ce que pour calmer les esprits. Mais voilà, de l'aveu même de certains de ses membres, la GLNF est une institution monarchique. Alors, le Grand Maître réagit en monarque : par une ordonnance signée de sa main, il radie les contestataires avec effet immédiat. L'un d'entre eux, ancien déporté, est pourtant l'une des plus vieilles figures de la maison. « Il ne fallait surtout pas y toucher », se souvient un protagoniste.

Les exclus, considérant qu'ils sont chez eux à la GLNF au même titre qu'un Grand Maître, l'assignent aussitôt devant le tribunal de grande instance de Nanterre. Cinq jours avant l'audience, redoutant un esclandre public, Jean Mons rédige une nouvelle ordonnance qui annule la précédente. Les trois contestataires sont réintégrés.

Le procès aura quand même lieu, car ces derniers s'estiment injuriés. En effet, le Grand Maître a justifié son recul au motif que les plaignants refusaient que certains noms propres, mentionnés sur des documents internes à produire devant la justice profane, soient barrés pour protéger leur identité. « Leur attitude n'a pour but que de nous amener à violer nos serments, peste Jean Mons dans son ordonnance rectificative. Il s'agit de leur part d'une manœuvre inadmissible tant sur le plan de la franc-maçonnerie que de la morale. » Et de préciser que leur réintégration « ne peut faire disparaître les fautes commises ». En mars 1988, le tribunal, constatant qu'il n'est plus saisi du litige portant sur la radiation, condamne malgré tout la GLNF à verser un franc symbolique aux plaignants pour les avoir accusés de « manœuvres contraires à la morale ».

En novembre 1988, la cour d'appel de Versailles, où siègent quelques frères, est à son tour saisie de l'affaire. Son arrêt est tout empreint d'esprit maçonnique... « Ce litige met essentiellement en cause une question d'honneur, parfaitement compréhensible et légitime de la part de personnes qui, toutes, y compris M. Mons, ont consacré une grande partie de leur vie aux idéaux élevés de la

Grande Loge Nationale Française. » Après ce surprenant éloge de la part d'une juridiction réputée profane, la cour d'appel renvoie prudemment les deux parties dos à dos : « forfaiture » d'un côté, « déloyauté » de l'autre, ces noms d'oiseaux sont « inutilement vexatoires ». Elle annule la condamnation prononcée en première instance contre la GLNF (un franc symbolique avec obligation de publier le jugement dans sa revue interne). L'obédience s'en sort bien, mais n'a que très partiellement évité le déballage public.

Depuis, les recours devant les tribunaux de la République ont tendance à se multiplier. En 1996, une sœur de la Grande Loge Féminine de France (GLFF) attaque son obédience sur le mode d'élection de la Grande Maîtresse au scrutin indirect. Elle souhaite l'application du principe : une femme, une voix. En 1999, le délégué syndical (FO) des salariés du GO porte plainte contre le Grand Maître, Philippe Guglielmi, à l'issue d'un plan social houleux. Ce dernier demande à son « très cher frère » Marc Blondel, secrétaire général de FO, d'intervenir pour mettre fin aux « agissements » de son syndicaliste énervé [1]. En vain. Guglielmi sera mis en examen pour « atteinte à l'exercice régulier des fonctions des délégués du personnel ». En rétorsion, le délégué a été suspendu par son obédience de ses fonctions maçonniques.

Le plus curieux déballage profane s'est déroulé en 1998 à Papeete. L'avocat Stanley Cross, président de la Ligue polynésienne des droits de l'homme, fraîchement initié à la GLNF, avait eu

1. *France-Soir* du 9 novembre 1999.

la surprise de voir son appartenance maçonnique aussitôt ébruitée. Furieux, il décide de régler son compte avec l'obédience. Me Cross n'y va pas de main morte : il demande à un tribunal de la République de bien vouloir « ordonner officiellement l'annulation de son consentement donné au moment de son initiation, les dirigeants s'étant rendus coupables d'un véritable dol à son égard », au motif qu'il aurait découvert, de l'intérieur, que la GLNF est une « association sectaire et abusive, une officine politique où règnent le copinage et l'affairisme [1] ». L'avocat a la dent dure.

Mais le cas le plus intéressant d'intrusion du profane dans le spirituel a eu lieu en 1996 devant le tribunal de Nanterre. Bernard Méry, un avocat autrefois de tendance royaliste parti en croisade contre l'infiltration maçonnique dans la magistrature française, avait accusé le bâtonnier de l'Ordre des avocats de Paris, Bernard Vatier, personnage influent au palais, d'être membre de la GLNF, et plus précisément d'une loge qu'il qualifiait d'affairiste, Érasme, regroupant quelques amis, parmi lesquels des habitués des tribunaux de commerce. Me Vatier a pris la mouche et estimé que cette imputation lui cause un préjudice moral qu'il évalue à 200 000 francs. Me Méry admet qu'il s'est trompé, que son bâtonnier n'est pas membre de la GLNF, mais suggère qu'il pourrait quand même être du GO... Le débat juridique est inédit : être qualifié publiquement de franc-maçon est-il attentatoire à l'honneur et à la considération ? Est-ce

1. *Faits & Documents* du 15 juillet 1998.

désormais une tare ? Le tribunal de grande instance de Nanterre va condamner Me Méry, au motif qu'il n'apporte pas la preuve que Me Vatier est membre d'Érasme. Mais il l'a fait avec une argumentation qui légitime sa croisade : « Si la franc-maçonnerie répond à la définition d'association ésotérique et initiatique, à caractère philosophique et progressiste, qui se consacre à la recherche de la vérité, à l'amélioration de l'homme et de la société (dictionnaire *Le Robert*), elle est souvent tenue comme étant une alliance secrète entre personnes de même profession, de mêmes idées, de mêmes intérêts, qui se sentent étroitement solidaires les unes des autres et qui, par le biais de vastes réseaux, s'entraident afin d'obtenir des avantages et d'accéder aux plus hauts niveaux de responsabilités. » Chaque mot est soigneusement pesé, leur accumulation fait mal. De l'allusion perfide à l'académisme du dictionnaire à l'utilisation de la formule « souvent tenue », plutôt que « parfois perçue ». Ce jugement a un peu secoué le Landerneau judiciaire, qui compte de nombreux francs-maçons, puisqu'il y est dit que la publicité faite sur une appartenance maçonnique (qu'elle soit réelle, fausse ou supposée) peut conduire à « se méprendre sur la sincérité d'un engagement professionnel ». Me Méry a dû verser 50 000 francs à Me Vatier mais s'estime vainqueur moralement.

Albert Béberac, lui, n'a toujours pas eu accès aux tribunaux profanes. Voilà sept ans qu'il a saisi la justice pénale, mais le juge d'instruction ne semble pas pressé de l'écouter. Que faire ?

En juin 1990, un notaire lyonnais, Me Bremens, lui demande s'il peut aider un de ses amis, un dénommé Yves Busschaert, appartenant à une vieille famille lyonnaise, et se porter garant pour un emprunt contracté par lui auprès du Crédit agricole. Béberac accepte tout naturellement : s'il habite Paris, sa femme est d'origine lyonnaise et il y cultive certaines relations.

La Cotrimo, société immobilière dont Busschaert est le gérant, a en effet besoin de trésorerie pour l'acquisition d'un immeuble de rapport à Lyon. Affaire à première vue sans risque financier. Béberac se porte caution à travers sa société d'investissement, la SA Laurense, à hauteur du tiers du prêt de 5,3 millions de francs accordé par le Crédit agricole de la Loire. Les deux autres tiers sont garantis par la Cotrimo elle-même et par la Carim, une société financière dont le gérant est Marc Delaruelle. Ce dernier est une relation d'affaires de Busschaert et du Crédit agricole. Jusque-là, tout va bien.

Hélas, durant l'été 1990, Delaruelle est mis en cause dans le cadre du dépôt de bilan de la société de Bourse Girardet, dont il est l'un des associés, et qui a laissé un trou de 250 millions. En octobre, sans doute mû par un principe de précaution, le Crédit agricole, voyant que la société Carim de Delaruelle est également liquidée, demande à Me Georges Martin, notaire à Décines-Charpieu (Rhône), de modifier l'acte de cautionnement du prêt de 5,3 millions. Un nouvel acte est donc établi en octobre 1990. Les cautions des trois sociétés garantes (Laurense, Cotrimo et Carim), chacune pour un tiers, sont transformées en deux cautions solidaires et indivisibles d'Alain Béberac et Yves

Busschaert, à titre personnel. Béberac affirme n'en avoir pas été averti.

Les années passent. En 1994, la société Cotrimo de Busschaert dépose à son tour le bilan. Elle s'était associée trois ans plus tôt au Crédit agricole pour acheter à Matra un immeuble de la région lyonnaise, d'une valeur de 13,5 millions de francs. Un projet immobilier *a priori* juteux dont ils espéraient tirer plusieurs millions de francs de profit. Mais le Crédit agricole mettra les fonds à disposition avec retard. Le « dead line » étant dépassé, Matra retire sa proposition de vente de l'immeuble. La Cotrimo et la banque verte poursuivent Matra au tribunal de commerce de Paris. Ils sont déboutés : le refus de vente est validé. Busschaert, furieux, décide de faire appel. Tout seul, cette fois. Il perd à nouveau et est condamné à 2 millions de francs de dommages et intérêts. Étranglé, il est alors acculé à la faillite.

En avril 1994, coup de théâtre : le Crédit agricole somme Alain Béberac, le seul des trois garants d'origine encore solvable, de rembourser personnellement la totalité de la caution, soit 5,3 millions de francs. Ce dernier tombe des nues : il croyait s'être porté caution pour seulement un tiers de la somme, et à travers sa propre société. Béberac réclame à la banque verte copie de l'acte établi par le notaire, portant sa signature. La banque refuse et ne lui transmet que la copie exécutoire établie par le notaire, sur laquelle figurent simplement les conclusions de la transaction. C'est là que Béberac affirme avoir découvert qu'il est devenu caution sur la totalité de la somme et à titre personnel. Tout le monde refuse de lui transmettre le document originel, c'est-à-dire la minute notariée. Il conteste aussitôt la créance devant le tribunal de grande instance. Mais entre-temps, le Crédit agricole établit un inventaire de ses biens personnels et ordonne leur saisie. Béberac décide donc de se rendre chez le notaire, Me Martin, accompagné d'un huissier. Il exige l'original de l'acte de caution. Tétanisé, le notaire est contraint de lui montrer le document. L'huissier constate que les noms des sociétés ont été caviardés, qu'un certain nombre de modifications ont été apportées et qu'en marge, aucun paraphe des signataires ne valide ces ratures. Il dresse un procès-verbal. Dans son élan, le notaire montre même la lettre du Crédit agricole qui lui demandait de modifier l'acte de caution. C'est même dans le procès-verbal. Béberac se tourne alors vers la banque. Il pense qu'elle va faire marche arrière, annuler la sommation à payer la totalité de la caution. Pas du tout ! Elle insiste afin de récupérer la caution.

Béberac dépose donc plainte au pénal pour faux en écriture au tribunal de grande instance de Lyon. Le doyen désigne un juge d'instruction. Béberac demande une analyse scientifique du document qui lui est présenté et où il est caution sur la totalité de la somme. Car entre-temps, de faux paraphes auraient été ajoutés sur l'acte notarié afin de valider les ajouts. Le juge refuse, estimant qu'il n'a besoin de personne pour établir la véracité du document incriminé. Il refusera également de convoquer l'huissier cité comme témoin par Béberac.

Deux personnes viendront voir le plaignant pour lui dire que sa requête – demander au juge une vérification de l'authenticité de l'acte produit par le notaire – était rigoureusement impossible à satisfaire. Béberac, pourtant membre de la GLF, comprendra sur le tard ce qui s'est passé derrière son dos.

Car à Lyon, deux camps quadrillent la ville : l'Église catholique et la franc-maçonnerie. C'est une donnée incontournable. L'appartenance du juge, maçon de longue date, à la loge Les Amis de la Vérité du GO, est d'ailleurs avérée. A-t-elle joué un rôle dans toute l'affaire ? Difficile de répondre. Mais comment ne pas s'interroger sur certaines coïncidences ? D'autant que Me Martin, maçon de plus fraîche date, donc moins gradé, appartient, lui, à la GLF (il est inscrit à l'atelier Tolérance et Cordialité).

Il reste que les tractations dans cette terrible histoire n'ont pas manqué. Pour plus de sûreté, le président de la chambre départementale des notaires du Rhône, membre de la GLF, est ainsi intervenu lourdement auprès du juge d'instruction et du procureur général. Le président de la chambre des huissiers, membre lui aussi de la GLF, à la loge Les Disciples d'Horus, s'est également manifesté auprès du juge d'instruction. Tous ont formé la « chaîne d'union » ! Bien après, on expliquera à Béberac que si le notaire avait volé ouvertement, ou détourné des sommes importantes, le juge aurait été contraint de le poursuivre. Mais pour une affaire somme toute mineure (5,3 millions, une paille) où le Crédit agricole – autre bastion maçon – semble le principal responsable de la situation, le juge ne pouvait pas mettre un frère dans une situation susceptible de mettre fin à sa carrière.

Aucun de ces illustres personnages ne sait évidemment qu'Albert Béberac est lui-même maçon !

Habitant Paris, il n'a jamais estimé utile de se faire « reconnaître », comme on dit dans le jargon, à Lyon. C'est le pigeon idéal. On s'applique, d'ailleurs, dans la capitale du Rhône, à lui tricoter une sacrée réputation. La rumeur raconte qu'il vend des Mirage à la Turquie pour le compte de Dassault. Bref, s'il y a un pourri dans l'affaire, c'est Béberac ! Centralien d'origine géorgienne, il a effectivement des relations d'affaires avec la Turquie, pays qu'il connaît bien, mais il ne travaille pas pour Dassault...

L'affaire ne s'arrête pas en si bon chemin. Béberac commence à comprendre de quoi il retourne et demande rendez-vous au président de la chambre des huissiers. Il révèle enfin que lui aussi fait partie de « la famille ». Apprenant cela, l'huissier en chef, embêté, téléphone au notaire pour le prévenir. Il n'y aura pas de rendez-vous.

Parallèlement, Béberac poursuit le Crédit agricole devant le tribunal de commerce de Lyon pour soutien abusif, gestion de fait, usage de faux... Au dernier moment, changement de juge consulaire. Il se trouve que le nouveau juge est, dans le civil, l'un des dirigeants de la BDPME (Banque de développement des PME), établissement qui réalise 40 % de ses opérations de financements en partenariat avec le Crédit agricole. Dans la mesure où les gérants de la BDPME sont en partie rémunérés au pourcentage, il n'est pas évident de se brouiller avec la banque verte qui rabat les plus gros clients ! Le président de la 7e chambre du tribunal de commerce, membre de la GLNF, ne pouvait pas choisir meilleur juge assesseur. Le jugement tombe : il n'y pas eu de soutien abusif, tout va bien. Béberac est même condamné à

5 000 francs de pénalité ! Ça lui apprendra à faire confiance à la justice de son pays.

Dans l'énoncé du jugement, le tribunal commet toutefois une bourde en précisant que Béberac est de mauvaise foi, dans la mesure où il allègue que le Crédit agricole lui réclame indûment 5,3 millions, alors qu'il n'y aurait en fait que 2 millions inscrits au passif de la société Cotrimo. Bizarre, bizarre... Béberac tente de se procurer les comptes de la Cotrimo. Peine perdue, la société n'a pas publié de bilan depuis 1990.

Or, le Crédit agricole a bien fait reconnaître, par le liquidateur judiciaire de la Cotrimo, une créance de 5 millions de francs. Sur quels justificatifs ? Le liquidateur se contente de répondre à l'avocat de Béberac que le montant de la créance du Crédit agricole ayant été publié au BODAC (bulletin légal) du 31 décembre 1995, il disposait de quinze jours pour faire appel. Le délai étant passé, Béberac n'est donc plus fondé à contester ni le bien-fondé de la créance ni son montant ! Diabolique.

Béberac poursuit son parcours du combattant et dépose une nouvelle plainte devant le doyen des juges d'instruction de Lyon. Cette fois, il vise directement le Crédit agricole, mais aussi le liquidateur judiciaire de la Cotrimo, pour faux bilan et disparition d'actifs en période suspecte... Pas de chance : le même juge, encore lui, est désigné pour instruire sa plainte. Pas plus que le notaire, il ne semble vouloir s'intéresser à la banque et au liquidateur. Certes, c'est son droit. Mais il est intéressant de noter que le dépôt de bilan de la Cotrimo a été en partie sous-traité à l'un des plus gros cabinets lyonnais d'avocats. Un des dirigeants de ce cabinet, fâcheuse coïncidence – une de plus ! – a été le Vénérable des Amis de la Vérité (la loge du juge).

À ce jour, Albert Béberac attend toujours d'être convoqué par la justice. Ce petit jeu de lenteur peut durer encore longtemps. Pourquoi mettre cette affaire en avant ? Après tout, sa dimension maçonne pourrait n'être qu'accessoire. Elle aurait pu se dérouler en d'autres palais et sans intervention occulte de frères. Mais la façon dont le plaignant a été acculé est doublement intéressante.

Il lui a d'abord été reproché de ne pas avoir dévoilé son appartenance. Et ensuite, après avoir prévenu les différentes obédiences qu'il s'apprêtait à dénoncer les complicités maçonnes, d'avoir pris soin de préciser qu'il était prêt à en payer le prix. Le prix ? L'exclusion ou la suspension.

Albert Béberac n'a pas besoin de la franc-maçonnerie pour vivre. Mais il y est attaché et considère que c'est un « formidable cabinet de réflexion ». En dénonçant ce dont il a été victime, il estime qu'il ne transgresse pas le fameux secret. Mais combien d'autres préfèrent se taire ? Cèdent aux pressions, aux sirènes ? Bien souvent, on propose au frère lésé par accident de laisser tomber ; en échange de son silence, on saura lui renvoyer l'ascenseur un jour. Et en évitant, cette fois, que ce soit au détriment d'un membre de la famille.

Chapitre 11

Les mauvais compagnons

On en vient parfois à se demander comment certains frères indélicats peuvent échafauder de telles intrigues sans jamais redouter les foudres de la loi. Sans doute sont-ils persuadés d'être intouchables. Puisqu'ils sont invisibles ! Pas vu, pas pris. Plus sûrement, ils disposent de nombreux relais dans la police, la justice et la politique. L'épopée d'André Orta montre toutefois qu'à trop tirer la corde...

Ce promoteur a débuté sa carrière à 15 ans aux clubs Léo Lagrange, centres de vacances proches du PS. Puis il a monté une pyramide de projets immobiliers contestables sous couvert d'associations réputées non lucratives : Aquitaine-Léo Lagrange-Loisirs vacances, Espace international de séjour... Autant de structures plus ou moins fictives dont le déficit global a atteint 270 millions de francs en l'espace de trois ans. Au sommet de son art, il a été accusé d'avoir détourné 71 millions de francs au préjudice de la ville de Carcassonne, pour un palais des congrès qui n'a jamais été plus haut que sa première pierre[1].

1. *L'Événement du jeudi* du 14 juin 1990.

Son aptitude à obtenir des fonds pour lancer, en 1987, une opération en Guadeloupe, est éloquente. À cette époque, le Club Méditerranée décide de se désengager de l'hôtel Fort-Royal. Orta se porte acquéreur. Son ami en socialisme et en maçonnerie, Henri Emmanuelli, n° 2 du PS à l'époque des faits et bientôt son trésorier, se fend d'une recommandation auprès du président du Conseil général, Félix Proto, maçon lui aussi : « Je connais très bien M. Orta qui est un homme compétent et sérieux. » Un certificat de bonne moralité entre frères. Orta obtient une caution de 62 millions pour un emprunt destiné à racheter et rénover l'hôtel du Club Med. Emmanuelli avait déjà, en tant que président du Conseil général des Landes, défendu le principe d'une caution de 35 millions de francs en sa faveur, dans un autre dossier – l'opération Port-d'Albret – sans aucune garantie hypothécaire.

Au Conseil régional de Guadeloupe au sein duquel, outre Lucette Michaux-Chevry, on compte nombre de maçons, personne ne tique alors sur ce prêt, consenti en francs suisses, par la société Idis Finances SA, émanation peu connue de l'Union des banques suisses.

Lors du procès, il a été fait mention d'un prêt de 50 millions de dollars accordé par le Banco di Roma (au taux de 3,5 %, ce qui, à l'époque, témoignait d'une grande générosité), via l'UBS à Zurich, au profit d'une Congrégation de prêts caritatifs religieux aux œuvres non catholiques ! Le siège de cette congrégation inconnue au bataillon ? Un petit local loué à Monaco.

La fin de l'histoire ? Une faillite retentissante et une condamnation pénale pour l'intéressé. L'argent ? Envolé. Il semble qu'Orta ne se soit même pas enrichi. On a parlé de financement politique. Lors du procès, le juge l'interroge :

– Avez-vous vraiment versé 4 millions de francs à des partis politiques ?

– Ils ont été remis pour financer des campagnes. Je n'ai rien à ajouter. Je me suis engagé à ne rien dévoiler.

Et il n'a jamais parlé.

Le frère Jacques Crozemarie est un cas d'école. Cet ancien responsable de l'animalerie du CNRS, unité 47, de Villejuif, avait organisé un système autrement plus sophistiqué. Accusé d'avoir détourné plusieurs centaines de millions de francs au détriment de la recherche sur le cancer, le tout-puissant président de l'ARC a défié la justice pendant quinze ans, sans jamais trembler. Quand l'Igas (Inspection générale des affaires sociales) commence à fourrer son nez dans ses affaires, il ne change pas son mode de vie, pas plus qu'il ne met le moindre bémol à son système de pillage organisé de la collecte. Dès 1976, pourtant, les membres du conseil d'administration de l'ARC – dont les professeurs Maurice Tubiana et Georges Mathé – avaient été alertés par la CGT qui s'inquiétait de « faits graves dans la gestion des comptes de l'ARC ». Une comptable avait en effet découvert un système de double facturation. Un député communiste avait relayé leur inquiétude et posé une question écrite au gouvernement. Pas de réponse. Trop politique, sans doute.

En 1984, l'Igas rédige un premier rapport. Encore rien. Il sera suivi d'un deuxième en 1988, d'un troisième en 1990. Toujours rien. Il faudra que le ministre de la Santé Claude Évin, avec une remarquable obstination, porte l'affaire devant le Conseil d'État pour que finalement l'affaire éclate en 1993 et qu'une instruction judiciaire soit ouverte en 1996. On découvre alors que seulement 27 % des dons étaient effectivement affectés à la recherche. 27 %, quand la moyenne pour les associations est supérieure à 60 %. Le reste ? Des frais administratifs, certes, mais beaucoup de millions envolés en dépenses somptuaires. Tout cela sur le dos des cancéreux. Il fallait oser.

Intouchable, Crozemarie était persuadé de l'être. À chaque enquête de l'Igas, il obtient un sursis. En 1990, quand pointent les premiers ennuis sérieux, le président du groupe RPR à l'Assemblée, Bernard Pons (un maçon sans tablier), écrit au ministre de la Santé pour s'indigner des tracasseries faites à cet homme estimable. En 1994, en pleine tempête, il est même décoré de la Légion d'honneur sur proposition du cabinet du président de la République. Tant de manifestations tangibles d'amitié ont de quoi rassurer, il est vrai. L'hypothèse d'un éventuel financement politique, du RPR et du PS, a été évoquée dans la presse. Mais le juge Jean-Pierre Zanoto n'instruit pas cette partie du dossier. Il craint, dit-il, de tomber sur des faits prescrits et de voir déraper son enquête !

Protections politiques, donc ? Pas seulement. Crozemarie a truffé son conseil d'administration de maçons influents : le président honoraire de l'ordre des experts-comptables, le vice-président de la chambre des notaires, un sénateur, le journaliste Jean Miot, un membre de l'Institut... Des fonctions plus que connotées. Quant à la banque Vernes, qui gère les comptes de l'ARC, c'est un établissement qui travaille beaucoup « à couvert ».

Pour prospérer dans l'ombre, Crozemarie recrute d'autres frères, totalement dépendants du système. Il confie toutes les campagnes de communication de l'ARC à International Development (ID), société gérée par deux maçons : Pascal Sarda, décédé depuis dans un accident de voiture, et Michel Simon. ID surfacture le papier, les mailings, l'aménagement de stands, les crayons, les frais d'impression. Le « Stand été 92 pour mieux vivre au soleil » destiné à prévenir les risques de cancer ? Facture : 10,4 millions. En échange, ID règle les travaux de la piscine de Crozemarie (450 000 francs), l'agencement du jardin de sa résidence secondaire (400 000), l'installation de matériel audiovisuel (300 000), l'installation de la climatisation (206 000), ses billets d'avion... Le président de l'ARC n'était évidemment pas le seul bénéficiaire, ses comparses en profitaient largement. Et quand il cherche des prête-noms pour revendre ses deux résidences secondaires, sur qui tombe-t-il ? Des frères qui ont prêté le serment du secret. Au total, 26 personnes ont été renvoyées en correctionnelle.

Crozemarie a été condamné, il est actuellement en prison. Mais seule une partie du dossier a été élucidée. L'un de ses avocat, spécialiste du vice de procédure, Jean-Marc Varaut, est d'ailleurs un vrai frère.

Comment son système a-t-il pu durer aussi longtemps en toute impunité ? Le successeur de Crozemarie à la présidence de l'ARC, l'ancien enquêteur de l'Igas, Michel Lucas, évoque bien sûr la responsabilité de l'État qui, trop content de voir des hôpitaux et des chercheurs pris en charge par l'association, n'a pas posé trop de questions. Mais il évoque également des protections maçonnes[1]. Crozemarie ne manquait décidément pas de culot : en 1993, il a menacé de poursuivre le président de la Cour des comptes, Pierre Joxe, membre du GO ! Indigné et lucide, un dignitaire maçon confie : « Jacques Crozemarie aurait-il pu faire la même chose s'il n'avait pas été maçon ? La réponse est non. Il s'est servi des réseaux pour mettre en place son système de détournement ; ensuite, il a été protégé. »

Le Carrefour du Développement est cependant la première affaire caractéristique d'amitiés maçonnes dévoyées. À l'époque, elle n'est cependant pas apparue comme telle à l'opinion. Au départ, il ne s'agit pas vraiment d'un réseau, plutôt d'une association d'arrivistes sans grande envergure. Par revanche sociale, par faiblesse, des frères peu scrupuleux vont prendre « quelques libertés » avec le droit. Nous sommes en 1984, Mitterrand est au pouvoir depuis trois ans. Par le biais du Carrefour du Développement – une association dont les fonds sont destinés à aider des pays pauvres –, Christian Nucci, ministre de la Coopération, et son chef de cabinet, Yves Chalier, puisent allégrement dans les caisses du ministère. Seule une petite partie des sommes allouées a effectivement servi à l'organisation du sommet franco-africain de Bujumbura (Burundi). Le res-

1. *L'Événement du jeudi* du 7 janvier 1999.

te ? Envolé. En trois ans, quelque 20 millions de francs sont détournés. D'importantes sommes d'argent sortent en liquide, par le biais de sociétés bidon de transport de matériel médical. Pour ces deux hommes d'origine modeste (Nucci est fils d'ouvrier, ancien instituteur au Maroc, Chalier est un anonyme des cabinets ministériels), le pouvoir est un ticket gagnant : voyages et fêtes en galante compagnie. En août 1986, une procédure judiciaire est engagée contre Christian Nucci. Menacé de Haute Cour, il est sauvé *in extremis* par l'amnistie de 1990. Yves Chalier, lui, est condamné. Les deux acolytes sont membres du GO. Mieux, Chalier est d'un grade maçonnique supérieur à Nucci, il était son Vénérable.

De tels agissements ne peuvent avoir eu lieu sans certaines complicités, ou du moins une neutralité bienveillante. Guy Penne, sénateur socialiste, conseiller à l'Élysée pour les affaires africaines qui a supervisé l'organisation dispendieuse du sommet de Bujumbura, n'a pas bronché. Il n'a rien vu, c'est du moins ce qu'il dira. Il est lui aussi de la famille. D'ailleurs, pourquoi s'inquiéter de cette « petite » affaire, simple peccadille, comparée aux flux financiers franco-africains dans le bâtiment, le pétrole ou l'armement ?

Les mésaventures du château d'Ortie, en Sologne, illustrent la dimension courtelinesque de l'affaire. Une amie d'Yves Chalier, la sœur Marie-Danièle Bahisson, chef de cabinet d'Yvette Roudy (ministre maçonne de la Condition féminine de 1981 à 1983), a des problèmes de cœur. Elle va consulter une voyante, Lucette Norbert de Visme, qui se trouve être, elle aussi, une sœur. Cette alerte septuagénaire subjugue la jeune femme, puis lui confie ses problèmes d'argent. Son mari, décédé, avait emprunté 770 000 francs pour dépanner un ami, propriétaire du château d'Ortie, détruit par un incendie. Bahisson s'en ouvre à Chalier. L'argent public coulant à flots, pourquoi ne pas en faire bon usage et mettre en pratique le serment d'entraide ? Le chef de cabinet crée aussitôt une association, Promotion française, dont Lucette Norbert devient la trésorière et la sœur Marie-Danièle Bahisson la secrétaire générale, afin de racheter le fameux château avec les crédits du ministère pour le transformer en centre de formation pour... cadres africains ! Gage d'une totale discrétion, ils choisissent un notaire membre du GO, Gérard Voitey. Au bout du compte, cette autre association a détourné 5,5 millions de francs. Ni Guy Penne ni les sœurs ne seront inquiétés.

En 1986, quand éclate l'affaire du Carrefour du Développement, personne ne parle des complicités maçonnes. D'une manière générale, l'allusion à la franc-maçonnerie est rare, quand elle n'est pas mise de côté. N'évoque-t-elle pas de mauvais souvenirs, notamment ceux des vives campagnes d'avant-guerre ? Pourtant, on est bien en peine de dénicher, parmi les principaux scandales des vingt dernières années, une affaire qui se soit déroulée sans le concours de frères ici ou là. Carrefour du Développement, Sagès, Urba-Gracco, Luchaire, Crédit lyonnais, Elf, marchés truqués à Paris, dans les Hauts-de-Seine, ou en Île-de-France, sang contaminé, ARC, GMF, Française des jeux, Mnef, Pechiney, financement occulte du PS, du PR, du

CDS et du RPR, ventes d'armes en Afrique, pour ne parler que des plus connues : les principaux acteurs sont maçons. La liste est saisissante : c'est un véritable festival. Ils constituent bien souvent « des nœuds de corruption », pour reprendre l'expression d'un juge du pôle financier de Paris. Faux-facturiers, dirigeants de sociétés bidon, porteurs de valises, intermédiaires douteux, des frères naviguent d'une affaire à l'autre, œuvrant pour les réseaux de droite comme de gauche. Ils font appel aux mêmes banques qui utilisent les mêmes coquilles basées dans les mêmes paradis fiscaux. Des frères racontent que le mystérieux « Monsieur Jacques », mythique porteur de valises du RPR, a souvent été vu dans les couloirs de la GLNF, qu'il entretenait des relations suivies avec le faux-facturier Henri Montaldo, ou encore Jacky Chaisaz et Jean-Claude Méry.

C'est ainsi que la sœur Lucette Michaux-Chevry, député RPR de la Guadeloupe, se retrouve condamnée pour faux et usage de faux à propos d'une facture payée par une société d'Angoulême qui (coïncidence) travaillait avec l'ex-maire socialiste, le frère Jean-Michel Boucheron[1]. Que Hubert Haddad, éditeur des bulletins électoraux de nombreux socialistes (dont les frères Louis Mermaz, André Laignel et Georges Fillioud), a aussi traité avec l'ARC. Que l'ancien député gaulliste Henri Modiano se retrouve impliqué dans l'affaire du Loto avec le mitterrandien Gérard Colé (mais celui-ci ne sera finalement renvoyé devant le tribunal que pour des broutilles). Mais attention au syllogisme : si nombre de ripoux sont maçons,

1. *Le Canard enchaîné* du 15 mars 2000.

tous les maçons ne sont pas ripoux. C'est d'ailleurs la raison pour laquelle, pendant longtemps, la presse a fait preuve d'une extrême retenue.

Au début des années 90, lorsque sont publiés une rafale de livres sur la corruption, *L'Argent noir* et *Les Écuries de la Ve*, qui mettent au jour les liens entre politique et argent sale, *J.M., le feuilleton niçois* et *Enquête sur les ripoux de la Côte*, qui décrivent avec précision les pratiques qui sévissent dans le sud de la France, il n'y a pas la moindre insinuation. Thierry Wolton, dans *Les Écuries de la Ve*, parle de « réseaux africains », sans plus[1]. Il évoque le bureau d'études du Parti socialiste, Urba, et ses actionnaires fondateurs : Guy Marty, François de Grossouvre, Charles Hernu, Jean Deflassieux. Il souligne qu'ils sont tous de gauche et proches du PS. Bien sûr. Mais ils ont un autre point commun : ils sont tous initiés.

Peu à peu, des connexions suspectes sont tout de même suggérées. Dans *L'Argent facile*[2], Gilles Gaetner, évoquant l'affaire des fausses factures de Nancy, note que les trois quarts de la commission départementale d'urbanisme fréquentaient la loge du Grand Orient de Lunéville, à 20 km de Nancy. Sans préciser que les deux principaux protagonistes, le maire de Toul et le faux-facturier, sont

1. Pierre Péan, *L'Argent noir*, Fayard, 1988 ; Thierry Wolton, *Les Écuries de la Ve*, *op. cit.* ; Bernard Brugard, Frédéric Gilbert et Catherine Sinet, *J.M., le feuilleton niçois*, *op. cit.* ; Jacques Derogy et Jean-Marie Pontaut, *Enquête sur les ripoux de la Côte*, Fayard, 1994.

2. Gilles Gaetner, *L'Argent facile*, Stock, 1991.

également de la famille. Serge Faubert, journaliste à *L'Événement du jeudi*, fait mention, dans un article de janvier 1991 consacré à Jean-Michel Boucheron, de l'appartenance au Grand Orient de nombreux dirigeants de la Sagès [1]. Mais pas un mot sur celle du maire d'Angoulême. Comme on ne dira rien, pendant longtemps, sur « l'engagement philosophique » de Mouillot, Médecin, Schuller et Maréchal. Il apparaîtrait indélicat, voire incongru, de préciser que l'essentiel de l'entourage de François Léotard dans le Var est membre de la GLNF ; ni que son avocat – le député RPR Patrick Devedjian qui a obtenu la prescription pour une bonne partie de l'affaire de sa gentilhommière – fait aussi partie de la famille.

De fait, en quoi révéler l'appartenance au GO de Michel Gillibert permettrait de comprendre pourquoi et comment l'ex-secrétaire d'État aux Handicapés du gouvernement Rocard, s'est retrouvé accusé d'avoir détourné, en partie à son profit, 2,5 millions de francs en se servant dans les caisses de l'AIPPH, une association d'aide aux handicapés ? Est-on plus avancé quand on sait que l'un des frères Chaumet, prestigieux joailliers de la place Vendôme poursuivis pour escroquerie, banqueroute, abus de confiance et exercice illégal du métier de banquier, est maçon ?

Doit-on mettre sur le dos des frères trois points l'affaire Pechiney, un délit d'initié qui va faire trembler l'Élysée en janvier 1989 ? La plupart des acteurs sont pourtant, en l'occurrence, doublement initiés, que ce soit Roger-Patrice Pelat, ami personnel de François Mitterrand, Max Théret, fonda-

1. *L'Événement du jeudi* du 10 janvier 1991.

teur de la Fnac et PDG du *Matin de Paris* au moment des faits, ou Harris Puisais, ancien collaborateur de Pierre Mendès France, chargé de mission au cabinet de Pierre Bérégovoy au ministère de l'Économie et des Finances. Et alors ?

Pechiney, entreprise publique d'aluminium à l'époque, vient d'acquérir, à grand renfort de tambours gaulois, une société américaine d'emballage, Triangle (!). Très vite, le bruit court que le gendarme de la Bourse à Wall Street, la SEC, va ouvrir une enquête. Son homologue français, la COB, est obligé de se pencher à son tour sur cette acquisition. Et découvre que Pelat avait acheté 10 000 actions Triangle quelques jours avant l'annonce de son rachat, qui fera bondir l'action de 10 à 56 dollars... Max Théret, proche de Roger-Patrice Pelat qui a longtemps présidé le Carrefour de l'Amitié, une amicale maçonne, est également poursuivi. Il a personnellement empoché une plus-value de 8,8 millions de francs, mais affirme que c'est son ami Jean-Louis Pétriat, patron de la GMF, qui l'aurait convaincu de l'opportunité d'investir dans la florissante industrie de l'emballage ! Alain Boublil, alors directeur du cabinet de Pierre Bérégovoy au ministère de l'Économie, est accusé d'être le « tuyauteur » en chef de ce trop bon coup de Bourse. Bien qu'il ne se soit pas enrichi à cette occasion, il a écopé de la peine la plus lourde. C'est le seul qui n'était pas passé « sous le bandeau ». On ne saura jamais l'exacte vérité. Bérégovoy, Puisais et Pelat sont morts. Théret a payé.

À l'époque des faits, il n'est pas évident d'avoir cette lecture des événements. Les noms de frères sont évoqués en politique, pas dans les affaires. Outre qu'ils ont droit, comme tout le monde, à la présomption d'innocence, rien ne permet avec certitude d'établir des liens de cause à effet. Au début des années 90, l'heure est encore, dans les médias, aux grandes fresques naïves, tel le documentaire de Serge Moati diffusé sur TF1, *Voyage au pays des francs-maçons*, où le réalisateur, qui a lui-même été initié avant de prendre quelque distance, tente de faire découvrir aux profanes un monde romanesque, un brin exotique. Dans les magazines, les Grands Maîtres en tenue d'apparat se prêtent à des interviews fleuves, répétant que la franc-maçonnerie a pour seul objectif le perfectionnement de l'humanité et la défense des valeurs laïques et républicaines. Fort bien.

Au fil des ans, des maçons commencent toutefois à s'inquiéter. À moins d'être aveugles, difficile pour eux de ne pas repérer leurs frères parmi les noms qui s'étalent continuellement dans la presse : Michel Garretta (sang contaminé), Christian Nucci (Carrefour du Développement), Michel Reyt (Sagès), Michel Mouillot (Cannes), Jean-Louis Pétriat (GMF)... L'effet répétitif est désastreux. Ils s'en ouvrent aux dirigeants des obédiences qui balaient le problème d'un revers de main. Des listes commencent alors à circuler. Il ne s'agit pas de mettre en cause le système, mais d'une simple prise de conscience : ces fuites consistent simplement à mettre les Grands Maîtres devant leurs responsabilités. En effet, la règle maçonnique exige de n'accepter en loges que des hommes « libres et de bonnes mœurs ». Si, dans les années 80, quelques éléments particulièrement douteux ont été exclus, du Grand Orient notamment, la suite des événements démontrera que de nombreux frères compromis ont été protégés, quelles que soient les obédiences.

Aujourd'hui, c'est tout juste si on pose encore la question. Alfred Sirven, Pierre Falcone, Gilbert Sananès ? Oui, tous. Même si certains, comme Sirven, ont été exclus. L'ancien nº 2 d'Elf appartenait à la loge Les Vrais Amis Fidèles... À ce stade, peut-on encore invoquer la faute à pas de chance ? La multiplication des affaires, la façon dont elles ont été étouffées voire parrainées démontrent, non pas que la maçonnerie est une bande organisée de malfaiteurs, mais que les prévaricateurs ou escrocs se sont servis d'elle pour constituer leurs réseaux. Les obédiences préfèrent se rejeter mutuellement la responsabilité des dérives. Même s'il n'est pas toujours facile de faire la part des choses entre les différentes mises en examen, comme elles s'en défendent, les instances maçonniques n'ont pas eu la volonté de lutter contre un affairisme échevelé en donnant un signal fort. En attendant, les grands seigneurs jouent des parties à plusieurs millions de dollars, avec comptes en Suisse ou aux Caraïbes.

Alors que prolifèrent les mises en examen, les incarcérations d'élus et de grands patrons, on ne peut que s'interroger sur les causes de cette corruption endémique. La Vᵉ République n'a, il est vrai, jamais été vierge sur ce plan. Dès l'origine, le ver était dans le fruit. Jacques Foccart a raconté dans ses Mémoires comment, en 1965, le général de Gaulle, à l'évocation des fonds nécessaires pour financer sa campagne présidentielle à venir, avait grommelé : « Ils vont s'en mettre dans les poches[1]... » Dès ses débuts, d'innombrables scandales ont éclaboussé le monde politique : enlèvement de Ben Barka en 1965, affaire Markovitch en 1968, scandale de la Garantie foncière en 1971, assassinat du prince de Broglie en 1976, sans oublier les diamants de Giscard en 1980... Certains comportements datent des premières années du gaullisme. Ainsi, dès la création d'Elf-Aquitaine en 1965, par fusion de différentes sociétés, la holding fut conçue de manière à pouvoir servir d'instrument d'influence du gouvernement français en Afrique. Un ancien du groupe pétrolier raconte : « Par prudence, le président ne signait pratiquement rien, de manière qu'il ne soit pas mis en cause dans les opérations spéciales. Il a toujours existé une délégation pyramidale des pouvoirs. » Le premier président d'Elf, Pierre Guillaumat, était un frère.

Mais à partir des années 80, les affaires, essentiellement financières, se succèdent à un rythme vertigineux : fausses factures, abus de biens sociaux, commissions et rétro-commissions, associations bidon, emplois fictifs, délits d'initiés, comptes en Suisse, paradis fiscaux, blanchiment d'argent sale, marchés truqués... L'argent coule à flots à la lisière de la politique et des grandes entreprises. C'est, dit-on, la faute à la décentralisation, à la mondialisation, à la défiscalisation, aux privatisations, à l'économie mixte, aux alternances politiques. La faute aussi aux politiques, dont les campagnes électorales coûtent de plus en plus cher, à la logique de la Ve, atteinte du syndrome

1. *Foccart parle*. Entretiens avec Philippe Gaillard, Fayard-Jeune Afrique, 1998-2000.

« présidentielle » ; chaque candidat potentiel, et ils sont nombreux, doit constituer son propre trésor de guerre. Ce sont effectivement les causes premières de toutes les dérives.

La société française se rassure. Au lieu de prendre la mesure du problème, on se dit que c'est un simple effet d'optique : avant, on ne savait pas ; aujourd'hui, c'est sur la place publique – enfin, une toute petite partie. Il est vrai que, durant ces années, la justice s'est peu à peu émancipée. La presse s'est emparée des feuilletons judiciaires. Le pouvoir politique s'est trouvé acculé, impuissant à étouffer toutes les affaires en cours malgré les faibles moyens dont disposent les magistrats.

Peu à peu, les connexions douteuses des frères invisibles commencent à apparaître au grand jour. Elles deviennent même évidentes pour ceux qui connaissent un peu la sociologie maçonnique. Le monde des jeux est par exemple un secteur où les « enfants de la veuve » défendent âprement leurs chasses gardées. Qu'il soit question d'autorisations administratives pour l'installation de machines à sous dans les casinos, de la tolérance de certains cercles de jeux, ou de l'installation de succursales du PMU en Afrique, les liens incestueux sont loin d'être à l'équerre. L'affaire de la Française des jeux a permis de mesurer l'étendue des dégâts.

En décembre 1993, Gérard Colé, parachuté quatre ans plus tôt à la tête de l'ancienne Loterie nationale par le président de la République, avec l'appui du ministre du Budget Michel Charasse, est contraint de démissionner. Un rapport de l'inspection générale des Finances évoque les dérives de sa gestion : dépenses de communication délirantes, frais somptuaires, placements financiers hasardeux à Jersey, construction d'une piscine sur la terrasse de l'appartement de fonction... Sur instruction du gouvernement Balladur, à une époque où le garde des Sceaux pouvait encore donner des ordres écrits, le parquet ouvre une information judiciaire. L'affaire Colé démarre mais l'intéressé en sortira (presque) indemne.

C'est un système généralisé de pillage que l'Office central de répression de la grande délinquance financière de Nanterre a cru pouvoir dévoiler. Des marchés étaient confiés sans appel d'offres à des sociétés amies. Les budgets, copieusement gonflés, auraient entraîné la fuite de millions de francs. Parmi les nombreuses irrégularités suspectées, la plus énorme concerne l'attribution à TF1 de la retransmission télévisée du tirage du Loto. Cet heureux contrat aurait été fêté dignement le 20 août 1990 dans l'hôtel particulier de Bernard Tapie rue des Saints-Pères. Sa signature aurait donné lieu, selon le témoignage de l'ex-compagne de Colé, au versement d'un pot-de-vin de 10 millions de francs. Aucune preuve n'est venue corroborer par la suite ce témoignage.

Destination des fonds ? Secret bancaire et mauvaise volonté des autorités helvétiques ont contribué à paralyser l'enquête. D'autant que Bernard Tapie (des maçons ont tenté plusieurs fois de l'initier, mais il avait du mal à se plier à la règle) a refusé de mouiller le frère Patrick Le Lay devant les enquêteurs. Le PDG de TF1 obtiendra un non-lieu. Depuis, Tapie est comme chez lui à TF1.

L'affaire s'est terminée en eau de boudin malgré les révélations du dossier.

La police française a tout de même découvert que Colé possédait la signature de nombreux comptes suisses appartenant à Henri Modiano, membre de la GLNF. Les enquêteurs ont tenté de s'intéresser à cet homme que les cadres de la Française des jeux croisaient régulièrement dans les couloirs. Les agendas de Colé témoignent d'ailleurs de fréquentes visites de l'homme d'affaires. Mais la piste Modiano n'a rien donné, comme si elle avait été sabotée. Côté suisse d'abord, mais également côté français : aucune filature, aucune surveillance. Et quand, au bout d'un an, une perquisition est enfin effectuée, ses locaux étaient vides... Finalement placé en garde à vue en novembre 1996, alors que l'instruction a été ouverte en 1994, Henri Modiano est laissé en liberté. Et même autorisé à quitter le territoire, ce dont il ne se privera pas.

Ne restent finalement au dossier que les honoraires de complaisance versés par Carat Espaces au PDG de la Française des jeux. Gilbert Gross et Gérard Colé ont admis qu'il s'agissait là d'un complément de salaire déguisé. Également employé fantôme chez Air France, l'ancien conseiller de Mitterrand semblait avoir de gros besoins : ses multiples comptes bancaires fourmillent de dépôts et retraits en espèces. Son renvoi en correctionnelle ne portera finalement que sur ces quelques peccadilles. Après avoir redouté le pire, il peut se proclamer quasi blanchi.

Tout devient clair. Comme dans la légende d'Hiram, les mauvais compagnons existent. Mais il n'est pas facile de les repérer. En septembre

1995, François Thual, auteur de *Géopolitique de la franc-maçonnerie*, maçon en sommeil qui a pris ses distances avec le système et n'est donc pas contraint à la langue de bois, assure dans une interview[1] : « Un certain nombre de personnes inculpées dans des affaires récentes sont des francs-maçons. C'est encore la conséquence du désenclavement politique et du renouvellement sociologique. Les francs-maçons ont été proches du pouvoir pendant l'expérience de gauche, etc. » Et d'ajouter : « On ose à peine rappeler la phrase terrible de Bakounine : "La maçonnerie, c'est l'Internationale de la combine." L'affairisme renforce les courants antimaçonniques. Mais attention ! L'antimaçonnisme est comme l'antisémitisme. Une partie de la société a toujours besoin de diaboliser l'autre et de lui accorder une importance démesurée. » De nombreux frères continuent encore aujourd'hui à penser ainsi.

La jurisprudence Al Capone – le mafieux américain n'est tombé « que » pour fraude fiscale – est dans tous les esprits. Dans une moindre mesure, les accusations de complicité de trafic d'armes portées contre Jean-Christophe Mitterrand, fils du président, pourraient se résumer au versement de 13 millions de francs non déclarés sur son compte en Suisse. Pour que les combines soient dévoilées, encore faut-il que l'un des protagonistes parle. Mais les frères sont extrêmement solidaires, ils ne se dénoncent pas, sauf règlements de comptes internes. Et ils craignent les représailles. La justice

1. *L'Express* du 21 septembre 1995.

n'est donc saisie qu'au hasard d'enquêtes fiscales, ou en cas de faillite. C'est ce qui s'est passé avec la Banque industrielle de Monaco.

Octobre 1990. Le krach peu ordinaire de la BIM déclenche une enquête de la Banque de France qui a la tutelle sur les établissements financiers monégasques. Elle fouille dans la comptabilité de la banque et découvre que celle-ci sert de tirelire à quelques gros fraudeurs français. Un membre du GO a provoqué la faillite, à son corps défendant, de cet honorable établissement. Jean-Marc Fauré avait obtenu un prêt de 85 millions de francs pour créer un réseau de magasins de confection, pratiquement sans aucune garantie. Sa chute a entraîné celle de la BIM. Son directeur, Jean-Claude Colzy, était membre de la GLNF. L'enquête de la Banque de France et de la justice française sera stoppée net à la découverte de l'un des clients de la BIM : Urba, la pompe à finances du PS. Silence, on enterre. Les principales banques françaises accepteront sans rechigner d'indemniser les clients de la BIM. Elles aussi ont fait leur devoir d'État.

La déroute financière du siècle, celle du Crédit lyonnais, est parfois décrite comme une succession de renvois d'ascenseur maçons. Certes, ce n'est pas la seule explication. Il y avait la volonté de son président, Jean-Yves Haberer, de bâtir la première banque européenne, de soutenir l'économie française en temps de crise, sans que, à cette époque, Jean-Claude Trichet, directeur du Trésor chargé de la tutelle des entreprises publiques, y trouve à redire. Mais à côté de cette noble ambition, combien de combines, de prêts douteux, d'entreprises surpayées, d'enrichissements personnels ? Le rachat rocambolesque de la MGM (Metro Goldwyn Mayer) s'est traduit par la plus grosse ardoise pour le contribuable : 12 milliards de francs. Comment la banque s'est-elle laissé embarquer dans cette aventure hollywoodienne ? Les principaux protagonistes, Giancarlo Parretti et son associé Florio Fiorini, sont des frères, proches d'anciens membres de la loge P2. On retrouve également au casting, à propos d'un « arrangement » concernant les droits de cession des productions MGM, Silvio Berlusconi. Maçon également.

Parretti est apparu dans le paysage parisien en 1987, en volant au secours du quotidien socialiste *Le Matin de Paris*, dirigé par le frère Paul Quilès, où il a investi 30 millions en pure perte. Investissement qui a souvent été considéré comme un remerciement pour service rendu. Pour sa part, Berlusconi avait lancé, avec le concours du Crédit lyonnais, La Cinq, cette première chaîne privée que Mitterrand voulait offrir aux Français à la veille des législatives de 1986.

Le magnat britannique de la presse, Robert Maxwell, autre « client » coûteux du Crédit lyonnais puisqu'il a laissé une ardoise de plus d'un milliard de francs, était également maçon.

À la SDBO, la filiale du Crédit lyonnais rendue célèbre par son client Bernard Tapie, nombres d'affaires se réglaient « à couvert ». Michel Gallot, le président, et Pierre Despessailles, le directeur général, étaient de la famille. Tous deux ont été mis en examen dans le cadre d'une affaire immobilière à Cannes qui met en cause deux frères : l'ancien maire Michel Mouillot, et l'ancien président du club de foot, Alain Pedretti. Parmi les nombreux investissements douteux financés par la SDBO, il faut mentionner le fiasco de la station de ski Isola 2000 : un trou de 300 millions qui a entraîné la mise en examen de son promoteur, Dominique Bouillon, frère trois points également.

Dans la galaxie Crédit lyonnais, on retrouve en permanence d'éminents maçons. Une tradition qui s'est poursuivie au CDR. Une place stratégique qui permet de choisir ceux à qui on vend les bonnes affaires.

De nombreux mystères demeurent. La plupart d'entre eux ne seront jamais élucidés. En mai 1996, le siège parisien du Crédit lyonnais à Paris, où étaient conservés de nombreux documents de la direction internationale, a brûlé. Incendie volontaire. Des renforts réclamés par les premiers pompiers sont arrivés avec retard. Deux ans plus tard, ce sont trois hangars, au Havre, bourrés d'archives de la banque, qui partent à leur tour en fumée. Au moment précis où la juge Éva Joly réclamait certaines pièces... Ces actes criminels rappellent ceux de la mafia et ne sont guère dans les mœurs habituelles du monde bancaire.

Il n'est pas un scandale qui échappe à la litanie. L'ascension de la Garantie mutuelle des fonctionnaires (GMF), puis sa chute dans les années 90 ? Elle illustre parfaitement, comme l'affaire du Crédit foncier, les désastres auxquels conduisent parfois des nominations essentiellement motivées par des considérations maçonnes et non par de réelles compétences. En témoigne l'impensable façon dont un escroc belge, Gustave Keteleer, a réussi à abuser le président de la GMF, Jean-Louis Pétriat, membre du GO : sans sourciller, ce dernier lui signera quinze lettres de crédit d'un montant de 9 milliards de francs. Pourquoi une telle légèreté ? Certes, Keteleer avait du bagout, faisant miroiter des profits financiers mirobolants. Mais ses faux titres (nobiliaires ou diplomatiques) auraient dû l'alerter. Sur ce point, Pétriat obtiendra un non-lieu, son imprudence valant absolution.

Pétriat a surtout fait confiance aveuglément à deux frères peu orthodoxes. Louis Sidéri, ex-commissaire aux comptes de la mutuelle, gérant l'hôtel Méridien de Saint-Martin aux Antilles, filiale à 50 % de la GMF, qui donnera lieu à des poursuites (ancien trésorier de la GLNF, Sidéri s'est enfui en Israël après avoir été accusé de détournements de fonds de l'obédience pour un montant de 15 millions de francs). Sans compter Jean-Paul Roca, membre de la GLNF, directeur d'Assistance Multiservices Internationale (AMI), créée dans le but de concurrencer Europe Assistance. Cette filiale, où on dépensait sans compter, coûtera finalement 800 millions de francs à la GMF.

Aucun secteur n'échappe à leur gourmandise. Même les mutuelles d'étudiants. Tous ceux qui ont bien vécu de la Mnef en savent quelque chose. Olivier Spithakis, directeur déchu de la Mutuelle, était membre de la GLF. La même obédience que son avocat et un ancien policier ayant contribué à entraver l'enquête judiciaire. Quand, au plus fort de la tourmente, certains frères impliqués redoutent que l'imprimeur faux-facturier (profane),

Bruno Pelletier, ne parle, ils se débrouillent pour le mettre à l'abri. Ils ont recours à deux maçons qui vivent au Togo. C'est urgent, Pelletier est à Miami, mais sa carte de séjour arrive à expiration. Après un détour par Cuba et Israël, Pelletier débarque le 3 avril 1998 à Lomé, où il est pris en charge par des frères dévoués.

Michel Charzat, Jean-Christophe Cambadelis, Jean-Marie Le Guen, Georges Sarre, Dominique Strauss-Kahn – qui y laissera son poste ministériel –, Daniel Vaillant, François Bernardini... Nombre de socialistes voient leurs noms cités [1]. Ce n'est un mystère pour personne, la Mnef est une pouponnière du PS. Mais, signe des temps, certains revenus de complaisance sont passés de 3 000 à 100 000 francs par mois. Coïncidence ? Beaucoup sont passés « sous le bandeau ». Cambadelis, un temps administrateur de la Mutuelle interprofessionnelle de France, liée à la Mnef. Le Guen, ancien responsable de la fédération parisienne du PS (radié de la loge République en 1996), a occupé les fonctions de médecin-conseil. Spithakis aura appliqué à l'extrême le bon vieux principe de l'entraide maçonnique : mes copains d'abord, fût-ce au prix de fausses factures. Notamment par l'intermédiaire de l'imprimerie Efic [2] – il est toujours curieux de constater que les imprimeurs d'affiches électorales sont souvent maçons. À travers cette mutuelle qui gère la sécurité sociale de 600 000 étudiants, on retrouve une nébuleuse de filiales permettant de loger des proches. Et accessoirement d'effectuer des croisières sur un yacht, le *Derya*.

1. *L'Express* du 29 juillet 1999.
2. *Libération* du 1er avril 1999.

Mais parfois, les dérives politiques touchent aux frontières de la barbouzerie. En 1991, Bernard Sarroca, chef de cabinet de Michel Noir, maire de Lyon, est soupçonné d'avoir organisé le cambriolage de la permanence électorale de Pierre Botton, le gendre de Noir entré en rébellion contre son beau-père après avoir financé son ascension politique.

Sarroca ? Membre du GO. Son beau-frère, Gérard David, qui dirige l'antenne parisienne de Noir ? Membre de la GLNF. Ce dernier a laissé quelques mauvais souvenirs à Lyon. En 1983, le patriarche de la dynastie Mérieux avait fondé une organisation humanitaire chargée d'apporter une force médicale d'urgence aux pays pauvres : Bioforce-Développement. Quatre ans plus tard, un rapport de l'inspection des Finances révélera des « irrégularités dans la gestion », des « libertés prises avec la comptabilité », une « surévaluation des besoins d'environ 6 millions de francs », le « salaire élevé du directeur », des « frais de déplacement élevés ». Le directeur de Bioforce-Développement ? Gérard David. Ce rapport n'aura aucune suite judiciaire et les intéressés contesteront les analyses de l'inspection des Finances.

La maçonnerie sert même, à l'occasion, d'introduction à des sociétés peu recommandables. C'est, sur ce plan, une internationale redoutablement efficace. En juin 1991, la Soka Gakkai Internationale tient son treizième congrès à Trets (Bouches-du Rhône). Au grand dam du député PS et maçon, Alain Vivien, qui avait remis en 1984 un rapport sur les sectes dans lequel il dénonçait la Soka

Gakkai comme une dangereuse « secte crypto-bouddhiste ». Ce qui n'empêchera pas le leader de cette organisation, Daisaku Ikeda, d'être reçu par Jacques Chirac, Alain Poher et François Mitterrand. Il est vrai que la Soka Gakkai est un véritable empire au pays du Soleil Levant : 8 millions de fidèles, un quotidien, le *Seiku Shinbun*, qui tire à 4,5 millions d'exemplaires, et un groupe parlementaire de 45 députés à la Chambre basse. Un empire néanmoins très controversé à Tokyo, où sont dénoncés pêle-mêle ses combines financières, son prosélytisme actif, son emprise sur les adeptes... Qu'importe : Ikeda est reçu en grande pompe. Michel Baroin, grand maître du Grand Orient et Edgar Faure, qui se sont succédé à la présidence de la mission du Bicentenaire de la Révolution, lui confient en 1987 le soin d'organiser une exposition intitulée *La Révolution française et le romantisme*, au musée Fuji de Tokyo, propriété de la secte bouddhiste.

Mieux, René Huyghe, académicien, membre de la GLNF, organise au musée Jacquemart-André qu'il dirige une exposition officielle des photos d'Ikeda, et reçoit en échange un don de 461 930 francs pour son musée et l'Institut de France, *via* la Mitsubishi Bank.

Autre bizarrerie : la fondation France Libertés, fondée par Danielle Mitterrand, a reçu de nombreux dons de la secte nippone. En retour, François Mitterrand rendra visite officiellement à Ikeda lors d'un voyage au Japon. Simple effet de domino ? Dominique Perrin, chargé des relations publiques de la Maison Victor-Hugo, établissement propriété de la Soka Gakkai, est un proche du commissaire-priseur Jacques Tajan, pionnier des ventes d'art au Japon, lui-même généreux donateur de la fondation de Danielle Mitterrand. Et membre de la GLNF. De nombreux frères s'inquiètent : les sectes profitent du manque de vigilance des obédiences maçonniques pour s'introduire en France et pénétrer le cœur du pouvoir.

Le GO, la GLNF et même Le Droit Humain sont ainsi notoirement infiltrés par la scientologie. La prise de conscience a été tardive. L'an dernier, Bernard Palanche, président de la section lorraine de l'Association de défense de la famille et des individus (ADFI) et responsable du Centre contre les manipulations mentales, a abordé le sujet, en tenue solennelle, devant plusieurs loges, lors d'une planche intitulée : « La franc-maçonnerie : une secte ?... qui intéresse les sectes ».

Même si certains en ont réchappé, la liste des frères en délicatesse avec la justice n'en finit pas de s'allonger. Francesco Smalto, couturier très en vogue ? Impliqué dans un réseau de call-girls. L'ex-député maire socialiste de Béthune Jacques Mellick, membre du GO ? Condamné pour subornation de témoin dans l'affaire OM-Valenciennes. Le frère Alain Afflelou, roi de la lunette et ancien président des Girondins de Bordeaux ? Un temps mis en examen pour recel d'escroquerie. Fâché, il est allé s'exiler en Suisse. Claude Bez, ancien président des Girondins de Bordeaux, aujourd'hui décédé ? Impliqué dans une affaire de corruption. L'avocat Paul Lombard, GLNF ? Il a été mis en cause dans une sale histoire de captation d'héritage – l'affaire Canson – et dans un trafic international de tableaux. Blanchi depuis par la justice, il est aujourd'hui toujours aussi actif sur la scène judiciaire. Comme le commissaire-priseur Guy Loudmer, GLNF, mis en examen et incarcéré, accusé d'avoir détourné 60 millions de francs. Édouard Chammougon, ex-député apparenté RPR de la Guadeloupe ? Condamné à de la prison ferme. Alexandre Léontieff, ex-député de Polynésie ? Condamné et privé de droits civiques pour corruption. Richard Moatti, ami intime de Lionel Jospin et des dirigeants du groupe Carrefour ? Mis en examen dans l'affaire Destrade, ultime avatar du financement du PS par les grandes surfaces. Le procès n'a pas encore eu lieu. Gaston Flosse, député RPR de Polynésie française ? Mis en examen pour corruption passive et tenue illégale de maison de jeux et recel. La justice tranchera bientôt. Cyril de Rouvre, ex-conseiller régional et homme d'affaires ? Condamné à trente mois de prison ferme. Et la liste est loin d'être exhaustive.

L'imbrication des frères trois points dans les affaires de corruption n'est donc pas anecdotique. Et elle a des conséquences graves. L'économie souterraine fausse la concurrence : au jeu du pot-de-vin, les mêmes grandes entreprises gagnent toujours. Elle lèse le contribuable qui paie plus cher ses équipements collectifs. Elle vole les ménages, en gonflant le prix des logements.

On est bien loin des « Trois Grandes Lumières » et de l'idéal maçonnique, si loin que de très nombreux frères, de bonne foi, ne veulent toujours pas y croire, persuadés qu'il s'agit d'accusations malignes dirigées contre la franc-maçonnerie dans son ensemble. Les articles dans les journaux ne seraient motivés que par le désir de vendre « du papier ». Beaucoup estiment qu'il vaut mieux éviter le sujet, qui risque de faire resurgir les vieux fantasmes. Pourtant, cette maçonnerie affairiste existe. Dans quelle proportion ?

Il est extrêmement difficile de répondre. Les responsables des différentes obédiences affirment que le phénomène est très marginal. S'agissant de sociétés secrètes, on ne dispose d'aucune donnée concrète. Personne n'a librement accès à l'ensemble des fichiers des différentes obédiences. Une analyse objective est d'autant plus délicate que la plupart des membres les plus influents refusent de se dévoiler et donc d'évoquer le sujet. Même lorsque leur appartenance est de notoriété publique, ils refusent d'en parler ou démentent. Parfois de manière extrêmement abrupte, pour écarter tout soupçon. Ainsi, interrogé sur les motivations de son initiation, Patrick Devedjian, dont de nombreux élus de droite confirment son appartenance à la famille, s'indigne : « De quoi me parlez-vous, je ne connais rien à ces histoires de sectes. En plus, je suis catholique. » Le député RPR Robert Pandraud répond avec la même hostilité : « Je n'ai jamais été dragué ni par des pédés ni par des francs-maçons » ! Pourtant, il est effectivement passé « sous le bandeau ». Entre eux, ils s'évertuent à protéger le secret d'appartenance. Sans compter ceux qui, comme Michel Charasse, s'amusent à semer le doute. Le sénateur du Puy-de-Dôme ne cesse d'affirmer qu'il n'en fait pas partie, ce qui est probable. Mais il prend soin, en toutes circonstances, d'apporter son soutien aux frères, allant jusqu'à faire l'accolade maçonne à Christian Poncelet le jour de son élection à la présidence du Sénat avec le renfort d'une poignée de socialistes maçons.

Les listings des loges sont jalousement gardés. Et il n'est pas facile de déceler les frères suspects au milieu de centaines de noms. Nul n'a le droit de révéler le nom d'un frère, sous peine d'exclusion. Les informations sont distillées avec parcimonie. Certes, les dirigeants officiels – Grands Maîtres, Grands Secrétaires, Grands Maîtres Provinciaux, Grands Tuileurs et autres membres du Conseil de l'Ordre ou du Souverain Comité – apparaissent officiellement sur les brochures. Mais le véritable pouvoir n'est pas forcément entre les mains de ces dirigeants officiels. Il n'existe pas non plus, comme certains le croient, une Haute Maçonnerie secrète, composée de membres qui siègent dans un quelconque Grand Collège des Rites. Les puissants, dont l'autorité s'impose dans la vie profane, en politique comme en affaires, sont les chefs de clans.

Un ancien haut dignitaire, l'un des plus vieux francs-maçons de France, qui ne veut pas être cité car, en parlant, il transgresse le secret, s'est livré à une sorte de typologie : « On peut estimer qu'une majorité des membres (un peu plus de 50 %) ne comprend rien à la maçonnerie et au rituel et n'y comprendra jamais rien. Ce sont de braves gens, contents d'appartenir à un club. Dans les loges, l'ambiance est chaleureuse, on partage un dîner bien arrosé, sans madame... Ils espèrent également trouver des appuis dans leur vie sociale comme dans leur vie professionnelle. Cela les intéresse vaguement, sans plus. Sans compter les paumés... 40 % se posent véritablement la question du sens à donner à leur vie et s'engagent dans le processus maçonnique pour progresser. Parmi eux, 10 % à peine comprennent réellement le sens de l'initiation et quelques-uns sont d'une grande qualité intellectuelle. Quant au reste... Il y a des affairistes et 1 % d'individus malhonnêtes. » D'autres sont moins optimistes et affirment que prévaut la règle des trois tiers : un tiers de paumés, un tiers de vrais maçons, un tiers d'affairistes.

Longtemps, les Grands Maîtres se sont réfugiés derrière leur vitrine, ces grandes figures maçonniques qui servent de « produits d'appel » : Goethe, Mozart, Haydn, Beethoven, Liszt, Yehudi Menuhin, le marquis de Sade, La Fayette, Baudelaire, Zola, Saint-Simon, Stendhal, Talleyrand, Louis Armstrong, Churchill, Oscar Wilde, Pierre Dac... Après tout, l'Église catholique vénère ses saints et oublie ses pécheurs ! Devant l'ampleur des dérives, certains frères refusent cette duplicité : « Il faut en finir avec l'illusion créée et entretenue par les publications profanes de listes de frères illustres. Ils ne représentent qu'une infime minorité. Ils ont souvent été illustres ou célèbres avant d'avoir été francs-maçons. Beaucoup ne l'ont été que brièvement, se sentant plus libres à l'extérieur qu'à l'intérieur de la franc-maçonnerie », dénonce un éducateur spécialisé, démissionnaire du GO, dégoûté par ses pratiques.

Un très grand nombre de frères sont en effet d'honnêtes gens ; de même, les préfets, députés, ou juges maçons ne passent pas leur vie à protéger les crapules. On peut leur reconnaître certaines qualités : soif d'idéal, dévouement à la chose publique, sens de l'amitié, ouverture aux autres, capacité d'écoute... Mais ce « 1 % de voyous », cela fait tout de même un bon millier d'escrocs ;

quelque « 10 % d'affairistes », une dizaine de milliers d'arrivistes peu scrupuleux. L'équivalent du *Who's Who* ! De quoi salir la réputation d'une organisation dont le but avoué est de favoriser « une quête personnelle pour le perfectionnement de soi ».

Montrée du doigt, suscitant une réprobation croissante, la franc-maçonnerie paie l'absence de sanctions internes et de trop nombreuses « dérogations ». Bref, son aveuglement. Des frères ont été réintégrés au sein du GO, eu égard aux nombreux services rendus dans le passé. Durant des années, la GLNF, et même la GLF, ont accueilli en leur sein des frères notoirement indélicats, exclus par d'autres obédiences. Quant à ces affairistes anonymes, ignorés de la presse comme de la justice mais pas de leurs frères de loges, ils ne sont jamais l'objet d'aucune sanction.

Les trois mauvais compagnons, Jubelas, Giblon, Abiram, qui ont tué le maître vénéré Hiram symbolisent l'ignorance, le mensonge et l'ambition. Lors de l'élévation de compagnon à maître, le récipiendaire revit la légende d'Hiram. Lors des cérémonies, les maçons pratiquent un rituel destiné à châtier dans la personne initiée l'infamie des meurtriers d'Hiram. Dans des mises en scène théâtralisées, l'architecte du Temple de Salomon est vengé des mauvais compagnons. Un rituel qu'il serait peut-être temps d'adapter à notre époque.

Chapitre 12

Une police infiltrée

Dans un univers normalement constitué, on imaginerait volontiers un enquêteur qui, à force de ténacité et d'astuce, remonterait les filières de la corruption jusqu'aux plus hauts commanditaires. Dans la France républicaine telle qu'elle va, il faudra peut-être se contenter d'un policier maçon pris la main dans le sac au point de faire vaciller sa hiérarchie maçonnique.

Alain Bartoli, gardien de la paix à la Police de l'air et des frontières (PAF, rebaptisée Dicilec) de Nice, est tombé pour l'exemple. Simple flic, il n'est pas n'importe quel maçon : Député Grand Porte Glaive de la GLNF sur la Côte d'Azur, autrement dit adjoint au ministre de la police maçonnique. Bartoli consacrait beaucoup de son temps profane à consulter le fichier du STIC (Système de traitement des infractions constatées), qui recense des millions d'auteurs et de victimes de délits, parfois en mélangeant les uns et les autres, source de bien des confusions. Son objectif ? Vérifier les antécédents des futurs adhérents de la province Alpes-Méditerranée de la GLNF. Mais aussi étancher sa curiosité. Parmi les quelque 600 consultations du STIC effectuées au cours du seul premier semestre 2000, Bartoli avait tapé quelques noms au hasard, sait-on jamais : Jacques Chirac, Jean-Pierre Chevènement, Alain Delon, et même Éric de Montgolfier, le procureur de Nice en lutte contre les infiltrations maçonnes dans la justice !

Placé en garde à vue, Bartoli admet avoir agi au nom de la GLNF, avant de se rétracter. Son Grand Maître Provincial, Bernard Merolli, jure ses grands dieux que le Député Grand Porte Glaive n'était pas en mission commandée, mais qu'il agissait à titre strictement individuel. Le juge d'instruction chargé de l'affaire, Christian Guery, semble en douter puisqu'il a mis Merolli en examen en novembre 2000 pour « recel de violation du secret professionnel » et perquisitionné le siège provincial. Car il existe un précédent : Alain Taddei, ancien inspecteur à la brigade financière de Nice, mais surtout Grand Porte Glaive de la province GLNF (le supérieur d'Alain Bartoli), continuait à fureter dans les locaux de la PJ alors qu'il n'avait rigoureusement rien à y faire. Excédé, Éric de Montgolfier avait dû afficher une note de service pour lui en barrer l'accès.

S'il est démontré que les étranges consultations du STIC dépassaient le cadre régional, l'affaire pourrait remonter jusqu'au Grand Maître national de la GLNF qui a déjà été entendu comme simple témoin. Bartoli n'a-t-il pas recherché des informations sur Chirac et Chevènement ? Lâché par ses frères de la Côte, le policier de la PAF pourrait revenir sur ses dénégations et provoquer quelques dégâts dans l'obédience.

Le détournement de données confidentielles au nom de règlements de comptes privés est monnaie courante. En particulier chez les maçons. Au début du siècle, le GO avait lui-même provoqué la chute d'un gouvernement au moment de « l'affaire des fiches » : des frères de l'obédience notaient les opinions politiques et religieuses de la hiérarchie militaire. En piratant le STIC, des maçons n'auraient fait que suivre une tradition séculaire, bien que les Fils de la Lumière dénoncent à tout bout de champ les fichiers de Vichy.

Ces derniers temps, le frère Philippe L. rôdait encore dans les locaux du ministère de l'Intérieur, s'installant volontiers devant un ordinateur. Employé de LVMH, le groupe de luxe dirigé par Bernard Arnault, il n'a pourtant aucune raison de revenir dans son ancienne maison. Mais cet ancien policier de la brigade financière est soupçonné, à tort ou à raison, d'avoir mis son nez dans des affaires ne le regardant pas (Elf et le dossier Michel Coencas). Muté aux RG, il est rapidement parti pantoufler dans le privé. Au ministère de l'Intérieur, un fonctionnaire fait mine de s'interroger : « Mais comment fait-il pour avoir encore accès aux locaux ? En quittant la police, il a dû rendre son badge et son code d'accès... »

Les grandes entreprises privées raffolent de ces anciens flics, pas toujours maçons il est vrai, prêts à exploiter leurs anciennes relations professionnelles. Ainsi, le groupe Bouygues a longtemps bénéficié des tuyaux de Raymond Sasia, membre de la GLNF. Ancien gorille du général de Gaulle, ancien contrôleur général de la police nationale, proche de Charles Pasqua, responsable occasionnel de la sécurité du roi Hassan II, Sasia est toujours patron du club de tir de l'Étoile à Paris. S'y pressent nombre de hiérarques de la police. Un poste d'observation et d'échanges privilégié : « On y fait sauter les PV, on discute de tout », sourit un habitué des lieux. Pour Bouygues, toujours prompt à tirer la moindre ficelle maçonnique, le résultat fut probant : le frère Sasia aidait les dirigeants du groupe, alors cernés par les procédures judiciaires, à mieux évaluer l'imminence de certaines perquisitions à venir...

Plus grave encore que ces pantouflages dans le privé, les interventions au sein même des enquêtes en cours. En 1996, Olivier Foll, directeur de la PJ, s'est rendu célèbre pour avoir ordonné à deux policiers, accompagnant le juge Éric Halphen, de ne pas participer à une perquisition au domicile des époux Tiberi. Son coup de fil comminatoire et parfaitement illégal a été reçu *in extremis* sur le palier du maire de Paris. Ce jour-là, le magistrat instructeur a dû se débrouiller tout seul, ce qui ne l'a pas empêché de saisir le désormais fameux rapport sur la francophonie rédigé par Xavière Tiberi. Plus tard, la cour d'appel de Paris écrira noir sur blanc que Foll a « failli à ses devoirs ». En effet, depuis quand un flic, fût-il patron de la PJ, aurait-il le droit d'entraver le travail d'un magistrat ? Le même arrêt de la cour d'appel rappellera, à destination de Foll, mais aussi de beaucoup d'autres policiers, un principe sacré : « Il est indispensable que les perquisitions revêtent la plus parfaite confidentialité. »

La solidarité entre frères a-t-elle joué un rôle dans l'affaire ? Certains initiés le pensent. Jean

Tiberi n'a-t-il pas fréquenté un atelier de la GNLF dans les années 80 ? Olivier Foll, lui, dément toute appartenance. Il a même intenté, sur ce point un procès aux auteurs.[1] De toute façon, c'est l'aspect politique qui est essentiel : entre 1995 et 1997, Jacques Toubon au ministère de la Justice et Jean-Louis Debré à l'Intérieur ont tout fait pour brider les enquêtes judiciaires concernant le RPR. Mais pourquoi faut-il que l'on retrouve si souvent, en chemin, les loges ?

Précédemment, sous le gouvernement Balladur (1993-1995), une autre manipulation avait tenté de déstabiliser le même juge Halphen : l'affaire Schuller-Maréchal. Ces deux frères de la loge Silence (GLNF) ont mis en scène la remise d'un pot-de-vin réputé soudoyer le magistrat. Un simulacre – flagrant délit trop beau pour être vrai, écoutes aussi illégales que téléphonées... – orchestré à l'époque de Patrick Franquet, précédent directeur de la PJ. Heureusement, cette dérisoire tentative pour protéger le RPR n'a pas payé : le juge Halphen a continué à enquêter sur Paris et les affaires, Balladur a perdu la présidentielle et Franquet a dû démissionner. Mais ils auront quand même tout essayé. Franquet, on allait l'oublier, est franc-maçon. Tout cela fait quand même beaucoup de frères mêlès à une affaire d'État.

A priori, Jean Nadolski est d'un grade moins élevé dans la hiérarchie policière : il n'est que chef du bureau Asie du SCTIP (Service de coopération technique et internationale des polices). Le SCTIP est chargé de conseiller et d'équiper les polices

1. En décembre 2001, en première instance, O. Foll a obtenu gain de cause. L'affaire est en appel.

étrangères, notamment en Afrique, mais plus généralement de l'entraide internationale : il peut faciliter les commissions rogatoires destinées à rechercher un compte en Suisse, un fuyard à l'étranger... Pour l'anecdote, le SCTIP est un refuge d'amis ou d'obligés de Pasqua, corses de préférence.

Responsable de l'Asie, Jean Nadolski était confronté à la traque d'Alfred Sirven, éminence grise de l'affaire Elf, en fuite aux Philippines et retrouvé *in extremis*. Un fiasco. Deux journalistes de *Match*, bien moins équipés que des policiers, ont retrouvé la piste d'Alfred, en procédant à des enquêtes de voisinage toutes bêtes, mais minutieuses, alors que la police lui courait toujours après. Rien pourtant ne peut être reproché professionnellement à Jean Nadolski : ce n'est pas à lui de courir après Sirven. Même pas d'appartenir à la loge Spinoza (GLF), où il côtoie Éric Turcon, l'avocat fiscaliste d'Alfred Sirven. Encore moins d'être responsable de la fraternelle du ministère de l'Intérieur. Cette série de coïncidences pourrait-elle nourrir des soupçons ? Le policier les balaie : « Dans la vie de tous les jours, à tous les niveaux, il y a des implications de la vie personnelle sur la vie professionnelle : on croise plein de gens, on fréquente des associations. C'est vrai qu'avec une bonne aiguille et une bonne pelote, on peut faire un bon patchwork... Pour ma part, je travaille dans l'éthique de la République. Si, pour mon malheur, je mettais mon nez dans une affaire qui ne me regarde pas, je serais carbonisé aussitôt. »

Quant à Me Turcon, il est également l'avocat d'Olivier Spithakis, l'ancien directeur de la Mnef, membre comme lui de la GLF. Dans cette affaire à tiroirs, l'un des principaux protagonistes, Bruno Pelletier, patron d'une société d'imprimerie, Efic, ayant surfacturé des travaux, avait été « exfiltré » à l'étranger, à Miami puis à Lomé (Togo). Pelletier n'est pas maçon, mais sa cavale aurait été organisée par deux policiers membres de la loge Spinoza.

Cette loge décidément bien fréquentée peut se flatter d'être l'une des premières dont la liste des membres figure officiellement dans un dossier d'instruction comme élément à charge (après Écho 1 dans le Gard). « Un listing maçonnique ne constituera jamais une preuve, nuance un policier (profane) de la brigade financière. Mais c'est quand même une piste qui permet d'explorer des ramifications nouvelles. » Des juges d'instruction comme Éva Joly ou Renaud Van Ruymbeke y prêtent attention, quitte à se faire des ennemis supplémentaires.

Un autre fugitif célèbre, Henri Montaldo, fut également censé être très activement recherché dans l'affaire des HLM. Sa traque, du moins si l'on peut s'exprimer ainsi, est narrée par Alain Guédé et Hervé Liffran du *Canard enchaîné* dans *Péril sur la chiraquie*.

« Mais dans quelle planque lointaine se cache donc le fugitif à l'abri des risques d'extradition ? La réponse se niche dans le XVIIe arrondissement, à quelques encablures du ministère de l'Intérieur : elle tient dans l'invitation que lance deux fois par mois la loge La Vallée des Rois Silencieux (GLNF). En présence de deux de ses anciens Vénérables, Henri Montaldo et le commissaire Alexandre Daurelle (...), les réunions sont suivies d'agapes à la Taverne d'Alsace. Régulièrement, d'autres frères policiers viennent "visiter" la loge. Mais ni eux ni le commissaire n'ont eu le cœur à passer les menottes à leur ami Henri [1]... » Toujours ces médisances...

Mais pourquoi diable tant de policiers sont-ils francs-maçons ? Faut-il y voir malice ? Tradition républicaine, expliquent les plus valeureux d'entre eux, en rappelant que la préfecture de police de Paris s'était libérée toute seule du joug allemand, le 25 août 1944, avant même l'arrivée de la 2e DB. Ce haut fait d'armes a valu à la préfecture d'obtenir la Légion d'honneur et la croix de guerre à titre collectif. Et accessoirement d'éviter l'épuration, bien que ses fonctionnaires aient collaboré avec l'occupant. On peut toutefois leur en donner acte : les policiers ne badinent pas avec les grands mythes républicains, comme tout membre du GO ou de la GLF qui se respecte. En loge, ils retrouvent également une liberté de ton et d'opinion qui ne règne pas toujours dans les couloirs d'un commissariat. « Beaucoup s'interrogent sur leur rôle dans la société, le sens de leur métier, souligne un maçon qui connaît bien l'univers policier. Ils ont des états d'âme : être ou ne pas être flic ? En loge, il est possible d'en parler sans crainte. » Le militantisme syndical est un premier moyen de s'évader de l'ambiance quotidienne du commissariat, d'être policier sans faire un métier de flic en uniforme. L'initiation maçonnique achève de forger l'ancrage à gauche. En Mai 68, le Grand Orient avait d'ailleurs proposé ses services pour maintenir le contact entre les étudiants et les policiers chargés de réprimer les manifestations.

1. Alain Guédé et Hervé Liffran, *Péril sur la chiraquie*, Stock, 1996.

La maçonnerie est aussi le lieu où se gèrent les carrières. Il existe pourtant une très officielle commission paritaire, entre syndicats et gradés de la police, chargée de mettre au point le tableau d'avancement (très, très important l'avancement). « Avant la réunion, on se met d'accord pour rayer les quelques noms que l'autre bord est obligé de présenter mais n'a pas envie de promouvoir, explique un policier : tu m'enlèves ces deux-là, je te retire ces trois-là. » Entre frères, pas besoin d'épiloguer. Pendant ce temps, des fonctionnaires de police profanes s'étonnent de la stagnation de leur dossier.

Dans ses Mémoires intitulés *Trois points, c'est tout*, l'ancien Grand Maître du GO Fred Zeller raconte : « J'ai un jour présidé la fraternelle des policiers maçons et j'ai ainsi appris, par les interventions des uns et des autres, que tous les services officiels étaient systématiquement noyautés. En consultant notre fichier, je m'aperçus que le nombre de policiers était considérable. Je ne pouvais toutefois pas m'y repérer, entre les honorables correspondants du Sdece ou les gens du SAC [1]. » En la matière, les obédiences ne sont guère exigeantes. À la case profession, les frères donnent des indications on ne peut plus vagues : gérant de société, employé, fonctionnaire, agent de collectivité locale... Préciser qu'on est policier, c'est déjà beaucoup se dévoiler.

La maçonnerie n'est pourtant pas près d'unifier l'univers très hiérarchisé qu'est la police natio-

1. Fred Zeller, *Trois points, c'est tout*, Robert Laffont, 1976.

nale. Car il existe deux fraternelles distinctes, l'une pour la base (4 000 membres), l'autre pour les très haut gradés (150 membres). La seconde a une réputation de faiseurs de rois. On murmure avec respect lorsqu'on évoque le nom de Robert Pandraud, ancien directeur général de la police nationale, à qui la moitié des commissaires de France et de Navarre devraient leur carrière. Pandraud a pourtant quitté la grande maison depuis 1984 pour se consacrer à la politique (il est député RPR), mais son appartenance à la GLF – contestée avec force par l'intéressé – entretient le mythe. « Tout commissaire nouvellement promu est contacté par des francs-maçons dans le mois qui suit, car sa fonction est de celles qui peuvent servir un jour », assure un capitaine de police. Tous n'acceptent pas, mais beaucoup se font quand même initier. « En moyenne, on compte au moins un commissaire initié par département », affirme un membre du GO.

Au poste de directeur général de la police nationale, il est tentant pour tout gouvernement de nommer un homme « passé sous le bandeau ». Ou qui maîtrise ces réseaux. Claude Guéant, nommé par Charles Pasqua, était au GO. Didier Cultiaux, promu par Jean-Pierre Chevènement, même s'il n'en était pas membre, s'y faisait inviter pour débattre de la « Police républicaine ». L'actuel directeur général, Patrice Bergougnoux, s'il n'en est pas, est aussi considéré comme un frère sans tablier : ancien conseiller de Pierre Joxe à l'Intérieur, il était chargé des relations avec les syndicats de policiers, notamment la toute-puissante FASP, au sein de laquelle émergeait déjà Jean-

Louis Arajol, membre du GO, aujourd'hui candidat RPF à Paris.

De même, les maçons tournent autour de la direction centrale des Renseignements généraux, sans toutefois en faire un véritable bastion. Le patron des RG est réputé l'homme le mieux informé de France. Les maçons n'étant pas maladroits en ce domaine, l'alliance des deux réseaux doit pouvoir faire des merveilles. Mais qui portera la culotte ? C'est toute la question. Par atavisme professionnel, les enquêteurs des RG ont toujours circonvenu la franc-maçonnerie, quitte, au passage, à y adhérer carrément, pour des raisons philosophiques cette fois. C'est la célèbre épopée de Michel Baroin, parvenu Grand Maître du Grand Orient de France de 1977 à 1979. Jean-Émile Vié, ancien directeur des Renseignements généraux, l'a racontée dans ses Mémoires. « Ma plus grande réussite en matière d'entrisme fut par le truchement de Michel Baroin. Ce jeune et brillant commissaire avait été évincé de la DST et je lui avait assigné comme mission la surveillance du GO. Tant que je fus directeur des RG, il remplit correctement sa mission. » La taupe a réussi au-delà des espérances. Après son élection comme Grand Maître, le patron des RG félicite son ancienne « recrue ». Car entre-temps, Michel Baroin avait conquis la présidence de la Garantie mutuelle des fonctionnaires (GMF), bastion de la franc-maçonnerie, et c'est à ce titre que le GO lui a tendu son sceptre. Pour qui travaillait finalement Michel Baroin ? Proche de Jacques Chirac, des frères du GO sont persuadés qu'il faisait de l'entrisme au profit du RPR. Imbu de sa personne, Baroin « réseautait » en fait pour lui-même. Il se voyait président de la République. Décédé en 1987, il n'est plus là pour donner sa version de l'histoire. En tout cas, l'épisode a plus fait pour la réputation des RG que pour celle du GO.

Le mélange des genres produit parfois de curieuses interprétations. Yves Bertrand, actuel directeur central des RG, et son nº 2, Bernard Squarcini, sont notoirement en guerre l'un contre l'autre. Déstabilisation interne ? Ils sont tour à tour soupçonnés d'être francs-maçons, comme si c'était un délit. Pourtant, ils n'en sont pas, du moins à notre connaissance. Tout juste peuvent-ils fréquenter les couloirs des obédiences sans qu'on leur demande leurs papiers... Une opposition interne cherche querelle à Bertrand ? Ses membres sont catalogués comme maçons, membres du club Vopalière, du nom d'un immeuble appartenant au groupe Hersant où ils se réunissent régulièrement[1]. Et alcooliques s'il le faut, « le genre de francs-maçons qui portent leur tablier en bavoir[2] » ! La cause ne sert plus alors que de punching-ball pour des combats qui la dépassent. Triste destin.

La Direction de la surveillance du territoire (DST), elle, a jeté son dévolu sur Memphis-Misraïm. Moins par attirance pour les rites égyptiens qui ont fait sa réputation, que par la qualité de ses membres. De nombreux Grands Maîtres des autres obédiences viennent souvent y compléter leur parcours initiatique. Memphis-Misraïm subit également d'incessantes tentatives d'infiltration de militants d'extrême droite, attirés par son ésoté-

1. *Minute* du 8 novembre 1995.
2. *Le Canard enchaîné* du 25 octobre 1995.

risme primitif. Enfin, malgré la faiblesse de ses effectifs en France (800 membres à peine), elle est très intégrée dans une structure planétaire, notamment en Asie et en Afrique noire. « C'est une petite obédience, mais aussi une fabuleuse couverture nationale et internationale qui fait envie », souligne son actuel Grand Maître, qui tient à rester anonyme pour des raisons professionnelles et de sécurité.

Autant de bonnes raisons pour que la DST y jette un œil. Et comme cette maison compte quelques bons professionnels, l'un d'entre eux est parvenu au grade de Substitut Grand Maître (n° 2) de Memphis-Misraïm ! L'homme était clairement en mission d'infiltration. « En fait, la DST s'est autant servie de la structure que la structure s'est servie de la DST », nuance son Grand Maître français. Par l'échange d'informations, essentiellement. En 1998, le Substitut Grand Maître et un autre collègue de la DST ont quand même été poussés vers la sortie : leur présence devenait trop voyante. S'étant malgré tout piqués au jeu, ils ont aussitôt fondé une Grande Loge Symbolique de France, qui n'a eu qu'un succès d'estime avant de disparaître rapidement. Aujourd'hui, nos deux valeureux agents de la DST se seraient infiltrés au sein de la Nouvelle Acropole, groupuscule ésotérique de type paramilitaire.

Souvent utilisée par les services, la franc-maçonnerie sait également s'en servir à son tour. L'un des grands classiques du genre nous ramène aux RG, plus précisément à ses membres en charge de la surveillance des Courses et jeux au ministère de l'Intérieur. Outre le contrôle de l'activité des casinos, ils ont le pouvoir d'influencer les autorisations de machines à sous, et Dieu sait si les casinotiers sont demandeurs. La proximité d'une poignée de policiers de cette section des RG avec certains individus du milieu est proverbiale. Le rigide Pierre Joxe, ministre de l'Intérieur de 1988 à 1992 et membre du GO, avait saisi ce prétexte pour bloquer toute autorisation nouvelle et nettoyer les écuries de la direction des Courses et jeux.

Depuis, les ministres se sont succédé, notamment Charles Pasqua de 1993 à 1995, et les machines à sous sont toujours plus nombreuses. L'ancien maire de Cannes, Michel Mouillot (GLNF), ou l'ancien député RPR, Georges Tranchant (GLNF), par ailleurs exploitant de casinos, ont milité sans complexe pour cette noble cause. Aujourd'hui encore, il reste de bon ton d'être apprécié d'un membre des RG Courses et jeux. Serge Malen, chargé des casinos de la Côte d'Azur, a été lui aussi initié il y deux ans à la GLF.

Alors, qui tient qui ? Historiquement, la police a une bonne longueur d'avance, pour avoir longtemps eu le pouvoir discrétionnaire de fermer ou autoriser les loges, sans même chercher à s'en cacher (Joseph Fouché, ministre de la Police de Napoléon, était le Grand Conservateur d'un GO complètement instrumentalisé par le pouvoir). Depuis, la maçonnerie feint d'organiser ce qui la dépasse. Des policiers ont des velléités d'infiltration ? On les initiera en masse ! Pour un franc-maçon ambitieux, recruter sur son nom une belle brochette de hauts fonctionnaires, de policiers ou de militaires est le plus sûr moyen de démontrer son influence et de monter en grade dans l'obédience. Michel Mouillot avait tenté la manœuvre dès 1982, en récupérant une coquille vide (une loge de la GLNF tombée en sommeil, France 7) puis en y faisant rentrer des policiers et des préfets.

En 1988, un pittoresque personnage, Daniel André, avait utilisé la même méthode. Psychothérapeute, plus connu depuis pour ses démêlés dans l'affaire Elf[1], il se fait d'abord initier dans une banale loge de la GLF, L'Alliance. Il y fait entrer quelques amis : le commissaire Ruiz, patron de la brigade des stupéfiants, ou le général Germanos, alors porte-parole de l'armée française. Il pouvait également y croiser le commissaire Noël (chargé de la sécurité de Lionel Jospin). L'Alliance, qui planchait à l'origine sur le symbolisme, devient peu à peu une loge d'influence. Le psy en devient le Vénérable en 1991. Dans l'espoir de devenir un jour Grand Maître de la GLF, pas moins, Daniel André passe à la deuxième étape : il crée sa propre loge, baptisée en toute simplicité La Loge, qui comptera jusqu'à 150 membres. Le psy peut alors se flatter d'avoir fait initier Philippe Massoni, éphémère directeur des RG puis inamovible préfet de police de Paris jusqu'à sa retraite en mars 2001. Un poste hautement stratégique. En effet, les obédiences maçonniques sont des associations régies par la loi de 1901. À ce titre, elles doivent déposer en préfecture leurs statuts et la liste de leurs diri-

1. Ancien psy de Christine Deviers-Joncour, Daniel André habitait au fameux 19, rue de Lille, où la maîtresse de Roland Dumas organisait des soirées huppées. Elle lui reproche aujourd'hui de lui avoir dérobé des documents sur l'affaire Elf durant son séjour en prison, ce qu'il nie obstinément.

geants (les responsables d'obédience, mais – heureuse précaution – pas les hauts grades). Pour éviter que cette liste ne tombe dans de mauvaises mains, le plus sûr est encore qu'il y ait des frères à la préfecture.

Certes, il existe une très ancienne tradition maçonnique dans le corps préfectoral français. Mais l'important, c'est la préfecture de police de Paris, où sont enregistrées les obédiences[1]... Philippe Massoni a donc été choyé par la GLF : il a été propulsé au 33e degré (Souverain Grand Inspecteur Général, le plus haut grade du Rite Écossais Ancien et Accepté) huit ans seulement après son initiation. Un tel parcours initiatique s'effectue normalement en plusieurs décennies. Massoni, membre du cabinet de Jacques Chirac à Matignon puis de Robert Pandraud à l'Intérieur, a eu droit à un coup d'accélérateur particulier pour mieux l'arrimer à la famille. Mais aussi pour lui éviter les affres d'une hiérarchie parallèle : impossible d'imaginer qu'un subalterne du préfet soit son supérieur en maçonnerie ! Daniel André a eu moins de chance. Pris dans les méandres de l'affaire Elf, il ne sera jamais Grand Maître, mais la GLF lui sait gré d'avoir amené en son sein le puissant préfet. Ils s'étaient connus par hasard à propos d'un problème fiscal. Une de ces petites causes qui font parfois les grands destins.

L'emprise de mauvais compagnons sur la police a pris une telle ampleur que celle-ci a fini, à son

1. La GLNF s'est enregistrée en préfecture des Hauts-de-Seine où son actuel Grand Maître, Claude Charbonniaud, fut préfet au début des années 80.

tour, par être entraînée dans de sales affaires. Mais personne n'en a rien su. Il existe ainsi une fraternelle au sein de la préfecture de police de Paris, baptisée La Reynie, du nom d'un lieutenant de police du XVIIIe siècle ayant inventé le concept de rapports circonstanciés sur le moral du bon peuple afin de prévenir les émeutes à venir. Il y a dix ans, cette fraternelle a failli défrayer la chronique.

Le 6 décembre 1990, le brigadier-chef Daniel Voiry se suicide d'une balle dans la tête à proximité de l'Intermarché de Saint-Thibault-des-Vignes (Seine-et-Marne). À ses proches, ce policier jusqu'ici débonnaire laisse une lettre d'explication : il a de gros ennuis financiers personnels, mais le pire est peut-être à venir. « Laissez faire la justice, et lorsqu'on découvrira le pot aux roses, bonjour les dégâts. » La justice n'ayant fait qu'une partie du travail, les dégâts ont été finalement limités. Mais la préfecture de police de Paris a senti le vent du boulet. Daniel Voiry occupait officiellement, et depuis sept ans, le poste de secrétaire particulier du directeur de la Sécurité publique. Ce fonctionnaire modeste en apparence, membre de la GLNF, n'en disposait pas moins d'un grand bureau pour lui tout seul à la préfecture et d'une place de parking attitrée pour y garer sa BMW. Certains de ses collègues ont raconté qu'il lui arrivait fréquemment de s'éclipser avec une sacoche vide. Quand il revenait, elle était pleine. Le brigadier-chef menait parallèlement, et le plus tranquillement du monde, une activité de taxi. Non pas chauffeur de voiture, mais transporteur de commissions occultes.

Daniel Voiry avait en effet créé en 1984 l'Européenne de courtage et de négoce (Eurocen), société spécialisée dans la vente de cadeaux d'entreprises – le plus souvent de l'alcool – que des relations d'affaires s'offrent à l'occasion. L'idée lui est venue parce qu'il ne savait plus que faire de toutes ces caisses reçues en remerciement de menus services rendus en préfecture : faire sauter un PV, obtenir un papier... Un petit trafic artisanal et usuel dans la police qui, avec Daniel Voiry, prendra des proportions industrielles. Plusieurs de ses collègues policiers sont mobilisés pour livrer les caisses d'alcool, car on ne peut rien refuser au brigadier-chef. À la préfecture, il est également chargé d'une mission hautement stratégique : faire la tournée de certains cafés-restaurants soucieux d'installer une terrasse sur le trottoir.

Les « prestations » de Daniel Voiry deviennent très connues du microcosme. Il se fait ainsi des copains dans l'immobilier et découvre un nouveau débouché industriel pour Eurocen : la fabrication de fausses factures pour justifier les commissions occultes qui font le quotidien des transactions immobilières. Parfois, leur libellé est ouvertement bidon, signe de l'impunité dont il profite. Eurocen encaissera un jour 6 millions de francs au nom d'un « mandat de recherche d'un bien à acquérir », ledit mandat précisant par ailleurs que le bien visé est un « immeuble de Courbevoie, siège de la société BP » : 6 millions de francs pour prix de la découverte de son adresse : 10, quai Paul-Doumer ! Voiry encaisse les sommes, se débrouille pour les transformer en liquide grâce à un réseau d'intermédiaires, puis verse les commissions en liquide aux heureux bénéficiaires qu'on lui a désignés. Mais il en garde une partie pour lui : le prix du taxi.

Dès 1985, Daniel Voiry avait fait la connaissance du responsable des implantations immobilières du groupe Intermarché Gérard L'Horty. Lequel lui présente le responsable du centre commercial de Saint-Thibault-des-Vignes, Jean-Claude Gallet, un franc-maçon, qui devient très vite l'un des principaux fournisseurs d'espèces du réseau Eurocen. Le brigadier-chef devient aussi intime d'un promoteur, membre comme lui de la GLNF : Christian Schwartz, patron de PII (Patrimoine Ingénierie Immobilière), très actif dans le département des Hauts-de-Seine. En cinq ans, pas moins de 500 millions de francs transitent par les caisses d'Eurocen, dans les sacoches garnies de Daniel Voiry.

Ce trafic, en pleine préfecture, rappelons-le, aurait pu durer longtemps sans la plainte d'un agent général du groupe d'assurances Axa contre un collègue de Seine-et-Marne, Bernard Derycke. Soupçonné d'avoir détourné 12 millions de francs de clients locaux, ce dernier se suicide le 20 mars 1990 à la veille d'être entendu par la police. Les enquêteurs découvrent quand même que Derycke, entre autres activités, encaissait des chèques d'Eurocen contre la remise de liquide à Voiry. Le procureur de Fontainebleau se retrouve avec une embarrassante affaire sur les bras. Il préfère s'en dessaisir. Elle sera instruite en haut lieu à Paris, aux bons soins de la direction générale de la Police nationale (DGPN). Va-t-elle faire le ménage en son sein ?

Le frère-patron de l'Intermarché de Seine-et-Marne a très vite donné une piste aux enquêteurs :

« Daniel Voiry me disait qu'il avait besoin d'argent pour la préfecture de police. Je n'ai pas cherché à comprendre. » Le brigadier Jean-Marie Kelai, collègue de Voiry à la préfecture, qui n'hésitait pas à lui donner un coup de main – participant au recyclage des fonds –, est moins loquace : il se met en colère et menace les enquêteurs de « solder des comptes » quand ces derniers lui demandent quelques explications. Le jour du suicide de Voiry, un policier aurait même tenté d'empêcher un supérieur de récupérer sa sacoche [1]. Le juge d'instruction chargé du dossier, Jean-Luc Delahaye, a bien quelques velléités de remonter l'échelle des responsabilités policières. Le commissaire Lecorre, directeur de la Sécurité publique et supérieur direct de Daniel Voiry, est mis en examen. Pas pour longtemps. Le juge est aussitôt promu dans les Dom-Tom. Et le commissaire a vu son honneur promptement lavé par la justice ! Au minimum, la préfecture de police ne pouvait ignorer la double vie de son brigadier-chef. D'après le promoteur Christian Schwartz, « toute la place immobilière de Paris connaissait son activité de taxi ». Son fils témoignera également : « C'est vrai que la situation de mon père au sein de la préfecture était tout à fait particulière ; il y a des moments où il était presque le patron. » Sa femme indiquera que son mari était couvert par ses supérieurs qui eux-mêmes pratiquaient des « interventions ». Des années plus tard, un tribunal relèvera que Voiry gérait Eurocen « avec le consentement implicite d'une partie de

1. Cité par Patrick Rougelet dans *RG, la machine à scandale*, Albin Michel, 1997.

sa hiérarchie ». Car il y a bien eu un procès, mais pas celui qu'on attendait. Il y a eu un *happy end*. La DGPN a su orienter l'enquête sur un volet particulier de l'affaire, le rachat de la tour BP à la Défense. Une spectaculaire affaire d'appel d'offres truqué et de commissions baladeuses, mettant en cause un personnage flamboyant : le promoteur Christian Pellerin, l'homme qui a construit l'essentiel du quartier de la Défense. Daniel Voiry n'apparaît plus que comme un second rôle. Et quand la presse évoque les petites combines à la préfecture de police, c'est désormais avec ce sous-titre : « En marge de l'affaire BP ».

Pellerin, également franc-maçon, n'apprécie guère cette cavalière modification de perspective. À l'époque, le promoteur est dans une mauvaise passe. Pour avoir licencié un employé fictif du RPR, il s'est retrouvé interdit de construire par la mairie de Paris. Pellerin obtiendra finalement un non-lieu. L'affaire se résume désormais à la corruption présumée de dirigeants de BP, laissant de côté la rémunération d'intermédiaires par Eurocen et la circulation d'énormes sommes en liquide. La justice n'a enquêté que sur une douzaine de millions de francs de fausses factures (sur 500...). Une expertise judiciaire, confiée par le tribunal de commerce à un frère de la GLNF, conclura que « les recettes d'Eurocen sont systématiquement sorties par des chèques émis au profit de la famille Voiry ». Une simple entreprise familiale, vous dit-on. Aucun contrôle fiscal ne sera diligenté. De peur qu'il ne dévoile les véritables maîtres d'œuvre ?

Au procès, sa veuve, Francine Voiry, écopera de douze mois de prison avec sursis : elle avait accepté de prêter sa signature pour que son mari n'apparaisse pas directement dans Eurocen. Mais les peines les plus lourdes sont réservées aux professionnels de l'immobilier qui ont racheté la tour BP : Christian Schwartz et Bernard Michalon, intermédiaire du cabinet Féau, également maçons. Il n'est plus du tout question de la préfecture de police. L'opération a réussi. Plusieurs avocats concernés tirent cette morale de la procédure judiciaire : « La franc-maçonnerie a tranché », lâché certains frères pour en protéger d'autres. Me Schnerb, défenseur de Christian Pellerin, ne dit pas tout à fait cela. Mais presque : « Il était nécessaire de noyer l'affaire Eurocen qui impliquait profondément l'interloge maçonnique de la fraternelle de la police (...). Il fallait noyer l'affaire Voiry, très préoccupante pour la police, dans une affaire beaucoup plus large, d'où la tour BP[1]. » Aujourd'hui encore, Me Schnerb maintient et précise sa pensée : « Je pèse chacun de mes mots. Je n'en veux pas à la franc-maçonnerie, mais seulement à certaines fraternelles. »

Au final, aucune personnalité de la préfecture n'a été impliquée ès qualités dans l'affaire. Mais tous étaient très inquiets. Francine Voiry a reçu des menaces de mort jusqu'au jour où, pour desserrer l'étau et laisser entendre qu'elle n'a rien à dire, elle convoque une conférence de presse et proclame *urbi et orbi* : « La préfecture de police fait son travail. » Par un canal maçonnique, elle reçoit très vite un message : « Tout va bien, tu es tranquille. »

Maurice Santous, policier à la brigade finan-

1. Gilles Gaetner, *L'Argent facile, op. cit.*

cière, a eu moins de chance. Enquêtant sur le scandale et ses éventuelles ramifications bancaires au Moyen-Orient, son corps a été retrouvé dans la Seine. L'enquête a conclu à un suicide. Un de plus. Il venait de tomber amoureux et d'obtenir une promotion, deux bonnes raisons pour mettre fin à ses jours... Sur son agenda, on a retrouvé cette trace d'un rendez-vous qui aurait dû avoir lieu trois jours plus tard : « Tour BP ».

Trop de morts, de pistes volontairement inexplorées font de l'affaire Eurocen l'une des plus ténébreuses de ces dernières années. Pour l'essentiel, elle démontre la capacité de la police à s'autoprotéger. Le réseau de financement politique n'a pas été touché par l'enquête. Ses membres, maçons mais avant tout proches du RPR, ont pour la plupart échappé à toute sanction. La justice n'a pas cherché à explorer jusqu'au bout ce réseau-là. Dormez, braves gens. La police veille sur vous.

Chapitre 13

Le piège corse

Le présumé manipulateur s'est fait manipuler. Pour le Grand Orient, la leçon corse est amère. Lui, dont la réputation est de tirer les ficelles dans les coulisses de la vie politique, ne serait plus qu'un instrument aux mains du pouvoir ? Pire, ce sont des maçons du gouvernement, du PS et des Renseignements généraux qui ont joué avec lui. Simon Giovannaï, Grand Maître du GO, en a rendu son tablier, non sans dénoncer amèrement « certains frères qui ont tenté et d'ailleurs réussi à salir mon honneur et entraîner notre obédience dans des culs-de-basse-fosse des plus abjects ». Bigre.

En janvier 2000, Giovannaï, considéré comme un simple pape de transition, avait pourtant accepté avec fierté cette mission susceptible de redorer le blason du Grand Orient : organiser une réunion parallèle avec des nationalistes corses exclus des discussions menées au grand jour par Lionel Jospin à Matignon. En effet, seuls les élus de l'assemblée territoriale corse y sont conviés : c'est le cas des représentants de Corsica Nazione, vitrine légale du FLNC qui accepte de jouer le jeu des négociations. Mais les dissidents de Corsica Viva n'en sont pas. Ce mouvement est réputé proche du commando qui a organisé l'assassinat du préfet Claude Erignac et soupçonné d'avoir participé aux derniers attentats perpétrés en Corse en novembre 1999 contre des bâtiments de l'Urssaf et de la DDE. En les conviant à une réunion parallèle, l'objectif poursuivi est double : faire respecter par tous les nationalistes la trêve des armes et, pourquoi pas, obtenir la reddition d'Yvan Colonna, le présumé meurtrier toujours en cavale dans le maquis. Ce serait un joli coup politique. De leur côté, les représentants de Corsica Viva songent plutôt à négocier une amnistie en échange de la paix. Mais s'il est possible d'en discuter, cela doit se faire discrètement. Et où rencontrer des gens qu'on n'a théoriquement pas le droit de rencontrer ? Dans les locaux du Grand Orient, rue Cadet, à Paris !

Marseillais d'origine corse, Giovannaï semble être un bon intermédiaire, puisqu'il connaît bien les deux camps : sa propre société d'informatique a longtemps travaillé pour les centres de loisirs Léo-Lagrange, proches du PS ; par ailleurs, il a monté une société de conseil, 2A Consultants, destinée à soutenir des investissements (notamment immobiliers) en Corse, une fois la paix revenue. Mais il est encore trop tôt pour parler affaires... La fameuse réunion du 22 janvier 2000 n'est qu'une prise de contact entre hommes « de bonne volonté » (quatre maçons, quatre nationalistes, dont deux membres de Corsica Viva).

Des responsables du GO sont formels : cette mission de bons offices leur a été « sous-traitée » par les politiques. Lesquels ? Le PS ? Une réunion préparatoire avait eu lieu rue de Solferino, le 19 janvier, trois jours avant la rencontre rue Cadet. Y étaient présents, Giovannaï bien sûr, François Rebsamen, secrétaire national du PS chargé des élections, Serge Jakobowicz, délégué national aux associations, et Raymond Ceccaldi, un ami de Simon Giovannaï, co-actionnaire de 2A Consultants, président du conseil économique et social (CES, un organisme consultatif) de la Corse et membre du Conseil de l'Ordre du GO.

Autre fait troublant : un débriefing de la réunion avait été prévu le jeudi suivant la réunion, le 27 janvier, au siège du Parti socialiste en présence de François Hollande, pour tirer les leçons de la rencontre. Il a été annulé par peur du scandale, les fuites concernant cette opération commençant à s'ébruiter un peu partout.

Giovannaï le clame sans complexe : qui pense une seconde qu'il avait l'autorité pour prendre l'initiative de convoquer à une telle réunion un secrétaire national du Parti socialiste ? Mais au-delà du PS, les regards se tournent vers Manuel Valls, conseiller en communication de Lionel Jospin à Matignon. Membre du GO, il appartient à la même loge, L'Infini Maçonnique, que son ami Alain Bauer. Conseiller en sécurité, ce dernier fait depuis plusieurs années les couloirs du Conseil de l'Ordre du GO, dont il aspire à être le Grand Maître (il arrivera à ses fins). Valls et Bauer ont fait leurs classes ensemble, à la Mnef, puis au sein du courant rocardien du PS. Une fois Rocard à Matignon, ils suivront de près les négociations portant sur le nouveau statut de la Nouvelle-Calédonie, négocié entre frères de tous bords. Quand la réunion avec Corsica Viva sera dévoilée, ils rentreront l'un et l'autre dans leur coquille sur l'air de « pas vu, pas pris ». Alain Bauer – avec d'autres – réalisera même l'exploit de pousser Giovannaï à la démission. Heureusement pour eux, les boucs émissaires potentiels sont nombreux. Raymond Ceccaldi, au titre de président du CES de la Corse et de membre du Conseil de l'Ordre, accepte volontiers d'endosser publiquement le costume de M. Bons Offices. Mais à l'entendre, ce sont les Corses qui étaient demandeurs d'un rendez-vous. Selon Simon Giovannaï, le GO se serait ensuite contenté de « mettre en présence ces nationalistes et des membres du PS pour faire passer le message ». L'un et l'autre tiennent absolument à dédouaner Matignon, mais doivent convenir que des socialistes assistaient bien à la réunion, comme Serge Jakobowicz, qui se dévoue pour porter le chapeau. Simple délégué national aux associations du PS, il est en revanche membre du Conseil de l'Ordre du GO. Autrement dit, un petit socialiste mais un gros maçon, donc plus maçon que socialiste au moment de la réunion... Serge Jakobowicz prend sur lui pour épargner François Rebsamen : simple frère au GO, celui-ci est secrétaire national du PS aux élections : petit maçon mais gros socialiste, donc. Tout le monde s'en tiendra à cette même version : Rebsamen n'a pas assisté à la réunion, il traînait simplement dans les couloirs du GO. Avec un bon alibi : ce jour-là, on fêtait également le centième anniversaire d'une loge, plein de gens s'étaient donc retrouvés rue Cadet par hasard.

Pourquoi tant de soin à camoufler cette négociation secrète initiée au plus haut niveau ? À peine un mois après la réunion du 22 janvier, et surtout quelques jours après que le journal *La Croix* en a révélé la teneur[1], le leader de Corsica Viva, Joseph Peraldi, est mis en examen pour les attentats commis le 25 novembre 1999 contre les bâtiments de l'Urssaf et de la DDE à Ajaccio. Incarcéré, Peraldi en revendique la paternité politique. Ainsi, l'un des hôtes du GO dissimulait derrière son drapeau blanc un explosif à peine refroidi. Deux autres membres de la délégation corse seront poursuivis à leur tour. La mission de bons offices est plombée pour de bon : les critiques pleuvent, haro sur le GO ! Stoïque, Simon Giovannaï encaisse les coups pour mieux couvrir le gouvernement. Ce sont pourtant ces attentats d'Ajaccio qui ont poussé Lionel Jospin, les nationalistes et les élus corses à entamer le processus de négociations sur une autonomie accrue de l'île. C'est pourquoi beaucoup souhaitaient raccrocher Corsica Viva au wagon, fût-ce par l'entremise du GO.

Giovannaï jure qu'il ignorait tout de la responsabilité éventuelle de Joseph Peraldi dans les attentats d'Ajaccio. Maladroitement, il ira même jusqu'à nier l'avoir rencontré. D'autres frères du GO voient dans ce pataquès la marque d'un coup tordu : grâce à un tuyau anonyme, les policiers de la Division nationale antiterrorisme (DNAT) connaissaient le nom des poseurs de bombes depuis deux mois ; afin de semer la pagaille, ils ne les auraient appréhendés qu'après la réunion au Grand Orient ! Moins pour torpiller l'ébauche de négociations avec Corsica Viva que pour envoyer

1. *La Croix* du 11 février 2000.

un coup de semonce au gouvernement, soupçonné de privilégier systématiquement la gendarmerie par rapport à la police... Hypothèse audacieuse : un tuyau anonyme n'étant pas une preuve, les enquêteurs avaient besoin de temps pour accumuler des indices supplémentaires en filant les suspects. Mais hypothèse compréhensible, tant l'ombre des Renseignements généraux a plané sur cette affaire.

La présence de Francis Piazza illustre cette dimension de l'affaire. Capitaine des RG basé à Marseille, il dispose d'une triple casquette : flic, socialiste et maçon. Et même d'une quatrième, puisque natif du même village que certains militants de Corsica Viva. Étant de toutes les confluences, il propose à sa hiérarchie de faire son métier : s'infiltrer dans la réunion du GO, puis rédiger une note à l'attention de sa tutelle, le ministère de l'Intérieur. Le nº 2 des RG, Bernard Squarcini, refuse. Celui-ci, à qui on prête – à tort ? – une proximité avec Charles Pasqua, sent venir l'embrouille : les RG risquent encore d'être accusés d'espionnage politique. Piazza offre alors ses services à l'étage supérieur : Yves Bertrand, directeur central des RG, qui n'est pas maçon et n'apprécie guère son subordonné, accepte. Enfin presque. Le flic obtient un feu vert pour s'incruster à la réunion du GO, mais sans instruction formelle de sa hiérarchie. Une nuance de taille : en cas de pépin, sa présence sera expliquée par sa seule casquette franc-maçonne, et non RG ! Officiellement, il ne fut ainsi que l'une de ces nombreuses personnes à traîner ce 22 janvier dans les couloirs du GO.

Évidemment, le capitaine Piazza est allé au rapport. Directement auprès d'Yves Bertrand, au grand dam de Bernard Squarcini qui avait tenté en vain de le débriefer. La maison RG, traversée plus que jamais de conflits de pouvoirs, a un peu tangué, ne sachant plus trop quels étaient les ordres. D'autant que des notes ont commencé à alimenter les journaux, faisant un peu plus monter la mayonnaise corse. On soupçonne même Jean-Pierre Chevènement, ministre de l'Intérieur notoirement opposé à toute concession aux nationalistes, d'en être le chef cuisinier. Son conseiller aux « affaires réservées », Gérard Cureau, membre du GO, n'avait-il pas été prévenu à l'avance de la réunion du 22 janvier[1] ? Il dément, sans convaincre tout le monde. D'autres soutiennent la thèse rigoureusement inverse : la réunion au GO aurait été utilisée pour déstabiliser le ministère de l'Intérieur, en l'écartant un peu plus du processus de négociation avec les nationalistes corses.

À ce niveau de confusion, chacun tente de sauver sa peau. Matignon s'en sort à coups de démentis peu convaincants et avec la signature d'un accord sur la perspective d'une dose de pouvoir législatif accordée à la Corse. Le texte a été négocié au grand jour, toujours par des maçons, mais cette fois sans recours intempestif du GO, entre le président de l'Assemblée territoriale, José Rossi (GLNF), et le chef de file des nationalistes de Corsica Nazione, Jean-Guy Talamoni[2]. Jean-Pierre

1. *Libération* du 2 mars 2000.

2. Selon Jean-Michel Rossi, l'ancien leader corse assassiné en août 2000, Talamoni aurait été initié à la GLNF *via* un journaliste de Radio-France à Bastia (dans *Pour solde de tout compte*, livre d'entretiens publié chez Denoël). Mais rien ne permet de le démontrer.

Chevènement a fait oublier le rôle des RG par sa très vigoureuse contestation des accords de Matignon, délivrant au passage une petite leçon de républicanisme au GO dont c'est pourtant le fonds de commerce. Deux ans plus tôt, cette même obédience avait fermement condamné la charte européenne des langues régionales, qui « porte atteinte à l'unité de la nation et encourage l'enfermement xénophobe des régions ». Rue Cadet, on a parfois la mémoire courte !

De nombreux frères se sont sentis profondément humiliés par cet épisode. « Comprenez, nous sommes plutôt du genre République-une-et-indivisible. Et on apprend que le GO discute avec des terroristes corses... Triste réalité. » Tout cela parce qu'un Grand Maître a voulu refaire le coup du statut Joxe, ce premier accord d'autonomie concocté entre maçons de tous bords. Pierre Joxe (GO), ministre de l'Intérieur, avait déjà pour principal interlocuteur... José Rossi (GLNF). Cheville ouvrière de ces négociations qui voulaient instaurer la notion de « peuple corse » : François Rebsamen (GO), celui qui est théoriquement resté dans le couloir le 22 janvier 2000.

Simon Giovannaï s'est planté : il sera donc crucifié. La majorité des 33 membres du Conseil de l'Ordre lui rappellent solennellement que le GO « doit s'interdire, en tant qu'obédience maçonnique, toute ingérence dans le règlement politique direct d'une question dont les représentants élus du peuple et le gouvernement de la République sont les seuls à pouvoir décider souverainement ». C'est une vaste plaisanterie, comme si le Grand Orient ne s'était jamais ingéré dans la vie politique ! Mais il faut le faire discrètement, sans que l'obédience apparaisse en première ligne. Et les mêmes membres du Conseil de verser des larmes de crocodile contre ce lourdaud de Giovannaï : ils se disent « parfaitement conscients que certains ont fait de cette réunion une affaire politique de grande ampleur dans le but de déstabiliser le gouvernement, ou ont profité de sa médiatisation importante pour des règlements de comptes divers, au sein du PS, au sein de la haute administration, au sein du GO. Ils condamnent ces manœuvres et déplorent que le Grand Orient de France soit instrumentalisé, à son corps défendant, dans de telles entreprises ».

Pour sa défense, Simon Giovannaï a vainement plaidé sa tentative de « rassembler ce qui est épars », selon la terminologie maçonnique : « Seul l'aspect humaniste, en dehors de toute action politicienne, a motivé mon action. » Au moment de démissionner, le 14 avril 2000, le Grand Maître s'est enfin rendu à l'évidence : il n'est qu'une balle perdue dans une bataille qui le dépasse. « Il est possible que j'ai mal apprécié la capacité de nuire de certains frères, la capacité de certains cabinets ministériels à vitrioler tout ce qui n'est pas de leur initiative, ni la capacité des Renseignements généraux à écrire des scénarios de bandes dessinées. » Prudent, il a posté sa dernière lettre aux loges depuis son domicile, « pour éviter une nouvelle fois qu'une planche du Grand Maître ne soit subtilisée et n'arrive plus vite dans certaines rédactions bien ciblées et sur Internet ». Raté.

Les dégâts n'étant pas assez importants, les hiérarques du GO ont profité du malaise corse pour replonger dans leur passe-temps favori : la guérilla interne. Les trois principaux animateurs du réseau

Voltaire[1] sont suspendus. Ils avaient eu le mauvais goût d'insister sur l'implication de Matignon, au risque de chagriner Manuel Valls et Alain Bauer, favori pour prendre la suite de Simon Giovannaï. Leur procès interne s'est déroulé à huis clos. Leurs supporters se sont fait balader dans les locaux du GO sous prétexte que le temple était « en travaux ». Ce jour-là, Bauer portait personnellement l'accusation contre les responsables du réseau Voltaire pour « manque total de fraternité ». En revanche, le frère Francis Piazza, qui avait balancé ce qu'il savait au ministère de l'Intérieur, est toujours bienvenu. Ses visites au temple de la rue Cadet devraient toutefois s'espacer, puisque sa hiérarchie policière l'a promu. En Guadeloupe.

Dans le sauve-qui-peut général qui a suivi, tout le monde accuse tout le monde d'avoir organisé des « fuites ». Le GO soupçonne ouvertement les RG d'avoir « initialisé, pour l'essentiel, les manipulations ». Cette explication sommaire, extraite d'une synthèse du rapport de la commission d'enquête interne à l'obédience, a été reprise dans la presse[2] et vise à charger au maximum Jean-Pierre Chevènement, réputé prêt à tout pour faire capoter le processus de paix. Mais la version complète du rapport[3] ne prend pas de gants pour désigner les véritables responsables de ce fiasco : elle met directement en cause Lionel Jospin comme étant parfaitement « au courant » de la réunion, et

1. Des partisans d'une société laïque et libertaire. Ces activistes défendent en particulier l'IVG, le PACS, les sans-papiers et les drogues douces ; ils combattent l'obscurantisme catholique en général.

2. *Le Parisien* du 30 septembre 2000.

3. *Libération* du 6 septembre 2000.

confirme la présence de François Rebsamen. Les RG, eux, sont tentés de mettre en cause Matignon, tandis que d'autres encore dénoncent un axe GO-RG réglant chacun leurs comptes internes... En vérité, ce sont de simples maçons, pas forcément de base, qui ont crevé l'abcès pour des raisons purement corses. C'est en effet de Corse que les premières révélations sur cette réunion ont été faites aux journalistes.

La Corse et la maçonnerie ? Vieille histoire ! Pasquale Paoli (1725-1807), figure historique de l'indépendantisme corse, était lui-même franc-maçon. Selon un adage du XIXe siècle « un Corse se vante avec orgueil du nombre de ses cousins, comme on se vante de la force de son bras [1] ». Il suffit de remplacer « cousins » par « frères » pour obtenir une allégorie de la franc-maçonnerie. Ces deux microcosmes s'entendent à merveille, puisque l'un comme l'autre font profession des tractations occultes, prétendant incarner une avant-garde éclairée. La revue corse *Kyrn* préfère l'explication sociologique, sous forme d'interrogations : « Recherche compensatoire d'une nouvelle solidarité hors de l'île ? Besoin tribal d'une marque d'appartenance exorcisant confusément un anonymat difficile à vivre pour un insulaire ? »

Quoi qu'il en soit, la plupart des acteurs de la scène corse – politiques ou hommes d'affaires, à Paris ou à Ajaccio – sont du sérail. En retour, les francs-maçons s'intéressent beaucoup à la Corse. Certains épisodes, au plus haut niveau, sont

1. Cette forte maxime attribuée à Paul Bourde est rapportée dans une étude sur le lobby corse rédigée par Emmanuel Bernabeu-Casanova, disponible sur Internet : www.multimania.com/geopolitique/corse.

connus, comme l'adoption du statut Joxe en 1991. Membre du GO, Pierre Joxe a continué à s'intéresser de près à la question corse. Lorsqu'il était président de la Cour des comptes, il s'était rendu « en vacances privées », si l'on en croit la version officielle, à un colloque organisé en août 1998 à Mariehamm (Finlande), sur l'autonomie comparée de la Corse et des îles Aland, petit paradis fiscal de la mer Baltique... Paul Giacobbi, président (radical de gauche) du département de Haute-Corse, membre de la GLF, faisait également partie de cette très peu officielle délégation française.

Parallèlement, Philippe Guglielmi, ancien Grand Maître du GO, continue de jouer sa propre partition à travers la loge Pasquale Paoli. Mal lui en a pris : quelques semaines après le scandale soulevé par la réunion rue Cadet, deux motards masqués débarquent chez lui en pleine nuit, dans son petit village corse dont sont issus les membres du gang de la Brise de Mer, et lui tiennent à peu près ce langage : « Ton heure n'est pas encore venue. Dis à tes amis du GO de s'occuper du Congo s'ils veulent, mais pas de la Corse. Dernier avertissement. » Un frère de la GLNF donne une définition singulière de la fraternité à la mode insulaire : « Dans cette région, le tarif minimum de la pression c'est l'attentat au plastic. »

La perspective d'une autonomie accrue de l'île et principalement d'un démembrement de la loi Littoral, principal frein au bétonnage des côtes, attise les intérêts. Mais quiconque veut ramasser la mise immobilière devra en passer par les nationalistes. La GLNF, sous la plume de son n° 2 de fait, le fameux Yves Trestournel, l'a bien compris. Dans une lettre au Vénérable d'une loge corse, il met les points sur les i : « Il appartient aux frères des loges de recruter des frères qui ne seront pas engagés dans les mouvements antinationalistes corses. » Élus, hommes d'affaires, anciens cagoulés, tous sont prêts pour le grand deal à venir, sous la haute bienveillance des obédiences.

« Dans les années 80, le FLNC a décidé d'infiltrer un certain nombre de militants et de cadres dans la franc-maçonnerie, ont raconté François Santoni et Jean-Michel Rossi à Guy Benhamou dans *Pour solde de tout compte*. Cet investissement, conçu dans une perspective de long terme, devait déboucher sur une prise de pouvoir économique (...). Jusqu'à l'obtention du statut Joxe, cette stratégie produit des bénéfices substantiels. Le profit le plus visible de cette collaboration est le montage, en 1989-1990, d'une société de développement de type capital-risque, appelée la Cofide. Elle a surtout permis la fortune de ses promoteurs. » Grands et petits calculs de l'autonomisme à la mode maçonne...

Charles Capia, président du Medef local, est du Grand Orient, tout comme Noël Devichi, patron des hypermarchés Casino, tout-puissants dans l'île. Le frère André Guelfi, célèbre intermédiaire de l'affaire Elf, est de retour au pays. Des pasquaïens, comme Henri Antona, maire RPR de Coti-Chiavari (le village de la célèbre paillote Chez Francis), ancien président de Tecni (filiale de la Générale des Eaux impliquée dans plusieurs affaires), membre de l'Association franco-gabonaise des Hauts-de-Seine (*sic*), actionnaire du golf de Sperone et franc-maçon bien sûr, observent la situation avec intérêt. Dans son village, on compte déjà cinq paillotes sauvages. Au sein du PS, le frère Laurent Croce, secrétaire fédéral en Haute-Corse, monte une liste municipale dissidente contre Émile Zuccarelli, maire radical de gauche de Bastia, au motif que ce dernier s'oppose à ces lendemains qui chantent au nom de l'indivisibilité de la République. Les rumeurs les plus folles courent sur l'alliance entre mafieux italiens et nationalistes corses pour rentabiliser l'ancienne lutte armée. Sans parler des connexions africaines. Et Alain Christnacht, conseiller de Lionel Jospin qui a piloté en direct les accords de Matignon, membre de la GLNF, fait comme si de rien n'était.

Chapitre 14

Jeu de Monopoly

En maçonnerie, le rituel initiatique est ce qu'il y a de plus sacré. Sa stricte observance est à la base de la réflexion et du travail sur soi-même de chacun des frères. Mais comme toujours en maçonnerie, l'organisation est complexe et l'ambiguïté n'est jamais très loin.

Pour le commun des frères, les choses sont relativement simples. C'est le Vénérable qui a le pouvoir d'initier toute personne venant frapper à la porte du temple, après autorisation des responsables de la province, et de l'élever ensuite au grade de compagnon ou de maître. Mais pour atteindre les sommets de la hiérarchie, les hauts grades, il faut se soumettre à une autorité supérieure, « un ordre intérieur » plus ou moins indépendant des obédiences, seul habilité à délivrer les plus hautes distinctions maçonniques. Et pour devenir Prince de Jérusalem, Chevalier Rose-Croix ou Sublime Prince Royal du Secret, certains se damneraient, comme d'autres pour être élus à l'Académie française ou décorés de la Légion d'honneur ! Ce sont parfois les mêmes, d'ailleurs.

Ces distinctions permettent de briller de mille bijoux – cela signifie décorations – et d'en imposer au commun des initiés. Symbole de l'intrusion dans le temple de ces très profanes contingences, les grandes obédiences se battent – parfois comme des chiffonniers – pour imposer leur légitimité initiatique et donc s'arroger le droit de distribuer ces honneurs. Et donc de satisfaire quelques amis bien placés. Derrière des rivalités initiatiques et des querelles symboliques se cachent de véritables guerres d'influence. Jeux de miroirs, jeux de pouvoir.

On en parle peu dans les journaux, mais les francs-maçons du monde entier sont sur les dents. Car il s'agit d'une guerre qui, au-delà de la France, résume l'ambivalence de la franc-maçonnerie : sous de nobles prétextes rituels, une sombre affaire de géopolitique. « La lutte d'influence est ouverte », constate un dignitaire.

La première escarmouche s'est déroulée en janvier 2000 : Willy Balsamo, ancien membre de la GLNF, crée alors le Grand Chapitre de Monaco. Son objet social est de répandre en Europe les hauts grades du Rite d'York. Le microcosme a tout de suite compris : les Américains débarquent en Europe. Ils y songeaient depuis longtemps, et ont profité d'un moment de faiblesse des Anglais (les effectifs de la Grande Loge Unie d'Angleterre ont fondu de moitié, à 400 000 membres, depuis que le gouvernement de Tony Blair a mis sur la place publique la question de l'incompatibilité entre le serment maçonnique et les fonctions de magistrat ou de policier) et surtout de la décadence des Français pour passer à l'acte. Débarquement réussi : le Grand Chapitre de Monaco, fondé sous l'égide de l'American Canadian Grand Lodge, a été aussitôt reconnu par 70 pays.

Difficile pour un profane de suivre les méandres du conflit, mais pas impossible. Depuis l'origine, la franc-maçonnerie oppose Anglo-Saxons et Latins. Les premiers, déistes en général et protestants en particulier, ont accepté la tutelle de la Grande Loge Unie d'Angleterre. Toujours dirigée par un duc (de Kent, actuellement) et à jamais dévouée à la Couronne britannique, elle ne se prétend pas moins Loge Mère de toutes les Grandes Loges du monde entier. Elle seule décide si une nouvelle obédience peut être reconnue ou pas : en particulier, les athées et les femmes sont rigoureusement proscrits. Les membres d'une Grande Loge décrétée « régulière », une seule par pays, n'ont pas le droit de rencontrer des frères non reconnus par la Grande Loge Unie d'Angleterre. Bon nombre d'obédiences préfèrent se plier à la règle, dans l'espoir d'être admises dans son fabuleux réseau international. Parce qu'elles n'ont qu'une faible légitimité historique et initiatique, les Grandes Loges américaines n'ont jamais cherché à remettre en cause cette tutelle anglaise. « Américains et Anglais ne se disputent jamais devant les autres, souligne un frère français. Chacun chez soi. » Mais dans la mesure où les francs-maçons américains (4 millions) représentent les deux tiers des effectifs mondiaux, ils se voient bien prendre l'Europe d'assaut.

En face, la maçonnerie latine affiche une liberté de conscience et accepte la présence des femmes, que ce soit dans des obédiences mixtes ou des obédiences sœurs. Outre l'adhésion à ces principes, leur organisme commun, le Clipsas (Centre de liaison et d'information des puissances maçonniques signataires de l'appel de Strasbourg) regroupe les recalés de la Grande Loge Unie d'Angleterre. Ce n'est donc pas un véritable lieu de pouvoir, mais plutôt de résistance des minoritaires. Le Grand Orient, dont l'influence maçonnique en Europe continentale remonte aux conquêtes du Premier Empire, l'a d'ailleurs quitté en 1996 pour fonder (en vain) une structure internationale plus engagée.

La maçonnerie française résume bien la situation, avec le GO, historiquement rebelle à la Grande Loge Unie d'Angleterre, la GLNF, reconnue par elle, et la GLF qui aurait pu l'être mais ne l'est pas parce qu'elle a des contacts avec le GO. La GLNF se flatte d'être la seule obédience dite « régulière », véritable produit d'appel pour attirer les hommes d'affaires internationaux. Le GO et la GLF la surnomment parfois Grande Loge prétendument Nationale de France. Quand ils évoquent avec mépris « les Anglais », il s'agit des Français de la GLNF !

Le panorama mondial des obédiences étant relativement figé, les mouvements de troupes s'effectuent essentiellement sur la question des rituels. Chaque obédience en cultive plusieurs en son sein, avec plus ou moins de légitimité. À l'origine, la liturgie ne comporte que trois grades communs (apprenti, compagnon, maître) issus de la maçonnerie « opérative ». Au XVIIIe siècle, toutefois, la maçonnerie « spéculative » va faire preuve d'une singulière aptitude au syncrétisme : de nouveaux grades sont créés (jusqu'au 33e degré) faisant référence au Temple du roi Salomon, aux pyramides d'Égypte, à la chevalerie des croisades, au retour des Templiers... Tous les grands archétypes y passent, sans oublier l'alchimie et la kabbale.

De ce fatras mystique émergent quelques figures légendaires, aussitôt converties en hauts grades maçonniques, comme le chevalier Kadosh, à la fois essénien (une secte préchristique) et templier, toujours muni d'une échelle pour mieux s'élever. C'est lui qui venge Hiram des mauvais compagnons.

L'essentiel de la cérémonie initiatique à ce 30e grade consiste à faire gravir au récipiendaire une double échelle mystique, composée de sept échelons. Ceux de gauche portent les noms de Justice, Miséricorde, Douceur, Vérité, Vertu, Patience, Prudence. Et ceux de droite, d'Astronomie, Musique, Géométrie, Arithmétique, Logique, Rhétorique, Grammaire. Cette double symbolique a pour objet de souligner la nécessaire concordance entre les facultés de l'âme et les disciplines de l'esprit, afin de parvenir au sommet de la Connaissance, c'est-à-dire à l'Absolu. Lors de son « exaltation » (sa promotion), le candidat doit répondre à un rituel faisant allusion à l'histoire des Templiers, aux griefs de Philippe le Bel à leur encontre, à l'élection du pape Clément V, et aux persécutions subies autrefois. Extraits :

— Êtes-vous Chevalier Kadosh ?

— Je le suis et je réponds également à d'autres appellations consacrées en d'autres temps et en d'autres lieux.

— Quelle est la signification du mot Kadosh ?

— Sacré, ou saint, ou plutôt parfait.

— Quel nom donne-t-on à la réunion des Chevaliers Kadosh ?

— Un Aréopage.

— En quel lieu cette réunion se tient-elle ?
— Dans un camp.
— Pourquoi ?
— Parce qu'un Chevalier Kadosh doit être constamment prêt à combattre.
— Quel est le combat que mènent les Chevaliers Kadosh ?
— Ils luttent sans trêve contre toutes les tyrannies spirituelles et temporelles.
— Quelle arme symbolise ce combat ?
— Le glaive : le glaive flamboyant de saint Michel, la lame inflexible de saint Georges, le caducée de Mercure.
— Donnez-moi le mot sacré.
— Mi-Chamichah Bealim Adonaï.
— Quelle en est la signification ?
— Qui, d'entre les forts, est semblable à toi, Adonaï[1] ?
— Qu'avez-vous remarqué en pénétrant dans le Camp ?
— Une échelle mystérieuse dont j'ai pu gravir la première partie et descendre la seconde.
— Quelle est la caractéristique du 30e grade ?
— L'amour de la vérité, l'amour de l'humanité.
— À quelle œuvre doit se consacrer le Chevalier Kadosh ?
— Le Kadosh qui a franchi les portes de la Mort et est entré dans le sanctuaire de la Vie doit

1. Adonaï veut dire « Seigneur », « le Souverain Maître ». Ce nom est employé à la place du mot sacré de Dieu, Ieve, Yahweh, que, par respect, les Hébreux ne prononcent pas. Adonaï est le pluriel de Adon, la formule plurielle étant une marque d'excellence et de pluralité. Voir Jules Boucher, *La Symbolique maçonnique*, Éditions Dervy, 1948.

combattre toutes les tyrannies, tous les abus, toutes les ignorances ; il est le soldat toujours debout de la Pensée libre, de la Justice et du Droit.

Des livres entiers sont consacrés à cette symbolique. On y explique la signification de chaque geste, chaque mot, chaque attribut. Nombre d'outils, de formules et de rites sont inspirés de légendes anciennes. Certains symboles sont d'une simplicité biblique, d'autres sont atrocement compliqués, avec des formules bourrées de mots latins, hébreux, grecs ou égyptiens. Des initiés sont passionnés par tout cela. Ils affirment sincèrement que ceux qui n'ont pas vécu de l'intérieur ces rituels initiatiques, n'en ont pas ressenti l'émotion, ne peuvent pas comprendre. C'est là l'essence même de la maçonnerie spéculative dont le but est le perfectionnement de l'humanité à travers un travail symbolique qui tourne parfois à l'ésotérisme. C'est la face noble et officielle de cette société dite philosophique. On est, en apparence, très loin des fausses factures et des arrangements de prétoire.

« Le XVIIIe siècle est un mélange complexe de "lumières", de raison et aussi d'illuminisme, souligne un grand spécialiste des rites, rédacteur d'une magistrale planche sur le sujet présentée devant la loge Villard de Honnecourt (GLNF). La religiosité est souvent sentimentale ; un irrationnel souvent crédule va parfois de pair avec le plus cynique matérialisme ; l'épicurisme confond souvent sa quête de l'occulte avec celle d'un pouvoir tangible. »

La mise au point formelle de rites maçonniques visait à remettre un peu d'ordre dans ce foisonnement de hauts grades et freiner certaines dérives occultistes. Jean-Baptiste Willermoz (1730-1824), concepteur du Rite Écossais Rectifié, s'était ainsi chargé de faire le tri pour en dégager une « science de l'homme », et si possible de l'honnête homme : « J'ai découvert nombre de systèmes, tous plus singuliers les uns que les autres. La seule inspection suffit pour prouver la futilité des uns, l'impossibilité des autres, et enfin inspirer une juste horreur pour quelques-uns. Il est inconcevable qu'une foule d'hommes raisonnables s'occupent sérieusement de pareilles chimères. Tous les buts quelconques qui ne sont pas marqués au coin de l'utilité publique et particulière sont évidemment faux. » Les principaux rites, tous établis au tournant du XIXe siècle, ont des troncs communs (la figure du Rose-Croix, le chevalier Kadosh), des variantes (plus ou moins religieuses) et surtout des stratégies distinctes (quel public viser ?).

Le Rite Écossais Rectifié, codifié en 1782, est le plus chevaleresque d'entre eux. Symboliquement, il démarre par le grade d'Écuyer Novice ; concrètement, on ne badine pas avec l'ordre et la discipline. Ce rite est surtout le plus chrétien puisqu'il est recommandé : « Professe en tous lieux la divine religion du Christ et ne rougis jamais de lui appartenir. » Le terme Rectifié ne signifie pas que le rite a été modernisé, mais que l'initié qui le pratique fait désormais preuve de rectitude : il est rectifié. Après une longue période de semi-sommeil, liée à la méfiance qu'inspiraient les adeptes des Templiers, il a été réactivé après-guerre sous l'impulsion de la GLNF, la seule obédience française qui impose de croire en Dieu.

Le Rite Écossais Ancien et Accepté, codifié en 1804, est, lui, assez alchimique, inclassable, se méfiant de la mythologie templière chère à l'Écossais Rectifié. Pour avoir également pris ses distances avec la religion (mais pas forcément avec la culture chrétienne), le REAA convient assez bien aux athées. La franc-maçonnerie française a beaucoup contribué à l'établir : en Angleterre, l'Ancien et Accepté est parfois désigné sous le terme de Rose-Croix (en français dans le texte). Contrairement à ce qu'indique son nom, le REAA n'est pas le plus ancien mais seulement le plus accepté des rites. Aujourd'hui encore, c'est le plus pratiqué dans le monde.

Le Rite Français, codifié en 1784, baptisé Rite Moderne à l'origine, rompt avec l'enflure des hauts grades. Sur le fond, il reste toutefois assez semblable aux rites dits écossais, bien que certains frères trouvent son spiritualisme assez fade. Au XIXe siècle, il a peu à peu été rebaptisé Rite Français, dans la mesure où il est très largement majoritaire au Grand Orient qui l'a débarrassé de toute connotation religieuse. Depuis, certains de ses adeptes ont tenté d'y réinjecter un peu de symbolisme, au point qu'il en existe aujourd'hui trois versions différentes, dont un Rite Français Moderne et Rétabli (proche de l'ancien Rite Moderne d'origine).

Le Rite Émulation, codifié en 1813, est très théâtral (« théatreux », disent ses détracteurs) et déchristianisé. L'Émulation en question est davantage sociale que mentale. Le paradoxe veut que ce rite soit principalement pratiqué à la Grande Loge Unie d'Angleterre (et, par ricochet, à la GLNF), gardienne autoproclamée de l'orthodoxie. Assez scolaire, le Rite Émulation doit être appris par cœur. Il est déconseillé à ses adeptes d'en débattre, sous peine d'être accusés d'intellectualisme. Outre l'Angleterre, il est majoritaire chez les francs-maçons africains.

Le Rite Égyptien relève d'une curieuse alchimie franco-italo-égyptienne : il mélange les délires d'un charlatan (Cagliostro, qui se prétendait messager du Grand Copte), l'activisme hexagonal d'anarchistes italiens (les Carbonari), l'émerveillement de savants français de retour d'Égypte, les campagnes napoléoniennes en Italie... Le tout adoubé au XIXe siècle par la figure de Garibaldi, l'homme de l'indépendance italienne, qui imposa la fusion entre les deux rites concurrents, Memphis et Misraïm. Cela donnait le rite le plus ésotérique de tous au service de l'extrême gauche libertaire et républicaine. Sans renier ses origines, le rite de Memphis-Misraïm est devenu au fil des temps une sorte d'université maçonnique, réservé à des hauts grades d'autres obédiences venant y sonder quelques mystères qui leur auraient échappé jusque-là (le Rite Égyptien comporte 99 degrés, record du monde et le grade le plus élevé s'intitule la Grande Hiérophanie).

Le Rite d'York, parfois qualifié de « merveilleux », est typiquement américain. Également déchristianisé, il se pratique avec un chapeau haut de forme et plaît généralement aux profanes tout juste initiés. Selon un spécialiste, « c'est un rite d'accueil, compréhensible partout et par tout le monde » : pas de grave débat ésotérique, seulement du cérémonial. À la différence des rites d'essence écossaise, échelonnés en 33 grades successifs, le Rite d'York, au-delà des trois premiers degrés, propose divers parcours maçonniques dont le point commun est de sublimer le passage de l'Ancien au Nouveau Testament : l'Arche Royale, les Chevaliers du Temple *(Knights Templar)* et, honneur suprême, *The Shrine* (un dérivé de l'Ordre de Malte dédié aux œuvres de bienfaisance). N'ayant pas la légitimité maçonnique des vieux pays européens, la cinquantaine de Grandes Loges des États-Unis (une par État, chacune étant indépendante) ont recréé une symbolique bien à elles, quoique truffée de références extérieures. Travers typiquement américain, on peut acheter le titre Chevalier de l'Arche Royale pour 40 dollars. Une misère.

Ce bref panorama est encore trop simple. À chaque rituel correspond un organisme chargé de veiller à sa stricte observance : un Grand Prieuré pour le Rite Écossais Rectifié, un Suprême Conseil pour le Rite Écossais Ancien et Accepté, un Grand Chapitre pour le Rite Français... Ces organismes sont réputés indépendants des différentes obédiences, qui ne maîtrisent en interne que les trois premiers grades de base (apprenti, compagnon, maître), en vigueur dans les « loges bleues ». Pour les hauts grades (du 4e au 33e), elles doivent s'en remettre à ces gardiens du temple. Dans les faits, chaque obédience a noué alliance avec un ordre supérieur. Pour le Rite Écossais Ancien et Accepté, par exemple, il existe un Suprême Conseil affilié au GO, un Suprême Conseil de France affilié à la GLF, un Suprême Conseil pour la France affilié à la GLNF, un Suprême Conseil Mixte Universel affilié au Droit Humain, un Suprême Conseil Féminin de France affilié à la Grande Loge Féminine de France ! De ce point de vue, le GO est l'une des obédiences les plus intégrées : son Grand Collège des Rites comprend un Grand Chapitre Général (dédié au Rite Français), un Grand Prieuré Indépendant de France (dédié au Rite Écossais Rectifié) et un Suprême Conseil de France (dédié au Rite Écossais Ancien et Accepté).

Au XXe siècle, les grandes obédiences n'ont prêté qu'une attention discrète à ces problèmes de rites. Chacune privilégiait l'un d'entre eux (le Rite Français au GO, le Rite Écossais Ancien et Accepté à la GLF, le Rite Écossais Rectifié ou le Rite Émulation à la GLNF) et ne s'intéressait qu'aux trois grades de base gérés en interne. Sous la IIIe ou la IVe République, le franc-maçon attiré par le pouvoir se contentait volontiers du grade de Maître pour peu qu'il ait un portefeuille ministériel.

Pourquoi ce soudain intérêt pour les hauts grades ? Il s'agirait, disent certains, d'un retour de flamme mystique consécutif aux désillusions de la politique, avec un effet de balancier très (trop ?) fort. De veiller à ce que le besoin de spiritualité ne profite pas qu'aux sectes, contre lesquelles la maçonnerie serait le meilleur rempart. Pour d'autres, il s'agit tout simplement de noyer certaines dérives sous couvert de mysticisme : « On peut être ésotérico-mystique et affairiste à la fois, glisse un frère du GO. Je dirais même mieux : les affairistes préfèrent les ésotérico-mystiques car ils ne leurs posent pas trop de questions. »

En vérité, il est aussi question d'une banale course aux effectifs, à l'échelle planétaire. Dans l'espoir de ratisser large, chaque obédience réactive en son sein tous les rites possibles et imaginables. C'est parfois risible, lorsque le GO se pique soudainement de Rite Égyptien dans le seul but de tailler des croupières à Memphis-Misraïm. À sa décharge, la Grande Loge Unie d'Angleterre s'y intéresse également, avec encore moins de légitimité que le GO : un dissident de Memphis-Misraïm ayant créé une Grande Loge Symbolique de France, la rumeur l'a aussitôt soupçonné de vouloir apporter le Rite Égyptien aux Anglais, *via* la GLNF...

Les véritables grandes manœuvres consistent pour les obédiences à reprendre le contrôle direct des hauts grades pour mieux circonvenir les anciens et illustres maçons qui jouissent d'une liberté de ton et de la faculté de se réunir dans des loges supérieures qui ne sont pas contrôlées par les obédiences. Pour des raisons de recrutement externe, également. Prenons, au hasard, un chef d'État africain récemment porté au pouvoir par un coup d'État. La GLNF (toujours au hasard) prend rapidement langue avec lui pour l'initier, au nom de la vieille amitié franco-africaine. Mais elle ne peut, au maximum, que le nommer Maître maçon (3e grade). Arrive alors une Grande Loge Américaine, qui dispose en interne de toute une panoplie de hauts grades. Elle nomme son Premier ministre, disons... Haute Croix Rouge de Constantine. Évidemment, le président dictateur va être jaloux et exigera une breloque au moins égale. Qu'à cela ne tienne, la Grande Loge américaine peut toujours le nommer Grand Chevalier de l'Ordre de Malte. « Dans dix ans, l'Afrique sera totalement américanisée », se désole un membre de la GLNF. Alors que si elle avait pu parachuter le président dictateur Chevalier de la Cité Sainte...

L'objectif est donc d'en finir avec ces Grands Prieurés et autres Suprêmes Conseils indépendants. En 1998, Philippe Guglielmi, Grand Maître du Grand Orient, tente d'imposer l'élection au suffrage universel des membres du Grand Collège des Rites. Furieux, son Grand Commandeur, Bernard Genetet, démissionne et part fonder la Grande Loge Unie de France (GLUF), refuge pour maçons effarés par les dérives de leurs obédiences respectives. Selon plusieurs témoignages, ce dernier aurait surtout été indigné par les exigences du Grand Maître qui voulait être propulsé au plus haut grade. « C'est une crise dont les maçons ont le secret », confie un dignitaire. Guglielmi aurait alors menacé de dénoncer la convention de 1946 liant le GO au Grand Collège des Rites. Quoi qu'il en soit, l'épisode illustre la volonté de cette obédience de reprendre le contrôle des hauts grades.

La GLNF a invoqué un motif un peu plus subtil pour se débarrasser, le 13 juin 2000, du Grand Prieuré des Gaules (gardien du Rite Écossais Rectifié) : elle entend alors déchristianiser celui-ci pour l'ouvrir aux adeptes des autres religions monothéistes. C'est en soi une hérésie, puisque sa spécificité est précisément son christianisme (on prête serment sur le prologue de l'Évangile de saint Jean). C'est aussi inutile, puisque la GLNF dispose d'autres rituels déjà déchristianisés. Mais enfin bon, le prétexte sera celui-là : l'obédience envoie un courrier à ses membres haut gradés leur interdisant de fréquenter les loges supérieures du Grand Prieuré des Gaules. Celui-ci ne se laisse pas faire, invoque l'accord de 1958 signé avec la GLNF et porte l'affaire devant la justice profane... Le 25 juillet 2000, le tribunal de grande instance de Paris, statuant en référé, lui donne raison et nomme un médiateur membre du... GO. Plaisanterie mise à part, cette guérilla désole profondément les francs-maçons sincèrement attachés à la mystique du Rite Rectifié. Une cinquantaine de loges ont démissionné de la GLNF pour s'affilier directement au Grand Prieuré des Gaules. « La GLNF veut faire évoluer les rituels pour attirer les non-chrétiens, souligne l'un d'eux. Elle s'accroche officiellement à l'obligation de croire en Dieu uniquement pour conserver la reconnaissance de l'Angleterre, mais aimerait devenir un GO bis, sans obligation de croyance. »

Cette passe d'armes a secoué le Landerneau maçonnique. Le Grand Prieuré d'Helvétie, conservateur historique du Rite Écossais Rectifié du temps où il était tombé en désuétude en France, a fait des remontrances. La Grande Loge suisse Alpina, qui lui est affiliée, a, dans un premier geste de mauvaise humeur, congédié l'ambassadeur de la GLNF. Puis fait marche arrière toute, au nom de la géopolitique maçonne, et dénoncé les scissionnistes du Grand Prieuré des Gaules. Parallèlement, un autre front s'ouvrait à propos du Rite d'York, Rite yankee par excellence. Rite d'expansion, surtout. L'actuel siège européen de la maçonnerie américaine se situe toujours à Heidelberg, ancien QG des forces alliées occupant l'Allemagne après la Seconde Guerre mondiale. Tout un symbole. En France, deux loges pratiquant le Rite d'York (dont la loge Pershing à Fontainebleau, du nom du commandant en chef de l'US Army durant la Première Guerre mondiale...) s'étaient implantées dans la foulée du débarquement en Normandie, vingt ans avant que le général de Gaulle ne claque la porte de l'OTAN en 1965. La maçonnerie a toujours épousé fidèlement les méandres de la politique.

Une petite loge niçoise, Yorktown, nichée au sein de la GLNF, avait toutefois continué à vivoter. Bien des décennies plus tard, lorsque la GLNF s'est lancée dans une politique d'expansion tous azimuts, y compris par la propagation du Rite d'York car tous les moyens sont bons, deux frères de la Côte, Hubert Masquefa et Willy Balsamo (membres des loges Rudyard Kipling et Laurent le Magnifique qui se sont illustrées sur la Côte) se sont fidèlement exécutés, ouvrant loge sur loge. Balsamo s'est pris au jeu, proposant à la GLNF de négocier auprès des autorités américaines la « patente » (l'autorisation de pratiquer un rite particulier jusqu'en ses grades les plus élevés, au-delà des simples loges bleues) du Rite d'York. Le Grand Maître a aussitôt flairé l'embrouille : encore un nouveau truc qu'il risque de ne pas contrôler puisqu'il n'y connaît rigoureusement rien ! Réflexe qui en dit long sur la volonté de la GLNF de ne pas voir une tête qui dépasse. Lors d'une réunion préparatoire, Claude Charbonniaud, puisque c'est de lui qu'il s'agit, aura ce cri du cœur : « Vous voulez fonder une nouvelle armée en prenant des hommes de chez nous ! »

Willy Balsamo ne baisse pas les bras. Sincèrement attaché à son Rite d'York, il prend langue directement avec l'American Canadian Grand Lodge (ACGL). Aux États-Unis, il n'existe pas d'obédience centralisée au niveau national, mais une Grande Loge par État même si elles sont reliées entre elles. Le 51e État, c'est tout simplement le reste du monde, sous la bannière de l'ACGL, laquelle décide de faire alliance avec Balsamo. Ainsi naquit le Grand Chapitre de Monaco, nouvelle tête de pont de la maçonnerie américaine en Europe.

Pourquoi Monaco ? Dans la principauté, le catholicisme est religion d'État, l'évêché est directement rattaché au Vatican. Mais entre grands principes et petits arrangements, une loge affiliée à la GLUA (on raconte que le prince Albert en est membre) y est tolérée. Le Grand Chapitre de Monaco, association juridiquement française, ne pouvait trouver meilleure protection contre la vengeance prévisible de la GLNF.

Le 15 août 2000 à Nashville, les plus hauts dignitaires américains ont fait le point sur les manœuvres en cours. La première phase a réussi : le Rite d'York a débarqué pour de bon sur le vieux continent. Le 25 août, en Écosse, une réunion des Grands Prieurés du monde entier gardiens du RER, prenant acte de la scission concomitante du Grand Prieuré des Gaules, déclare que la France est désormais un « territoire libre ». Autrement dit, toutes les obédiences du monde entier, à commencer par les américaines, peuvent s'y implanter pour propager de nouveaux rites, quels qu'ils soient.

De fait, c'est la ruée. À l'Institut national de la propriété industrielle (INPI) comme sur Internet. « Tout le monde dépose des brevets, des logos, des adresses.org, chacun avance ses pions pour développer tous les rites en France, glisse un créateur de domaines sur la toile. On comptera les points à la fin. » Willy Balsamo a déposé l'intégrale du Rite d'York à l'INPI, ce qui n'empêche pas la GLNF de fonder une « loge de marque » du même Rite d'York. Nouveau procès profane en perspective ! De même, la GLNF vient de réactiver en son sein le Rite rosicrucien, très beau, très riche, paraît-il, pour mieux concurrencer le SRIA *(Societas rosicrucian in Anglia)* en créant son propre SRIG (pour *in Gallia*)... La course aux parts de marché est bien lancée. La maçonnerie n'est plus que Monopoly.

Chapitre 15

Le Grand désOrienté

La question fut un jour posée à un frère du GO, magistrat de profession : après un Grand Maître infiltré par les Renseignements généraux (Michel Baroin, de 1977 à 1979), un autre issu des services de renseignement militaire (Philippe Guglielmi, de 1997 à 1999) et enfin un spécialiste de la tolérance zéro (Alain Bauer, depuis 2000), le Grand Orient de France envisage-t-il un jour de nommer un pur intellectuel à sa tête ? Ne serait-ce que pour donner le change ? Le frère a répondu par un soupir de lassitude : il envisage de démissionner.

Le fringant Alain Bauer, 39 ans, résume à lui seul l'impasse actuelle du GO. Dans son discours d'intronisation à la Grande Maîtrise, le 15 septembre 2000, il n'a pas cherché à dissimuler l'indigence philosophique de son obédience. « Il faut parler de notre patrimoine intellectuel, dont certains se demandent même parfois s'il y a lieu de le chercher. On nous reproche beaucoup de ne plus penser. Jamais autant de publications n'ont parlé des francs-maçons. Rarement ont-ils été aussi éloignés de leur histoire et jamais leur influence n'a été, dans le monde des idées, aussi faible. » Certes, les loges du GO continuent à imprimer leurs réflexions. Mais, à entendre Bauer, il ne s'agirait que d'une « production d'eau tiède » : « Entre le faible nombre d'ateliers qui y répond et la pratique de la synthèse qui mélange le meilleur au pire, le brillant à l'inconstant, l'exceptionnel au néant, il conviendrait sans doute de cesser de nous lamenter pour améliorer le produit de ce qui est censé être l'état de la pensée et de la réflexion du GO. (...) Qu'avons-nous dit sur la réforme de la justice, sur la présomption d'innocence, sur les prisons ? Rien ou presque. » Rien non plus sur la mondialisation, la bioéthique, la pauvreté. Dans ce désert intellectuel, quel peut donc être l'enjeu d'une élection au poste de Grand Maître du GO ? Il faut rendre ici un ultime hommage à la lucidité d'Alain Bauer, et reprendre son discours inaugural à usage interne : « L'élection du Grand Maître est devenue un champ de foire pour maçons de caniveau. La presse est devenue le reproducteur fidèle des libelles d'un gang de mercenaires de la lettre anonyme et de la rumeur (...). Ainsi me suis-je vu, successivement et parfois en même temps, attribuer des perversions sexuelles inattendues, diverses et contradictoires, mis en examen au quotidien sur tout dossier publié dans un journal, dénoncé comme agent ou comme ennemi de l'ancien ministre de l'Intérieur (au grand amusement de la place Beauvau), agent secret de services aussi différents que concurrents, et j'en passe sans doute. J'ai plus découvert sur ma supposée vie en quelques semaines qu'au cours de toute mon existence précédente. »

Le bonhomme est malin. Forçant le trait, il discrédite les attaques. Pourtant, son parcours n'a rien de la ligne droite. C'est pourquoi le poste d'actuel Grand Maître du GO lui va comme un gant. De surcroît, Alain Bauer affiche une bonne conscience à toute épreuve. On lui prête des influences multiples ? Il laisse dire, ou dément mollement. Sauf si on entre dans le détail... Sa carrière professionnelle et politique – oublions les allusions sexuelles et les supposées mises en examen qui n'existent que dans son imaginaire – a en effet de quoi surprendre le franc-maçon lambda du GO. Sous une apparence florentine, Bauer est un apôtre du tout-sécuritaire, appréciant la compagnie de gens d'armes. Ses fréquentations sont pour le moins éclectiques. Voire à hauts risques.

Alain Bauer est né en 1962. Chez lui, tout est précocité : adhérent du PS à 15 ans, initié au GO à 19. Profession : apparatchik. Il est de toutes les fonctions que peut occuper un étudiant : vice-président de l'Université Panthéon-Sorbonne, président de la commission de contrôle du syndicat Unef-ID, administrateur de la Mnef. En 1986, pendant les manifestations étudiantes contre le projet de loi Devaquet, le jeune responsable du service d'ordre – l'occasion de premiers contacts avec la police... – élargit son spectre d'influence en devenant membre de la commission de contrôle du syndicat FO, haut lieu de compagnonnage entre maçonnerie et trotskisme, deux maisons expertes en noyautage.

Politiquement, Alain Bauer mise sur le cheval du moment (nous sommes dans la seconde moitié des années 80) : Michel Rocard. Avec deux autres jeunes ambitieux aux dents longues, Stéphane Fouks et Manuel Valls, ils forment la « troïka » rocardienne. Dès cette époque, il commence à céder aux sirènes du business : tout en étant « chargé de mission auprès du directeur de cabinet du Premier ministre » – poste énigmatique – il conseille des patrons d'entreprise, par exemple à Air France. Rocard déchu, la troïka s'égaille dans la nature. Valls reste en politique – il est aujourd'hui conseiller en communication de Lionel Jospin à Matignon – tandis que Fouks prospère dans la publicité, au sein de l'agence RSCG, prenant en charge les campagnes électorales de Jospin en 1995 et 1997, mais également l'image de chefs d'État africains. Bauer, lui, papillonne un peu partout. Il conseille.

Son premier vrai job à temps plein est auprès de Christian Pellerin, PDG de la Sari, filiale de la Générale des Eaux, franc-maçon comme nombre de dirigeants de la pieuvre Vivendi. Pellerin, fondateur du quartier de la Défense, est alors pris dans la tourmente de l'affaire de la tour BP, aux relents plus que maçonniques [1]. Bauer s'occupe de ses relations publiques et particulières : la Sari publie de pleines pages de pub dans la revue interne du syndicat des commissaires de police (le SCHFPN, dit le Schtroumpf). Cela n'a aucun rapport, bien sûr, mais il faut tout de même le constater : Pellerin obtiendra finalement un non-lieu dans cette affaire qui dérangeait au plus haut point la police parisienne. Grâce à ce passage au sein de la Sari, Bauer fera du quartier de la Défense la

1. Voir chapitre 12 : « Une police infiltrée ».

base de lancement de ses futures affaires et y gagnera quelques amitiés du côté de l'université Léonard de Vinci des Hauts-de-Seine.

Puis, en 1993, un mystérieux trou dans sa biographie. Il part un an, ou plutôt sept mois aux États-Unis, à San Diego. Qu'a-t-il fait ? Il a appris son futur métier de « consultant en sécurité », au sein de l'entreprise américaine Saic (Science Application International Corporation). L'année suivante, il deviendra même vice-président pour l'Europe de cette mystérieuse multinationale, seul dans un petit bureau de la Défense. Les autres antennes de la Saic en Europe sont généralement installées dans des hôpitaux américains, ou au siège d'entreprises anglo-saxonnes. Car la Saic est une société d'un genre un peu spécial : elle travaille quasi exclusivement pour les services secrets (FBI, CIA, NSA) et le gouvernement américains (y compris l'US Air Force). Ses contrats avec l'administration représentent 79 % de son chiffre d'affaires, dont plus de la moitié avec le Pentagone. Elle a créé la plus grande banque de données criminelles au monde (38 millions de suspects fichés), mis en place le système de transmissions au sein de l'état-major de l'armée, « débuggé » la Maison Blanche à l'approche de l'an 2000, pris en charge la formation de policiers à l'étranger qui, une fois en place, ne manqueront pas de rendre compte à la CIA... Près de 200 anciens colonels ou généraux de l'armée US (sans compter des anciens de la NSA et de la CIA) pantouflent dans ses rangs. Cette société contrôle également Network Solutions, une firme privée qui gère les noms de domaines sur Internet.

Le président de la Saic, le Dr. J. Robert Beyster

milite dans le monde entier, via une fondation, en faveur de l'*Employee Ownership Philosophy*. En France on pourrait appeler cela intéressement ou participation. En réalité, c'est plus proche des stock options. Mais qu'allait donc faire Bauer, militant de gauche convaincu, au pays de Big Brother ? Selon Alain Bauer, décidément très mystérieux, il aurait été chargé d'une mission ultra-secrète entre la France et les États-Unis, touchant à la Défense nationale. Pour achever sa formation, le nouveau patron du GO a également fréquenté Stentofon, entreprise américano-scandinave spécialisée dans les matériels d'interception (en particuliers les écoutes téléphoniques). Certes, il n'existe point de sot métier. Mais on chercherait en vain dans ce parcours un quelconque esprit des Lumières.

De retour en France, Alain Bauer se met à son compte au sein d'une petite structure, baptisée AB Associates, pour mettre en pratique ce qu'il a appris au contact des Américains. Sa spécialité : la sécurité urbaine. Son filon : les contrats locaux de sécurité (CLS).

Lancés par une circulaire du 28 octobre 1997, les CLS ont été présentés comme l'un des instruments majeurs de la politique de sécurité urbaine du gouvernement. Ils sont censés favoriser le dialogue, amorcer un partenariat actif entre l'État, les collectivités locales, les associations, la police, les enseignants. Petite subtilité de cette loi votée du temps de Charles Pasqua : en amont des contrats, signés par des centaines de communes, il est obligatoire d'élaborer un diagnostic de la petite délinquance locale, prélude à la mise en œuvre d'éventuelles solutions. Un bon filon dans lequel s'est engouffré Alain Bauer. Mais les CLS commencent à avoir mauvaise presse.

Un rapport de la mission interministérielle d'évaluation, remis à Jean-Pierre Chevènement en octobre 1998, critique la plupart de ces rapports « qui ne sont souvent que des tableaux statistiques » de données issues de la police et de la gendarmerie, et dénonce des « propositions stéréotypées ». Quelques sociétés privées préconisent au passage le recours à la vidéosurveillance, tout en se proposant d'assurer la formation et l'équipement des polices municipales... De nombreux élus commencent à s'interroger sur cette obligation de passer par un audit, payant, pour mettre en place leur politique. « Le coût d'une consultation peut décourager l'initiative », dénonçait *L'Humanité* le 21 septembre 2000, en rappelant que les deux principaux cabinets d'audit qui se partagent le marché facturent leur prestation 200 000 francs minimum : Espace Risk Management à droite, AB Associates à gauche mais aussi chez les pasquaïens.

La petite structure d'Alain Bauer qui a, un temps, employé la femme de Manuel Valls, est ainsi devenue prospère. Elle intervient dans la même sphère d'activité que celle de Philippe Legorjus, ancien gendarme de la cellule de l'Élysée (PHL Consultants et Group Adress), qui lui-même emploie Philippe Guglielmi, ancien Grand Maître du GO. On soupçonne également Alain-Pierre Laclotte, ancien agent de combat reconverti dans le privé (société APL), de faire du renseignement efficace en faveur d'AB Associates. C'est à la suite d'un CLS qu'Alain Bauer avait convaincu l'ancien maire socialiste de Vitrolles, Jean-

Jacques Anglade, un frère, d'installer des caméras de vidéosurveillance dans les rues de la ville. Il ne s'en flatte pas : sur le site Internet d'AB Associates, pas de trace de Vitrolles dans la longue liste de ses clients... Peut-être parce que le Front national a trouvé l'idée si bonne que le nouveau maire Bruno Mégret s'est empressé de la reprendre à son compte.

Certains considèrent que le bouchon est poussé un peu trop loin. La mode des contrats locaux de sécurité leur semble très proche de la théorie américaine dite de la « tolérance zéro » face à la délinquance. Le syndicat de la magistrature (SM) s'inquiète : « On poursuit n'importe quoi en mélangeant incivilités et infractions. » Ces magistrats de gauche dénoncent « la systématisation des réponses pénales rapides, où le maître des poursuites n'est plus le magistrat mais le policier, le tout assorti d'un discours simplificateur à l'égard des jeunes ». Un frère du GO dit les choses crûment : « La tolérance zéro à l'américaine, c'est l'absence de proportion entre la peine et le délit. On met la piétaille en prison et on laisse la mafia prospérer. »

Alain Bauer s'est forgé une conviction en la matière aux côtés de Christian de Bongrain, dit Xavier Raufer, membre dans les années 70 des groupuscules d'extrême droite Occident et Ordre nouveau. Raufer s'est ensuite reconverti dans l'édition, au côté de Gérald Penciolleli, qui deviendra par la suite, un temps, le patron de *Minute*.

Bauer dit tout ignorer du passé de Xavier Raufer, mais ils ne se quittent plus depuis 1998. Ensemble, ils ont corédigé un livre, *Violence et insécurité urbaines*[1]. Plus récemment, à la rentrée 2000, Raufer, responsable d'un diplôme de troisième cycle à l'université d'Assas, invitait Bauer à délivrer des cours magistraux sur les « violences urbaines ». Autre conférencier : François-Bernard Huygue, ancien militant d'Ordre nouveau et du GUD (le très musclé service d'ordre d'Assas). Alain Bauer est également lié à Émile Perez, membre du GO, autre fervent partisan de la tolérance zéro. Cet ancien secrétaire général du syndicat des commissaires de police (le Schtroumpf), attaché de police à Washington dans le cadre du Service de coopération technique et internationale des polices (le SCTIP), est lui aussi proche des services américains. Avec Bauer il vient de publier un livre intitulé *L'Amérique, la violence, le crime*[2], qui fait l'éloge des méthodes radicales utilisées outre-Atlantique pour lutter contre la petite délinquance.

Xavier Raufer, qui se définit comme un « anti-Babar » (Badinter-Bartolone, l'ancien ministre de la Justice et l'actuel ministre de la Ville, tous deux socialistes), s'étonne que ses idées déclenchent autant d'hostilité : « Il faut revenir à des choses simples. Un criminel ne s'arrête que quand on l'arrête. L'accompagnement social n'a aucune incidence sur la criminalité elle-même. Il faut revenir aux bonnes vieilles méthodes, au travail de

1. Alain Bauer et Xavier Raufer, *Violence et insécurité urbaines*, PUF, 1999. Décidément prolixe, le Grand Maître du GO vient de publier un nouvel ouvrage avec André-Michel Ventre (l'actuel patron du Schtroumpf), sur la police de proximité.

2. Alain Bauer et Émile Perez, *L'Amérique, la violence, le crime*, PUF, 2000.

base du policier. *Back to basic*. Quant à Bauer, c'est un type très intelligent et très correct. Pour une fois qu'un homme de gauche s'intéresse aux questions de sécurité... Ils me font marrer, les francs-maçons, à donner des leçons de morale. La maçonnerie a été l'outil de conquête de Mussolini... »

Ces amitiés sécuritaires commencent à faire jaser au sein du GO, qui était habitué à un tout autre discours. « Ce n'est pas le reflet de l'esprit des Lumières », déplore un frère qui préférerait que l'obédience condamne la « pénalisation de la pauvreté », ces mères de famille condamnées pour le vol d'un steak au supermarché.

Les frères du Grand Orient, qui ont déjà avalé pas mal de couleuvres, ont de quoi être désOrientés. Un précédent Grand Maître, Philippe Guglielmi, dans le sillage duquel Alain Bauer a fait son nid, était ouvertement un ancien membre de la Direction des renseignements militaires (DRM) au Liban, une double casquette délicate à porter mais qui ne semblait gêner personne au GO.

Élu en septembre 2000 à la Grande Maîtrise, Alain Bauer a très vite effectué un premier geste symbolique, en décidant que le futur nom de passe pour entrer dans les temples du GO sera « Pasquini », en hommage à Xavier Pasquini, décédé d'une crise cardiaque le 25 mars 2000 en plein congrès régional du GO. Ce jour-là, il venait de piquer une grosse colère contre le Grand Maître Simon Giovannaï, au plus fort de la crise provoquée par la réunion avec les indépendantistes corses. Des opposants internes y ont encore vu malice : Xavier Pasquini, journaliste à *Charlie Hebdo* en charge des sectes, fut très proche des Renseignements généraux. Il avait autrefois écrit un livre, *Une enquête de police sur « Le Canard enchaîné »*[1], publié aux éditions Jean Picollec, à base de notes des RG sur les journalistes et les informateurs du journal satirique... Pas très confraternel.

Alain Bauer refuse d'évoquer son passé et ses affaires : il préfère gloser sur l'obédience dont il a désormais la charge, discourir sur la nécessaire réforme de l'État et des institutions. Ou taper sur la GLNF. Car il se targue d'être à la tête d'une obédience propre : « 70 maçons (sur 40 000) sont actuellement sur les tablettes de nos tribunaux, dont la moitié pour des affaires profanes. Alors que toutes les obédiences adogmatiques ont adopté des procédures du même ordre, la situation est moins claire à la Grande Loge Nationale de France. La structure centrale de cette obédience apparaît même comme une fédération de fraternelles. Ce que nous abhorrons[2]. » Au cours d'un dîner organisé par la fraternelle parlementaire, un frère l'a pourtant entendu dire que toutes les obédiences étaient dans la même galère. Entre-temps, la GLNF avait, il est vrai, menacé de porter plainte en diffamation devant un tribunal profane.

Le dernier rapport moral du Conseil de l'Ordre proclame fièrement que « la finalité de l'Initiation n'est plus l'accession à un statut social mais à un supplément de responsabilité ». Tout est dans le « n'est plus ». Il se flatte aussi d'avoir tapé du poing en Afrique, en « disant non à la maçonnerie de salon, à une maçonnerie qui ne prend ses ordres

1. Xavier Pasquini et Christian Plume, *Une enquête de police sur « Le Canard enchaîné »*, éditions Jean Picollec, 1980.

2. *Le Figaro Magazine* du 30 septembre 2000.

qu'auprès des autorités politiques en place et organise ses coups d'État comme cela se fait dans le monde profane ».

Côté cuisine, le GO a eu bien du mal à mettre sur la touche deux frères emblématiques : Michel Reyt et Roland Dumas. Selon de nombreuses sources, le premier — « injustement persécuté » par la justice profane (l'ancien patron de la Sagès en est à son cinquième procès) — aurait été réintégré en septembre 2000. Ce que dément formellement Alain Bauer : « Je l'ai suspendu dès mon arrivée en prononçant moi-même le réquisitoire. » Quant à l'ancien ministre des Affaires étrangères impliqué dans l'affaire Elf, il a longtemps été défendu par ses frères au motif qu'il était victime de « racontars de journalistes ». Sa suspension n'est intervenue qu'à l'approche de son procès. Alors que le GO se flatte de prendre des mesures de suspension dès qu'un frère est mis en examen, concernant ces deux personnalités, il a longtemps fait fi des grands principes.

Ces querelles intestines alimentent la vie quotidienne du Grand Orient depuis bientôt trente ans. Seuls quelques centaines de frères s'y adonnent avec frénésie ; les autres adhérents, se contentent de fréquenter le petit microcosme que constitue leur atelier de base. De temps en temps, ils apprennent par la presse, effarés, la violence des combats au sommet. La Grande Maîtrise est-elle encore un véritable enjeu de pouvoir ? Certains en doutent et soulignent que seuls des politiciens ratés ou rentrés peuvent y trouver un quelconque épanouissement. Avec cet avantage de pouvoir mener en parallèle une vie professionnelle bien remplie. Politique plus business, un rêve de maçon.

« Devenir Grand Maître est un jeu d'enfant », affirme un ancien membre du Conseil de l'Ordre, qui égrène les « quatre tentatives de prédation » dont fut victime l'ordre. Dans les années 70, OPA des giscardiens : le Grand Maître Jean-Pierre Prouteau obtient alors que le GO, nettement à gauche, ne tranche pas entre François Mitterrand et Valéry Giscard d'Estaing à l'élection présidentielle de 1974. Il en sera remercié par un portefeuille ministériel. Plus sérieuse, l'offensive du RPR. Grand Maître de 1977 à 1979, Michel Baroin, ancien policier, proche de Chirac, est considéré comme le symbole d'une opération d'infiltration réussie. En 1984 : retour dans le giron socialiste avec l'élection de Roger Leray. Mais ce dernier colle si étroitement aux desiderata de François Mitterrand que même les maçons de gauche en sont excédés. *Exit* Leray, qui ne sera même pas réélu dans son propre congrès régional. 1995, c'est l'assaut des lambertistes. Cette secte politique issue du trotskisme fait profession de noyauter toute organisation qui lui passe sous le nez, en vue de préparer un jour la révolution. Le temps a passé, le grand soir n'est toujours pas au rendez-vous, mais les lambertistes continuent de conspirer. Par habitude de conspirer, de même que les Shadocks pompaient. Un peu comme certains maçons, d'ailleurs.

C'est pourquoi Patrick Kessel, ancien journaliste à l'AFP, est entré assez facilement dans la Grande Maîtrise. Tonitruant, il affirme aussitôt que, « décidément, il y a dans cette maison quelques éléments aux mœurs de voyous ». Kessel veut jouer les M. Propre, mais il y a surtout sa propre secrétaire qui a détourné un chèque de 70 000 francs adressé à l'Ordre (son nom de famille débutant par GO, il suffisait de compléter...). L'éphémère Grand Maître est débarqué en moins d'un an à l'occasion d'un convent houleux où volent les noms d'oiseaux : « pourri », « voyou »... « Un bordel indescriptible, très bien organisé par les lambertistes », se souvient un participant. Après tout, Beyrouth n'est-il pas situé vers cet Orient cher aux maçons ? Patrick Kessel lui-même se fait accuser de « chiraco-trotskisme » au motif que la candidature présidentielle de l'homme de la « fracture sociale » ne lui serait pas indifférente. Repoussés *in extremis*, les lambertistes n'ont toutefois pas renoncé à revenir un jour en force.

Son successeur, Philippe Guglielmi, n'a pas non plus échappé aux règlements de comptes internes. Sous son règne, une lettre rédigée sur en-tête du GO le désignait comme étant celui qui apporterait enfin la preuve que François Léotard et Jean-Claude Gaudin étaient les commanditaires du meurtre de Yann Piat... Un faux, bien sûr, mais qui a quand même circulé.

Notre ancien membre du Conseil de l'Ordre conclut, fataliste : « L'obédience est tellement faible qu'elle est incapable de repérer ou endiguer tous ces assauts extérieurs. Mais elle est encore capable de virer les indésirables une fois qu'elle s'en est aperçu. » Avis aux futurs Grands Maîtres.

L'unanimité apparente de l'élection d'Alain Bauer ne reflète pas forcément la réalité du Grand Orient. En effet, le président du Conseil de l'Ordre (puisqu'il souhaite moderniser le titre) n'est pas désigné directement par le convent (l'assemblée générale des 956 loges), mais par le Conseil de l'Ordre (le conseil d'administration), lui-même renouvelé annuellement par tiers. Bauer a donc été élu par des conseillers de l'Ordre désignés lors de précédents convents. Il n'y eut quasiment pas de débat interne : « Les francs-maçons de base ne connaissent pas le quart du dixième des enjeux de pouvoir », souligne un frère. Manifestant toutefois leur désapprobation, lors du convent du 7 septembre 2000 ratifiant l'intronisation d'Alain Bauer, 41 % des délégués ont rejeté le rapport moral qui leur était présenté ce jour-là. Une proportion jamais atteinte, qui vise peut-être davantage l'ancienne équipe de Simon Giovannaï dans un mouvement de ras-le-bol généralisé. Le vote sur le rapport du Conseil de l'Ordre est pourtant une formalité qui recueille généralement des scores africains. Lors du convent de septembre 1999, le rapport de Guglielmi, à qui Giovannaï allait succéder, avait été approuvé par 914 loges sur les 922 présentes.

Certains se rebiffent, s'inquiètent de l'autoritarisme soudain d'un homme qui, jusqu'alors, évoluait en coulisse avec un grand sens de la diplomatie. Aussi, quand Bauer évoque la taxe Tobin au nom du Grand Orient, certains membres du Conseil de l'Ordre font valoir que ce sujet n'a jamais été abordé au sein de l'instance. Les mêmes s'offusquent de la suspension *sine die* des frères du réseau Voltaire, pour « atteinte aux intérêts généraux de l'Ordre ». Leur crime ? Avoir affirmé que Matignon était le commanditaire de la réunion sur la Corse. Le message a été reçu cinq sur cinq : aucune critique politique ne sera tolérée.

« Bauer est là pour assurer le soutien du GO à Jospin », affirme un ancien membre du Conseil.

Le malaise est d'autant plus profond que le Grand Orient, à bout de souffle et d'idées, est en panne d'objectif profane. Comme livré à lui-même. S'étant séparé de la maçonnerie anglo-saxonne pour prendre à bras-le-corps le combat républicain, le GO n'a plus de véritable raison d'être, si ce n'est le retour à la pratique initiatique. Un comble ! Simple problème de balancier, rétorquent des anciens, comme Michel Reyt. Mieux vaut en sourire. Dans une tribune libre publiée par *Le Figaro*, un collectif, intitulé « Appel à un renouveau maçonnique », fait valoir que le GO – aujourd'hui à la remorque de la société – ne peut aspirer à redevenir un « laboratoire d'idées » dans la mesure où, à « l'intérieur des temples », les frères se comportent comme dans la vie profane, les ateliers s'étant transformés en « clubs politiques inefficaces où les frères s'affrontent comme ils le feraient sur la place publique ». Et de suggérer un retour aux pratiques rituelles, non pour s'épargner l'engagement citoyen, comme ils en sont accusés, mais afin que les loges redeviennent un lieu à part soustrait aux contingences extérieures, un lieu de réflexion d'où pourraient émerger des idées « fondées philosophiquement »[1].

Alain Bauer n'est ni le premier ni le dernier à constater l'absence de débat et de vitalité. « Aujourd'hui, la société s'est tellement libéralisée, dit-il, qu'elle le fait mieux et plus vite que nous. La

1. *Le Figaro* du 6 mars 2001.

franc-maçonnerie n'est plus le lieu où l'on débat avant les autres, mais l'endroit où l'on comble les vides, où l'on approfondit les grandes questions comme la bioéthique ou la future Constitution européenne. » En 1998, le GO avait envoyé une note à l'ensemble de ses membres, dans l'espoir de les secouer : « La franc-maçonnerie ne sert plus à intégrer certaines minorités. Elle est de moins en moins une université de substitution. Elle n'est pas davantage un réel lieu de coordination et de réflexion pour une partie des élites progressistes. Il est vrai que celles-ci ont souvent trahi leur mission d'origine. » « La franc-maçonnerie s'est fossilisée, reconnaît un Vénérable du GO. Elle n'a pas su répondre aux défis de la mondialisation, elle est devenue une coopérative des médiocres. » Il serait vain d'en appeler aux vieux mythes fondateurs. Leur utopie s'est réalisée. Ils sont en République. C'est bien leur problème.

Chapitre 16

Sauve qui peut à la GLNF

Le vernis de respectabilité qui protégeait les arrangements entre initiés a tenu longtemps. En 1997, dans leur livre *Les Bonnes Fréquentations*, Sophie Coignard et Marie-Thérèse Guichard donnent un coup de projecteur en évoquant, dans un chapitre intitulé « S'enrichir », les principales affaires mettant en cause des maçons : Urba, Crédit foncier, ARC, HLM de Paris, Conseil général du Gard... Malgré cette première salve bien nourrie, rien ne change au royaume du Grand Architecte. Après l'article de *L'Express* en 1998, toujours pas de prise de conscience : juste des droits de réponse ! Les frères « de bonnes mœurs », de plus en plus exaspérés par ces dérives qui nuisent à la maçonnerie au point de la mettre en danger, ulcérés par l'absence de réaction au sein des obédiences, se sentent cependant de plus en plus libres de dénoncer les dérives. La presse commence à devenir plus curieuse.

En janvier 2000, dans *L'Express*, Laurent Chabrun et Fabrice Lhomme révèlent la dimension maçonnique de l'affaire des arsenaux de Toulon, une invraisemblable succession de marchés truqués au cœur de l'armée française. Ils font surtout état des opérations de police interne : pour la première fois, les obédiences évoquent des cas de radiation. Sous la pression des médias, il ne leur est plus possible de nier en bloc. Mais on est encore loin d'une véritable opération « mains propres ». Cinq mois plus tard, dans *Le Nouvel Observateur*, Airy Routier revient longuement sur les dérives trois points sur la Côte d'Azur, mais relève aussi l'importance des réseaux maçons dans un certain nombre de fiefs comme les hôpitaux, EDF ou la préfectorale. En janvier 2001, *Le Point* décortique l'influence des frères dans la police et la justice, en vue d'éteindre certaines affaires. En juin 2000, dans *Paris Match*, François Labrouillère révèle le rôle joué par des membres de la loge Spinoza dans les affaires Mnef ou Elf. L'étau se resserre.

Mais c'est surtout la diffusion sur France 2, en avril 2000, d'un reportage sur les dérives azuréennes de la GLNF, qui provoque le sauve-qui-peut général. Furieux de voir son linge sale étalé – pour la première fois – sur une grande chaîne de télévision, son Grand Maître Claude Charbonniaud tente de sauver la face. Faisant fi de ses promesses de remise en ordre, dans une circulaire à tous les Vénérables de l'obédience, il dénonce « une campagne agressive et haineuse qui s'inscrit dans une offensive générale contre la Maçonnerie [1] ». Le Grand Maître présente une version très rassurante des faits :

1. Communiqué du Grand Maître de la GLNF du 25 avril 2000.

« Cette émission a réuni un message trompeur, un faisceau de faits condamnables commis par certains des nôtres et que nous avons été les premiers à dénoncer et à sanctionner. Tous les personnages cités, sans exception, anciens maçons impliqués dans des “affaires”, ont été, au moment de ces faits, exclus ou priés de démissionner (...). Le procédé biaisé de l'amalgame consiste à suggérer que tous les faits ou les situations rapportés sont liés entre eux et qu'une sorte de réseau maçonnique d'influence est à l'œuvre dont il faut, au nom de la transparence, révéler les connivences, le cerveau et la main. » Exagérer les propos pour discréditer les critiques : c'est la vieille méthode de la famille.

Et d'appeler les frères à rester solidaires face aux attaques, par la sempiternelle référence aux persécutions vichystes : « Bien des frères ont payé de leur vie l'antimaçonnisme viscéral. »

Qu'en termes choisis ces choses sont dites ! Mais quels frères ont été sanctionnés ? Combien d'articles, combien de mises en examen pour qu'enfin, en 1996, le frère Michel Mouillot soit invité à simplement démissionner ? Cela fait moins de bruit qu'une exclusion et lui laisse quelques ouvertures dans des obédiences étrangères. En Israël ou dans les Caraïbes, par exemple. Mais tous les autres, les trésoriers de partis, les faux-facturiers, les ripoux des tribunaux de commerce, les intermédiaires douteux ?

Le Grand Maître a toujours tout nié. Il ne savait pas. Il ne voyait pas. Il n'imaginait même pas. La meilleure défense étant l'attaque, Charbonniaud méprise ceux qui le défient. Les journalistes ? Ils pratiquent l'amalgame pour vendre du papier. Le frère Pierre Bertin, qui dénonçait les turpitudes « à couvert » ? Il est aussitôt accusé d'« allégations injurieuses et diffamatoires ». Depuis des années, impassible, Charbonniaud ignore les plaintes et les mises en garde, qu'elles viennent d'en haut ou d'en bas. Qu'importe les dégâts. L'obédience est tenue. Le Souverain Grand Comité est aux ordres. Rien ne peut lui arriver. Mais tous ces beaux discours ne convainquent plus personne, comme en témoigne cette lettre de démission adressée le 15 juin 2000 par un frère demeurant à Nice.

« TRF, mon cher Claude,

« Chaque semaine les médias nous accablent, mettant en vedette nos brebis galeuses épinglées par la justice. Je vous épargnerai le chapelet interminable de ces nombreux noms qui depuis tant d'années déshonorent notre obédience maçonnique et dont les démissions tardives n'effacent ni le souvenir ni nos blessures. Aujourd'hui, avec les actuelles "affaires courantes", nous touchons le fond. (...) Notre obédience est régie, on ne sait pourquoi, par un césarisme implacable, un système autocratique absolu et surtout un manque de transparence inégalé. Ce pouvoir régalien vous fut confié en février 1992. Votre élection fit naître beaucoup d'espérance. Nous attendions un Grand Maître de justice, proche de ses frères, travaillant tous pour atteindre leurs idéaux, un GM qui soit à leur écoute.

« Au lieu de cela, depuis huit années, nul ne peut approcher votre tour d'ivoire. Vous ne répondez à aucun courrier, à aucun appel, à aucune supplique. Tous ceux qui tentèrent d'attirer votre attention sur la gangrène qui nous ronge se retrouvèrent livrés aux foucades de votre Grand Secrétaire Yves Trestournel (...). *Dans tous les cas*, les brebis galeuses de nos loges étaient parfaitement répertoriées et connues de vous ou de vos Grands Maîtres provinciaux. Ces frères infâmes furent (et sont encore) couverts par vos gardiens du temple. »

L'auteur de ce réquisitoire – maçon, faut-il le rappeler ? – donne quelques exemples de ces compromissions et rappelle l'impunité dont ont bénéficié de nombreux frères. Le ton est vif, catégorique sans doute, mais l'indignation n'a rien d'affecté.

Sur Internet, dans des forums exclusivement réservés aux maçons, les langues se délient encore plus. En date du 24 avril 2000, signé d'un autre Niçois démissionnaire :

« Mes BAF (Bien Aimés Frères)

« Je lis vos mails et je crains que vous n'ayez rien compris. C'est la *tête* qui est pourrie, et ne comptez pas sur le TRGM (Très Révérend Grand Maître) pour faire le ménage. De toute façon, il est pieds et poings lié par notre GS [Grand Secrétaire]. Je ne peux vous raconter par le menu tout ce que je sais, mais ne vous fourvoyez pas. Ce n'est pas un problème de 50 ou 100 membres pourris. C'est (pratiquement) *toute la hiérarchie* qui est corrompue ! (...) Je comprends fort bien que toute cette boue qui, soudain, vous assaille, vous vaille un mouvement de recul et d'effroi. Mais nous avons ici un sacrément vilain cadavre décomposé et qui pue ! Vous préférez vous boucher les yeux et le nez et continuer à faire comme si de rien n'était ? Vous préférez ergoter, discourir sur le sexe des anges en espérant que le GM et ses affidés feront le ménage ? (...) Non, mes BAF, je n'ai pas donné quatorze ans de ma vie à la maçonnerie régulière (mais dans ces conditions l'est-elle encore ?) pour en arriver là. »

Certes, ces propos sont violents, à la limite du procès d'intention. Injustes ? Il n'empêche qu'ils reflètent la violence des oppositions internes qui ont surgi ces dernières années dans une maison où le consensus amical était la règle.

Revient sans cesse dans ces polémiques le cas Kornfeld, recyclé par la GLNF jusqu'à en devenir le Grand Directeur des Cérémonies, qui paradait devant les délégations internationales avant d'être pris à Monaco et mis en examen pour recel de bons du Trésor volés en Belgique. Depuis que le scandale a éclaté au grand jour, Claude Charbonniaud et Yves Trestournel semblent tout étonnés. L'enquête préalable n'avait rien révélé. Mieux, ils défendent Kornfeld[1]. Trestournel : « C'est un brave gars, pas très malin. Dans cette histoire de bons du Trésor, il a joué les porteurs de valise. Il n'était sûrement pas au courant, ou sinon il ne se serait pas mêlé de cela. » Charbonniaud : « Rien n'a encore été prouvé, et on lui a demandé de démissionner : difficile d'être plus diligent. »

Mais des frères n'ont pas fini de vider leur sac.

1. Celui-ci a fait l'objet de l'ordonnance de radiation 828.

Ils accusent aussi le Grand Maître d'avoir fermé les yeux sur Marcel Giordanengo, dit « Marcel la Salade », mis en examen une première fois en septembre 1999. Statutairement, il aurait dû être démissionné dès cette époque. Mais quand on lui cite des noms, au hasard de la une des journaux, Charbonniaud dit qu'il ne sait pas, qu'il ne connaît pas par cœur le nom de tous les membres...

Pourtant, en ce mois de janvier 2001, le ton a légèrement changé. La tactique aussi. Voilà un an, le Grand Maître a nommé un nouvel Assistant Grand Maître (n° 3), chargé de la communication : car désormais il faut com-mu-ni-quer ! L'heureux élu s'appelle Jean-Pierre Pilorge, dit « Pilou-Pilou », marchand de biens de son état. Il s'agit de prouver la bonne foi de la GLNF. Charbonniaud se fait charmeur. « Bien sûr, on va répondre à toutes vos questions. » Pilorge est chargé de repérer les ripoux puis de leur demander d'avoir la gentillesse de démissionner. Il épluche la presse, constitue des dossiers, souligne soigneusement les noms, vérifie leur appartenance dans le fichier de la GLNF. Pour le moment, il n'a inscrit que quelques noms à son tableau de chasse : Jean-Pierre Thomas, collecteur de fonds du PR, et Guy Drut, ancien ministre RPR des Sports. Mis en examen, ils sont priés de quitter la GLNF. Il se trouve que tous les deux avaient déjà pris quelque distance avec l'obédience... De nombreux dossiers sont en cours d'instruction. Iront-ils jusqu'au bout ? Qui sera sanctionné ? Difficile, aujourd'hui, de savoir ce qui va se passer.

Il est vrai que certains frères ont déjà été invités

à se mettre en sommeil : Jean-Pierre Mattei, ancien président du tribunal de commerce de Paris, Jean-Louis Dutaret, qui fut le bras droit d'Alain Carignon et de Jean-Claude Darmon ; le pasquaïen Didier Schuller ; le commissaire-priseur Guy Loudmer ; Jean de Ribes, banquier mis en examen dans l'affaire Rivaud ; Alain-Michel Grand et Jean-Pierre Martin, impliqués dans le dossier des HLM de la ville de Paris. L'ennui, c'est que jamais aucune ordonnance de radiation n'a été diffusée aux Vénérables des 1 300 loges. Personne n'est au courant !

Et puis, il y a des petites astuces. Ainsi, l'ancien ministre Gérard Longuet, toujours sous le coup d'une mise en examen, n'est pas affilié à la GLNF mais au Grand Prieuré des Gaules (GPDG), qui gère les hauts grades du Rite Écossais Rectifié.

Preuve supplémentaire de la bonne volonté nouvelle de la GLNF : le Grand Maître vient tout juste de rompre de manière quasi officielle avec son Grand Secrétaire. Yves Trestournel s'est vu prestement admis à faire valoir ses droits à la retraite : 65 ans en avril 2001, l'âge d'un repos bien mérité. « Dès ma première élection, explique Charbonniaud, on m'a demandé de me séparer de Trestournel. Cela a provoqué une réaction assez vive de ma part : je n'aime pas qu'on m'impose des décisions. Quand je suis arrivé à la Grande Maîtrise, il jouait sans doute un rôle démesuré par rapport à sa fonction, puisque mon prédécesseur Jean Mons était malade. Yves Trestournel est le point de passage obligé pour tout le fonctionnement interne, comme pour les relations internationales. Il a un contrôle absolu de l'appareil administratif. Il est détenteur d'un pouvoir très important. Du coup, il s'est fait beaucoup d'ennemis. Tous ceux qui étaient en dessous de lui se sont dressés contre lui. En plus, c'est un homme extrêmement actif, avec un ego démesuré. Mais chaque fois qu'on l'accusait des pires crimes, j'ai demandé qu'on m'apporte des preuves. On ne me les a jamais données. Je persiste à croire que ce n'est pas un homme d'argent. Ce qui l'intéresse, c'est le pouvoir. »

Alors, pourquoi s'en séparer ? Pourquoi maintenant, après neuf années de collaboration ? « Il y avait un problème de contrat de travail, explique Jean-Pierre Pilorge, prenant le relais du Grand Maître. La GLNF aurait dû lui verser d'énormes indemnités en cas de rupture. » Car l'intéressé n'a, bien sûr, nulle envie de se retirer. L'entretien de deux heures entre Charbonniaud et Trestournel aurait été très tendu. C'est que le temps presse. La Grande Loge Unie d'Angleterre commence à se lasser des scandales à répétition qui éclaboussent la GLNF. Elle menace de lui retirer sa reconnaissance. La GLF est en embuscade et se verrait bien prendre sa place dans le giron de la multinationale franc-maçonne dite « régulière ». D'autant que le combat laïc et républicain de la maçonnerie dite « libérale » a perdu de sa vigueur.

C'est paraît-il un signe. Lors de la dernière assemblée générale de la GLNF, le 2 décembre 2000, de nombreuses obédiences européennes n'ont pas envoyé de délégation. La Grande Loge d'Écosse, la Grande Loge suisse Alpina, les loges scandinaves... Une forme de boycott. Quant à la GLUA, elle n'a envoyé qu'un seul représentant qui s'est contenté de présenter ses salutations. Seules les loges africaines étaient venues en nombre. Un autre signe qui ne trompe pas.

Il est donc urgent de faire meilleure figure. Désormais, on va chasser les assassins d'Hiram, foi de Grand Architecte ! Le nº 2 de l'obédience, Jean-Charles Foellner, qui brigue la succession de Charbonniaud à la fin de l'année, se présente en monsieur mains propres. La preuve ? Il a relevé de leurs fonctions l'ensemble des dignitaires de la province Méditerranée-Côte d'Azur, le temps de tout remettre à plat. Il risque pourtant d'être pris de vitesse : sur plainte de frères dissidents, et sous la houlette du procureur niçois Éric de Montgolfier, la justice profane a déjà mis son nez dans les affaires de la province. Elle épluche à la loupe les dépenses de l'ancien Grand Maître provincial, Bernard Merolli, et s'intéresse à quelques opérations immobilières...

Foellner connaît bien la matière : il a dirigé cette province pendant neuf ans, du temps où Mouillot et Médecin faisaient la pluie et le beau temps. Le 15 décembre 2000, devant ses frères de la Côte, il entamait son opération *mani pulite* par un acte de contrition : « En premier lieu, j'attirerai votre attention sur un constat qui fait mal, mais qui est une réalité incontournable. Au sein de votre province *(sic)* travaillent 2 000 frères. Ils représentent moins de 7 % des effectifs de la GLNF. Néanmoins, 80 % des affaires qui accablent notre obédience émanent de cette même province. »

Le registre a changé. Il n'est plus question de médisance antimaçonnique, de délire médiatique. Dans son discours, le Député Grand Maître de la GLNF reconnaît qu'il y a un énorme problème : « Les affaires et mises en examen qui ébranlent les fondations de notre province révèlent des dysfonctionnements graves, d'invraisemblables manquements à nos idéaux. » Et de dénoncer, en vrac, « la boulimie de l'avoir et l'anorexie du savoir », les « ambitions mégalomaniaques », « l'affairisme », les « fraternelles douteuses », le « niveau zéro de la maçonnerie »... Tout était donc vrai !

Mais si Foellner plaide coupable, il estime que la GLNF n'est pas responsable. Bien sûr. « Une cartomancienne opérant sur Minitel était en fait un homme, lequel ponctionna énormément de cartes bleues. Il s'agissait d'un Vénérable de notre province. Un autre Vénérable, pédophile, devint lui aussi pensionnaire à [la prison de] Grasse. Un frère arroseur de salades était également amateur d'armes à feu. Un député Grand Porte Glaive policier, un passionné de fiches. Un frère avocat condamné et suspendu. Un frère président de chambre de commerce incarcéré à Paris. Un frère pratiquant des extorsions de fonds... Aurions-nous pu éviter ces scandales ? » Réponse : « Rien n'est moins sûr. » Car avant d'être pédophile, le frère ne l'est pas. Avant d'être un escroc, le frère ne l'est pas. Tout juste reconnaît-il une certaine responsabilité de la GLNF concernant le cas Kornfeld, le petit soldat sacrifié au nom de l'intérêt supérieur de la famille : « De Kipling jusqu'à Kornfeld, de Mozart jusqu'à Marcel la Salade, que de chemin parcouru ! À reculons. » S'agissant du fonctionnement de la maçonnerie en général, des magistrats corrompus, des véritables cas de blanchiment, des réseaux africains, des affaires aux Caraïbes, des collusions avec les nationalistes corses, pas un mot en revanche. À croire que cela n'existe pas. L'opération « transparence à la GLNF » a ses limites.

Comment, dans ces conditions, éviter que les mêmes causes ne reproduisent les mêmes effets ? Pour les responsables nationaux de la GLNF, là n'est pas la question. L'essentiel est de montrer que l'obédience va changer, a déjà changé. Qu'une page est tournée. Fort bien. Sauf que Yves Trestournel, bon pied bon œil, n'a aucune envie de prendre sa retraite maçonnique. « Si je dois quitter mes fonctions de directeur de l'administration, je serai peut-être candidat à la Grande Maîtrise. » C'est lui qui a choisi la plupart des membres du Souverain Grand Comité, lui qui a toujours répondu à l'appel des frères dans le besoin... « Tout le monde me connaît », résume-t-il sobrement.

Yves Trestournel a mis en place sa propre stratégie de communication, avec l'aide de Pierre Benzaquen, patron du Ken Club, célèbre salle de sport parisienne. Les deux hommes ont décidé de mener campagne sur le terrain de la légitimité maçonnique et initiatique. Dans ce domaine, ni Charbonniaud ni Foellner n'ont de leçons à donner à Trestournel. « Yves va à des tenues deux ou trois fois par semaine, témoigne Benzaquen. Il est disponible douze heures par jour. Qui d'autre travaille ici, à part le personnel administratif ? Quels sont les maçons qui ont mouillé leur chemise ? » C'est parti pour un flinguage en règle. Étienne Dailly, Alexandre de Yougoslavie qui, très tôt, ont osé condamné les dérives ? « Les premiers à introduire les politiques en loge, à parrainer les clubs 50, à fréquenter les fraternelles parlementaires. Ils sont entrés en maçonnerie pour tutoyer le monde. » Charbonniaud ? « Un chef virtuel. Merolli était son ami, non ? » Foellner, l'ancien ami de Trestournel ? « Il était associé à Kornfeld, non ? Il n'a jamais rien fait pour cette maison. Et là, tout d'un coup, il est pris d'une crise d'autoritarisme. Il veut virer tout le monde. »

Et voilà le tandem très loquace tout à coup dès lors qu'il s'agit d'évoquer leurs méritoires initiatives. La création d'une loge où se rencontrent juifs, musulmans et chrétiens, la loge de « recherche » Villard de Honnecourt. Une mission au Niger auprès du Premier ministre, Hama Amadou, membre de la GLNF : « Allez voir là-bas, clame Trestournel. Grâce à lui et à l'ancien chef rebelle touareg Rhissa Hag Boula, également maçon, il n'y a plus un sou de détourné. Les salaires sont payés. » La participation à la commission interobédientielle chargée de délivrer un label éthique aux différentes fraternelles, avec charte et règlement intérieur – la vertu incarnée, vous dit-on ! Les contacts suivis avec le Vatican pour convaincre des cardinaux que la GLNF n'est pas hostile à l'Église. En retour, il espère que les maçons ne seront plus considérés en état de « péché grave ».

Trestournel brille soudainement de mille feux. Il montre une photo d'un temple de Saigon transformé en maison du peuple. Il signale que l'ancêtre du procureur Éric de Montgolfier, Étienne de Montgolfier (1745-1799), celui qui a mis au point la première montgolfière, avait été initié à la loge des Neuf Sœurs, qui se réunissait au Procope, le plus vieux café de Paris. Ajoute au passage que c'est là que s'est fait initier Voltaire : « Sur le tard, certes, mais sachez qu'il était déjà passé “sous le bandeau" dans sa jeunesse en Grande-Bretagne. » Trestournel rappelle également la médiation de francs-maçons pour préparer les négociations de paix entre Anouar el-Sadate et Menahem Begin. Pour un peu, c'est eux qui auraient mérité le prix Nobel... Intarissable.

« Il faut réfléchir à l'avenir de la franc-maçonnerie, s'enflamme à son tour Benzaquen, qui se dit passionné de philosophie et proche du philosophe Luc Ferry (lequel n'en demande sans doute pas tant). Il ne suffit pas de vouloir faire table rase, il faut donner des perspectives. Le Grand Orient se penche sur les problèmes séculiers : l'avortement, la peine de mort. Nous, nous devons réfléchir à des problèmes de fond, à l'éthique. Et être plus rigoureux. » Car il leur faut bien donner des garanties de probité. Les deux hommes promettent la mise en place d'un système obligeant tout frère mis en examen à se mettre en sommeil. Décidément, c'est à qui lavera le plus blanc.

En ce début de millénaire, rue Christine-de-Pisan, chacun tente de sauver sa tête. Tout est bon. Les menaces (« Nous n'hésiterons pas à saisir les tribunaux »), la séduction, un semblant de transparence, les promesses, les trahisons... Le cinéma, aussi. Après le reportage de France 2 dans lequel il a été personnellement mis en cause, Yves Trestournel aurait songé au suicide. Pour sa part, Claude Charbonniaud est, paraît-il, profondément blessé par les missives successives d'Alexandre de Yougoslavie, de Pierre Marion et autres. La campagne électorale s'annonce incertaine. Les frères vont-ils préférer Jean-Charles Foellner, qui joue ostensiblement les Saint-Just sur la Côte d'Azur, à Claude Charbonniaud ? Yves Trestournel réussira-t-il encore à tirer les ficelles ? Ou bien, comme l'espèrent des opposants, la médiatisation de la crise va-t-elle déclencher un sursaut ?

Certains frères en viennent à considérer que la GLNF est non seulement ingouvernable, mais irrécupérable. « Je ne souhaite qu'une chose, c'est qu'elle disparaisse pour de bon, enrage un frère suspendu pour rébellion. Si vous ne pensez pas comme eux et ne faites pas comme ils disent de faire, c'est que vous êtes contre eux. Alors, ils vous mettent paria, sur les basses colonnes. Mieux vaut encore la secte du Mandarom que la GLNF ! » Beaucoup songent à créer une nouvelle obédience pour repartir sur des bases saines. D'autres, au contraire, ont organisé la résistance. Comme Pierre Bertin, qui a créé Le Cercle de Salomon dont le but est de favoriser un retour à l'Ordre et au respect des vraies traditions.

Pour changer véritablement la GLNF, nombreux sont ceux qui estiment qu'il faudrait un cataclysme, judiciaire ou politique. « Les prochaines élections pourraient être l'élément déclencheur, espère un ancien dignitaire en sommeil. Le jeu va se durcir. Le GO va soutenir Jospin. Cela risque de tanguer. On va sortir du cinéma cohabitationniste. Seul un véritable affrontement droite-gauche permettra d'assainir les différentes obédiences. Jospin, ce n'est pas Mitterrand. Il a besoin de redorer le blason du GO. » Entre-temps, Lionel Jospin a nommé des maçons à deux postes clés : la Justice et l'Intérieur. La loi sur la présomption d'innocence, portée par des maçons, va renforcer les droits de la défense, ce qui ne fera pas de mal à la justice française. Mais elle va permettre, en particulier, à plusieurs personnes impliquées dans une même affaire de se faire assister en garde à vue par le même avocat. Et donc, comme le souligne un officier de police judiciaire, de s'entendre sur une même ligne de défense dès le démarrage de l'enquête. L'espoir s'est en partie envolé. L'arrestation d'Alfred Sirven le 2 février 2001 aux Philippines a toutefois été interprétée par les frères vertueux comme un signe positif, d'autant que Marylise Lebranchu a clamé la nécessité de faire respecter le droit.

Chapitre 17

Secret ou loi du silence

À court d'idées, soucieux de se répartir postes, prébendes et décorations, impliqués dans d'innombrables scandales, infiltrés par des réseaux affairistes et mafieux, les francs-maçons seraient-ils devenus franchement nuisibles ? Certes, la GLF n'est pas directement responsable du scandale de la Mnef, ni le GO de l'affaire du sang contaminé, ni même la GLNF des marchés truqués de la région parisienne. En l'absence de réseaux maçons pour détourner les procédures judiciaires, dénicher des planques en Afrique ou aux Caraïbes, ouvrir les coffres des paradis fiscaux, la corruption ou simplement l'affairisme, auraient trouvé d'autres relais. Mais le fait est que la maçonnerie est bien mal fréquentée. Et se pose la question de sa place et de son rôle dans la République. Ce n'est pas l'existence même de cette société de pensée qui est en cause, mais le secret et le serment d'assistance mutuelle, car ils favorisent le mélange des genres et instillent la suspicion.

« Je jure et je promets sur le glaive, symbole de l'honneur, de garder tous les secrets qui me sont conférés par cette Respectable Loge, ainsi que tout ce que j'y aurai vu faire et entendu dire, de n'en jamais rien écrire sans en avoir reçu la permission. Je promets d'aider mes frères et de les secourir selon mes facultés. Je promets en outre de me conformer aux statuts généraux de la Franc-Maçonnerie et aux règlements particuliers de cette Respectable Loge, et je préférerai avoir la gorge tranchée plutôt que de me rendre coupable de trahison en révélant les secrets de l'Ordre. »

Ce serment, prêté par tout franc-maçon fraîchement initié, est répété sous diverse formes à chaque grade. Dévoiler le nom d'un frère est considéré comme un acte grave, réprouvé par la morale maçonne. Faillir à la règle d'assistance l'est tout autant. C'est la base de l'engagement. Le prix à payer pour appartenir à l'Ordre. On l'a vu, de nombreux frères ont été exclus pour ne pas l'avoir respecté, même pour la bonne cause – dénoncer des délits, parfois des crimes, ou toute autre turpitude. Pour bien des frères, la perspective d'une exclusion est vécue comme un drame. Ce n'est pas sans raison qu'on parle de « la famille ». L'affectif joue un très grand rôle chez les frères trois points.

« Celui qui transgresse le secret aura la gorge tranchée. Cette sentence est une formule allégorique, mais c'est quelque chose qui est vécu très fortement, témoigne un frère. Un peu comme le péché mortel chez les catholiques : pour une jeune fille pratiquante, il n'était pas évident, jusqu'à ces dernières années, de faire l'amour avant le mariage ou d'avorter. Il existe un interdit ancré dans l'inconscient. On ne donne pas le nom d'un frère, on ne va pas le dénoncer. »

Le secret comme règle d'or. Savoir se taire et obéir. Dans sa première année, le jeune initié n'a pas le droit de prendre la parole en loge, sauf si un supérieur l'y invite. Écouter sans dire un mot, sans participer au débat, est une vraie discipline. Cela apprend l'humilité, le contrôle de soi, mais aussi à tenir sa langue.

Les mots de passe, les décors, les rituels introduisent une coupure avec le monde profane, réputée favorable à la réflexion. Mais ils servent aussi à forger un sentiment d'appartenance très fort. Les réunions secrètes, les discussions infinies sur Dieu, le péché originel, le pouvoir, l'espoir d'un monde meilleur qui se heurte à la réalité des hommes et de leurs traditions séculaires : la franc-maçonnerie est un monde où se mêlent politique, idéal, aventure personnelle et aussi romantisme. Les noms de loges, Étoile Polaire, Union des Cœurs, Amis de la Vérité, mais aussi des hauts grades, Grand Écossais de la Voûte Sacrée, Chevalier d'Orient et d'Occident, Souverain Prince de Rose-Croix, Prince du Royal Secret, les bougies, l'épée, les emblèmes, les colonnes Jakin et Boaz, le delta et le tétragramme, le sceau de Salomon et l'étoile du nombre d'or, la voix lointaine du Grand Orateur, les coups frappés par les Surveillants avant toute prise de parole, ce cérémonial où se mélangent sacré et ésotérisme profane a pour but de frapper les imaginations, de susciter l'émotion afin de renforcer le sentiment d'appartenance à l'Ordre. C'est tout le sens de l'initiation. La quête du Graal, l'aspiration suprême du maçon, est l'avènement d'une société harmonieuse dirigée par un cénacle d'initiés. Les loges bleues, celles des manants, servant de vivier. Ce système, parfaitement autocratique, secret et sans aucun contre-pouvoir, peut donner le meilleur comme le pire, pour peu que la Règle soit détournée de son sens.

Une décision de justice inique. Une promotion arbitraire. Une Légion d'honneur généreusement accordée. Un permis de construire soudainement débloqué. Un marché attribué abusivement. Un prêt bancaire consenti sans garantie. Ou au contraire un découvert bancaire soudainement supprimé entraînant une faillite précipitée. Un avocat de mèche avec la partie adverse parce qu'elle est de la même loge. Une subvention pour un projet bidon. Un notaire escamotant un héritage. Un lopin de terre disparaissant du cadastre. Combien de gens se posent désormais la question : encore une combine des francs-macs ? Parfois à tort, parfois à raison. La suspicion est d'autant plus forte que la pratique du renvoi d'ascenseur est un phénomène exponentiel. Tout maçon ayant accepté un service – une promotion, un marché, une enveloppe, un job pour ses proches – devient redevable à son tour. Si l'obédience et les loges n'y veillent pas, la « chaîne d'union » se propage comme une traînée de poudre.

« Appartenir à une loge donne un sentiment d'invulnérabilité incroyable, raconte un patron de PME ayant démissionné du GO à la suite d'un scandale, non sanctionné et étouffé, découvert dans son atelier. Tout est permis. On se sent protégé. On sait qu'il y aura toujours un flic, un magistrat qui vous tirera d'affaire. Cela commence par des PV qui sautent, des amis qui cotisent au pot pour vous aider à démarrer. Et puis on est pris dans l'engrenage. » Alors, pourquoi ne pas en finir avec ce satané secret d'appartenance ?

Paradoxe de l'histoire, c'est en Grande-Bretagne, berceau de la franc-maçonnerie moderne, qu'a éclaté la guerre entre initiés et profanes. À l'origine de l'affrontement historique, dans un pays où cette société secrète n'a pas connu de persécutions depuis Cromwell, une kyrielle de scandales particulièrement odieux impliquant des policiers de la Serious Crime Squad des West Midlands. Cette unité spéciale, chargée de lutter contre le crime organisé dans l'agglomération de Birmingham, est accusée d'avoir ordonné des dizaines d'arrestations arbitraires [1]. Parmi les victimes : les six de Birmingham, des militants de l'IRA accusés, sans preuve, d'être les auteurs d'un attentat en 1974 dans un pub. Après avoir croupi quinze ans en prison – l'un d'eux est mort derrière les barreaux –, la cour d'appel les a blanchis en 1992.

Dans le même registre, les policiers de la même Crime Squad des West Midlands (dissoute il y a une dizaine d'années) avaient relâché des criminels soupçonnés d'appartenir à une bande organisée, le Thursday Gang, et, sur la seule foi de leur témoignage, embastillé des innocents qui se sont retrouvés douze ans en prison. Évidemment, cela va plus vite que de faire une enquête sérieuse. Ces super-flics qui, selon l'enquête parlementaire, ne travaillaient pas plus de vingt heures par semaine, et « juste pour établir des contacts », avaient une

1. *The Independant* du 1er novembre 1999.

méthode favorite pour extorquer des aveux : étouffer le suspect avec un sac en plastique sur la tête.

Leurs supérieurs se sont-ils alarmés ? Et les magistrats ? Rien vu. Et pourtant, des plaintes, il y en a eu : 97 pour la seule période comprise entre 1986 et 1989. Des enquêtes internes ont été effectuées, mais les policiers n'ont jamais été sanctionnés.

Jusqu'au jour où le gouvernement a mis sur pied une commission d'enquête. Et découvert qu'un certain nombre de policiers maçons avaient été protégés par leurs supérieurs, bénéficiant de complicités chez les juges et même dans la presse locale. Depuis, trente jugements ont été cassés en appel, « montrant l'évidence de preuves fabriquées, d'aveux forcés et de tortures physiques ». Des dizaines d'autres procédures sont en cours.

Jugements contestés, détournements de fonds, escroqueries, avancements réservés à des frères, la commission d'enquête britannique a mis au jour les pratiques existant sous le maillet, dans la police, les tribunaux, les prisons. Et relevé l'incompatibilité entre les « codes de cette société secrète et le bon déroulement de la justice ». Dans le cas d'une affaire de corruption au County Council de Pembrokeshire, la commission a ainsi noté que les deux tiers de la majorité municipale étaient maçons ou anciens maçons. Et conclu : « Nous ne pouvons pas dire que les maçons sont la cause première de ces problèmes, mais nous ne pouvons pas non plus exclure la possibilité qu'ils aient pu être un facteur déterminant. » Il est vrai que, en dépit de son label parlementaire, elle n'a pas réussi à obtenir toutes les informations qu'elle souhaitait sur un certain nombre de juges ou de policiers suspects.

En février 1998, le gouvernement travailliste a réagi vigoureusement en exigeant que tout policier, tout magistrat, tout fonctionnaire du système pénitentiaire appartenant à une loge en fasse la déclaration solennelle, la liste devant être consignée dans des registres accessibles au public. Jack Straw, ministre de l'Intérieur britannique, veut en finir avec l'opacité qui entoure, selon lui, l'engagement des serviteurs de l'ordre public dans une organisation « trop jalouse de son hermétisme », qui sème le doute sur son impartialité. Selon les investigations menées par le gouvernement, un magistrat sur cinq serait maçon. En juillet 2000, parmi les 87 % de magistrats qui ont participé à l'enquête volontaire, 5 % ont répondu par l'affirmative, 80 % par la négative et 2 % n'ont pas donné de réponse. Un pourcentage qui ne diverge qu'en apparence avec les estimations. En Grande-Bretagne, les femmes ne sont pas admises. Un cinquième des juges mâles seraient donc maçons.

En revanche, seulement 36 % des policiers ont accepté de répondre au questionnaire et 1 % seulement se sont dévoilés [1]. Il est vrai que Scotland Yard a fondé sa propre loge en 1986, Manor of Saint James. Dès lors, le ministre de l'Intérieur envisage de légiférer pour rendre cette déclaration obligatoire. La guerre est ouverte. Par provocation, le 10 juin 2000, 200 haut gradés de la police ont « consacré » en grande pompe une nouvelle loge de policiers : la loge 9719 [2].

1. *The Independant* du 11 novembre 1998.
2. *The Independant* du 28 juillet 2000.

Quoi qu'il en soit, le gouvernement britannique a décidé d'aller jusqu'au bout de sa quête de transparence. Il pourrait même étendre la déclaration obligatoire aux élus et fonctionnaires travaillant au Parlement ou dans les conseils municipaux. Le ministre de la Défense a donné des instructions en ce sens au motif que « l'appartenance à cette société a une influence déstabilisante et nuit à la chaîne de commandement[1] ». Tony Blair et son ministre de l'Intérieur sont soutenus par toute la classe politique britannique, y compris l'ancien leader conservateur John Major, en dépit des protestations de la Grande Loge Unie d'Angleterre dénonçant une « paranoïa injustifiée ». À l'exception d'un membre des Tories, Gerald Howarth, qui en appelle au respect de la vie privée, dénonce le « politiquement correct » et fustige les mesures envisagées.

Même processus en Italie. Cet autre pays symbole, gangrené par la mafia, désireux d'en finir avec la corruption et les réseaux occultes, a lui aussi décidé de faire un sort au secret d'appartenance. Point d'orgue de l'opération *mani pulite*, qui n'a pas seulement conduit au démantèlement de la loge P2 – elle a été interdite en 1981 – mais également de nombreux autres réseaux maçons, juges et policiers sont désormais tenus de se dévoiler. Malgré les efforts déployés, les autorités italiennes n'ont jamais réussi à établir formellement que la loge P2 à laquelle appartenaient 963 parlementaires – dont Berlusconi –, des agents

1. *Mail on Sunday* du 5 mars 2000.

des services secrets, des industriels, des mafieux et des militaires, avait réellement envisagé de renverser le régime. En avril 1994, à l'issue de treize ans d'enquête et dix-sept mois de procès, la Cour d'assises de Rome a jugé que Propaganda Due « n'avait pas été une structure conspirant contre l'État, mais un simple regroupement affairiste, cherchant à se procurer des avantages ». Une commission d'enquête a pourtant réuni de nombreux documents, des noms liés à des scandales retentissants dont le plus célèbre est le krach du Banco Ambrosiano en 1982. Personne n'a parlé. Entre deux cavales, le Grand Maître de la loge P2, Licio Gelli, a tout de même été condamné à dix-sept ans de prison.

En France, à l'évocation d'une telle mesure, les maçons s'insurgent. Procès d'intention ! Intrusion dans la vie privée ! Tôt ou tard, on finirait bien par soupçonner les magistrates de partialité à l'égard des femmes. Et pourquoi pas, tant qu'on y est, rendre obligatoire la révélation de la foi catholique ? On évoque Vichy, évidemment. « Ma génération sait ce que veulent dire les mots perquisitions, scellés sur les portes », s'indigne Claude Charbonniaud. Plus subtilement, d'autres considèrent que tant que l'Église catholique continuera de considérer l'appartenance maçonnique comme un péché grave, nombre de frères refuseront de se dévoiler publiquement. « Quand j'ai voulu me marier, je me suis heurté à ma future belle-famille parce que j'étais maçon », raconte un frère. Un autre : « Si ma belle-famille l'apprenait, ce serait un drame. » « Il y a des patrons qui ne veulent pas de maçons dans leur entreprise. Ils craignent que ne se constitue un État dans l'État », renchérit un troisième. D'autres enfin invoquent une spécificité hexagonale. « Le secret a d'autant plus de valeur en France que, dans notre système judiciaire, il faut faire la preuve de son innocence, alors que dans les pays anglo-saxons, c'est à la justice de démontrer la culpabilité de l'accusé, explique un homme d'affaires membre de la GLNF. Ce système inquisitorial conduit la société à se protéger. »

La vraie raison du blocage est peut-être ailleurs. Le secret est consubstantiel à la maçonnerie, c'est ce qui lui donne tant d'attrait, de puissance réelle ou supposée. Le mystère qui l'entoure exerce une véritable fascination. « Les gens aiment bien avoir le sentiment de tirer les ficelles », fait valoir un membre du Conseil de l'Ordre du GO. Dans cet engagement, il y a une part de rêve, l'illusion d'échapper au destin commun. La symbolique s'accompagne de légendes fantastiques, d'innombrables récits de réunions secrètes dans des châteaux écossais (y compris au plus fort de la Deuxième Guerre mondiale, entre Allemands et Anglais), où des initiés arrivent le visage masqué, la nuit tombante, dans une salle « à couvert », entièrement coupée du monde extérieur. Des lumières s'allument, des frères se mettent en ordre selon un rituel immuable. Orient. Occident. C'est leur côté Pieds-Nickelés, Club des cinq. Les hommes sont de grands enfants.

« Qui ne rêve de détenir des secrets de famille, de découvrir un trésor caché dans son grenier, d'assister à des tractations secrètes ? La perspective d'appartenir à une société où l'initié aura le privilège d'accéder aux choses que le profane ne pourra jamais savoir, voilà ce qui excite la curiosité et l'intérêt, témoigne un Grand Officier de la GLNF. Le secret est l'un des ressorts profonds de l'être humain. C'est un fantasme des plus puissants. » Et de donner l'exemple du Conseil des ministres. « Longtemps, il a été considéré comme un lieu magique où se prennent les grandes décisions de la France. Et puis, Françoise Giroud a commencé à révéler la vacuité de ces réunions formelles. Les confidences sur le contenu des discussions se sont multipliées. Aujourd'hui, le Conseil des ministres ne suscite plus ni intérêt ni fantasme. »

Le secret est une arme, même quand il ne cache plus rien. « Mes réseaux sont extrêmement confidentiels, raconte un homme d'affaires influent mais extrêmement discret. À partir du moment où des hommes ou des femmes sont identifiés comme tels, ils perdent une grande part de leur marge de manœuvre. »

Mais on peut s'interroger sur le contenu réel du secret maçonnique. La plupart des rituels prescrivent au récipiendaire de garder « le silence par serment » sur le déroulement de la cérémonie initiatique, sur « les mots, signes et attouchements » qu'il a reçus. Rien de plus, rien de moins. Pour éviter que des rituels, sortis de leur contexte, ne soient tournés en dérision. Pour que les réflexions en loge – il existe une similitude entre le travail initiatique et le travail analytique – ne soient pas déballées instantanément sur la place publique. Le seul, le vrai secret, c'est celui de l'initiation, de l'éveil, de la compréhension, du sens donné à l'existence. Celui-là, nul ne cherchera jamais à le déflorer.

Personne ne s'offusquerait de la « discrétion » de la maçonnerie si celle-ci consistait uniquement à diffuser une connaissance initiatique et si son champ d'action se limitait à une réflexion sur la symbolique. Sur l'équilibre nécessaire entre le maillet (emblème du travail et de la force, symbolisant la volonté dans l'action) et le ciseau (emblème de la sculpture, symbolisant le discernement dans la réflexion). Entre la perpendiculaire (représentée par un fil à plomb) et le niveau (représenté par une équerre). Le premier donne la verticale et symbolise la profondeur dans l'observation, tandis que le second donne l'horizontale et symbolise l'exactitude dans l'exécution.

Un travail de ce type relève effectivement de la vie privée. Au même titre que la pratique du yoga, l'appartenance à une religion, le recours à la psychanalyse voire une passion pour l'astrologie. Il n'est pas nécessaire que cela figure sur un CV. Mais, à l'inverse, la révélation de ce « particularisme » ne devrait pas être vécue, par les maçons, comme une menace, un danger, voire une diffamation, puisqu'il leur arrive d'intenter des procès en diffamation quand on dit qu'ils le sont !

Pour se mettre un peu au diapason de la société, les obédiences ont fait, depuis la fin des années 80, un énorme effort pour s'ouvrir au monde profane. Des Grands Maîtres comme Roger Leray, Jean Verdun, Gilbert Abergel ont beaucoup communiqué et tenté de banaliser la franc-maçonnerie, du moins dans son apparat. Mais les affaires et les combines sont passées par là. Aujourd'hui, le secret maçonnique est le plus souvent assimilé à une omerta, une couverture permettant de garantir le silence, d'occulter les manœuvres en cours. Or, la société moderne exige la transparence.

Certes, il est difficile en France de s'attaquer à une organisation qui a défendu les droits de l'homme, lutté contre le racisme, qui est systématiquement vilipendée par l'extrême droite. En Grande-Bretagne, la situation est inverse : la franc-maçonnerie est conservatrice, aristocratique et c'est la gauche qui a engagé le processus de révélation obligatoire. Mais sa réputation est si mauvaise que le prince Charles a refusé d'être initié, en dépit de la tradition. En 1986, un député européen, travailliste britannique, Terry Pitt, avait déjà déposé une proposition de résolution à Strasbourg exigeant « l'ouverture d'un registre afin de savoir quels sont les membres du Parlement et fonctionnaires européens appartenant à des loges maçonniques ou autres sociétés secrètes ». Son objectif ? « Éliminer toute corruption dans la gestion des fonds communautaire. » Comme on peut s'en douter, l'initiative est restée lettre morte.

Compte tenu du contexte hexagonal, à moins d'événements extraordinaires, on imagine mal un gouvernement déclenchant la guerre contre les maçons en rendant obligatoire la révélation et en établissant des fichiers. Pourtant, le débat est engagé dans les loges. À la base, nombre de maçons ne voient pas d'inconvénient à se dévoiler. « On n'a rien à cacher, c'est un engagement comme un autre », affirme un fonctionnaire membre du GO. « Il faut ouvrir les temples, plaide un autre, pour montrer que l'on n'a rien à se reprocher. » Mais l'establishment maçon, celui des hauts grades, y est viscéralement hostile. Cependant, l'idée fait son chemin. Le Grand Maître du Grand Orient, Alain Bauer, accepte d'en débattre ouvertement : « Abolissons ce terme de "secret maçonnique" qui n'a aucun sens pour ceux qui ont véritablement choisi la maçonnerie. La discrétion indispensable à notre relation intime avec l'initiation ne peut justifier les dérives constatées. Nous-mêmes pourrions utilement modifier notre propre serment maçonnique pour ne plus laisser croire que solidarité rimerait avec corruption et fraternité avec affairisme. En abolissant le secret, en modifiant le serment, nous enlevons à nos pires adversaires une arme dont nous avons longtemps sous-estimé les effets néfastes [1]. » L'ancien Grand Maître de la GLF, Jean-Louis Mandinaud, affirme même : « Déclarer son appartenance à la maçonnerie, quand on veut servir la République, ne me choque pas dans la mesure où les maçons s'affirment comme les garants des valeurs républicaines. Qu'avons-nous à craindre ? »

La GLNF, en revanche, est farouchement hostile à la levée du secret d'appartenance, y compris pour les magistrats ou les policiers. Elle préfère préconiser un retour aux vraies valeurs. « Il faut remettre la maçonnerie à sa place, et simplement demander aux maçons d'être de vrais maçons, plaide un homme comme Pierre Bertin, l'un des dignitaires de la GLNF ayant dénoncé les dérives, estimant que le secret n'oblige pas à protéger ceux qui ne respectent pas la loi. La maçonnerie est un rouage de la société. Elle a un rôle à jouer : contribuer au progrès et au perfectionnement de l'humain. Si elle déroge, elle n'est plus dans son rôle.

1. Discours d'installation devant le convent du GO.

Qu'on aime ou pas la franc-maçonnerie, il faut admettre que bien des hommes d'une extrême qualité l'ont composée au cours des siècles. Bien des hommes la composeront encore, une fois qu'elle aura mis un terme à des déviances contraires à l'idéal et à l'éthique qu'elle professe. »

Nombre de membres de la GLNF aspirent d'ailleurs à un retour à une maçonnerie « chevaleresque », plus sélective et donc, forcément, moins nombreuse, mais réellement attachée à la connaissance initiatique. Pour eux, rien ne se fera en profondeur sans une prise de conscience des maçons eux-mêmes. « Si cela continue, ce n'est même plus la peine de parler de maçonnerie. Les frères doivent se ressaisir et exiger un retour à l'ordre. Ils sont coupables de laisser-faire. La franc-maçonnerie est une voie initiatique irremplaçable en Occident, mais en s'impliquant à ce point dans la société civile, elle perd son âme et sa raison d'être. Il en va de sa survie », affirme un haut grade, qui n'est cependant pas hostile à plus de transparence quand il s'agit de la justice ou de la police.

Difficile en effet d'espérer un retour à la vertu par la seule volonté des intéressés. On l'a vu, les obédiences ont beaucoup de mal à démêler les innombrables intrigues et dérives impliquant des « mauvais compagnons ». Où commence la rumeur ? Jusqu'où va la présomption d'innocence ? Quel pouvoir possède un Grand Porte Glaive sur un haut grade ? Comment interdire les fraternelles, associations autorisées par la loi de 1901 ? La maçonnerie serait-elle encore la maçonnerie si la fraternité ne permettait pas, grâce aux « garants d'amitié », de nouer des liens au-delà des frontières ?

La transparence comporte un gros risque. Depuis ses démêlés avec le Parlement britannique, la GLUA a vu la chute de ses effectifs s'accélérer[1]. Il est donc fort peu probable que les obédiences puissent d'elles-mêmes « remettre les maçons à leur place ».

C'est pourquoi se pose la question de l'appartenance à la franc-maçonnerie pour des professions aussi sensibles que la magistrature ou la police. S'agissant de charges régaliennes de l'État, qui exigent une parfaite neutralité, le moindre soupçon n'est plus acceptable. Que certains juges d'instruction en viennent à trembler de rage à l'idée de voir leurs dossiers atterrir sur le bureau de magistrats maçons qui torpilleront leur travail, qu'ils en soient réduits à miser sur des femmes en se disant qu'elles ont statistiquement moins de chances d'être initiées, n'est pas admissible.

Compte tenu du nombre et de la gravité des scandales impliquant des élus, des fonctionnaires ou des membres de cabinet, la question de l'appartenance devrait également se poser concernant la haute fonction publique. Faire partie d'une loge n'est pas une simple question de vie privée ou d'engagement philosophique. On l'a vu, toute l'histoire de la franc-maçonnerie, son fonctionnement, sa symbolique, recèlent une double signification, un double jeu initiatique et séculier. Un siècle après avoir rompu le cordon ombilical avec l'Église catholique, la France peut-elle s'épargner la séparation de la maçonnerie et de l'État ?

1. Ils étaient 800 000 dans les années 50, 400 000 à l'élection de Tony Blair, et 350 000 aujourd'hui.

Lexique

Accolade. Salut fraternel pour accueillir un frère ou lui transmettre des phrases rituelles. Peut également se pratiquer à l'extérieur de la loge.

Affiliation. Admission dans une loge d'un membre actif venant d'une autre loge.

Âge maçonnique. Âge symbolique attribué selon les grades. Un Très Illustre Inspecteur Général (33e degré) est réputé avoir « 30 ans accomplis », d'autres « ne comptent plus » depuis un siècle et plus.

Allumage des feux. Cérémonie d'installation d'une nouvelle loge.

Atelier. Synonyme de loge. Désigne le local rituellement aménagé où se réunissent les francs-maçons. Par extension, l'ensemble des frères appartenant à une loge, cellule de base des obédiences.

Attouchement. Signe de reconnaissance, différent selon les degrés. Le plus célèbre se fait avec la poignée de main.

Augmentation de salaire. C'est ainsi qu'on désigne l'élévation des frères à de plus hauts grades. Dans la légende d'Hiram, l'architecte du Temple de Salomon, les ouvriers du chantier étaient divisés en trois catégories : apprentis, compagnons et maîtres. À chaque catégorie correspondait un mot de passe. Trois mauvais compagnons, mécontents de leur paye, impatients de devenir maîtres, essayèrent d'obtenir par la force le mot de passe du maître. Hiram ayant refusé, ils l'ont assassiné.

BAF. Pour Bien Aimé Frère. Adresse rituelle entre frères.

Bandeau. Avant son admission dans une loge, le profane subit un examen de passage. Il est d'abord enfermé dans un cabinet de réflexion où il doit rédiger son « testament ». Puis il est introduit dans le temple, les yeux bandés. Cela doit lui permettre de plonger au plus profond de lui-même. Il est ensuite interrogé par les membres de la loge, toujours les yeux bandés, car il est important qu'il ne puisse pas les reconnaître. Ceux-ci sont alors invités à voter. Si le nombre des boules blanches est supérieur à celui des boules noires, il est accepté. On dit des frères initiés qu'ils sont « passés sous le bandeau ».

Bijoux. Désigne à la fois les insignes portés par les officiers et les objets offerts à la méditation (la pierre brute, la pierre cubique, la planche à tracer, l'équerre, le niveau, le fil à plomb).

Blackbouler. Lors de l'initiation, si le nombre de boules noires est supérieur au nombre de boules blanches, le postulant est refusé. D'où l'expression blackbouler.

Calendrier maçonnique. Pour symboliser l'origine du monde, on ajoute quatre mille ans à l'année du calendrier romain.

Canon. Terme utilisé dans les banquets rituels pour désigner un verre. L'expression « charger les canons » veut dire remplir les verres. Cette expression tire son origine des loges militaires du Premier Empire.

Capitation. Cotisation. Son montant peut varier de 400 à 10 000 francs par an dans certains ateliers supérieurs.

Chaîne d'union. Tous les participants d'une cérémonie se tiennent par leurs mains dégantées afin de former un cercle, symbole de cohésion de la loge et de l'échange d'énergie entre tous ses membres. Désigne, par extension, les réseaux mis en place par des frères.

Colonne d'harmonie. Musique accompagnant les cérémonies.

Colonnes. Au nombre de deux, Boaz et Jakin, elles sont placées à l'entrée du temple ; la colonne du nord est l'endroit du temple où siègent les apprentis, sur celle du sud se tiennent les compagnons. Ce terme désigne également la place où s'assoient les francs-maçons en fonction de leur grade.

Le whisky J&B a beaucoup de succès auprès des frères car il rappelle par ses initiales les colonnes Jakin & Boaz.

Constitutions d'Anderson. Les règles qui régissent la maçonnerie moderne. Elles ont été rédigées en 1723 par un pasteur presbytérien écossais, James Aberdeen Anderson.

Convent. L'assemblée générale annuelle des députés représentant l'ensemble des loges du Grand Orient. À la GLNF, on parle de Souverain Grand Comité.

Cordon. Ruban enserrant le torse, soit en triangle soit en diagonale sur le torse. Il est différent selon les rites et les degrés. Seuls ceux qui ont le grade de maître peuvent le porter.

Couvert (À). Signifie que la loge est fermée aux non-initiés. Par extension, que les maçons sont à l'abri des regards profanes. Quand un profane arrive, les frères se préviennent entre eux en disant : « il pleut ».

Décors. Le « cordon » fait partie, avec le « tablier » et les gants, des « décors » que portent les maçons lors des cérémonies. Le tablier est l'emblème du travail. Aux grades d'apprenti et de compagnon, il est fait de peau blanche sans ornement. Aux grades supérieurs, il varie selon les rites. Le cordon, « écharpe » ou « sautoir », est un ruban qui barre la poitrine, en diagonale ou en triangle. L'écharpe rappelle le baudrier soutenant l'épée des chevaliers. Le sautoir indique la fonction dans les loges bleues et les grades dans les ateliers supérieurs.

Degré ou grade. Niveau hiérarchique. Symbolise l'état d'avancement hiérarchique du franc-maçon dans l'« Art royal », acquis à la suite d'une initiation. Les trois premiers grades communs à tous les rites sont : apprenti, compagnon, maître. Les hauts grades sont les grades supérieurs au 3e degré, donc supérieurs aux maîtres.

Enfants de la veuve. Allusion à la mère d'Hiram, une veuve de la tribu de Nephtain. Tous les maçons sont les frères d'Hiram et donc enfants de la veuve.

G. Pour God, Géométrie, Gnose, Gravitation, Grand Architecte...

Gants. Ils sont obligatoires au cours des tenues. Ils sont blancs et symbolisent l'innocence d'Hiram. Les hauts grades en sont dispensés.

Grand Architecte de l'Univers. Désigne Dieu, le Dieu tout-puissant ordonnateur du Ciel et de la Terre. Apparaît pour la première fois dans les « Constitutions d'Anderson » rédigées en 1723 en Angleterre.

Dieu n'est plus appréhendé comme le Dieu de la Bible, mais comme un principe architectonique ordonnant le chaos, préexistant selon les lois de la géométrie.

Grand Maître. Président du pouvoir exécutif (d'ordre administratif) et symbolique de l'obédience.

Grand Orateur. Le Grand Officier qui dirige les tenues et distribue la parole aux frères. Est symboliquement le garant de la loi maçonnique.

Grand Porte Glaive. Le ministre de la justice d'une obédience. Il y a également un Grand Porte Glaive Provincial qui exerce la justice maçonnique au niveau de chaque province.

Grand Tuileur. L'officier chargé de vérifier la qualité maçonnique d'un visiteur, en le reconnaissant sur les mots, signes et attouchements.

Hiram. Architecte du Temple de Salomon qui a été assassiné par trois mauvais compagnons à qui il avait refusé de confier les « mots, signes et attouchements » de la maîtrise, ne les en jugeant pas dignes.

Initiation. Jusqu'au XVIIIe siècle, l'entrée d'un profane en maçonnerie est généralement désignée par « réception », ou « admission ». Peu à peu, le mot initiation, puisé dans le vocabulaire religieux, apparaît dans la liturgie maçonnique. L'initiation *stricto sensu* désigne l'admission en loge, et la cérémonie de réception, ainsi que les élévations suivantes. Elle comporte des rites de séparation et d'agrégation. Mais l'initiation peut également être définie comme un long et permanent processus de transformation intérieure.

Loge. À l'origine, au Moyen Âge, désignait les petites cabanes dans lesquelles les bâtisseurs rangeaient leurs outils. Dans la maçonnerie moderne, désigne le local rituellement aménagé où se tiennent les tenues et, par extension, l'ensemble des frères d'une même loge. C'est la cellule de base. Peut également désigner l'obédience.

Elles sont de couleurs différentes selon les grades des frères qui la fréquentent.

Les loges bleues (ou symboliques) groupent les frères des 1er, 2e et 3e degrés. Les loges rouges (ou capitulaires) sont les chapitres qui regroupent les frères du 3e au 18e degré. Les loges noires (ou philosophiques) sont les Aréopages, qui regroupent les maçons du 19e au 30e degré. Les loges blanches sont au nombre de trois : les Souverains Tribunaux, pour le 31e degré ; les Consistoires, pour le 32e degré et enfin le Suprême Conseil pour le 33e degré dans le Rite Écossais Ancien et Accepté.

Lumière. Connaissance initiatique développée tout au long de la vie maçonnique de chacun des frères. Par extension, les maçons sont également désignés comme des Fils de la Lumière.

Maçon. Au Moyen Âge, ce mot désignait les ouvriers de la pierre. Et par extension tous ceux qui contribuaient à la construction des cathédrales. Dans la maçonnerie « spéculative », ce mot désigne ceux qui participent à la construction du Temple spirituel.

Maillet. Symbole du commandement et de la volonté humaine qui peut transformer la matière. Seul le Vénérable Maître dirigeant les travaux et les deux Surveillants en sont équipés.

Maître. 3e degré de la maçonnerie.

Majuscule. Les maçons en sont très friands. C'est presque une déformation professionnelle. À force d'utiliser des abréviations et des mots codés, ils ont truffé leurs formules de majuscules suivies de trois points. Cela provient également d'une certaine emphase. Tout est grand, l'Architecte, le Maître, l'Officier et la lettre qui désigne tout ce beau monde ne saurait être minuscule.

Midi. Heure symbolique d'ouverture des travaux aux trois premiers degrés. (Ils ferment à minuit.)

Mot de passe. Il est propre à chaque degré. Il existe également des mots de semestre, mots de reconnaissance que donnent les frères d'une même obédience pour entrer dans ses locaux ou dans un temple. On parle également de tuilage.

Obédience. Fédération des loges rattachées à la même autorité. On parle aussi d'Ordre.

Ordre. Synonyme d'obédience ou de franc-maçonnerie universelle. Lorsqu'un maçon « se met à l'Ordre », il se place sous l'autorité du Vénérable et adopte une attitude gestuelle particulière à son grade. Il existe un signe d'ordre par degré.

Orient. L'est où se lève le soleil, source de lumière et de vie. Tous les temples doivent être orientés à l'est. Dans le temple, le Vénérable est à l'Orient. Passer à l'Orient signifie mourir pour un maçon. Sur un faire-part de décès d'un frère, on pourra lire : le « F∴ Dupont passé à l'Orient éternel ».

Pavé mosaïque. C'est un pavé rectangulaire, constitué de carreaux noir et blanc figurant sur le sol au milieu de la loge. Il est l'emblème de l'union intime qui doit régner entre maçons. Il symbolise le dallage parfait d'une loge de maçons en raison de sa diversité et de sa régularité. Il fait ressortir la diversité des êtres. Lors des cérémonies, les frères évitent de le fouler.

Pierre. Par référence aux pierres des maçons qui construisaient les cathédrales. Dans la maçonnerie « spéculative », elle symbolise l'homme. L'apprenti travaille à dégrossir la pierre brute. La pierre cubique, celle du maître, peut être utilisée dans la construction de l'édifice. On parle alors de polir la pierre. C'est le symbole du passage à la connaissance.

Planche. Par référence à la planche à dessin de l'architecte, conférence ou exposé préparé par un frère. D'où l'expression « plancher sur un sujet ».

Profane. Désigne ceux qui ne sont pas initiés. Vient du latin *pro fanum* : à l'extérieur du temple.

Rite. Organisation des degrés et de leurs cérémonies correspondantes. Les plus connus sont le Rite Écossais Ancien et Accepté (REAA), le Rite Écossais Rectifié (RER), le Rite Émulation et le Rite d'York. Une même obédience peut accueillir différents rites en son sein, mais chaque loge ne pratique qu'un seul rite.

Rituel. Ensemble de dispositions spécifiques à chaque degré : les décors, la façon dont doivent se dérouler les tenues, les élévations d'un grade à l'autre.

Saint Jean. Le patron des maçons. Ils fêtent la Saint-Jean-Baptiste et la Saint-Jean-l'Évangéliste, aux deux solstices, d'hiver et d'été. Ce jour-là, en loge, on procède à l'allumage des feux.

Silence. Durant la période d'apprentissage, qui dure un an, l'apprenti ne peut pas prendre la parole, sauf si le Vénérable l'y autorise. Une école d'humilité, de patience et d'obéissance.

Sommeil. Un frère se met en sommeil quand il cesse provisoirement toute activité en loge.

Suprême Conseil. Organisation gérant les hauts grades (4e au 33e) du Rite Écossais Ancien et Accepté.

Surveillant. En loge, il y en a deux. L'un est chargé

des apprentis, l'autre des compagnons. Lors des tenues, il vérifient que les frères observent bien la gestuelle de leur grade. Chacun de ses officiers est chargé de veiller à l'éducation des frères et à leurs futures augmentations de salaire.

Symboles. Un symbole est une représentation analogique en rapport avec l'objet concerné. Il est à la fois image et pensée. Les symboles initiatiques sont l'équerre, le compas, le ciseau, le maillet, la règle... L'équerre symbolise la mesure dans la recherche. Le compas, la rectitude dans l'action. Le maillet, une volonté dans l'application. Le ciseau, le discernement dans l'investigation. La règle, la précision dans l'exécution. Ils n'ont pas de pouvoir ni de valeur magique, ils sont un moyen d'appréhender les idées.

Tableau de loge. Primitivement, tout local pouvait être transformé en temple. Il suffisait de tracer à la craie, sur le sol, le « Tableau » symbolique du degré auquel la loge travaillait. Plus tard, on s'est servi d'une toile peinte qu'on déroulait lors des réunions. Y sont représentés tous les symboles indispensables au travail symbolique : les deux colonnes, une porte conduisant aux trois marches, un pavé mosaïque, trois fenêtres, une pierre brute, une pierre cubique à pointe, une corde à nœuds... Ce tableau comprend également le soleil, la lune, l'équerre, le compas, la perpendiculaire, le niveau, le maillet, le ciseau et la planche à dessin. Dans un temple réel, le tableau de loge est disposé sur le pavé mosaïque, entre les colonnes.

TCF. Pour Très Cher Frère. Formule un peu emphatique.

Temple. C'est l'idéal à réaliser, le Temple de Salomon qu'on n'achèvera jamais de construire. C'est aussi le local où se réunit la loge.

Tenue. Réunion de maçons. On parle de tenue blanche

fermée quand il n'y a que des frères. De tenue blanche ouverte quand il y a des profanes.

TRF : Pour Très Respectable Frère, degré ultime de la hiérarchie administrative correspondant au Grand Maître, à son député, aux Assistants Grands Maîtres ainsi qu'aux Grands Maîtres Provinciaux à la GLNF. Formule de politesse utilisée pour les maçons ayant atteint le 33e degré, c'est-à-dire le sommet de la hiérarchie initiatique.

Triangle. Selon ses convictions, le maçon peut y voir la représentation du Père, du Fils et du Saint-Esprit ; le père, la mère et l'enfant ; la thèse, l'antithèse, la synthèse... C'est une représentation du principe d'unité. Le triangle sublime est celui qui forme la pointe d'un Pentagramme, ou étoile à cinq branches, réalisé grâce au « nombre d'or ». C'est la proportion divine. Désigne également le montant du coût d'un dîner ou agapes suivant la tenue d'une loge.

Trois points. Les trois points disposés en triangle sont souvent utilisés en maçonnerie comme signe d'abréviation. Trav.·. Travaux. O.·. Orient. Prof.·. profane. RR.·. LL.·. Respectables loges. D'où l'expression « les frères trois points ». Ces trois points représentent le triangle. Mais certains y voient la résurgence de signes hiéroglyphes utilisés pour désigner une quantité semblable. Les Égyptiens plaçaient trois fleurs de lotus ou trois grains de blé derrière une initiale pour désigner une somme égale. On retombe sur le principe d'unité du triangle !

Tronc de la veuve. À l'issue des tenues, les frères déposent leur obole pour les œuvres caritatives, notamment la prise en charge des orphelins.

Tuilage. Manière d'authentifier la qualité maçonnique d'un frère.

TVF. Pour Très Vénérable Frère.

Vénérable. Celui qui préside une loge. Il est élu par les membres de sa loge. Il est assisté d'officiers.

Volume de la Loi sacrée. Il s'agit le plus souvent de la Bible et de l'Évangile de saint Jean, mais cela peut être le Coran, ou la Torah, et même les « Constitutions d'Anderson ».

Les différentes obédiences

Droit Humain (DH) : 13 000 membres.
Fondée en 1893 par une sœur initiée discrètement au Grand Orient, c'est la première obédience mixte (un tiers d'hommes, deux tiers de femmes). Partisan de la tolérance religieuse, DH se veut très actif sur les questions sociales. Cette obédience discrète entretient de bonnes relations avec le GO, avec qui elle partage le même rejet de la maçonnerie anglo-saxonne qui refuse les femmes et oblige à croire en Dieu.

La Grande Loge de France (GLF) : 26 000 membres.
Fondée en 1894 par des minoritaires du Grand Orient attachés au principe du Grand Architecte. La GLF se prétend l'héritière directe de l'ex-Grande Loge, la plus ancienne de France. Elle conserve toutefois des liens, plus fraternels qu'institutionnels, avec le GO, mais ne désespère pas de se faire reconnaître un jour par la GLUA (Grande Loge Unie d'Angleterre). Réputée apolitique, la GLF recrute beaucoup dans la hiérarchie militaire, policière et préfectorale. C'est la plus discrète des trois grandes obédiences, mais elle n'est pas non plus épargnée par les scandales.

La Grande Loge Féminine de France (GLFF) : 13 000 membres.

Fondée en 1945, elle est constituée d'anciennes loges féminines affiliées avant-guerre à la GLF. Lâchée par ses frères, la GLFF a pris son autonomie et revendique une spécificité maçonnique féminine. Les membres d'obédiences masculines peuvent toutefois participer à ses travaux. La GLFF, première obédience féminine au monde, regroupe déistes et athées.

La Grande Loge Nationale Française (GLNF) : 27 000 membres.

Fondée en 1913 par des frères soucieux d'en revenir à la tradition initiatique de la maçonnerie, épaulés par la Grande Loge suisse Alpina. La GLNF, seule obédience française reconnue comme « régulière » par la GLUA, a longtemps recruté dans les milieux anglo-saxons présents en France, notamment durant les deux guerres mondiales, avant de sombrer en léthargie. Elle s'est brutalement réveillée au cours des vingt dernières années par une politique intensive de recrutement. La GLNF est estampillée de droite car elle compte dans ses rangs bon nombre de patrons, de professions libérales et, plus généralement, de chrétiens très attachés à l'obligation de croire en Dieu.

La Grande Loge Traditionnelle et Symbolique (GLTS).

Fondée en 1958 par des dissidents de la GLNF (initialement baptisée GLNF-Opéra, sous prétexte qu'elle se réunissait dans ce quartier parisien) épris du Rite Écossais Rectifié et de sa mythologie templière. Au point que quelques-uns de ses animateurs ont basculé dans l'autre monde en devenant gourous de sectes néo-templières (OTS, OSMTJ...). Revenue de loin, la GLTS semble s'être assagie et vient de nouer une alliance avec la GLF.

La Grande Loge Unie de France (GLUF) : 2 000 membres.

Fondée en 1997 par des hauts grades du GO, dégoûtés par les dérives de leur obédience. Depuis, la GLUF accueille également des membres de la GLF, qui pensent trouver là un refuge contre les turpitudes profanes. À ne pas confondre avec une autre GLUF (Grande Loge Unie Française), alliance entre la GLF et la GLTS.

Le Grand Orient de France (GO) : 41 000 membres.

Fondé en 1773, succédant à une ancienne et éphémère Grande Loge. Très vite, il affirme sa singularité dans la sphère maçonnique en supprimant l'obligation non seulement de croire en Dieu, mais de se référer au Grand Architecte de l'Univers (1877). Principale obédience française, le GO tente également de fédérer ses homologues étrangères réfractaires à la tutelle de la GLUA. Par son combat historique en faveur d'une République laïque, le GO est considéré comme une obédience de gauche. Cela est un peu moins vrai aujourd'hui, bien que fonctionnaires, syndicalistes et militants en tous genres constituent le gros de ses troupes.

Le Rite Ancien et Primitif de Memphis-Misraïm (MM).

À la fois Ordre initiatique et obédience (sous le vocable de Grande Loge Mixte de France ou Grande Loge Souveraine de France), Memphis-Misraïm cultive son particularisme. Fondé en 1881 par Garibaldi, son rite égyptien est le plus ésotérique qui soit : il compte 99 grades (jusqu'à la Grande Hiérophanie) et est parfois considéré comme une véritable académie des sciences occultes. De hauts dignitaires d'autres obédiences viennent y achever leur propre parcours initiatique. De tendance anarcho-révolutionnaire à l'origine, Memphis-Misraïm est aujourd'hui la cible de perpétuelles tentatives d'infiltration de l'extrême droite et de sectes.

Table

Achevé d'imprimer sur les presses de

BUSSIÈRE

GROUPE CPI

à Saint-Amand-Montrond (Cher)
en septembre 2002

POCKET - 12, avenue d'Italie - 75627 Paris Cedex 13
Tél. : 01-44-16-05-00

— N° d'imp. : 24958. —
Dépôt légal : octobre 2002.

Imprimé en France